A ASCENSÃO DO DRAGÃO

A ASCENSÃO DO DRAGÃO

UMA HISTÓRIA ILUSTRADA DA DINASTIA TARGARYEN
VOLUME UM

GEORGE R. R. MARTIN
ELIO M. GARCÍA JR.
E LINDA ANTONSSON

TRADUÇÃO
JANA BIANCHI E DIOGO RAMOS

Sumário

PREFÁCIO ← 7

A Conquista

Os Sete Reinos ← 11
As terras da tempestade ← 11
O Reino das Ilhas e dos Rios ← 13
A Campina ← 13
As terras ocidentais ← 15
O Vale ← 16
O Norte ← 17
Dorne ← 18
A chegada dos Targaryen ← 21
Desembarque e conquista de Aegon ← 25

O reinado de Aegon I

As guerras do Dragão ← 35
A governança do Dragão ← 43
A família do Dragão ← 49

O reinado de Aenys I

Ascensão e rebelião ← 55
Tensões reais ← 63

O reinado de Maegor I

Coroação sangrenta ← 71
Guerra com a Fé Militante ← 75
Morte na casa real ← 85
As Noivas de Preto ← 91

O reinado de Jaehaerys I

A regência ← 99
O começo do reinado ← 125
As obras do rei ← 141
O fim do reinado ← 157

O reinado de Viserys I

Auge do poder ← 177
As sementes da guerra ← 183

O reinado de Aegon II

A Dança dos Dragões ← 201
A morte dos dragões ← 253

A regência de Aegon III

O conselho regente ← 287
Guerra e paz ← 307
Conspirações ← 325

LINHAGEM TARGARYEN ← 344
ÍNDICE REMISSIVO ← 346
CRÉDITOS DAS ILUSTRAÇÕES ← 351

Prefácio

A HISTÓRIA DE WESTEROS remonta a milênios, mas a época na qual a Casa Targaryen unificou vários territórios no que conhecemos como os Sete Reinos corresponde a um período de menos de trezentos anos. A história da família, porém, é muito mais antiga, começando com a Cidade Franca de Valíria. A linhagem dos Targaryen era tradicional e nobre — formada por senhores dos dragões que criavam e montavam as grandes feras responsáveis por garantir que o poder da Cidade Franca se estendesse pelo oeste de Essos. Ainda assim, era uma família relativamente menos importante dentre as grandes casas valirianas. Quando Aenar Targaryen vendeu suas terras e propriedades e se mudou com toda a família e seus dragões para o entreposto mais ocidental de Valíria, a ilha chamada de Pedra do Dragão, no mar estreito, os rivais o julgaram covarde. Mal sabiam eles que a filha de Aenar, Daenys, a Sonhadora, previra a Destruição de Valíria. Doze anos depois, a Cidade Franca foi destruída num cataclismo quando a cordilheira vulcânica Catorze Chamas entrou em erupção, colocando abaixo a península valiriana — e, junto com ela, o império. No caos que se seguiu, todos os senhores dos dragões de Valíria pereceram, junto com suas feras… Exceto os Targaryen, instalados na ilha rochosa de Pedra do Dragão.

Este livro é um guia da primeira metade desse período, que começa com a Conquista de Aegon e vai até o fim da regência de Aegon III, a Desgraça dos Dragões.

ESQUERDA | Valíria devastada depois da Destruição.

Os Sete Reinos

NO ANO DE 2 AC (Antes da Conquista), Aegon Targaryen e suas irmãs iniciaram a invasão de Westeros com a intenção de unificar todo o continente sob seu governo. Sete reinos distintos se opuseram, todos com histórias milenares. Antes de discutir os eventos da conquista em si, é importante dedicar um momento para analisar cada um desses diversos reinos, assim como seus governantes, como eram na época.

As terras da tempestade

As terras da tempestade têm como centro a Mata Chuvosa, região extremamente arborizada localizada no sudeste de Westeros. Suas fronteiras são delimitadas a norte pelo rio da Água Negra, a sul pela Marca de Dorne e a oeste pela Campina. Segundo as lendas, o primeiro Rei da Tempestade foi Durran Desgosto-Divino, que criou inimizade com os deuses do vento e do mar ao conquistar o amor da filha deles, Elenei. Durran construiu uma série de castelos para morar com sua Elenei, destruídos um a um pelos deuses, até que um garoto o ajudou a erigir o sétimo castelo. Devido aos imensos panos de muralha e à enorme torre redonda, tal castelo foi capaz de resistir à fúria dos deuses, e desde então ficou conhecido como Ponta Tempestade. O garoto viria a ser Bran, o Construtor, e a Casa Durrandon governou por milhares de anos de seu trono em Ponta Tempestade.

O Rei da Tempestade Arlan III expandiu o reino através da conquista das terras fluviais cerca de quatrocentos anos antes da Conquista, estendendo assim o domínio da Casa

PÁGINA ANTERIOR | O Campo de Fogo.
ESQUERDA | Mapa de Westeros.

Durrandon do mar estreito ao Mar do Poente. No entanto, três séculos depois, o Rei da Tempestade Arrec perdeu as terras fluviais para Harwyn Hoare, um rei das Ilhas de Ferro. Arrec fracassou nas duas tentativas seguintes de recuperar as terras fluviais, e uma terceira — comandada pelo filho de Arrec, Arlan V — culminou na morte do próprio Arlan. O sucessor de Arlan V foi seu jovem filho Argilac, que seria mais tarde conhecido como Argilac, o Arrogante, o último dos Reis da Tempestade.

Quando criança, Argilac rechaçou uma tentativa de invasão dornesa, e sua reputação como guerreiro só cresceu a partir disso. Ele formou uma aliança com várias das Cidades Livres contra Volantis e foi peça-chave na morte do rei Garse VII Gardener durante a Batalha de Campo Estival. Sua única herdeira na época da Conquista era a filha, Argella.

ABAIXO | Argilac, o Arrogante, em seu trono.

O Reino das Ilhas e dos Rios

Apesar de os historiadores de Westeros afirmarem que as Ilhas de Ferro foram povoadas pelos Primeiros Homens, os sacerdotes do Deus Afogado nas Ilhas de Ferro sustentam que os nascidos no ferro formam um povo à parte, criado à imagem e semelhança de seu deus. Qualquer que seja a verdade, as Ilhas de Ferro têm um longo histórico de atividades marítimas, pesca em águas ricas, comércio de estanho e minério de ferro e envio de salteadores e piratas para pilhar e guerrear nas "terras verdes".

O arquipélago é formado por trinta e uma ilhas, das quais sete são as principais habitadas. Segundo as lendas, o Rei Cinzento governou as ilhas na Era dos Heróis, mas qualquer detalhe de seu reinado se perdeu nas brumas do tempo. O que se sabe com mais certeza é que cada ilha tinha um rei do sal e um rei da rocha, cada qual eleito para sua devida função, até que o sacerdote Galon Báculo Branco convenceu os nascidos no ferro a se unirem através da eleição de um Rei Supremo na primeira assembleia de homens livres de que se tem conhecimento.

A era de tais Reis Supremos — chamados de reis das coroas de madeira trazidas pelo mar devido às coroas que usavam — durou séculos e fez com que as Ilhas de Ferro chegassem ao ápice de seu poder. Durante o reinado de Qhored, o Cruel, os nascidos no ferro dominavam boa parte da costa oeste de Westeros. Tais territórios foram se perdendo aos poucos, no entanto — especialmente depois que Urron Greyiron e seus apoiadores massacraram os rivais na última assembleia de homens livres, estabelecendo o primeiro reinado supremo hereditário. O tumulto que se seguiu nas Ilhas de Ferro facilitou a expulsão dos nascidos no ferro pelos reinos do continente, até o grandioso Reino das Ilhas e dos Rios ser novamente reduzido apenas às Ilhas de Ferro.

Levaria séculos — e seria necessário que a Casa Hoare sucedesse aos Greyiron como reis — para que os nascidos no ferro começassem a reivindicar o território perdido nas terras fluviais. Em particular o rei Harwyn Hoare, conhecido como Mão-Dura, invadindo as terras fluviais e escorraçando os Reis da Tempestade que, na época, controlavam o Tridente. Harren, o Negro, neto de Harwyn, governaria o unificado Reino das Ilhas e dos Rios até a Conquista, acabando com os recursos dos senhores dos rios ao construir um imenso castelo às margens do Olho de Deus. Harrenhal, como foi nomeado o castelo, demorou quarenta anos para ser finalizado — e, de acordo com as histórias, a enorme fortaleza foi terminada no dia em que Aegon Targaryen e as irmãs colocaram os pés em Westeros no início da Conquista.

A Campina

A Campina, a região mais fértil e populosa dos Sete Reinos, é também uma das maiores (embora não chegue aos pés do Norte). Domina a parte sudoeste do continente e faz fronteira com o sopé das terras ocidentais a norte, as Montanhas Vermelhas de Dorne a sul e as marcas das terras das tempestades a leste. O Reino da Campina alega ter uma conexão ancestral com o primeiro Rei Supremo de todos os Primeiros Homens, Garth Mãoverde. Poderoso e potente, Garth supostamente teve dezenas de filhos, dos quais muitas casas da Campina alegam descender. A mais conhecida delas era a Casa Gardener, que se instalou em Jardim de Cima, ao lado do majestoso rio conhecido como Vago. Ao longo dos séculos, os Gardener expandiriam seu domínio além das planícies centrais da Campina, estendendo-se da costa do Mar do Poente a oeste até as terras da tempestade a leste, e do sopé das terras ocidentais e da Água Negra a norte até as Montanhas Vermelhas de Dorne a sul.

Os reis Gardener comandaram seu Reino Verdejante por milênios e resistiram à chegada dos ândalos ao adotar seus costumes e transformar a Campina no berço da nobreza e da cavalaria em Westeros. Mern IX era o último de uma longa linhagem de reis (e uma rainha) a comandar a Campina quando os Targaryen surgiram em Westeros. O futuro da Casa Gardener, porém, parecia garantido contra essa mais recente invasão, pois Mern comandava o maior

exército em Westeros, além de ter filhos e netos de sobra para garantir sua sucessão — isso sem contar muitos outros parentes homens.

As terras ocidentais

Na época da Conquista, as terras ocidentais — uma região de colinas escarpadas na parte oeste do continente — se estendiam da costa do Mar do Poente a oeste até os sopés onde fica a nascente do Pedregoso e do Ramo Vermelho a leste. A norte, faziam fronteira com a Baía dos Homens de Ferro, e as terras da Campina as margeavam a sul. Em tempos ancestrais, os Primeiros Homens descobriram quantidades abundantes de ouro e prata nos montes escarpados e nas planícies infinitas das terras ocidentais.

Os Casterly estavam entre os mais poderosos senhores do oeste, protegidos em Rochedo Casterly, a imensa colina rochosa repleta de minas de ouro aparentemente infinitas. Mas

dizem as lendas que Lann, o Esperto, enganou os Casterly e os fez perder o domínio do castelo. Tinham muitos descendentes, mas os líderes dentre eles eram os Lannister, que acabariam criando um reino a partir da sede em Rochedo Casterly. Quando os ândalos chegaram, os Lannister inicialmente entraram em conflito com eles, mas depois começaram a usá-los como mercenários e aliados para expandir território. Logo, os Lannister passaram a controlar todas as terras ocidentais em vez de apenas a cidade portuária de Lannisporto e a região ao redor de Rochedo.

Muitas guerras abalaram os Sete Reinos antes da Conquista, e, devido a sua grande riqueza e ambição, com frequência os Reis do Rochedo se encontravam no centro desses conflitos. Estavam sempre em batalha com os reis das terras fluviais, com as Ilhas de Ferro e com a Campina. Às vezes, porém, os reis formavam frágeis alianças contra inimigos comuns.

Na época em que Aegon Targaryen começava a voltar a atenção para Westeros, o Rei do Rochedo era Loren I, que zelou por um breve período de paz com o Reino da Campina.

O Vale

Quando os ândalos invadiram Westeros, foi no Vale que se instalaram primeiro. O vale fértil cercado pelas Montanhas da Lua logo passaria a ser governado pela Casa Arryn, considerada a mais antiga e pura linhagem da nobreza dos ândalos. O fundador de tal dinastia foi sor Artys Arryn, que séculos depois seria frequentemente confundido com o lendário Artys Arryn da Era dos Heróis, o Cavaleiro Alado. Sor Artys se tornou o líder de uma aliança contra o então Rei Supremo do Vale, Robar II Royce, que tentara expulsar os ândalos. As forças de Robar foram derrotadas na Batalha das Sete Estrelas e sor Artys se tornou Artys I, Rei da Montanha e do Vale. Os Primeiros Homens que sobreviveram à batalha e não aceitaram se sujeitar a Artys fugiram para as Montanhas da Lua, transformando-se nos ancestrais de clãs sem lei que ainda chamam as montanhas de lar.

Com o tempo, Artys e seus descendentes expandiram seus territórios para além do Vale e dos Dedos, buscando controlar várias ilhas próximas, tanto grandes quanto pequenas. Sobretudo, os Arryn passaram séculos lutando contra os nortenhos pelo controle das Três Irmãs — e, por fim, foram bem-sucedidos em incorporar as ilhas a seu domínio.

Na época da Conquista, quem usava a Coroa Falcão da Montanha e do Vale era Ronnel Arryn, um mero garotinho, filho mais velho de Sharra Arryn, que governava como rainha regente em seu nome. Ela era conhecida como Flor da Montanha, por ter sido detentora de grande beleza na juventude.

PÁGINA ANTERIOR | Rei Mern IX, rei Loren I e seus exércitos.

O Norte

O Norte é — e sempre foi — a maior região dos Sete Reinos, estendendo-se sem interrupções dos charcos do Gargalo até a Muralha e do Mar do Poente até o mar estreito. Embora tenha sido habitado desde a chegada dos Primeiros Homens, o Norte continua sendo o menos populoso dos Sete Reinos, devido ao clima rigoroso e aos invernos frequentemente mortais.

Muitos senhores e pequenos reis reivindicaram áreas do Norte, mas foram os Stark de Winterfell que — alegando descender do lendário Bran, o Construtor — foram bem-sucedidos na unificação da região através tanto de alianças quanto de guerras. Derrotaram os Reis Acidentados na Guerra dos Mil Anos, assim como o Rei Warg, os Reis do Pântano, os Reis Vermelhos da Casa Bolton e os bárbaros da ilha de Skagos. Sob comando do lendário Theon Stark, o Norte foi o único reino dos Primeiros Homens a sobreviver à chegada dos ândalos — não apenas rechaçando seu avanço como também atacando-os, de acordo com as lendas.

Os Stark ficariam conhecidos de tal época em diante como Reis do Norte e Reis do Inverno. Seus principais inimigos eram os sempre presentes saqueadores das Ilhas de Ferro e os salteadores selvagens que vinham de além da Muralha. Em determinada época, também lutaram na Guerra do Outro Lado do Mar — um conflito que se estendeu por várias gerações

ACIMA | Torrhen Stark.

no qual os Stark tentaram tomar o controle das Três Irmãs enquanto os Reis da Montanha e do Vale se opunham. No fim, porém, os Stark se retiraram do combate. O Rei do Norte à época da Conquista era Torrhen Stark.

Dorne

Região mais meridional de Westeros, Dorne é uma terra hostil de amplos desertos, litorais perigosos e altas montanhas avermelhadas. Boa parte da região é árida, exceto pelas zonas de clima mais temperado na montanha e por aquelas banhadas pelos rios Sangueverde, Vaith e Flagelo. Dizem as histórias que os Primeiros Homens chegaram a Dorne pela passagem de terra que conectava Essos a Westeros — passagem esta que, reza a lenda, foi destruída pelos filhos da floresta com sua magia para deter a horda de invasores. O Braço Partido, como ficou conhecida, formava a parte mais oriental da região, que depois se estendia até o Mar do Poente a oeste e até as Marcas a norte. Assim como os Primeiros Homens, os ândalos também realizaram incursões a Dorne. Embora nunca tenham conquistado territórios na área, criaram pontos de apoio ali que existem até hoje.

Ao contrário das outras regiões de Westeros, Dorne continuou sendo uma colcha de retalhos de pequenos reinos por milhares de anos, com várias casas reais ascendendo e caindo. O reinado mais estranho dentre esses foi a confederação formada ao longo do Sangueverde na qual uma dúzia de casas nobres elegia um Rei Supremo entre sua população em vez de passar o título por hereditariedade — tal reino, porém, acabou entrando em guerra, dividindo-se em vários reinos menores.

Cerca de setecentos anos antes da chegada de Aegon Targaryen, Dorne por fim se amalgamou sob o comando de Nymeria — uma princesa de Roine que tirou de Essos seu povo (quase todo formado por mulheres, idosos e crianças) logo depois da destruição das cidades e do exército roinares por Valíria. Nymeria então se casou com lorde Mors Martell — um ambicioso nobre do sul de Dorne — e, com seu povo, combinou suas forças às dos Martell para subjugar lordes e reis rivais, unificando Dorne sob o comando do casal. Desde então, mulheres fazem parte das leis dornesas de herança, com status igual ao dos homens.

Nos séculos que se seguiram, os Martell continuaram governando Dorne, guerreando contra os Reis da Tempestade e os Reis da Campina pela Marca de Dorne. Na época em que o olhar de Aegon Targaryen recaiu sobre Westeros, a princesa de Dorne era Meria Martell: uma mulher idosa e obesa pejorativamente chamada de Rã Amarela por seus rivais.

DIREITA | Meria Martell.

A chegada dos Targaryen

OS PRIMEIROS HOMENS e depois os ândalos se instalaram nas ilhas rochosas da Baía da Água Negra, autodeclarando-se senhores e vivendo à base da pirataria e da pesca. A maior dessas ilhas, dominada pelo vulcânico Monte Dragão, viria a ser conhecida como Pedra do Dragão.

Duzentos anos antes da Destruição, a Cidade Franca de Valíria enviou uma expedição para tomar Pedra do Dragão e transformar o local no entreposto mais ocidental de seu vasto império. A cidadela ali erguida para proteger o novo território foi moldada por magia valiriana, uma estrutura imponente impossível de ser criada por qualquer outro meio — com torres em forma de dragão, passagens que se abriam como bocarras das criaturas e centenas de gárgulas adornando a muralha. O lugar era um bestiário de feras fantásticas irrompendo da rocha.

Doze anos antes da Destruição, Aenar Targaryen se mudou para Pedra do Dragão com família, tesouros e dragões depois que a sua jovem filha, Daenys, a Sonhadora, previu a destruição de Valíria. Assim, os Targaryen foram os únicos senhores dos dragões a sobreviver tanto à Destruição quanto aos anos banhados em guerra que se seguiram, no período conhecido como Século de Sangue. Ao longo desse período, porém, os Targaryen mantiveram a atenção mais focada no leste do que no oeste, ocupados com as várias maquinações e guerras entre as Cidades Livres na época que se seguiu à Destruição.

Os Targaryen perpetuaram o costume valiriano de casar irmão com irmã, mas quando Aegon Targaryen chegou à maioridade, escolheu se unir não a uma, mas a duas de suas irmãs: a mais velha, Visenya, austera e, de acordo com os rumores, praticante de feitiçaria; e a mais nova, Rhaenys, vibrante e impulsiva. Os três eram cavaleiros de dragão, e cada um comandava a própria grande fera.

ESQUERDA | Sete Navios sob a Pedra do Dragão.

PÁGINA SEGUINTE | A Grande Aliança.

Aegon Targaryen construíra sua reputação inicial ao se juntar a uma grande aliança contra Volantis, fazendo seu dragão Balerion — conhecido como o Terror Negro — incendiar uma frota volantina que ameaçava a Cidade Livre de Lys. Mas, ao contrário de seus predecessores, Aegon demonstrou mais interesse em Westeros depois que o conflito em Essos começou a amenizar, explorando a Campina e, possivelmente, as terras ocidentais também.

Sob sua ordem é que a Mesa Pintada foi feita, esculpida no formato do continente e colorida para exibir montanhas, florestas, castelos, cidades e rios de Westeros. No entanto, merece destaque o fato de que não foram delimitadas fronteiras entre os diferentes reinos, um presságio do que Aegon provavelmente estava tramando — ter toda Westeros sob seu comando.

Desembarque e conquista de Aegon

EMBORA O FIM DO ENVOLVIMENTO dos Targaryen nas guerras entre as Cidades Livres tenha permitido que Aegon e as irmãs focassem no oeste, não se sabe ao certo por que decidiram assumir o risco de invadir Westeros. O único evento que parece ter influenciado a decisão foi Argilac, o Arrogante, o Rei da Tempestade, oferecer a Aegon a mão da única filha, Argella, em casamento, junto a um dote composto por terras além da Água Negra. Argilac fez tal oferta com a esperança de ganhar um aliado contra Harren, o Negro — o mais cruel e temido rei de Westeros na época. Os nascidos no ferro tinham tomado as terras fluviais dos Reis da Tempestade três gerações antes, e Argilac queria o território de volta.

Aegon argumentou que já tinha duas esposas e não precisava uma terceira, então ofereceu no lugar o grande amigo e meio-irmão bastardo, Orys Baratheon, como marido para Argella. Sem compreender direito a ligação entre Aegon e Orys, Argilac enxergou a oferta de um homem de nascimento baixo para ser seu genro como um insulto; respondeu decepando as mãos do emissário de Aegon e as enviando para Pedra do Dragão em uma caixa. Em resposta, Aegon reuniu seus vassalos e aliados em Pedra do Dragão. Entre eles havia dois vassalos nominais do Rei da Tempestade — lordes Massey e Bar Emmon — que, por muitos anos, haviam tido maior proximidade com os Targaryen.

Seis dias de deliberação se seguiram. No sétimo, corvos voaram por todos os cantos de Westeros para anunciar que Aegon seria agora o único rei do território. Pouco depois, Aegon e as irmãs zarparam da fortaleza insular de Pedra do Dragão com seus dragões e um pequeno exército — não mais que três mil homens, embora alguns registros afirmem ser mais provável que o contingente fosse de algumas poucas centenas — para iniciar a Conquista no continente. Sem encontrar oposição, chegaram à foz da Torrente da Água Negra, onde três colinas altas

ESQUERDA | Balerion queimando Harrenhal.

assomavam acima de um pequeno vilarejo pesqueiro. Ali, no topo da mais alta das colinas, os Targaryen construíram uma paliçada simples de pau a pique e depois avançaram até assumir o controle da foz do rio e das cercanias.

A região era disputada havia séculos, o domínio alternando-se entre os reis das terras fluviais e os Reis da Tempestade. Alguns senhores se submeteram rapidamente a Aegon, mas os Darklyn de Valdocaso e os Mooton de Lago da Donzela se uniram e, com um contingente de três mil homens, marcharam até a posição dos Targaryen. Orys Baratheon os enfrentou por terra enquanto Aegon veio por cima, montado em Balerion. Ambos os senhores foram mortos, e os homens que comandavam se entregaram e dobraram o joelho.

Depois disso, Aegon foi coroado por Visenya e conclamado Rei de Toda Westeros por Rhaenys, em uma cerimônia testemunhada por alguns senhores e cavaleiros em Aegonforte — o rústico castelo no monte que, posteriormente, seria conhecido como Colina de Aegon. E foi lá que, pela primeira vez, ele desfraldou o estandarte do dragão vermelho de três cabeças em fundo preto que seria carregado por seus descendentes. Aceitando a lealdade dos que haviam se rendido, também ofereceu cargos aos apoiadores mais fiéis, criando assim sua corte. A resposta do restante dos Sete Reinos a essa atitude ousada foi se preparar para a guerra contra o novo rei — ou, no caso de Dorne e do Vale, ofertar alianças, que Aegon rejeitou.

A campanha de Aegon para conquistar os Sete Reinos começou de vez alguns dias depois. Ele dividiu suas forças em três partes, cada uma destinada a atacar um inimigo diferente. Orys Baratheon e a rainha Rhaenys, montada em Meraxes, comandaram a hoste principal na direção sul, atravessando a Água Negra para atacar o domínio de Argilac. O almirante recém-nomeado, Daemon Velaryon, liderou a frota Targaryen contra o Vale, acompanhado pela rainha Visenya montada em Vhagar. E o rei Aegon, em Balerion, voou escoltando um exército menor na direção noroeste para confrontar o rei Harren, o Negro.

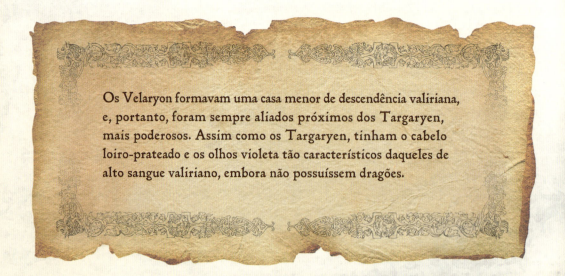

Os Velaryon formavam uma casa menor de descendência valiriana, e, portanto, foram sempre aliados próximos dos Targaryen, mais poderosos. Assim como os Targaryen, tinham o cabelo loiro-prateado e os olhos violeta tão característicos daqueles de alto sangue valiriano, embora não possuíssem dragões.

Cada um desses exércitos enfrentou resistência e percalços. Na Batalha da Goela, dois terços da frota Targaryen foram destruídos ou capturados, e o próprio mestre dos navios, lorde de Velaryon, perdeu a vida. Na travessia do rio Guaquevai, quando os vassalos dos Reis da Tempestade se abateram sobre as forças de Orys Baratheon, mil homens pereceram. E, na Batalha dos Caniços, as forças de Harren, o Negro, comandaram uma série de ataques contra a hoste de Aegon, enquanto dois dos filhos de Harren avançavam com dracares pelo Olho de Deus para se lançar contra a retaguarda de Aegon nos Salgueiros Lamentosos.

Em todos os casos, porém, o desastre foi evitado graças aos dragões dos Targaryen. Vhagar, de Visenya, queimou várias das embarcações do Vale, assim como os marinheiros mercenários braavosianos contratados pela rainha regente Sharra, antes que ela se retirasse com o restante da frota Targaryen. O dragão de Rhaenys, Meraxes, incendiou a Mata Chuvosa e destruiu os domínios dos senhores da tempestade Errol, Buckler e Fell. E Balerion, o Terror Negro, queimou os dracares que levavam os momentaneamente vitoriosos filhos de Harren, sepultando ambos no mar.

Enquanto tais batalhas eram travadas, outros enxergaram uma oportunidade na invasão dos Targaryen. Piratas e salteadores dorneses assolaram as terras do Rei da Tempestade enquanto Argilac estava distraído; as Três Irmãs se ergueram em rebelião e coroaram Marla Sunderland como rainha enquanto o Vale era ocupado; e os senhores dos rios, que sofriam havia muito, revoltaram-se contra Harren, o Negro, sob liderança de lorde Edmyn Tully. Aliando-se a Aegon, os senhores dos rios renunciaram à Casa Hoare, forçando Harren e seu exército a se refugiarem no enorme castelo de Harrenhal, recém-construído. Harren ofereceu recompensas vultosas a qualquer um que matasse Balerion, mas ninguém foi bem-sucedido. Na calada da noite, Aegon e Balerion se abateram sobre Harrenhal vindos do céu. As chamas pretas do dragão eram quentes o bastante para derreter pedra, e Harren, o Negro, pereceu no incêndio junto de toda a sua linhagem. Depois da batalha, Aegon nomeou Edmyn Tully como senhor supremo do Tridente, transformando os demais senhores dos rios em seus vassalos.

Enquanto isso, Orys Baratheon e a rainha Rhaenys continuaram a marcha terras da tempestade adentro, apesar do contratempo em Guaquevai logo no início da campanha. O rei Argilac reuniu um grande exército em Ponta Tempestade, e — ignorando os alertas sobre Rhaenys e Meraxes — escolheu lutar. Rhaenys observou da sua posição no céu o exército de Argilac e avisou Orys, que organizou suas forças em uma robusta formação defensiva nas colinas ao sul de Portabronze. A batalha que se seguiu, conhecida como Última Tempestade, ocorreu sob uma chuva cada vez mais intensa. Argilac, porém, continuou a atacar, confiando em seus números — pois tinha quase o dobro de homens e quase quatro vezes a quantidade de cavaleiros e cavalos do inimigo. A batalha se estendeu noite adentro, com Argilac comandando em pessoa três investidas contra o exército de Orys Baratheon, conquistando mais território a cada ataque. Mas, na quarta investida na última colina, as forças de Argilac

se depararam com Rhaenys e Meraxes no chão, onde a chuva se provou insuficiente para aplacar as chamas do dragão.

Mesmo tendo sido jogado do cavalo e com suas forças em completo caos, Argilac não desistiu de lutar. No fim, depois de o velho rei guerreiro ter matado meia dúzia de homens, Orys Baratheon o enfrentou em um combate individual. Ambos feriram o oponente, mas Argilac foi morto e seus seguidores se entregaram. Sua filha e herdeira, Argella, tentou proteger Ponta Tempestade contra a hoste Targaryen ao se declarar Rainha da Tempestade, mas foi traída pelos próprios homens e entregue acorrentada e nua a Orys Baratheon. Orys a libertou e a tratou com gentileza, e como recompensa recebeu Ponta Tempestade, seus domínios e a própria Argella como esposa. Ele assumiu para si o brasão dos Durrandon, o veado coroado, e seu lema — Nossa é a fúria.

Agora no controle de dois dos Sete Reinos, os Targaryen se transformaram em uma ameaça muito maior. Uma aliança entre Mern IX Gardener da Campina e Loren I Lannister do Rochedo — registrados na história como os Dois Reis — lhes permitiu reunir um exército gigantesco, cinco vezes maior que o de Aegon. Tal grandiosa hoste marchou de seu ponto de encontro até Busquedouro, viajando para o nordeste na direção das terras fluviais. Aegon avançou para confrontá-los, e as irmãs se juntaram a ele no Septo de Pedra. A rainha Rhaenys havia chegado de Ponta Tempestade; a rainha Visenya vinha de Ponta da Garra Rachada, onde já conquistara a lealdade de cavaleiros e senhores menores.

As forças de Aegon e da hoste dos Dois Reis se encontraram em uma planície a sul da Torrente da Água Negra, com Mern e Loren totalmente confiantes na superioridade de suas forças. Mas as planícies em que lutaram estavam secas — a relva, esturricada, e o trigo, pronto para colheita —, então Aegon e suas irmãs incendiaram o campo usando fogo de dragão. O que se seguiu ficou eternizado como Campo de Fogo. Quatro mil homens arderam, e mais mil foram mortos em combate — incluindo o rei Mern e todos os filhos, irmãos, tios, netos e primos que tinha levado consigo. A Casa Gardener chegou a um fim abrupto e sangrento naquele dia — e a Casa Lannister sobreviveu apenas porque o rei Loren abandonou o campo quando viu que a batalha estava perdida. Quando o conflito terminou, ele se entregou a Aegon Targaryen e foi declarado o primeiro Guardião do Oeste, tendo ficado na história como Loren, o Derradeiro. O preço da batalha foi alto — mas não para os Targaryen, que perderam menos de cem homens. Dali, Aegon viajou para Jardim de Cima, onde o intendente dos Gardener, Harlan Tyrell, entregou o castelo a Aegon; em troca, ficou com Jardim de Cima e seus domínios e foi nomeado senhor supremo do Vago.

Antes que Aegon pudesse seguir marchando para assegurar a posse do resto da Campina e começar a subjugar Dorne, porém, ficou sabendo que Torrhen Stark, o Rei do Norte, tinha enfim se movimentado para o sul com trinta mil nortenhos. Então Aegon reuniu seus novos

ESQUERDA | A Última Tempestade.

vassalos e suas rainhas e seguiu para combater os Stark no Tridente com uma força de quarenta e cinco mil cabeças. As ruínas de Harrenhal e os rumores sobre o que tinha se abatido sobre os Dois Reis no Campo de Fogo fez Torrhen hesitar em atacar. Alguns de seus vassalos incentivavam o combate, mas seu meio-irmão bastardo, Brandon Snow, sugeriu que ele cruzasse o Tridente à noite e matasse os três dragões antes que os Targaryen pudessem fazer qualquer coisa para impedir. Brandon Snow de fato cruzou o rio, mas como emissário de Torrhen — e, na manhã seguinte, o Rei do Inverno virou o Rei que Ajoelhou, dobrando o joelho perante Aegon. Em troca, recebeu o domínio perene de suas terras como Guardião do Norte.

Os irmãos Targaryen voltaram então a suas campanhas separadas. Visenya lutou montada em Vhagar no Vale do Arryn e no Ninho da Águia, onde a rainha Sharra e seu filho, rei Ronnel, haviam se refugiado. O castelo no topo da Lança do Gigante não se revelou uma barreira para um dragão, porém, e Visenya pousou sem resistência no pátio do castelo. Quando Sharra e seus cavaleiros chegaram, Visenya estava com o menino rei Ronnel sentado em seu colo, implorando para voar no dragão. Sharra foi forçada a se submeter enquanto o filho aproveitava o voo prometido, circulando sobre o Ninho da Águia três vezes nas costas de Vhagar — decolando como pequeno rei e pousando como pequeno senhor.

Enquanto isso, Rhaenys voltava a atenção para Dorne — e, como Visenya, escolheu voar até o âmago do poder dornês em vez de guerrear nos desertos traiçoeiros e nas passagens montanhosas. Mas todos os castelos aos quais chegava estavam vazios após a partida de seus senhores — a Vila Tabueira estava igualmente deserta, com apenas idosas e crianças na cidade flutuante junto à foz do rio Sangueverde. Em Lançassolar, porém, Rhaenys encontrou a velha Meria Martell em casa — obesa, cega e enrugada, mas de mente ainda afiada. Meria informou a Rhaenys que Dorne não tinha um rei e não iria se curvar, dobrar ou quebrar pelos Targaryen. E, assim, Rhaenys foi forçada a partir sem conquistar Dorne.

Na época, a maior cidade em Westeros era Vilavelha: a ancestral morada da próspera Casa Hightower e lar tanto do Septo Estrelado, de onde o alto septão governava a Fé, quanto da Cidadela, onde os meistres eram educados. Aegon direcionou seu foco para a cidade pois a ausência dos Hightower na hoste do rei Mern era suspeita, embora ainda não tivessem se aliado a Aegon tampouco. Aegon levou um exército com o intuito de sitiar a cidade, mas em vez disso encontrou os portões abertos e o senhor local, Manfred Hightower, indo ao seu encontro a cavalo. Lorde Hightower então entregou a cidade sem hesitar. Ao que parece, quando Aegon e suas irmãs pousaram pela primeira vez em Westeros, o alto septão havia jejuado e orado e, em retorno, fora concedido uma visão de que Vilavelha e o Septo Estrelado queimariam se eles se opusessem aos Targaryen — o que convenceu o devoto lorde Manfred a ficar de fora da luta.

Recebido de braços abertos em Vilavelha e no Septo Estrelado, Aegon Targaryen foi coroado uma segunda vez pelo alto septão três dias depois, após conquistar com sucesso seis dos

DIREITA | Ronnel Arryn com Visenya.

sete reinos existentes. Centenas de senhores e cavaleiros de todas as partes do recém-forjado reino testemunharam a coroação, e dezenas de milhares de plebeus aclamaram o rei na cidade. Embora muitos esperassem — e até desejassem — que Aegon transformasse Vilavelha na sede real, ele anunciou que Aegonforte e a nova cidade de Porto Real, que crescia no meio das três altas colinas, seria sua morada nos Sete Reinos.

Sob seu comando, as armas entregues a seus exércitos por aqueles que se rendiam foram usadas para criar o Trono de Ferro, forjado nas chamas pretas de Balerion: um amálgama de ferro retorcido e pontiagudo feito para causar medo e admiração em qualquer um que ficasse diante dele.

El reinado de Aegon I
De 1 DC a 37 DC

As guerras do Dragão

A SEGUNDA COROAÇÃO DE AEGON em Vilavelha reiniciou a contagem do calendário de Westeros e estabeleceu a convenção atual de data, dividindo a história em DC (Depois da Conquista) e AC (Antes da Conquista). A coroação aconteceu em 1 DC — mas coroar um rei e mudar o calendário não significa que a paz imediatamente recaiu sobre todos os cantos do reino. A primeira década sob o governo de Aegon, na verdade, foi marcada pela guerra tanto quanto pelo estabelecimento de uma nova ordem.

A primeira questão a ser resolvida por Aegon foi a rebelião das Três Irmãs. Ele fez Torrhen Stark enviar nortenhos até a ilha em galés contratadas, acompanhados pela rainha Visenya montada em sua grande dragão, Vhagar. Os homens das Irmãs rapidamente depuseram a desafortunada rainha Marla; o irmão dela, Steffon Sunderland, jurou lealdade a Aegon. Marla Sunderland ficou presa até 6 DC, quando teve a língua cortada e foi enviada para viver entre as irmãs silenciosas pelo resto da vida.

As Ilhas de Ferro deram mais trabalho, pois a destruição da Casa Hoare levara a uma sangrenta disputa de poder. Qhorin Volmark estava entre os vários requerentes que se apresentaram; os sacerdotes afogados, por sua vez, coroaram Lodos, um deles, depois de este se declarar filho do Deus Afogado. O ano de guerra civil que se seguiu foi brutal, e muitos nascidos no ferro pereceram.

Na tentativa de acabar com a rebelião, Aegon chegou às Ilhas de Ferro em 2 DC, montado em Balerion e acompanhado por uma grande frota. Nessa época, porém, muitos dos nascidos no ferro não aguentavam mais os conflitos e receberam de bom grado a chegada dos Targaryen. Aegon matou Qhorin Volmark com a espada de aço valiriano Fogonegro. Já Lodos,

PÁGINA ANTERIOR | Aegon I e o Trono de Ferro.

ESQUERDA | Lodos e seus seguidores.

o sacerdote-rei, tentou incitar as lulas-gigantes a destruir a frota de Aegon — e, quando nenhum surgiu, encheu a túnica de pedras e caminhou mar adentro, alegando que falaria com o Deus Afogado. Milhares de seus apoiadores o seguiram, afogando-se junto. Com a paz restaurada, o rei Aegon refletiu sobre entregar as Ilhas de Ferro a um senhor do continente ou escolher algum nascido no ferro. Depois de certa deliberação, nomeou Vikon Greyjoy, Senhor Ceifeiro de Pyke, como governante das Ilhas de Ferro. Mas as terras fluviais — antes parte do domínio da Casa Hoare — permaneceram sob o firme comando dos Tully. E Harrenhal foi entregue ao mestre de armas de Pedra do Dragão, sor Quenton Qoherys.

Em 3 AC, o domínio de quase toda Westeros estava assegurado — exceto o de Dorne. A princípio, Aegon e suas irmãs tentaram usar a diplomacia para obter a submissão pacífica de Dorne, mas não foram bem-sucedidos. Assim, a Primeira Guerra Dornesa começou em 4 AC, quando Rhaenys Targaryen e Meraxes queimaram Vila Tabueira enquanto Orys Baratheon comandava uma companhia de guerreiros pelo Caminho do Espinhaço e o rei Aegon e lorde Harlan Tyrell marchavam com um imenso exército pelo Passo do Príncipe. Mais uma vez, porém, os dorneses se negaram a entrar em conflito e desapareceram, mesmo depois de Aegon dividir suas forças. Embora fosse o segundo ano de outono, o sol de Dorne era inclemente e castigou as forças Targaryen — especialmente aquelas sob o comando de lorde Tyrell, que marchavam com ele pela Toca do Inferno. A marcha de Orys Baratheon pelo Caminho do Espinhaço foi ainda menos bem-sucedida, e ele e suas forças foram pegos em uma emboscada. A maior parte de seus seguidores foi assassinada, embora Orys e algumas dezenas de outros senhores tenham sido feitos prisioneiros por Wyl de Wyl, também conhecido como Amante de Viúvas.

Apenas Aegon teve algum sucesso verdadeiro na campanha, tomando vários castelos e matando o campeão de Toland em um combate individual antes de perceber que quem derrotara era apenas o bobo de lorde Toland. Quando chegou a Lançassolar, a rainha Rhaenys já o esperava ali — depois de também ter encontrado vários castelos dorneses abandonados pelo caminho. A cidade fantasma estava metade vazia, e a própria Lançassolar fora deixada por todos os residentes exceto criados. Mesmo a idosa Meria Martell tinha partido. Apesar disso, Aegon declarou vitória. Colocou lorde Jon Rosby no cargo de Castelão de Lançassolar e Guardião das Areias, ordenou que lorde Tyrell abatesse qualquer resistência e partiu pelo Passo do Príncipe.

Logo depois de sua partida, os dorneses se rebelaram, tomando de volta os castelos que Aegon e as irmãs tinham conquistado e matando guarnições. Meria Martell reapareceu de seu esconderijo e — em um evento que depois ficaria conhecido como Defenestração de Lançassolar — jogou lorde Rosby da janela mais alta da Torre da Lança. Lorde Harlan Tyrell e sua hoste, por sua vez, nunca mais foram vistos depois de sair marchando pelo deserto na tentativa de conquistar Vaith.

DIREITA | A Defenestração de Lançassolar.

Depois de 6 dc, a guerra dornesa foi ficando cada vez mais sangrenta — embora com longos períodos de tranquilidade e várias tentativas de trégua, pontuados por mortes, assassinatos, represálias e ataques. Em 7 dc, Orys Baratheon e os outros senhores capturados por Wyl de Wyl foram devolvidos mediante pagamento de resgate, mas todos tiveram a mão da espada decepada antes de serem libertados. Aegon retaliou com Balerion, queimando o forte e as torres de vigia de Wyl, mas o Amante de Viúvas se refugiou nas cavernas e túneis e sobreviveu.

Em 8 dc, os dorneses atacaram por todo o Mar de Dorne, usando navios de um pirata dos Degraus; queimaram cidades e vilas na costa meridional de Cabo da Fúria e atearam fogo em metade da Mata Chuvosa. Visenya Targaryen respondeu incendiando outros castelos dorneses. Em 9 dc, ela retornou novamente — dessa vez com Aegon — e mais castelos foram queimados.

Em 10 dc, os dorneses responderam enviando dois exércitos até a Campina. No primeiro, comandado por lorde Fowler, tomaram o castelo Nocticantiga, nas terras da tempestade, então governado por lorde Caron. Lorde Manfred Hightower de Vilavelha respondeu enviando até Noctiantiga um exército liderado por seu filho, sor Addam. Foi apenas então

ACIMA | Vilavelha sob ataque.

que o segundo exército dornês — liderado por sor Joffrey Dayne — foi mobilizado, atacando e queimando vilas, fazendas e campos em um raio de cerca de cem quilômetros ao redor da então quase desguarnecida Vilavelha. Sor Joffrey matou o filho mais novo de lorde Hightower, Garmon, quando este tentou liderar uma incursão. Nesse meio-tempo, quando sor Addam chegou a Nocticantiga, o castelo tinha sido abandonado, seus guardas, mortos, e lorde Caron e os familiares, levados como prisioneiros. E quando sor Addam enfim voltou a Vilavelha, Dayne e seu exército já tinham voltado para Dorne. Lorde Manfred morreu não muito tempo depois e foi sucedido por Addam. Aegon cogitou responder com outra invasão a Dorne, mas o jovem lorde Theo Tyrell relutou em apoiá-lo depois do que acontecera com o pai e seu exército.

Em vez disso, os Targaryen empregaram seus dragões. Os três voaram para Dorne. Aegon e Balerion queimaram Alcanceleste, e Visenya e Vhagar queimaram Tombastela. Mas enquanto Rhaenys e Meraxes voavam para Toca do Inferno, foram acertados por um dardo de ferro de uma balista instalada na torre mais alta do castelo. Meraxes caiu do céu, debatendo-se em seus espasmos derradeiros, e no processo destruiu a torre e parte da muralha antes de falecer. Não se sabe ao certo o que aconteceu com Rhaenys. Ela pode ter sido jogada para longe e despencado até a morte, mas também pode ter sido esmagada sob o peso do dragão. Alguns alegam ainda que ela sobreviveu, mas foi torturada até a morte nas masmorras de Toca do Inferno.

O que se seguiu à morte de Rhaenys ficou conhecido como a Ira do Dragão. Por dois anos, Aegon e Visenya voaram sobre Dorne várias vezes, queimando todos os castelos dorneses — não raro mais de uma vez. Apenas Lançassolar foi poupado — embora o motivo possamos apenas especular. Talvez tenha sido pelo fato de que os Martell haviam comprado de Lys um equipamento para abater dragões, ou talvez porque os Targaryen tivessem a esperança de colocar o povo dornês contra a princesa Meria — caso essa tenha sido a intenção, porém, não deu certo. Além disso, os Targaryen estabeleceram recompensas pela cabeça dos senhores dorneses. Meia dúzia de senhores e senhoras de Dorne foram mortos — mas quase nunca os assassinos sobreviviam para receber o que lhes era de direito. Os dorneses responderam na mesma medida, e assim os senhores da tempestade Connington, Mertyns e Fell encontraram seu fim.

Durante os anos da Ira do Dragão, Aegon e Visenya foram atacados por assassinos dorneses em várias ocasiões. Foi em um desses ataques, em 10 DC — frustrado pela própria Visenya —, que fez a rainha criar a Guarda Real para proteger Aegon. A companhia de sete cavaleiros que juravam seus serviços, sua honra e sua vida ao rei não demoraria a se tornar uma imponente irmandade, acolhendo alguns dos maiores cavaleiros da história de Westeros.

O mais infame evento de 12 DC foi outra represália dornesa — dessa vez, realizada por Wyl de Wyl. Ele levou salteadores até Fawnton durante o casamento de sor Jon Cafferen e Alys Oakheart. Ele e seus homens emascularam o noivo, mataram o pai da noiva, lorde Oakheart, assim como a maior parte dos convidados, e depois estupraram a noiva e suas damas de honra antes de vender as mulheres para comerciantes de escravizados de Myr.

A essa altura, Dorne não passava de uma erma terra arrasada. Não havia sinais de que os Targaryen cessariam a destruição até que os dorneses se entregassem, mas tampouco havia indícios de que eles fossem se render. No entanto, em 13 DC, Meria Martell, a Rã Amarela, morreu. O filho dela, príncipe Nymor, a sucedeu, e parecia menos inclinado do que a mãe a continuar com o conflito. Enviou a herdeira, princesa Deria, para Porto Real com o crânio de Meraxes e uma oferta de paz — uma que, no entanto, mantivesse Dorne independente.

Tanto rainha Visenya quanto Orys Baratheon se opuseram ao acordo. O novo lorde Oakheart aconselhou, em uma mensagem enviada por um corvo, que Deria fosse vendida a um bordel para ser usada, tal como a irmã de lorde Oakheart. Aegon se recusou a ferir uma emissária sob o estandarte de paz, mas ainda não estava disposto a oferecer paz a Dorne sem receber em troca a sua submissão. Antes de anunciar a recusa, porém, a princesa Deria entregou ao rei uma carta do pai. O conteúdo de tal missiva ainda é desconhecido, mas Aegon a queimou e nunca falou sobre a mensagem. O que quer que a carta contivesse — teorias incluem apelo emocional, feitiçaria e mesmo ameaças ao filho e herdeiro de Aegon, Aenys — incitou Aegon a voar até Pedra do Dragão naquela noite. Quando retornou na manhã seguinte, concordou com a proposta e assinou um tratado de paz eterna.

ABAIXO | Deria traz a carta do príncipe Nymor.

Leitores atentos talvez percebam que Aegon reivindicou o comando dos Sete Reinos, mas por fim acabou conquistando apenas seis. No entanto, houve aqui uma astuta manobra política que serviu a dois propósitos. Por gerações, as terras fluviais tinham sido tratadas não como um reino independente, mas sim como um território cujo domínio era alternado entre os Reis da Tempestade e os nascidos no ferro.

Ao dar as terras fluviais para Edmyn Tully, separando-as das Ilhas de Ferro, Aegon não só ganhou um aliado valioso como também criou o que poderia ser chamado de um sétimo reino, mesmo com Dorne resistindo à integração ao novo reinado de Aegon. Uma tecnicalidade — mas importante para um reino que dava muito valor ao número sete.

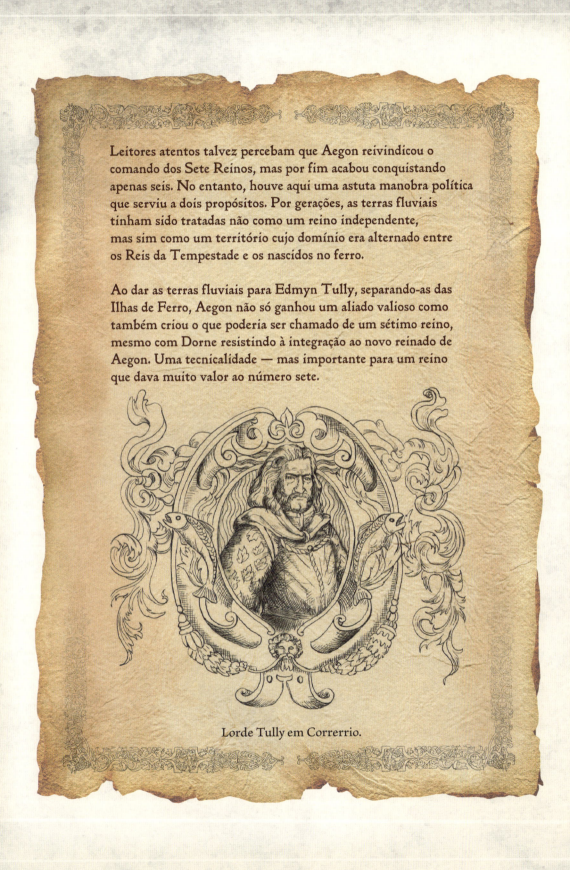

Lorde Tully em Correrrio.

A governança do Dragão

O INÍCIO DO REINADO DE AEGON I pode ter sido assolado por guerras, mas também foi marcado por muitos esforços para unir o novo reino. Ele e as irmãs encorajaram a nobreza a enviar os filhos para Porto Real para servirem como pajens e criadas. Intermediaram casamentos entre casas nobres distantes umas das outras para criar conexões entre regiões afastadas. E faziam frequentes turnês reais para que o reino pudesse ver os novos governantes, dar uma espiada nos dragões e entender a justiça que traziam. Aegon passava apenas metade do tempo em Aegonforte ou Pedra do Dragão; a outra era gasta viajando no reino.

Quando promovia sessões de corte em tais turnês, Aegon fazia questão de consultar meistres que tivessem familiaridade com as legislações locais, nas quais se baseava para guiar seu julgamento. Seu principal objetivo era estabelecer a paz, não harmonizar as leis, então declarou como a primeira nova lei do reino a Paz do Rei, que proibia guerras particulares entre nobres rivais.

Mas, com o tempo, Aegon acabou padronizando costumes, deveres e impostos por todo o reino, para que nenhum porto ou indivíduo fosse submetido a termos mais favoráveis do que outros. E para ficar em bons termos com a Fé, isentou de impostos septos, septerias e homens e mulheres santos da Fé. Na verdade, garantir uma boa relação com a Fé e com o alto septão se tornou um padrão para a maior parte dos primeiros governantes Targaryen, uma vez que a Fé tinha grande influência sobre o povo dos Sete Reinos.

Aegon, o Conquistador, não governou sozinho, porém. Logo desde os primeiros dias de reinado, suas irmãs e rainhas governaram com ele. Sempre que viajava em turnê, uma das rainhas ficava para trás para governar de Pedra do Dragão e Porto Real — às vezes inclusive comandando julgamentos e dando ordens do Trono de Ferro. Certa vez, a rainha Rhaenys, que

ESQUERDA | Sessão da corte do rei Aegon I.

enchia a corte de cantores e bardos e era defensora de mulheres e crianças pelo reino, julgou o caso de um marido que espancara a esposa até a morte, cuja punição era requerida pelos irmãos da mulher morta. De acordo com a Fé, um homem podia castigar a esposa, mas Rhaenys determinou que apenas seis golpes seriam permitidos, já que o sétimo, a morte, pertencia ao Estranho. Como o marido tinha golpeado a esposa noventa e quatro vezes além das seis permitidas, os irmãos dela receberam o direito de bater no homem o mesmo número de vezes.

Apesar de mais austera e menos querida pelo povo — uma guerreira e, diziam, praticante ocasional de poções e artes sombrias —, Visenya era tão capaz quanto qualquer um dos irmãos mais novos. A mais notável adição dela à corte do rei foi a criação da Guarda Real em

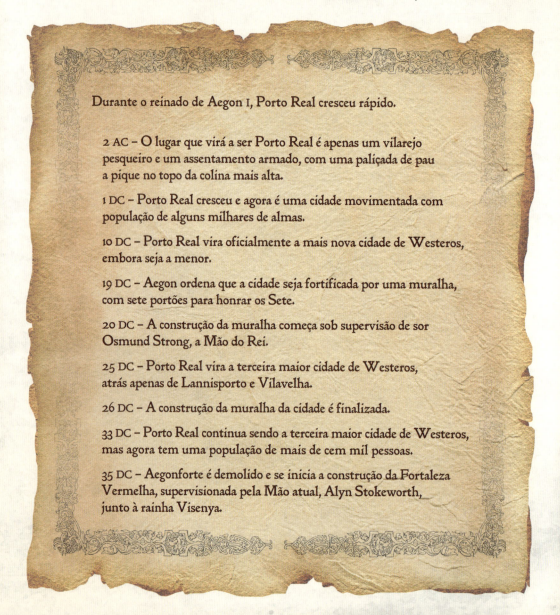

Durante o reinado de Aegon I, Porto Real cresceu rápido.

2 AC – O lugar que virá a ser Porto Real é apenas um vilarejo pesqueiro e um assentamento armado, com uma paliçada de pau a pique no topo da colina mais alta.

1 DC – Porto Real cresceu e agora é uma cidade movimentada com população de alguns milhares de almas.

10 DC – Porto Real vira oficialmente a mais nova cidade de Westeros, embora seja a menor.

19 DC – Aegon ordena que a cidade seja fortificada por uma muralha, com sete portões para honrar os Sete.

20 DC – A construção da muralha começa sob supervisão de sor Osmund Strong, a Mão do Rei.

25 DC – Porto Real vira a terceira maior cidade de Westeros, atrás apenas de Lannisporto e Vilavelha.

26 DC – A construção da muralha da cidade é finalizada.

33 DC – Porto Real continua sendo a terceira maior cidade de Westeros, mas agora tem uma população de mais de cem mil pessoas.

35 DC – Aegonforte é demolido e se inicia a construção da Fortaleza Vermelha, supervisionada pela Mão atual, Alyn Stokeworth, junto à rainha Visenya.

10 DC, após vários atentados de assassinos dorneses contra a vida de Aegon. Até então, Aegon confiava em seus guardas e na própria habilidade com a espada como proteção; depois de uma dessas tentativas de assassinato, porém, Visenya sacou a própria espada de aço valiriano, Irmã Sombria, e cortou a bochecha do irmão antes que qualquer um dos guardas pudesse reagir. Depois disso, Aegon admitiu que havia sabedoria no conselho de Visenya e permitiu que ela se encarregasse da tarefa de protegê-lo de maneira mais adequada.

Mas Aegon confiava em outras pessoas além das irmãs. Depois de sua primeira coroação em Aegonforte, distribuíra cargos entre seus primeiros apoiadores. Daemon Velaryon, Senhor das Marés e Mestre de Derivamarca, foi seu primeiro almirante e mestre dos navios (por muitos anos, os Velaryon — que forneciam a maior parte da frota real — seriam indicados com tanta frequência para tal cargo que a impressão era que este era hereditário). Após a morte de Daemon, o cargo foi repassado ao seu filho, Aethan. Triston Massey, Senhor de Bailepedra, virou mestre das leis, e Crispian Celtigar foi indicado a mestre da moeda. Orys Baratheon, meio-irmão plebeu de Aegon, foi a primeira Mão do Rei.

Porém, após retornar da prisão em Dorne sem a mão da espada, Orys achou que seria alvo de piadas — a Mão sem mão — e, por isso, renunciou ao cargo em 7 DC. Lorde Edmyn Tully assumiu em seguida e ficou no cargo até 9 DC, mas quis voltar para as terras fluviais depois da morte da esposa durante o parto. Alton Celtigar, Senhor da Ilha da Garra, foi Mão do Rei até morrer em 17 DC. Sor Osmund Strong assumiu depois e serviu até sua morte, em 34 DC. Depois dele veio lorde Alyn Stokeworth.

ABAIXO | A construção de Porto Real.

Em 5 DC, Aegon também pediu que a Cidadela de Vilavelha enviasse um de seus meistres para aconselhá-lo. Foi escolhido o arquimeistre Ollidar para ser o primeiro grande meistre, mas ele morreu em menos de um ano. Foi sucedido pelo arquimeistre Lyonce, que ocupou o cargo até seu falecimento, em 12 DC. Depois disso — e talvez tendo aprendido com seus erros — a Cidadela enviou o grande meistre Gawen, um homem mais jovem, que serviria ao rei Aegon e ao Trono de Ferro por trinta anos.

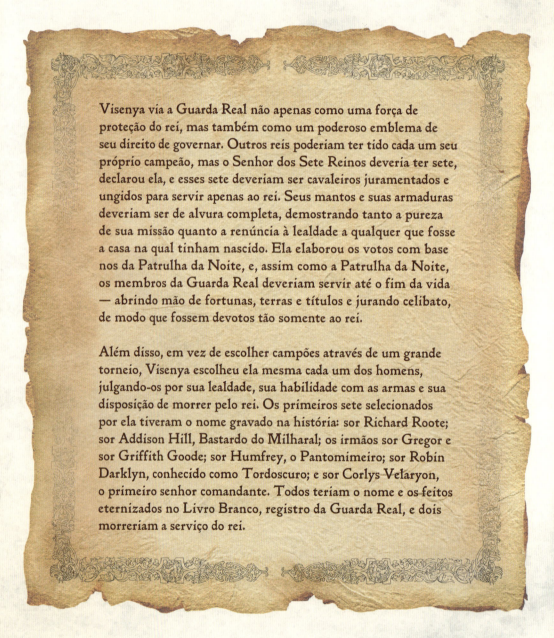

Visenya via a Guarda Real não apenas como uma força de proteção do rei, mas também como um poderoso emblema de seu direito de governar. Outros reis poderiam ter tido cada um seu próprio campeão, mas o Senhor dos Sete Reinos deveria ter sete, declarou ela, e esses sete deveriam ser cavaleiros juramentados e ungidos para servir apenas ao rei. Seus mantos e suas armaduras deveriam ser de alvura completa, demostrando tanto a pureza de sua missão quanto a renúncia à lealdade a qualquer que fosse a casa na qual tinham nascido. Ela elaborou os votos com base nos da Patrulha da Noite, e, assim como a Patrulha da Noite, os membros da Guarda Real deveriam servir até o fim da vida — abrindo mão de fortunas, terras e títulos e jurando celibato, de modo que fossem devotos tão somente ao rei.

Além disso, em vez de escolher campeões através de um grande torneio, Visenya escolheu ela mesma cada um dos homens, julgando-os por sua lealdade, sua habilidade com as armas e sua disposição de morrer pelo rei. Os primeiros sete selecionados por ela tiveram o nome gravado na história: sor Richard Roote; sor Addison Hill, Bastardo do Milharal; os irmãos sor Gregor e sor Griffith Goode; sor Humfrey, o Pantomimeiro; sor Robin Darklyn, conhecido como Tordoscuro; e sor Corlys Velaryon, o primeiro senhor comandante. Todos teriam o nome e os feitos eternizados no Livro Branco, registro da Guarda Real, e dois morreriam a serviço do rei.

DIREITA | A primeira Guarda Real.

A família do Dragão

A OUTRA FUNÇÃO de um rei, depois de estabelecer seu reino, é produzir herdeiros. Embora Aegon e as irmãs tenham chegado ao trono sem filhos, os três eram jovens e saudáveis, e era esperado que não demorassem a gerar descendentes. Conforme os anos passavam, porém, alguns na corte foram ficando preocupados. Muita atenção começou então a ser dada à relação entre os três irmãos. O casamento de Aegon com a irmã mais velha, Visenya, era esperado e apropriado de acordo com a tradição dos Targaryen, mas ele ter se casado também com Rhaenys fugia à regra. Muitos presumiam que, das duas, era Rhaenys que o rei amava, e que seu relacionamento com Visenya fosse por motivos de dever.

Fosse isso verdade ou não, o que se observava era que Aegon passava dez noites com Rhaenys para cada uma que dormia com Visenya, então não foi surpresa alguma Rhaenys ter sido a primeira a dar à luz uma criança em 7 DC. O bebê recebeu o nome de Aenys. Era fraco e adoentado, recusando amas de leite e aceitando mamar apenas no seio da própria Rhaenys. E depois da morte da mãe em 10 DC, o garoto ficou ainda mais frágil, voltando a engatinhar em vez de andar e inconsolável devido à perda. Começou a se fortalecer apenas quando ganhou Mercúrio, dragão recém-nascido.

Mais tarde, alguns sussurros diriam que, na realidade, um dos belos jovens que orbitavam Rhaenys na corte era pai da criança — especialmente conforme Aenys foi crescendo e se tornando cada vez menos parecido com o pai sério, austero e guerreiro. O menino era gentil, encantador e de fala mansa — ansioso por agradar, e mais atraído por música e dança do que por outras atividades. Lutava bem, mas não chegava a ser um grande guerreiro — característica que o diferenciava muito do meio-irmão mais novo.

ESQUERDA | Aenys e Maegor.

Pois, em 11 DC, Visenya anunciou que estava esperando um filho. Maegor nasceu no ano seguinte em Pedra do Dragão, uma criança grande e robusta. Foi criado majoritariamente em Pedra do Dragão por Visenya, e no princípio tinha pouco contato com o meio-irmão mais velho. Seguindo os passos do pai, desde cedo seu talento com as armas era nítido — embora ele também demonstrasse sinais precoces de crueldade (usou a primeira espada para matar um gato, e aos oito anos apunhalou um cavalo até a morte depois de levar um coice). Conforme crescia, procurava sempre por conflito e combate; tentava dominar os outros e logo ganhou reputação por sua aspereza e crueldade.

Aegon não teve mais filhos com Visenya, nem quis se casar com uma noiva mais jovem escolhida entre suas súditas das Cidades Livres após a morte de Rhaenys. Ainda assim, com dois herdeiros, a dinastia parecia relativamente segura — sobretudo depois de Aenys se casar com uma prima, Alyssa Velaryon, em 22 DC. Já no ano seguinte, esta deu à luz a filha Rhaena. A rainha Visenya usou o nascimento da menina para levantar a questão da linha sucessória, querendo manter o filho Maegor como segundo na fila. Como solução, propôs prometer a mão de Rhaena, ainda bebê, a Maegor, na época com onze anos — mas Aenys e Alyssa não concordaram. Assim como a Fé, já que o alto septão não toleraria mais casamentos incestuosos. Aegon ficou ao lado do alto septão e de seu filho mais velho, e, em vez de aceitar a proposta de Visenya, arranjou o casamento de Maegor com a sobrinha do alto septão, Ceryse Hightower, dez anos mais velha que o príncipe. Em 25 DC, no décimo terceiro dia do nome do filho, Visenya deu a Maegor sua espada de aço valiriano, Irmã Sombria. Meio ano depois, ele se casou com Ceryse Hightower. Maegor se gabava de ter consumado o casamento uma dúzia de vezes e tinha certeza de que um filho seria gerado, mas nenhum bebê veio.

Aenys e Alyssa tiveram seu herdeiro em 26 DC, a quem deram o nome de Aegon em homenagem ao avô. Embora pudesse haver questionamentos sobre o lugar de Rhaena na linha de sucessão, foi aceito por todos que aquela criança seria o herdeiro de Aenys, empurrando Maegor mais para o fim da fila. Aenys e Alyssa ainda dariam três outros netos a Aegon — Viserys em 29 DC, Jaehaerys em 34 DC e Alysanne em 36 DC. Enquanto isso, o casamento de Maegor com Ceryse continuava sem dar frutos.

Maegor foi condecorado cavaleiro em 28 DC aos dezesseis anos — o mais jovem cavaleiro dos Sete Reinos — pelo próprio pai, usando sua espada de aço valiriano, Fogonegro. Ele se juntou a duas expedições contra o pirata de lyseno Sargoso Saan e seus quartéis-generais nos Degraus, conquistando uma reputação de valentia. Em 31 DC, comandou uma companhia que caçou e matou um cavaleiro ladrão conhecido como Gigante do Tridente.

Os últimos anos do reinado do rei Aegon foram pacíficos. Em 33 DC, celebrou o sexagésimo dia de seu nome e passou a enviar o filho Aenys nas turnês reais enquanto continuava em Porto Real ou Pedra do Dragão. Supervisionou a construção da Fortaleza Vermelha e da

DIREITA | A pira de Aegon.

emergente cidade que surgiria ao redor. Em 37 DC, enquanto mostrava a Mesa Pintada aos netos Aegon e Viserys, Aegon, o Conquistador, sofreu um derrame e morreu na hora. O príncipe Maegor leu a eulogia enquanto Aegon repousava em sua pira. Vhagar acendeu a pira, e Aegon, o Conquistador, Primeiro de Seu Nome, transformou-se em cinzas.

O filho mais velho de Aegon, Aenys, que estava em Jardim de Cima durante uma turnê real, soube da notícia e voou para Pedra do Dragão montado em Mercúrio para ser coroado Aenys, Primeiro de Seu Nome.

O reinado de Aenys I
De 37 DC a 42 DC

Ascensão e rebelião

DEPOIS DE COROADO, o novo rei Aenys seguiu o exemplo do pai e viajou para Vilavelha buscando a bênção do alto septão — na ida, passou por Ponta Tempestade e pela Marca de Dorne, e depois voltou por Jardim de Cima, Lannisporto e Correrrio. Levou junto a esposa, Alyssa, e todos os filhos, exceto os dois mais novos. Foi nessa viagem que a jovem princesa Rhaena, então com catorze anos, começou a chamar a atenção de potenciais pretendentes — embora tenha passado boa parte do período emburrada, uma vez que sua dragão-fêmea, Dreamfyre, ficara em Pedra do Dragão. Dizem que o humor da garota melhorou um pouco apenas quando sua melhor amiga, Melony Piper, se juntou à comitiva. Apesar da grande demonstração de prosperidade e poder reais, logo surgiram desafios ao reinado de Aenys — e de maneiras que ninguém ousara perpetrar enquanto Aegon, o Dragão, estivera no poder.

Foi nas terras fluviais, enquanto Aenys era hóspede de lorde Tully de Correrrio, que os primeiros sinais de rebelião surgiram. Harren, o Vermelho — um salteador que alegava ser neto de Harren, o Negro — se infiltrou em Harrenhal, matou o infame lorde Gargon Qoherys (neto de Quenton Qoherys, para quem Aegon dera Harrenhal em 2 AC) e se autodeclarou Rei dos Rios. Foi proposto que o rei Aenys usasse sua dragão Mercúrio para incendiar Harrenhal — assim como Aegon fizera com Balerion anos antes. No entanto, Aenys ordenou que lorde Tully erguesse seus estandartes e marchasse apenas quando já tivesse reunido mais de mil homens. Quando a hoste chegou a Harrenhal, Harren, o Vermelho, já havia, evidentemente, fugido junto com seus seguidores.

E quando o rei retornou a Porto Real, mais rebeldes tinham surgido. Jonos Arryn depusera o irmão mais velho Ronnel e se autoproclamara Rei da Montanha e do Vale. Um

PÁGINA ANTERIOR | A coroação de Aenys I.

ESQUERDA | Aproximação de Lannisporto.

sacerdote surgiu nas Ilhas de Ferro alegando ser Lodos retornado do mar e assumiu o nome de Lodos, o Duplamente Afogado. E um dornês que chamava a si mesmo de Rei Abutre apareceu nas Montanhas Vermelhas de Dorne, juntando milhares de dorneses sob seu estandarte mesmo tendo sido denunciado pela princesa Deria. Os dorneses invadiram a Marca e a Campina, tomando e queimando o castelo de Portonegro e decepando fora o nariz do seu lorde, Harmon Dondarrion.

O rei Aenys, um homem afeito à paz, não conseguia entender por que aqueles homens se voltariam contra ele considerando que estava mais do que disposto a ouvir suas queixas. Também não parecia ser capaz de deter as rebeliões. Juntou uma frota que navegaria até o Vale sob o comando da Mão, lorde Alyn Stokeworth, mas a dispensou de última hora com medo de que Porto Real ficasse desguarnecida. Em vez disso, mandou Stokeworth para o norte com um grupo de homens para caçar Harren, o Vermelho.

A indecisão do rei fez com que a responsabilidade de derrotar os rebeldes caísse quase que toda nos ombros de seus senhores e vassalos, às vezes com a assistência e os conselhos da rainha viúva Visenya, e os resultados foram variados. No Vale, lorde Allard Royce derrotou os poucos apoiadores de Jonos Arryn, mas quando exigiu a libertação de lorde Ronnel, Jonos entregou o irmão via Porta da Lua, da qual este despencou para a morte. Sobrou então para o príncipe Maegor, voando em Balerion, o Terror Negro — cuja montaria ele assumira após a morte do pai —, resolver a situação. Maegor forçou a guarnição remanescente a se render jogando o próprio Jonos pela Porta da Lua, e depois todos os homens foram enforcados sob ordens de Maegor. Hubert Arryn, primo de Jonos e Ronnel, assumiu o comando do Vale.

Nas Ilhas de Ferro, Goren Greyjoy e sua centena de dracares abateram milhares de seguidores de Lodos, o Duplamente Afogado, cuja cabeça foi enviada a Porto Real. O gesto agradou tanto ao rei que ele ofereceu ao Senhor Ceifeiro de Pyke qualquer recompensa que este desejasse. Lorde Goren tirou proveito da generosidade

ESQUERDA | O Rei Abutre.
DIREITA | Maegor chega ao Ninho da Águia.

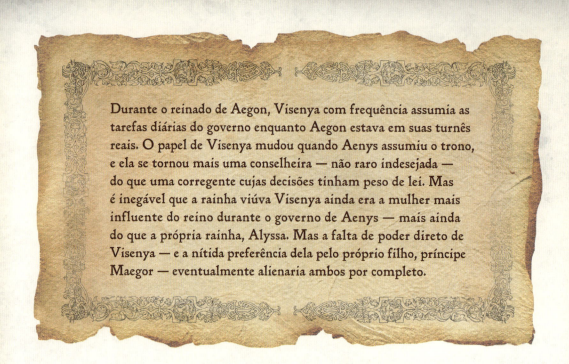

Durante o reinado de Aegon, Visenya com frequência assumia as tarefas diárias do governo enquanto Aegon estava em suas turnês reais. O papel de Visenya mudou quando Aenys assumiu o trono, e ela se tornou mais uma conselheira — não raro indesejada — do que uma corregente cujas decisões tinham peso de lei. Mas é inegável que a rainha viúva Visenya ainda era a mulher mais influente do reino durante o governo de Aenys — mais ainda do que a própria rainha, Alyssa. Mas a falta de poder direto de Visenya — e a nítida preferência dela pelo próprio filho, príncipe Maegor — eventualmente alienaria ambos por completo.

do rei e pediu que todos os septões e as septãs fossem expulsos das Ilhas de Ferro, acabando com a presença da Fé no local.

A ameaça representada pelo Rei Abutre era a mais séria, porém, graças a seus vários apoiadores. Este dividiu sua hoste, mandando metade para cercar Pedrelmo sob comando de lorde Walter Wyl (filho do infame Amante de Viúvas) e comandando pessoalmente a outra metade em um ataque a Nocticantiga e depois a Monte Chifre. O idoso lorde Orys Baratheon comandou os guerreiros das terras da tempestade e esmagou a hoste de Wyl. Lorde Walter foi feito prisioneiro e apresentado a lorde Orys, que decepou a mão de Walter como vingança por ter perdido a própria para o pai de Walter. Depois, mandou decepar a outra mão e ambos os pés de Walter como juros. Lorde Orys morreu durante a marcha de retorno devido aos ferimentos da batalha, mas o filho Davos depois diria que o pai faleceu sorrindo, olhando para as mãos e os pés decompostos que pendurara no teto da tenda.

O Rei Abutre também caiu. Depois de não conseguir tomar Nocticantiga de lady Ellyn Caron, abandonou a missão e marchou para oeste — mas foi atacado na estrada por lady Caron, pelo mutilado e vingativo lorde Dondarrion e por Sam Tarly Sanguinário de Monte Chifre. Apesar de supostamente ter o dobro de guerreiros que seus oponentes, as forças do Rei Abutre eram indisciplinadas e mal equipadas. A debandada que se seguiu ficou conhecida como "a Caça de Abutres", e milhares pereceram depois de se dispersarem e fugirem. O próprio Rei Abutre foi amarrado a postes, desnudado e deixado para morrer. Isso marcou

DIREITA | A vingança de lorde Orys.

o fim da Segunda Guerra Dornesa, mas outros Reis Abutres surgiriam nas décadas seguintes, reivindicando o mesmo manto.

O último dos rebeldes, Harren, o Vermelho, foi caçado pela Mão do Rei, lorde Alyn Stokeworth, e seus homens. O fora da lei e seus seguidores lutaram até o fim, e Harren matou lorde Stokeworth antes de ser assassinado pelo escudeiro do lorde, Bernarr Brune. O rei depois recompensou os defensores de sua coroa, condecorando Brune cavaleiro e dando riquezas, terras e cargos àqueles que ajudaram a derrotar os rebeldes. Mas a maior recompensa deu ao irmão, príncipe Maegor, que nomeou Mão do Rei.

ABAIXO | A morte de Harren, o Vermelho.
DIREITA | A Caça de Abutres.

Tensões reais

AENYS E MAEGOR governaram juntos por quase dois anos sem atritos significativos entre eles, mas isso mudou em 39 DC. O rei Aenys e a rainha Alyssa tiveram uma sexta criança, Vaella — o bebê morreu ainda no berço, mas foi mais uma prova de que a rainha continuava fértil. Já o casamento de catorze anos de Maegor com lady Ceryse continuava estéril. Então Maegor tomou uma decisão drástica: casou-se com uma segunda esposa, Alys, filha de Lucas Harroway, novo Senhor de Harrenhal. O casamento foi realizado em segredo em Pedra do Dragão, usando um rito valiriano oficializado pela rainha viúva Visenya. Quando o rei Aenys foi informado do casamento, a discussão que se seguiu foi amarga, e o sentimento foi ecoado pelo pai de lady Ceryse, lorde Manfred (filho do lorde Manfred anterior) e pelo próprio alto septão, que denunciou Maegor pelo pecado de bigamia.

Mas Maegor não cedeu. Foi oferecida a ele a escolha entre abrir mão de Alys ou ir para o exílio do outro lado do mar estreito por cinco anos; ele escolheu o segundo e levou Alys, Balerion e a espada Fogonegro consigo, instalando-se em Pentos e abandonando Ceryse em Porto Real. O rei Aenys fez sua parte para tentar amenizar a separação pedindo que o septão Murmison — que supostamente tinha o poder da cura através do toque — rezasse sobre a barriga dela todo dia. Mas Ceryse acabou não aguentando mais a situação e partiu para Vilavelha. Aenys também nomeou o septão Murmison como sucessor de príncipe Maegor na posição de Mão do Rei. A escolha, porém, não contribuiu muito para amenizar a raiva do alto septão ou a insatisfação dos senhores de Aenys. Mas o rei acreditava que as tensões iriam ceder, e, dessa forma, voltou sua atenção para a construção do castelo que fora denominado Fortaleza Vermelha.

Em 41 DC, convencido de que o exílio de Maegor seria o fim da raiva contra a Casa Targaryen, Aenys prometeu a mão da filha, princesa Rhaena, ao irmão príncipe Aegon, seguindo as

ESQUERDA | Maegor partindo de Porto Real.

práticas valirianas. Os irmãos demonstravam afeto um pelo outro desde a infância; para o alto septão, porém, tais casamentos incestuosos nunca mais poderiam ser tolerados.

De seu púlpito no Septo Estrelado, o alto septão denunciou os planos de casamento e declarou que quaisquer rebentos decorrentes de tal união profana seriam abominações. Septões por todo o reino leram a declaração, espalhando aos quatro ventos a notícia da reprovação da Fé. Mas Aenys insistiu, rejeitando o conselho da rainha viúva Visenya de abrir mão do casamento ou usar Mercúrio para queimar o Septo Estrelado em uma demonstração de força. Quando Aenys uniu os filhos em matrimônio e nomeou Aegon Príncipe de Pedra do Dragão — um título que, até então, informalmente pertencia ao filho dela, Maegor —, Visenya foi embora da cerimônia e voou em Vhagar até Pedra do Dragão, onde então permaneceu.

A princesa Rhaena tinha dezoito anos, e o príncipe Aegon, quinze, quando foram prometidos um ao outro em casamento. A princesa era uma cavaleira de dragão, vagando pelo reino em sua dragão Dreamfyre — às vezes com o irmão, às vezes com amigos, porém mais comumente sozinha. Ela atraía muitos pretendentes, mas não incentivava nenhum... Embora, segundo rumores, já não fosse mais donzela depois de se entregar a vários plebeus que conhecia durante suas viagens.

Princesa Rhaena.

Ao contrário da irmã, Aegon não era um cavaleiro de dragão — embora fosse um jovem guerreiro talentoso e, pelo que diziam, impressionantemente semelhante em aparência ao avô, em homenagem ao qual recebera o nome. Sobretudo, não havia dúvidas de que apreciava por demais a atenção que as mulheres lhe dedicavam, ameaçando, para preocupação de todos, gerar bastardos se não fosse casado logo.

O rei, por sua vez, mandou os filhos recém-casados em uma turnê real (sem a dragão de Rhaena); mas eles foram recebidos com raiva e vaias pelas multidões, e septões se recusavam a se encontrar com eles. Lorde Lucas Harroway até negou a entrada do casal em Harrenhal quando Aegon e Rhaena não reconheceram que a filha de lorde Harroway, Alys, era a única esposa legal de Maegor.

O alto septão continuou a inflamar o conflito, dispensando o septão Murmison de suas funções sagradas e chamando Aenys de "rei Abominação" em sermões acalorados. E a Fé Militante pegou em armas.

Duas semanas depois, Murmison foi espancado até a morte por um grupo de Pobres Irmãos em Porto Real. Na Colina de Rhaenys, os Filhos do Guerreiro fortificaram o Septo da Memória e o transformaram em sua cidadela. Reconhecendo a ameaça que tinha dentro da própria cidade, Aenys realocou sua morada para Pedra do Dragão — uma escolha sábia, pois três dias antes de zarpar, alguns Pobres Irmãos quase conseguiram matar o rei em seu próprio quarto.

Logo após a partida de Aenys, boa parte do reino se encontrava em franca rebelião — liderada principalmente pelos Filhos do Guerreiro e pelos Pobres Irmãos a mando do alto septão. Dezenas de senhores devotos se juntaram a eles com suas hostes. Os portões de Porto Real foram tomados pelos Filhos do Guerreiro, que pararam com a construção da Fortaleza Vermelha.

ACIMA | Visenya em Pedra do Dragão.

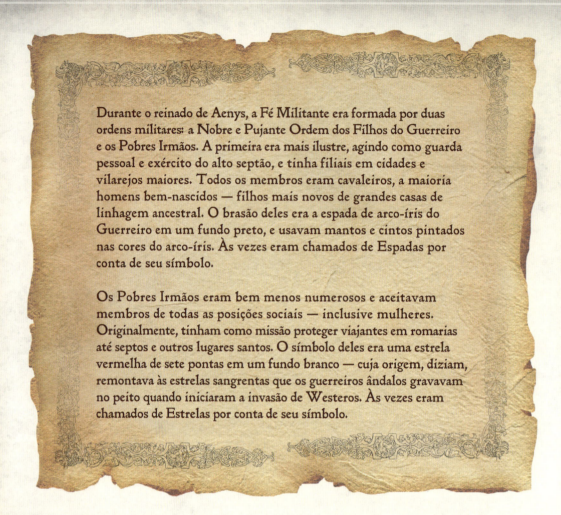

Durante o reinado de Aenys, a Fé Militante era formada por duas ordens militares: a Nobre e Pujante Ordem dos Filhos do Guerreiro e os Pobres Irmãos. A primeira era mais ilustre, agindo como guarda pessoal e exército do alto septão, e tinha filiais em cidades e vilarejos maiores. Todos os membros eram cavaleiros, a maioria homens bem-nascidos — filhos mais novos de grandes casas de linhagem ancestral. O brasão deles era a espada de arco-íris do Guerreiro em um fundo preto, e usavam mantos e cintos pintados nas cores do arco-íris. Às vezes eram chamados de Espadas por conta de seu símbolo.

Os Pobres Irmãos eram bem menos numerosos e aceitavam membros de todas as posições sociais — inclusive mulheres. Originalmente, tinham como missão proteger viajantes em romarias até septos e outros lugares santos. O símbolo deles era uma estrela vermelha de sete pontas em um fundo branco — cuja origem, diziam, remontava às estrelas sangrentas que os guerreiros ândalos gravavam no peito quando iniciaram a invasão de Westeros. Às vezes eram chamados de Estrelas por conta de seu símbolo.

Os Pobres Irmãos ocuparam as estradas, forçando todos os que se aproximavam a declarar lealdade ao alto septão e denunciar o "rei Abominação". Aegon e Rhaena foram forçados a parar a turnê e se esconder em Paço de Codorniz.

Quando o novo ano chegou, o rei Aenys estava tão acometido pela preocupação e pelo medo que parecia estar envelhecendo dia após dia — mesmo tendo apenas trinta e cinco anos. Sua saúde melhorou, embora por pouco tempo, quando a rainha viúva Visenya assumiu os cuidados do rei, mas decaiu novamente quando ele soube que seus filhos estavam sob cerco em Paço de Codorniz. O rei morreu três dias depois e foi entregue às chamas em Pedra do Dragão. Em seu funeral estavam presentes sua viúva, a rainha Alyssa, e os filhos Viserys, Jaehaerys e Alysanne — que tinham doze, sete e cinco anos respectivamente. Foi a amada dragão do rei, Mercúrio, que acendeu a pira.

Anos depois, porém, correriam rumores de que Visenya tinha envenenado o monarca — em parte porque ela foi embora de Pedra do Dragão uma hora após a morte dele, não comparecendo ao funeral. Mas o motivo verdadeiro de sua partida logo ficaria claro.

DIREITA | A Fé Militante.

O reinado de Maegor I
De 42 DC a 48 DC

Coroação sangrenta

A RAINHA VIÚVA Visenya pode ter partido de Pedra do Dragão em Vhagar nas horas que se sucederam à morte de Aenys, mas não ficou longe por muito tempo. Quando voltou, foi com o príncipe Maegor a seu lado, montado em Balerion. (A rainha Alyssa e os filhos mais novos tinham fugido para Derivamarca logo após o funeral do rei Aenys.) Maegor parou em Pedra do Dragão apenas pelo tempo necessário para reivindicar a coroa do pai Aegon. A mãe a colocou em sua cabeça — assim como fizera com o pai dele, anos antes — e o declarou rei. O único a defender os direitos de Aegon, herdeiro de Aenys, foi o grande meistre Gawen — prontamente decapitado por Maegor.

Depois de despachar uma hoste de corvos para informar ao reino quem era o seu novo governante, Maegor voou até Porto Real com a mãe e ergueu seu estandarte na Colina de Visenya, já que os Filhos do Guerreiro mantinham controle de boa parte do resto da cidade. A chegada de Maegor incitou revoltas, mas todas as tentativas da população para fugir de Porto Real encontraram os portões barrados pelos Filhos do Guerreiro, que permaneciam inflexivelmente contra o governo de qualquer Targaryen.

Sor Damon Morringen, conhecido como Damon, o Devoto, era então o Grande Capitão dos Filhos do Guerreiro, e marchou com setecentos de seus homens para desafiar o direito de governar de Maegor; partiu do fortificado Septo da Memória, no topo da Colina de Rhaenys. Um Julgamento dos Sete — antigo costume ândalo que consistia em fazer sete cavaleiros enfrentarem outros sete — foi escolhido para resolver o conflito. Detalhes do combate diferem conforme o relato, mas todos afirmam que o rei Maegor saiu vitorioso — e foi o único sobrevivente.

Embora Maegor tenha saído vencedor, contudo, o golpe que levou na cabeça nos momentos finais do confronto o deixou em coma por vinte e sete dias, ao longo dos quais os Filhos do

PÁGINA ANTERIOR | Rei Maegor I.

ESQUERDA | Maegor coroado.

Os Filhos do Guerreiro (todos mortos):

Sor Damon Morringen, conhecido como o Devoto, grande capitão da ordem — penúltimo a perecer, morto por Maegor.

Sor Aegon Ambrose.

Sor Dickon Flowers, conhecido como o Bastardo de Beesbury.

Sor Garibald das Sete Estrelas, septão e cavaleiro.

Sor Harys Horpe, conhecido como Harry Cabeça da Morte.

Sor Lyle Bracken.

Sor William, o Errante, um cavaleiro andante — último a sucumbir, morto por Maegor, mas não antes de dar o golpe que feriu o rei.

Os campeões do rei:

Rei Maegor Targaryen.

Sor Bernarr Brune.

Sor Bramm de Casconegro, um cavaleiro andante.

Dick Bean, um homem de armas comum — primeiro a morrer, morto por sor Lyle Bracken meros instantes depois do início do combate.

Sor Guy Lothston, conhecido como Guy, o Glutão.

Lucifer Massey, Senhor de Bailepedra.

Sor Rayford Rosby.

Devido à natureza conflituosa dos relatos das testemunhas, apenas alguns detalhes do combate em si foram registrados, mas o que se sabe está listado acima.

Guerreiro debateram se aceitavam Maegor ou continuavam a lutar como ordenado pelo alto septão. Conforme as notícias da coroação de Maegor se espalharam por toda Westeros, milhares de Pobres Irmãos marcharam a Porto Real — alguns comandados por sor Horys Hill,

e outros, por um homem conhecido como Wat, o Lenhador. A partida dos Pobres Irmãos que tinham montado cerco a Paço de Codorniz deu ao príncipe Aegon e à então grávida princesa Rhaena uma chance de escapar, e os irmãos rapidamente buscaram refúgio com lorde Lyman Lannister em Rochedo Casterly. A rainha Alyssa, ainda em Derivamarca, proclamou Aegon rei, mas encontrou pouco apoio a sua pretensão.

No vigésimo oitavo dia após o Julgamento dos Sete, um navio de Pentos chegou a Porto Real. Levava seiscentos mercenários e duas mulheres. Uma era Alys Harroway, a segunda esposa do rei. A outra, uma bela jovem chamada Tyanna da Torre, filha natural de um magíster pentosiano com uma cortesã. Diziam que ela era amante tanto de Alys quanto de Maegor — além de envenenadora e feiticeira. Visenya imediatamente entregou Maegor aos cuidados de Tyanna. Na manhã seguinte, Maegor acordou com o nascer do sol e surgiu na muralha da inacabada Fortaleza Vermelha entre Alys e Tyanna, onde foi recebido por uma multidão que comemorava com fervor.

ACIMA | O Julgamento dos Sete.

Guerra com a Fé Militante

A COMEMORAÇÃO PELA RECUPERAÇÃO de Maegor não demorou a se transformar em horror, porém, quando este voou em Balerion até a Colina de Rhaenys, incendiando o Septo da Memória enquanto os Filhos do Guerreiro faziam suas orações matinais. Os que conseguiram escapar do fogo foram mortos pelos soldados de Maegor, que aguardavam do lado de fora. Setecentos homens morreram naquele dia, e a ordem dos Filhos do Guerreiro jamais voltaria a sua glória anterior.

Assim, a guerra de Maegor contra a Fé Militante começou com fogo e sangue — e continuaria da mesma maneira pela duração de seu reinado. Ele confrontou os Pobres Irmãos, que não obedeceram a seu comando de se desarmar. Quando o exército de Wat, o Lenhador, foi pego tentando cruzar o Vago em Pontepedra, tanto sangue foi derramado na água que o local foi renomeado para Ponteamarga. O próprio Wat foi entregue acorrentado em Porto Real, onde Maegor em pessoa o desmembrou.

Um segundo exército, comandado por sor Horys Hill, chegou ao Grande Delta da Água Negra. As forças de sor Horys eram compostas de cerca de vinte mil cabeças — mais da metade formada por Pobres Irmãos, enquanto o restante era composto de uma mistura de Filhos do Guerreiro, senhores rebeldes e seguidores devotos. O exército opositor de Maegor tinha tamanho similar, porém mais cavalos — e Balerion. Lorde Rupert Falwell, o Bobo Guerreiro, matou dois membros da Guarda Real antes de ser abatido pelo Senhor de Lago da Donzela. Grande Jon Hogg, um seguidor leal do rei, comandou um ataque que fez os Pobres Irmãos baterem em retirada — apesar de ter sido cegado em batalha pouco tempo antes. E, embora a tempestade que caía amenizasse o poder das chamas de Balerion, não era capaz de anulá-lo por completo. No fim da noite, Maegor tinha assumido o controle do campo de batalha.

ESQUERDA | Terceiro casamento de Maegor.

Quando voltou a Porto Real, Maegor declarou sua intenção de se casar com Tyanna da Torre. O único a protestar foi o grande meistre Myros, cuja cabeça Maegor prontamente separou do pescoço. Entre as testemunhas do casamento estava o desmembrado Wat, o Lenhador, que Maegor mantivera vivo até a celebração. A rainha Alyssa e seus filhos e filha mais novos também estavam presentes, "convencidos" por Visenya, montada em Vhagar, a se juntar à família real em Porto Real. O casamento foi condenado a plenos pulmões em Vilavelha, tanto pelo alto septão quanto por Ceryse Hightower, que alegavam ser a única rainha legítima. Mas, por ora, Maegor parecia satisfeito em ignorá-los.

Os outros únicos desafiantes remanescentes do governo de Maegor — o sobrinho e a sobrinha, príncipe Aegon e princesa Rhaena — ainda estavam no oeste, sob proteção de lorde Lyman Lannister. Mas ainda continuavam longe das graças do alto septão devido ao casamento incestuoso, além de quase totalmente abandonados pelos senhores e cavaleiros que os tinham acompanhado na turnê, então não pareciam constituir uma grande ameaça. Alguns dos apoiadores de Maegor inclusive alegavam que Aegon, desprovido de um dragão, devia ser um impostor, chamando-o de Aegon, o Sem Coroa. Mas Aegon se recusou a abrir mão dos

ACIMA | Tyanna da Torre.

seus direitos como filho mais velho e herdeiro reconhecido do governante anterior e não quis deixar Westeros — nem depois que Rhaena deu à luz as filhas gêmeas Aerea e Rhaella, implorando a ele que levasse as crianças para o exílio para que pudessem sobreviver.

O ano de 43 DC começou com Maegor assumindo o controle da construção da Fortaleza Vermelha. Trouxe novos construtores e pedreiros para que criassem passagens e túneis secretos por todo o castelo e pelo subterrâneo da Colina de Aegon. Maegor também ordenou a construção de um castelo dentro do castelo, que seria para sempre chamado de Fortaleza de Maegor. E indicou lorde Lucas Harroway, Senhor de Harrenhal e pai da rainha Alys, como sua nova Mão. No entanto, muitos acreditavam que as três rainhas na corte — Visenya, Alys e Tyanna — exerciam mais poder e influência que lorde Lucas. Tyanna desenvolveu uma reputação sombria e logo ficou conhecida como "a senhora dos segredos", pois se alegava que ratos, aranhas e outras criaturas nefastas lhe delatariam aos sussurros qualquer tipo de deslealdade que testemunhassem.

Embora Maegor estivesse focado em seu castelo, seus inimigos não haviam desaparecido. Milhares de Pobres Irmãos ainda estavam à espreita, atacando homens leais ao rei na Campina, nas terras fluviais, no Vale e nas terras da tempestade. Novos líderes — pouco mais que foras da lei — surgiram para substituir o desonrado sor Horys Hill, cuja derrota no Grande Delta destruíra sua reputação. Os Filhos do Guerreiro escolheram sor Joffrey Doggett, o Cachorro Vermelho das Colinas, como seu novo capitão. Ele saiu com uma centena dos Filhos de Porto Real, mas sua comitiva já contava com dois mil homens quando chegou a Vilavelha. Outros senhores e cavaleiros pelo reino também juntaram forças e se prepararam para lutar contra os Targaryen. Em resposta, Maegor exigiu lealdade e fez reféns, proibiu completamente as ordens militantes e exigiu que o alto septão se entregasse em Porto Real e fosse julgado por traição. O alto septão respondeu à altura, exigindo que Maegor fosse a Vilavelha para implorar pelo perdão dos Sete.

ACIMA | A coroa de cristal do alto septão.

    Isso foi suficiente para distrair Maegor de seu castelo, e ele enviou a mãe montada em Vhagar para destruir as sedes das casas rebeldes nas terras fluviais enquanto, com Balerion, confrontava os rebeldes nas terras ocidentais. Depois, ambos seguiram até Vilavelha. Milhares de pessoas fugiram em pavor da cidade, certas de que os dragões — quando chegassem — destruiriam o local por completo. O irmão da rainha Ceryse, lorde Martyn Hightower — que sucedera o pai apenas algumas luas antes — convocou seus estandartes, enquanto o irmão mais novo, sor Morgan, liderava seus companheiros Filhos do Guerreiro em defesa do alto septão. A cidade esperou pelo nascer do dia e pela chegada dos dragões.

    A rainha viúva Visenya chegou junto com a aurora voando em Vhagar, e Maegor e Balerion vieram no meio do dia — mas o que encontraram foi o pavilhão dos Targaryen já adornando a muralha da cidade junto com os estandartes dos Hightower e dos Tyrell. Ao que parecia, durante a noite, o alto septão, no auge de seus cinquenta e três anos, surpreendentemente — e

ACIMA | Os Pobres Irmãos atacam os homens leais a Maegor.
DIREITA | Maegor e Visenya vão a Vilavelha.

misteriosamente — morrera. Os rumores correram soltos. Alguns falavam de suicídio; outros, que ele fora abatido pelos deuses; comentavam ainda que o alto septão podia ter sido assassinado por sor Morgan ou pela suposta bruxa Patrice Hightower — ou até mesmo pelas magias malignas da rainha Visenya. Qualquer que fosse a verdade, porém, a morte do alto septão incitou lorde Hightower a provar sua lealdade pendurando o estandarte Targaryen na muralha, prendendo os Filhos do Guerreiro e forçando os Mais Devotos a escolherem um novo alto septão que fosse mais favorável à causa de Maegor.

O novo alto septão — antigo septão Pater, um homem cego e fragilizado de noventa anos — estava mais do que disposto a abençoar o rei Maegor no Septo Estrelado. Depois, o rei continuou em Vilavelha pela maior parte do resto do ano. Aos Filhos do Guerreiro feitos prisioneiros foi dada a escolha de irem para a Patrulha da Noite ou serem executados, e três quartos deles partiram para a Muralha. Maegor em pessoa executou sete dos mais conhecidos que preferiram a morte. Apenas um dos Filhos do Guerreiro recebeu o perdão real: sor Morgan Hightower. Depois de tudo resolvido, o alto septão dissolveu as duas ordens militantes, e Maegor perdoou aqueles que entregaram as armas enquanto ofereceu recompensas pela cabeça dos que continuavam rebeldes. Durante o tempo em que passou em Vilavelha, Maegor também se reconciliou com a rainha Ceryse, que concordou em acompanhá-lo de volta a Porto Real no momento de seu retorno.

Já era quase fim de 43 DC quando Maegor enfim foi forçado a deixar Vilavelha. Enquanto estava fora, Aegon e Rhaena tinham avançado de forma ousada por Westeros para se infiltrar em Porto Real com a ajuda de um punhado de seguidores e alguns poucos traidores infiltrados na própria corte de Maegor. O objetivo não era tomar Porto Real; eles queriam os dragões. Rhaena se reuniu com a amada Dreamfyre, e Aegon enfim reivindicou para si a dragão do falecido pai, Mercúrio. Depois, voaram de volta para o oeste, até as terras fluviais, para formar um exército.

Lorde Lannister não ousou se opor declaradamente a Maegor no campo de batalha, mas lorde Jon Piper — encorajado pela irmã Melony, amiga íntima e companheira de Rhaena — concordou em disponibilizar o Castelo de Donzelarrosa como um local para reunião de forças. Milhares de senhores e cavaleiros, quase todos das terras ocidentais e das terras fluviais, juntaram-se à causa. Entre eles estavam quinhentos homens de Lannisporto, comandados por sor Tyler Hill, filho bastardo de lorde Lyman. Melony em pessoa comandou os recrutas de Piper. Quando partiram de Porto Real, quinze mil homens marchavam sob os estandartes de Aegon — princesa Rhaena e Dreamfyre não estavam entre eles, já que ela ficara em Donzelarrosa com as filhas. Nenhuma das grandes casas ousara apoiar Aegon abertamente, mas os espiões da rainha Tyanna alegavam que alguns Baratheon, Arryn, Stark e Lannister haviam informado à rainha Alyssa que se proclamariam leais a Aegon caso ele derrotasse o tio.

ESQUERDA | Libertando Dreamfyre e Mercúrio.

Maegor ordenou que aqueles leais a ele respondessem com múltiplos exércitos, embora, isolados, todos fossem menores do que a hoste de Aegon. Em vez de dividir sua força para combatê-los, Aegon insistiu em manter seu exército unido e marchou. A sul do Olho de Deus, porém, encontrou o caminho bloqueado pelos portorrealenses, com dois outros exércitos se aproximando a norte e a sul. Aegon tentou comandar um ataque para dispersar o inimigo antes da chegada de outras hostes — foi então que o rei Maegor apareceu voando em Balerion. Pela primeira vez desde a Destruição, dois cavaleiros de dragão lutaram no céu — mas Mercúrio não era páreo para o Terror Negro. Balerion arrancou uma asa da dragão mais jovem e menor, fazendo a fera e seu cavaleiro despencarem para a morte. Com a queda de Aegon, seu exército se desfez. Mais de dois mil guerreiros foram mortos junto com Aegon, o Sem Coroa, incluindo a amiga de Rhaena, Melony Piper. Logo após a derrota do marido, a princesa Rhaena fugiu de Donzelarrosa com as filhas e Dreamfyre; primeiro buscou abrigo em Lannisporto e depois aceitou a proteção de lorde Marq Farman em Ilha Bela.

Nos dias que se seguiram, vários rebeldes capturados foram julgados e executados. A rainha viúva Visenya conseguiu persuadir o filho a poupar alguns, que em vez de morrer perderam terras e títulos e receberam a opção de entregar reféns.

ACIMA | Forças de Aegon sendo reunidas em Donzelarrosa.
DIREITA | A morte de Aegon, o Sem Coroa.

Morte na casa real

DEPOIS QUE O REI MAEGOR deu um fim a Aegon e suas reivindicações e dissolveu as forças da Fé Militante, o ano de 44 DC foi relativamente pacífico. O idoso alto septão faleceu, mas seu sucessor se provou ser tão reticente a se opor ao rei quanto ele. Os Pobres Irmãos, com recompensas ofertadas por sua cabeça, acabaram se dispersando e sendo caçados. Os Filhos do Guerreiro, comandados por sor Joffrey Doggett, viraram foras da lei, forçados a depender de emboscadas e subterfúgios para atacar seguidores leais de Maegor — incluindo sor Morgan Hightower, lorde Merryweather e Jon Hogg, o Cego.

A principal tarefa de Maegor passou a ser retomar as tentativas de gerar um herdeiro que fosse sangue de seu sangue para ter prioridade sobre os filhos restantes de Aenys na linha de sucessão (na época, a rainha Alyssa e os dois filhos mais novos — Jaehaerys e Alysanne — eram mantidos reféns em Pedra do Dragão sob supervisão de Visenya, enquanto o filho Viserys servia como escudeiro de Maegor em Porto Real como garantia do bom comportamento de Alyssa). No fim daquele mesmo ano, a segunda esposa de Maegor, Alys, enfim ficou grávida. O grande meistre Desmond em pessoa cuidou dela, mas a mulher acabou dando à luz um natimorto depois de apenas três luas. Para piorar, o menino retirado de seu útero era monstruoso: tinha membros retorcidos e uma cabeça gigante, sem olhos. Cheio de raiva e nojo, Maegor proclamou que aquele não podia ser seu filho e executou os que haviam ajudado no parto da monstruosidade, assim como o grande meistre Desmond.

Mais tarde no mesmo dia, a rainha Tyanna o informou de que o bebê não era filho dele — afirmando que a própria Mão do Rei, lorde Lucas Harroway, havia conspirado com a filha para trazer outros homens a seu leito na esperança de que algum a engravidasse, uma vez que parecia que o rei Maegor não era capaz de gerar descendentes. Maegor não acreditou, mas

ESQUERDA │ A luta corpo a corpo por Harrenhal.

Tyanna apresentou uma lista de vinte homens que supostamente haviam dormido com Alys — homens que haviam provado sua virilidade por já terem tido filhos. Todos foram presos em segredo, e todos exceto dois confessaram o crime sob tortura.

A ira de Maegor foi arrasadora. A Guarda Real invadiu os aposentos da rainha Alys e a arrancou da cama. O pai dela, que inspecionava a construção da Torre da Mão, foi atirado do telhado da obra, despencando para a morte. Os filhos, irmãos e sobrinhos de lorde Lucas Harroway foram presos e empalados em espigões no ainda seco fosso da Fortaleza de Maegor. Os vinte homens presos tiveram o mesmo destino, mesmo os dois que não confessaram sob tortura, fora outros doze mencionados durante os interrogatórios. Mas a pior das mortes foi reservada para a própria rainha Alys, entregue à tortura que Tyanna perpetrou por quase duas semanas enquanto o marido assistia a tudo. Depois, Maegor ordenou que o corpo da mulher fosse cortado em sete partes, que seriam expostas na ponta de lanças acima de cada um dos sete palácios da cidade.

Como ato final de vingança, Maegor marchou até Harrenhal. O castelão que lorde Lucas Harroway deixara a cargo do castelo era outro sobrinho, que se entregou com presteza na esperança de que ele e a família fossem poupados. Mas Maegor não estava com humor para poupar ninguém e passou o castelão — assim como todos os homens, mulheres e crianças dentro da muralha do castelo — no fio da espada. E assim tiveram início os rumores da maldição de Harrenhal, pois toda Casa que comandou o local desde que Harren, o Negro, construíra o castelo havia tido um fim desastroso — incluindo o próprio Harren. Ainda assim, era um castelo enorme com uma porção generosa de terra ao redor, então o rei Maegor ordenou que uma luta corpo a corpo fosse realizada para decidir quem seria o próximo a assumir Harrenhal. Sor Walton Towers, um cavaleiro de sua guarda doméstica, venceu — mas acabou morrendo quinze dias depois por conta dos ferimentos decorrentes da batalha e foi sucedido pelo filho.

Ao retornar a Porto Real, Maegor foi informado de que a mãe, a idosa rainha viúva Visenya, havia morrido. Logo após seu falecimento, a rainha Alyssa, Jaehaerys e Alysanne tinham fugido de Pedra do Dragão, levando consigo os dragões Vermithor e Asaprata e a espada de aço valiriano de Visenya, Irmã Sombria. Maegor enviou ordens para que o corpo de Visenya fosse cremado e seus restos mortais sepultados junto com os do rei Aegon, mas também mandou que o cavaleiro da Guarda Real sor Owen Bush prendesse o filho mais velho de Alyssa, príncipe Viserys, que continuava em Porto Real. Viserys foi levado às celas pretas e torturado por informações sobre o paradeiro da rainha Alyssa — mesmo com o rei tendo sido informado de que o garoto quase certamente não sabia de nada. Após nove dias sendo interrogado por torturadores e pela rainha Tyanna, Viserys morreu, aos quinze anos. O corpo dele ficou exposto ao relento por duas semanas, na esperança vã de que Alyssa pudesse tentar recuperar o cadáver.

DIREITA | A fuga de Pedra do Dragão.
PÁGINA SEGUINTE | Os túneis da Fortaleza Vermelha.

A construção da Fortaleza Vermelha enfim acabou em 45 DC. Para comemorar, Maegor pagou uma farta recompensa aos construtores que tinham dado seu suor para erigir o castelo: ofereceu um banquete e enviou prostitutas dos bordéis da cidade. Os operários celebraram por três dias, embriagados de vinho-forte. Mas a festa acabou de forma abrupta e violenta quando os cavaleiros de Maegor chegaram, passando todos os homens no fio da espada para que os segredos da Fortaleza Vermelha fossem conhecidos apenas pelo rei.

Pouco tempo depois, a rainha Ceryse morreu em Porto Real após, diziam, ter sido acometida por uma doença súbita. No entanto, surgiram rumores de que Maegor estaria envolvido no falecimento (o boato mais persistente era que ela morrera numa luta com os cavaleiros da Guarda Real sor Owen Bush e sor Maladon Moore, enviados para arrancar sua língua após comentários ácidos). Se Maegor sofreu pela morte da rainha, não demonstrou. Em vez disso, começou um novo projeto grandioso, ordenando que limpassem a Colina de Rhaenys das ruínas do Septo da Memória para que o Fosso dos Dragões — um estábulo para as feras — fosse construído. No entanto, devido aos burburinhos sobre o que acontecera com os construtores da Fortaleza Vermelha, Maegor teve dificuldade para encontrar trabalhadores dispostos a assumir a empreitada e precisou recrutar mestres construtores de Myr e Volantis para supervisionar a obra, empregando prisioneiros das masmorras no trabalho braçal.

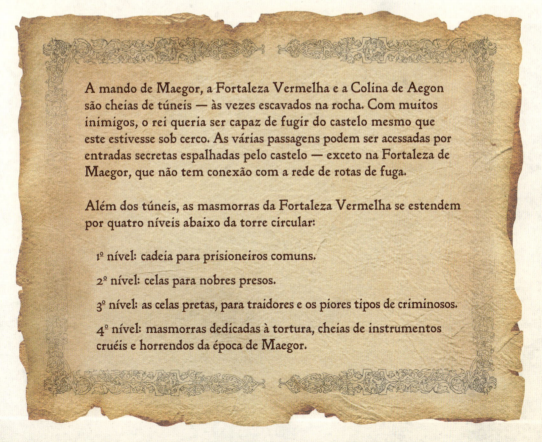

A mando de Maegor, a Fortaleza Vermelha e a Colina de Aegon são cheias de túneis — às vezes escavados na rocha. Com muitos inimigos, o rei queria ser capaz de fugir do castelo mesmo que este estivesse sob cerco. As várias passagens podem ser acessadas por entradas secretas espalhadas pelo castelo — exceto na Fortaleza de Maegor, que não tem conexão com a rede de rotas de fuga.

Além dos túneis, as masmorras da Fortaleza Vermelha se estendem por quatro níveis abaixo da torre circular:

1º nível: cadeia para prisioneiros comuns.

2º nível: celas para nobres presos.

3º nível: as celas pretas, para traidores e os piores tipos de criminosos.

4º nível: masmorras dedicadas à tortura, cheias de instrumentos cruéis e horrendos da época de Maegor.

As Noivas de Preto

NO FIM DE 45 DC, Maegor começou uma nova campanha para destruir os dispersos membros remanescentes da Fé Militante. Na Mata do Rei, Maegor capturou vários Pobres Irmãos; mandou alguns para a Muralha e enforcou outros. Jeyne Poore Bexiguenta — mulher que tinha virado líder dos Pobres Irmãos — foi traída por homens que receberam a oferta de perdão e títulos de cavaleiro se a entregassem. Foi declarada bruxa e colocada para queimar presa a um poste. Trezentos de seus seguidores tentaram resgatá-la, mas Maegor estava preparado, e todos — incluindo sor Horys Hill — foram mortos antes que Jeyne Bexiguenta encontrasse seu ardente fim.

Apesar das empreitadas bem-sucedidas, os inimigos de Maegor iam crescendo em número conforme a sua crueldade era empregada tanto contra a plebe quanto contra senhores contrários a seu governo. Isso permitiu que homens como septão Moon e sor Joffrey Doggett juntassem seguidores nas terras fluviais, nas terras ocidentais e na Campina enquanto grandes senhores das regiões faziam vista grossa. Quando Maegor voltou de sua campanha contra a Fé Militante no fim de 46 DC, trouxe consigo dois mil crânios que alegava pertencerem a Filhos do Guerreiro e Pobres Irmãos — embora muitos acreditassem que, na verdade, eram de homens inocentes.

Conforme 47 DC chegava ao fim, a preocupação com a falta de um herdeiro de Maegor aumentava, e ele decidiu que era hora de resolver o problema de uma vez por todas. Consultou vários conselheiros e decidiu se casar com três esposas ao mesmo tempo — escolhendo mulheres com fertilidade comprovada para aumentar suas chances. Entre elas estava sua sobrinha, princesa Rhaena, com a qual lorde Daemon Velaryon — irmão da rainha Alyssa e mestre dos navios de Maegor — aconselhara o rei a se casar como forma de fortalecer sua pretensão

ESQUERDA | As Noivas de Preto.

ao Trono de Ferro. Rhaena permanecera em Ilha Bela desde a morte de Aegon, sob a proteção de lorde Farman — e, embora tivesse enviado as filhas pequenas Aerea e Rhaella para um esconderijo, mantivera o próprio paradeiro às claras pois não queria abandonar Dreamfyre, e não havia como esconder um dragão. Quando chegou a convocação vinda de Porto Real para que ela se apresentasse a Maegor, a princesa voou até a Fortaleza Vermelha para evitar que os Farman em Ilha Bela sofressem danos.

Na Fortaleza Vermelha, Rhaena ficou sabendo que se casaria com Maegor junto com duas outras mulheres. Uma delas era Jeyne Westerling, viúva de Alyn Tarbeck — um seguidor do príncipe Aegon que morrera na Batalha sob o Olho de Deus. Ela dera à luz uma criança: um filho concebido logo antes de o marido partir para a batalha e nascido após a sua morte. A outra era Elinor Costayne, esposa de sor Theo Bolling e mãe de seus três filhos. Maegor ordenou que Bolling — que ainda estava muito vivo — fosse preso pela Guarda Real sob alegação de conspirar com a rainha Alyssa para assassinar o rei, julgando e executando o homem no mesmo dia. Depois de sete dias de luto, Elinor foi convocada e informada de que se casaria com o rei.

Embora o rebelde septão Moon e seus seguidores no Septo de Pedra tenham denunciado os casamentos, o alto septão zarpou de VilaVelha para realizar os ritos matrimoniais conforme ordenado pelo rei. A celebração tripla ocorreu num cálido dia de primavera do lado de fora da Fortaleza Vermelha, tendo como testemunha o povo de Porto Real, que começou a chamar as três mulheres enviuvadas de "as Noivas de Preto". O rei fez questão de que filhos de cada uma das três mulheres estivessem presente para garantir que elas não se rebelariam — pois, infelizmente para a princesa Rhaena, a rainha Tyanna descobrira os paradeiros de Aerea e Rhaella e as buscara.

Depois do casamento, Maegor declarou que a gêmea mais velha de Rhaena, Aerea, seria sua herdeira — como antes era do príncipe Aegon — até que nascesse um filho seu. Já Rhaella seria enviada para Vilavelha para se tornar septã. O rei também deserdou o sobrinho restante, príncipe Jaehaerys. Maegor tomou providências para os filhos das outras Noivas de Preto. O de lady Jeyne foi declarado Senhor de Solar Tabeck e enviado para ser criado como protegido por lorde Lyman Lannister; os meninos mais velhos de lady Elinor foram mandados para Ninho da Águia e Jardim de Cima, e o mais novo, um bebê de colo, foi entregue a uma ama de leite.

Menos de meio ano depois, a Mão do Rei, lorde Edwell Celtigar, anunciou que a rainha Jeyne estava grávida; pouco depois, Maegor revelou que a rainha Elinor também. O rei ficou muito feliz, ofertando presentes e terras às esposas e suas famílias. No entanto, a rainha Jeyne entrou em trabalho de parto três luas antes do esperado — dando à luz um natimorto de aparência monstruosa — e não sobreviveu ao parto. Diziam os rumores que Maegor e sua semente eram amaldiçoados, mas o rei botou a culpa na rainha Tyanna. Esta foi capturada e presa por sor Owen Bush e sor Maladon Moore, mas antes que os torturadores pudessem começar, confessou que envenenara o bebê de Jeyne Westerling ainda na barriga, assim como fizera com a rainha Alys Harroway antes... e com a princesa Elinor também, embora esta ainda não tivesse dado à luz. Maegor matou Tyanna com as próprias mãos, e supostamente arrancou seu coração e o deu para os cães. Uma lua depois, em 48 DC, Elinor pariu uma criança malformada e natimorta: não tinha olhos e, nas costas, possuía saliências do que pareciam asas. Seria um prenúncio do que aconteceria ainda naquele ano — o ano derradeiro do reinado de Maegor.

A desgraça na corte induziu muitos senhores nobres a se distanciarem cada vez mais da causa de Maegor. Lorde Tully foi visto recebendo sor Joffrey Doggett em Correrio. Quando septão Moon marchou até Vilavelha com milhares de seguidores para confrontar o "alto lambe-botas" e fazê-lo restaurar as ordens militares, alegando ser ele próprio o alto septão legítimo, Maegor enviou lorde Oakheart e lorde Rowan com alguns recrutas para impedi-lo — em vez disso, porém, os homens se juntaram a Moon. A Mão do Rei, lorde Celtigar, renunciou ao cargo e voltou à sede de sua casa em Ilha da Garra. E os dorneses, sentindo fragilidade, começaram a se reunir nos desfiladeiros.

Para piorar, a rainha Alyssa apareceu em Ponta Tempestade com os filhos que restavam, Jaehaerys e Alysanne. Depois de quatro anos fugindo, estavam de volta com seus dragões, Vermithor e Asaprata. Na Baía dos Naufrágios, lorde Rogar Baratheon e seus senhores da tempestade proclamaram Jaehaerys rei legítimo aos catorze anos; em troca, Jaehaerys nomeou Rogar Protetor do Território e Mão do Rei.

Conforme as notícias foram se espalhando, a rainha Rhaena aproveitou para escapar da Fortaleza Vermelha com a dragão Dreamfyre, a filha Aerea e a espada de aço valiriano de Maegor, Fogonegro.

Outros abandonaram Maegor nos dias que se seguiram. O grande meistre Benifer fugiu para o outro lado do mar estreito, lorde Hightower capturou o mensageiro de Maegor que fora enviado até Vilavelha para exigir a cabeça de Rhaella como punição pela traição da mãe, e os cavaleiros da Guarda Real sor Olyver Bracken e sor Raymund Mallery foram para o lado de Jaehaerys (um terceiro, o famigerado sor Owen Bush, foi brutalmente assassinado do lado de fora de um bordel). Lorde Daemon Velaryon desertou, junto com a frota real. As grandes casas Tyrell, Lannister, Tully e Arryn — e outras notáveis incluindo Hightower, Redwyne e Royce — também se bandearam para o lado de Jaehaerys.

Apenas senhores menores de locais próximos à Fortaleza Vermelha se apresentaram quando Maegor os convocou, trazendo pouco mais de quatrocentos guerreiros em defesa do rei. Um conselho de guerra passou um dia e uma noite inteiros reunido, debatendo como encarar os ataques que sabiam que viriam — e quando lorde Hayford incentivou Maegor a se render, o rei o decapitou e continuou com seus planos. Enfim, já tarde da noite, Maegor permitiu que seus apoiadores fossem embora. Lorde Towers de Harrenhal e lorde Rosby de Rosby foram os últimos a partir.

Maegor foi encontrado morto pela rainha Elinor na manhã seguinte, ainda no Trono de Ferro, empalado em suas lâminas retorcidas. Segundo as lendas, o próprio trono o rejeitara — embora outros cogitassem a possibilidade de a rainha ter sido responsável, ou os lordes que o

tinham visto vivo por último, ou até mesmo os cavaleiros restantes da Guarda Real. Qualquer que tenha sido o caso, sua humilhante morte colocou um fim no sangrento governo de Maegor, Primeiro de Seu Nome — que viria a ser conhecido nos anais da história como Maegor, o Cruel. Seu reinado durou seis anos e sessenta e seis dias.

ESQUERDA | A morte de Tyanna.
ACIMA | Jaehaerys proclamado rei.

O reinado de Jaehaerys I
De 48 DC a 103 DC

A regência

JAEHAERYS, PRIMEIRO DE SEU NOME, ascendeu ao trono em 48 DC, aos catorze anos, e nele ficaria por mais cinquenta e cinco anos — o mais duradouro reinado de todos os monarcas Targaryen. Ele viria a ser conhecido como "o Velho Rei" por seu longo governo, embora, no início do reinado, tenha havido dúvidas sobre a legitimidade de sua pretensão ao Trono de Ferro. Seu irmão mais velho, príncipe Aegon, morrera, mas tinha filhas vivas — dentre as quais a mais velha era Aerea, sobrinha de Jaehaerys. Que tivesse apenas seis anos na ocasião da transição contou contra ela. Alguns sugeriram na época que a viúva de Aegon e Maegor, a rainha Rhaena, a mais velha dos filhos de Aenys, poderia governar, mas outros apontaram que o Trono de Ferro não seguia os costumes de herança de Dorne, onde mulheres eram incluídas na linha de sucessão (mais uma desvantagem de Aerea). De qualquer forma, a rainha Rhaena não tinha interesse em governar, uma vez que odiava Porto Real e queria apenas retornar à tranquilidade de Ilha Bela.

Mas as discussões sobre a linhagem de sucessão não duraram, e o início do reinado de Jaehaerys foi moldado pelas tentativas de reparar o que o pai Aenys e o tio Maegor haviam rompido — os Sete Reinos haviam sido profundamente afetados pelas rebeliões sangrentas e pelas retaliações brutais que haviam consumido o reino desde a morte de Aegon, o Conquistador.

Como Jaehaerys só atingiria a maioridade legal um ano depois da morte de Maegor, a mãe dele, a rainha viúva Alyssa, foi nomeada regente, e lorde Rogar Baratheon foi empossado como Mão e Protetor do Território. Jaehaerys, no entanto, insistia em opinar sobre todos os assuntos — a começar pela questão dos senhores que tinham continuado leais a Maegor.

PÁGINA ANTERIOR | Jaehaerys e Alysanne em uma turnê real.
ESQUERDA | O jovem rei.

Quando Jaehaerys chegou pela primeira vez na Fortaleza Vermelha, montado em Vermithor, alguns dos homens leais a Maegor fugiram para seus castelos. Outros deixaram os Sete Reinos de uma vez por todas, e um — lorde Rosby — escolheu cometer suicídio ao ser capturado. Os lordes Tower, Darklyn e Staunton foram os únicos que permaneceram no castelo para entregá-lo ao jovem rei. Apesar de muitos pedirem pela execução imediata dos três homens, Jaehaerys ordenou que fossem enviados às celas pretas. Muitos foram mandados para lá com eles, inclusive o Magistrado do Rei, o comandante da Patrulha da Cidade e os quatro cavaleiros da Guarda Real que tinham servido ao rei Maegor. Quando lorde Rogar e a rainha Alyssa chegaram duas semanas depois, outras centenas de pessoas foram presas, de criados a grandes cavaleiros. Até mesmo os nobres que haviam assistido ao casamento das Noivas de Preto, assim como as mulheres comuns que supostamente haviam frequentado a cama de Maegor, foram colocados no balaio.

A rainha Alyssa queria que todos fossem condenados como traidores e executados, mas lorde Rogar argumentava que tal ato apenas inflamaria aqueles leais a Maegor. A questão foi decidida pelo próprio Jaehaerys, que anunciou que não iniciaria seu reinado com um banho de sangue. Embora ainda não tivesse sido coroado e fosse menor de idade, suas palavras receberam grande apoio. Até mesmo a rainha viúva concordou — embora o principal motivo tenha sido o medo de o filho ser visto como fraco caso fosse questionado pela própria mãe. Os prisioneiros foram levados até Jaehaerys em grupos de sete e ordenados a jurar lealdade ao rei, e os prisioneiros nobres foram obrigados a entregar reféns, terras ou ouro como punição por sua traição.

No entanto, alguns homens foram executados: os carcereiros de Maegor, seus confessores, os executores que haviam matado o príncipe Viserys e o cavaleiro da Guarda Real sor Maladon Moore, por supostamente ter auxiliado o falecido sor Owen Bush a matar a rainha Ceryse Hightower. Com isso, restaram cinco cavaleiros da Guarda Real. Dois tinham traído Maegor e se juntado a Jaehaerys, mas o rei os declarou perjuros e os expulsou de seu serviço. Os outros três tinham permanecido ao lado de Maegor e, portanto, eram traidores. Os cinco foram condenados à morte, mas Jaehaerys disse que lhes daria clemência se aceitassem servir à Patrulha da Noite. Todos exceto um aceitaram a justiça do jovem rei. Apenas sor Harrold Langward exigiu um julgamento por combate. O próprio rei se ofereceu para lutar contra ele, mas a decisão foi logo vetada pela rainha regente. Sor Gyles Morrigen, sobrinho de Damon, o Devoto, o grande capitão dos Filhos do Guerreiro, foi o campeão do rei e matou Langward em uma disputa rápida; pouco depois, Morrigen foi nomeado senhor comandante da Guarda Real.

Notícias sobre a clemência de Jaehaerys logo se espalharam pelos Sete Reinos, e mesmo os mais ferrenhos seguidores de Maegor logo acabaram dobrando o joelho. A sabedoria, a

DIREITA | Silas Maltrapilho e Dennis, o Manco.

piedade e a generosidade fizeram com que o novo rei fosse alguém que muitos estavam dispostos a seguir, apesar de alianças passadas — mas os fiéis à Fé não pareciam tão inclinados a tal. A terrível guerra de Maegor contra a Fé Militante havia azedado a relação da instituição com os Targaryen. Silas Maltrapilho e Dennis, o Manco, comandavam bandos itinerantes de Pobres Irmãos — e assim o faziam desde a época do rei Aenys — enquanto o autodeclarado grande capitão dos Filhos do Guerreiro, sor Joffrey Doggett, patrulhava as terras ocidentais e as terras da tempestade com o apoio da esposa do Senhor de Correrrio, lady Lucinda. Mais a sul, septão Moon e seus milhares de apoiadores — protegidos pelos rebeldes lordes Oakheart e Rowan — se instalaram do lado de fora de Vilavelha e proclamaram Moon como o verdadeiro alto septão. Por sua indisposição de juntar um exército para acabar com a insurreição, lorde Donnel Hightower ficou conhecido como Donnel, o Moroso.

Com sua estatura avantajada e voz retumbante, septão Moon tinha uma postura impotente. Embora chamasse a si mesmo de "o Mais Pobre dos Irmãos", seus sermões nunca incluíam passagens do livro *Estrela de Sete Pontas*; eram, sim, repletos de admissões de seus próprios pecados, assim como de vociferações contra os Targaryen e o "alto lambe-botas" que afirmava ser alto septão em Vilavelha. E os pecados de Moon eram de fato muitos — incluindo gula, embriaguez e fornicação. Ele engravidou tantas mulheres que alguns acreditavam que sua semente era capaz de tornar férteis mulheres estéreis. Seus seguidores mais ignorantes e desesperados começaram inclusive a lhe oferecer as esposas ou filhas inférteis — ofertas estas que Moon aceitava de bom grado.

Septão Moon.

Para cessar de vez a cisma entre a Fé e a Casa Targaryen, era vital que Jaehaerys fosse coroado pelo alto septão em Vilavelha. No entanto, o primeiro septão Moon e sua turba precisavam ser dispersados para que Jaehaerys pudesse viajar em segurança até a cidade. Apesar da insistência de alguns, Jaehaerys não queria usar seus dragões como solução para o problema. Lorde Rogar então se ofereceu para formar um exército e marchar até a Campina — mesmo estando em certa desvantagem devido ao tamanho das forças de Moon, compostas não apenas pelos Pobres Irmãos como também por cavaleiros e homens de armas das grandes casas Rowan e Oakheart. As coisas logo se resolveram sozinhas, porém, quando uma mulher desconhecida se aproximou da tenda do septão Moon com um jarro de vinho, pedindo que ele a ajudasse. Não muito tempo depois, ela saiu apressada da tenda e sumiu. Em instantes, septão Moon apareceu nu e encharcado de sangue, pois tivera a garganta cortada. Cambaleou pelo acampamento até enfim cair e morrer. Depois, descobriu-se que o vinho encontrado na tenda também fora envenenado.

DIREITA | A morte do septão Moon.

Depois da morte de Moon, seu séquito se dispersou. Mais de dez homens alegaram ser seus sucessores, e conflitos surgiram entre as várias facções. O mais ousado desses autoproclamados sucessores, Lorcas, o Estudado, chegou até a roubar o corpo do septão Moon, amarrar o cadáver a um grande corcel e levar o cavalo até Vilavelha em uma tentativa de invadir a cidade. Mas menos de cem homens seguiram Lorcas e o cadáver malcheiroso, e logo foram rechaçados junto com seu líder. O corpo do septão Moon foi então tomado por alguns dos cavaleiros de lorde Hightower, decapitado, curtido e empalhado antes de ser dado de presente ao alto septão no Septo Estrelado. Lorde Rowan e lorde Oakheart retornaram para suas fortalezas, e boa parte da hoste restante de Moon não demorou a seguir o exemplo.

A coroação de Jaehaerys transcorreu sem incidentes perto do fim do ano de 48 DC. O alto septão colocou a coroa do rei Aenys na cabeça de Jaehaerys, e o que veio a seguir foi um

A conveniente e misteriosa morte do septão Moon foi assunto de especulação nos dias que se seguiram. Dentre os muitos suspeitos de encomendar a artimanha estavam o próprio rei, a Mão e a mãe do monarca, a rainha regente. Alguns até especularam que, devido ao súbito desaparecimento da assassina, a mulher na verdade era um Homem Sem Rosto de Braavos. Muitos estudiosos, porém, acreditam que era simplesmente uma seguidora de acampamentos contratada por lorde Rowan ou lorde Oakheart — homens cujos desentendimentos tinham sido principalmente com o rei Maegor, e não com os Targaryen como um todo. Depois da morte do septão Moon, ambos os senhores voltaram a Vilavelha e dobraram o joelho diante de Jaehaerys.

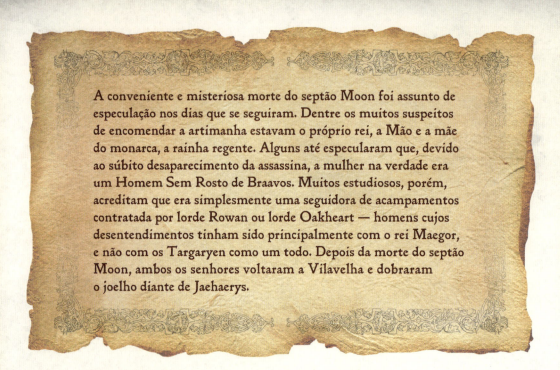

festim de sete dias, com centenas de senhores aparecendo para dobrar o joelho e jurar lealdade ao rei. Grandes nomes da corte e do reino compareceram; dentre eles, porém, um surpreendeu com sua presença: sor Joffrey Doggett, o Cachorro Vermelho das Colinas. Doggett tinha se autonomeado grande capitão dos Filhos do Guerreiro e os comandara contra o rei Maegor e seus apoiadores, mas agora surgia em Vilavelha com lorde e lady Tully de Correrrio graças a uma carta de salvo-conduto fechada com o selo do próprio Jaehaerys. Lady Lucinda Tully e sor Joffrey apelaram ao rei que restaurasse as Estrelas e as Espadas, mas Jaehaerys se recusou, dizendo que a Fé precisava apenas da proteção do Trono de Ferro. No entanto, retirou a recompensa que Maegor havia colocado pela cabeça de qualquer membro dos Filhos do Guerreiro e dos Pobres Irmãos. Então, deixou todos chocados ao oferecer a sor Joffrey um lugar na Guarda Real — lugar este que o Cachorro Vermelho das Colinas aceitou.

Quando Jaehaerys partiu de Vilavelha para Porto Real, boa parte de sua corte viajou com ele. A irmã Rhaena tomou outro caminho em Jardim de Cima, porém, voando em Dreamfyre de volta para Ilha Bela, sede de lorde Farman. Mas deixou para trás as filhas, as gêmeas Aerea e Rhaella. Esta, a mais nova, continuou no Septo Estrelado, tendo sido prometida à Fé, enquanto Aerea, a mais velha — e agora herdeira do Trono de Ferro até que Jaehaerys tivesse os próprios filhos —, foi enviada à Fortaleza Vermelha para servir como companheira e dama de Alysanne.

O retorno de Jaehaerys a Porto Real foi marcado pela adulação e alegria das multidões, assim como pela aparição de centenas de magros e imundos Pobres Irmãos implorando pela

DIREITA | Aerea e Rhaella.

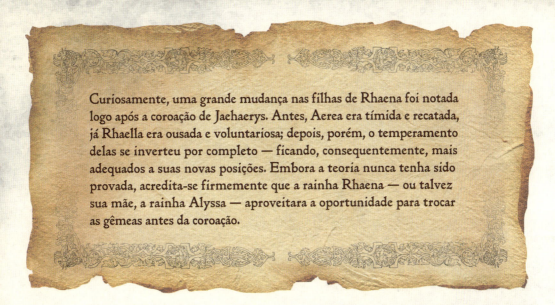

> Curiosamente, uma grande mudança nas filhas de Rhaena foi notada logo após a coroação de Jaehaerys. Antes, Aerea era tímida e recatada, já Rhaella era ousada e voluntariosa; depois, porém, o temperamento delas se inverteu por completo — ficando, consequentemente, mais adequados a suas novas posições. Embora a teoria nunca tenha sido provada, acredita-se firmemente que a rainha Rhaena — ou talvez sua mãe, a rainha Alyssa — aproveitara a oportunidade para trocar as gêmeas antes da coroação.

clemência do rei. O rei Jaehaerys a concedeu — com a condição que todos se juntassem à Patrulha da Noite na Muralha, o que a vasta maioria fez.

A próxima tarefa era selecionar os membros do pequeno conselho para assessorar Jaehaerys durante os dois anos em que ainda seria menor de idade. Focando na reconciliação entre aqueles em Westeros que haviam tomado o lado do rei e aqueles que tinham apoiado seu tio Maegor ou a Fé, ele selecionou um grupo diverso de conselheiros. Acima de todos, porém, ficou lorde Rogar Baratheon, Mão do Rei e Senhor Protetor do Território.

O ano de 49 DC — primeiro completo de reinado de Jaehaerys — foi marcado por paz, abundância… e casamentos. Na verdade, esse mais tarde seria conhecido como o Ano das Três Noivas. A primeira celebração ocorreu duas semanas depois do novo ano, quando a rainha Rhaena se casou com Andrew Farman, segundo filho de lorde Farman, em Ilha Bela. Andrew tinha apenas dezessete anos na época — nove a menos que Rhaena. Entre os convidados do casamento estavam o lorde Lyman Lannister, a esposa Jocasta, as antigas melhores amigas de Rhaena, Samantha Stokeworth e Alayne Royce, e a vivaz irmã de Andrew, Elissa. A Coroa só soube do casamento quando um corvo chegou trazendo o anúncio — o que, dizem, muito ofendeu a rainha Alyssa e enfureceu lorde Rogar, pois Rhaena não havia pedido a autorização da Coroa para o matrimônio. No entanto, o rei Jaehaerys e a princesa Alysanne ficaram muito felizes com a novidade e enviaram presentes e felicitações, além de ordenar que os sinos da Fortaleza Vermelha badalassem em comemoração.

O segundo casamento foi o de lorde Rogar com a rainha Alyssa — uma união cujo anúncio não veio com grande surpresa, mas levou a muita especulação. Lorde Rogar era um homem ousado e ambicioso, dez anos mais novo que a rainha Alyssa, e alguns cogitavam que ele talvez

ESQUERDA | Jaehaerys retorna a Porto Real.

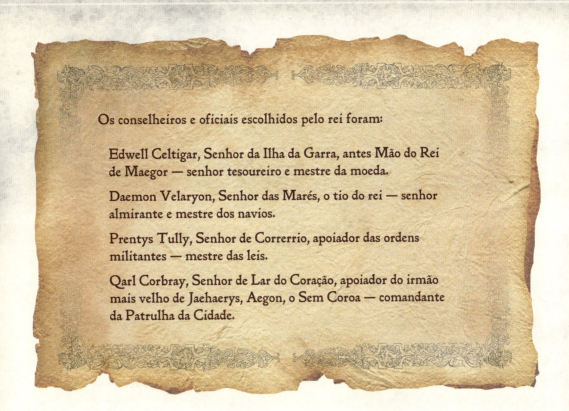

Os conselheiros e oficiais escolhidos pelo rei foram:

Edwell Celtigar, Senhor da Ilha da Garra, antes Mão do Rei de Maegor — senhor tesoureiro e mestre da moeda.

Daemon Velaryon, Senhor das Marés, o tio do rei — senhor almirante e mestre dos navios.

Prentys Tully, Senhor de Correrrio, apoiador das ordens militares — mestre das leis.

Qarl Corbray, Senhor de Lar do Coração, apoiador do irmão mais velho de Jaehaerys, Aegon, o Sem Coroa — comandante da Patrulha da Cidade.

quisesse se estabelecer como poder dominante na corte pelo resto de seus dias. Talvez por isso o rei Jaehaerys se opusesse privadamente ao casamento, que fora firmado sem sua sanção. No entanto, o fato de que não pudera censurar o casamento da irmã Rhaena abrira um precedente, então o monarca manteve-se em silêncio. Se a rainha Alyssa achava que lorde Rogar estava tirando vantagem da posição dela, não demonstrava, e na verdade muitos observadores acreditavam que ela se casara com ele por afeição verdadeira. E decerto era uma mulher que merecia alguma alegria depois de enfrentar tantas tragédias — da perda do marido Aenys à morte brutal dos dois filhos mais velhos, passando pelo casamento forçado da filha com o assassino dos irmãos.

A ocasião do casamento de Rogar com Alyssa seria lembrada como o Casamento Dourado — a mais esplêndida celebração de que se tem notícia. O matrimônio em si foi marcado para o sétimo dia da sétima lua de 49 DC, e grandes e pequenos senhores de toda Westeros compareceram — do enfermo Brandon Stark, Senhor de Winterfell, com os filhos Walton e Alaric, à irmã do Príncipe de Dorne. O Senhor do Mar de Braavos enviou o filho; o arconte de Tyrosh foi em pessoa com a filha donzela; e a Cidade Livre de Pentos mandou vinte e dois de seus magísters. Todos levaram presentes — embora tenha ficado nítido que os mais generosos foram dados por aqueles que antes eram seguidores do rei Maegor ou do septão Moon.

ESQUERDA | Casamento de Rhaena com Andrew Farman.

Jaehaerys usou a ocasião para realizar audiências particulares com qualquer senhor ou cavaleiro com terras que quisesse ter com ele. Cerca de cento e vinte aceitaram a oferta, e tais encontros permitiram que seus vassalos conhecessem melhor o novo rei enquanto o monarca, por outro lado, ficava sabendo das preocupações e dos interesses de seu povo. As opiniões sobre o jovem rei eram diversas, uma vez que Jaehaerys apresentava um lado diferente de si para cada um, mas o maior elogio veio de lorde Stark, que afirmou ver traços do rei Aegon, o Conquistador, no garoto real.

Lorde Rogar não participou de nenhuma das audiências; em vez disso, foi um ótimo anfitrião para os vários senhores e cavaleiros que estavam em Porto Real, participando de banquetes, apostando e caçando a pé e com falcões junto aos convidados. No entanto, a fonte mais notória de diversão foi a que, dizem, ocorreu dois dias antes da celebração. Rumores, embora nunca provados, afirmavam com veemência que os irmãos da Mão o presentearam com sete virgens de casas de prazer de Lys para que Rogar pudesse tirar a virgindade de uma mulher — visto que a rainha Alyssa já havia entregado a flor de sua donzelice em seu primeiro casamento. Segundo as fofocas, lorde Rogar conseguiu deflorar quatro delas, mas depois desmaiou de exaustão.

Lorde Rogar e o rei Jaehaerys não foram os únicos que ficaram ocupados nos dias que se seguiram ao casamento. A princesa Alysanne, irmã do rei, foi encarregada de entreter as mulheres nobres que acompanhavam os pais, irmãos e maridos, uma vez que a rainha Alyssa estava ocupada com as preparações do casamento em si e a rainha Rhaena escolhera não ir à celebração, preferindo Ilha Bela à Fortaleza Vermelha. Embora tivesse acabado de completar treze anos, Alysanne se provou uma anfitriã excelente e encantadora.

Ao nascer do dia do casamento, os votos de Rogar e Alyssa foram proferidos diante do alto septão no Fosso dos Dragões, ainda inacabado, onde dezenas de milhares puderam se juntar para celebrar. Jaehaerys e Alysanne fizeram uma entrada dramática, chegando montados em Vermithor e Asaprata pelo teto aberto do Fosso dos Dragões, e dizem que a cerimônia foi testemunhada por mais de quarenta mil plebeus e centenas de lordes, damas e cavaleiros. Mais milhares saíram às ruas quando a procissão do casamento atravessou a cidade na direção da Fortaleza Vermelha. O imenso salão do trono mais tarde receberia convidados nobres e dignatários estrangeiros para um extraordinário banquete, enquanto a plebe de Porto Real celebrava em estalagens, tabernas e bordéis da cidade que crescera em torno do sopé da Colina de Aegon.

Sete dias de banquetes e festas se seguiram, incluindo uma pantomima de batalha marítima e um grande torneio, com algumas das melhores justas que o reino já vira em anos. Lorde Rogar e um animado e frequentemente embriagado grupo de senhores e renomados cavaleiros participaram de todas as lutas com lança ou corpo a corpo, mas foram os combates desmontados que receberam mais destaque. Até aquele momento, a Guarda Real de Jaehaerys ainda

ESQUERDA | O Casamento Dourado.

Alguns guerreiros em combates desmontados ganharam a admiração do público geral, incluindo o Cavaleiro Bêbado, sor William Stafford; o Bardo da Baixada das Pulgas, Tom, o Dedilhador, que zombava dos oponentes antes de cada luta; e o esbelto e misterioso cavaleiro conhecido como Serpente Escarlate que acabou se revelando uma mulher, Jonquil Darke, filha bastarda do Senhor de Valdocaso.

Os cavaleiros escolhidos pela Guarda Real eram menos peculiares:

Sor Lorence Roxton, da Casa Roxton na Campina.

Sor Victor, o Valoroso, uma espada jurada a lorde Royce de Pedrarruna no Vale.

Sor Willam, a Vespa, uma espada jurada a lorde Smallwood de Solar das Bolotas nas terras fluviais.

Sor Pate, o Galinhola, um cavaleiro andante que preferia lutar com uma lança a lutar com uma espada.

Sor Samgood de Monte Azedo, conhecido como Sam Azedo, um cavaleiro andante grisalho de sessenta e três anos que alegava ter lutado em uma centena de batalhas.

era formada por apenas dois membros: o senhor comandante, sor Gyles Morrigen, e o antigo grande capitão dos Filhos do Guerreiro, sor Joffrey Doggett. A rainha Alyssa propôs que o torneio fosse usado para preencher as cinco vagas remanescentes. Jaehaerys concordou com a mãe, mas foi ele quem decidiu usar os combates desmontados em vez das justas para conceder tal honra — uma vez que, como sabiamente apontou, ameaças contra o rei quase nunca vinham de outros homens montados em campo. Tais combates entraram para a história como a Guerra pelos Mantos Brancos.

Depois que o Casamento Dourado e suas suntuosas festividades acabaram, um outro casamento completamente diferente virou o centro das atenções da corte: o do próprio rei Jaehaerys. O potencial casamento da irmã Alysanne era considerado menos urgente do que encontrar uma noiva para o jovem rei para que ele pudesse gerar herdeiros diretos. As herdeiras atuais de Jaehaerys eram as filhas gêmeas da rainha Rhaena, e se Rhaena alegasse direito de agir como regente delas, poderiam surgir problemas. Grande atrito nascera entre mãe e filha, como foi evidenciado pelo não comparecimento da rainha Rhaena ao Casamento Dourado e pelo fato de esta não ter convidado Alyssa para o próprio casamento.

Embora Rogar e Alyssa concordassem quanto à necessidade de encontrar uma noiva para Jaehaerys, eles e seus conselheiros não conseguiam chegar a um consenso sobre quem deveria ser a pretendente. Lorde Rogar era a favor da filha do arconte de Tyrosh, para que forjassem uma aliança com a Cidade Livre e expandissem a influência da corte até o outro lado do mar estreito. A rainha Alyssa acreditava que uma noiva estrangeira com deuses estrangeiros não seria aceita pelo povo e preferia que a consorte fosse escolhida entre as casas que haviam apoiado Aegon, o Sem Coroa. Já o grande meistre Benifer acreditava que escolher alguém exclusivamente entre as casas que haviam apoiado Aegon contra Maegor poderia alienar aqueles que tinham apoiado Maegor; portanto, recomendava uma noiva de uma das grandes casas que pouco se envolveram no conflito. Já lorde Tully achava melhor casar Jaehaerys com a irmã mais nova de sua reconhecidamente devota esposa, Lucinda. Lorde Velaryon propunha uma das Noivas de Preto, a rainha Elinor da Casa Costayne, tanto para mostrar que o perdão àqueles que haviam tomado o lado de Maegor era total quanto devido à provada fertilidade da mulher. Lorde Celtigar até mesmo ofereceu duas das próprias filhas como candidatas, como fizera com Maegor.

Em todos os debates, apenas uma coisa era certa: ninguém achava que o rei Jaehaerys deveria se casar com a sua escolha pessoal, a irmã Alysanne. Era fato que os Targaryen casavam irmão com irmã havia séculos e que os dois sempre consideraram se unir um ao outro. Além do mais, eram muito próximos. A própria rainha Alyssa seria a favor da união, mas as objeções da Fé ainda pesavam — as mesmas que haviam levado a sua rebelião contra a Casa Targaryen durante o reinado do rei Aenys. O septão Mattheus dos Mais Devotos — que tinha chances de um dia se tornar alto septão — era um dos mais fervorosos críticos do casamento incestuoso. Embora o alto septão atual — o "alto lambe-botas", como o rebelde septão Moon o chamava — tivesse o cuidado de não fazer surgirem mais conflitos entre a Fé e a Coroa, e, portanto, não estivesse disposto a criticar o casamento, o septão Mattheus destacava o fato de que o alto septão era idoso e frágil, e de que muitos dos outros Mais Devotos que o sucederiam se colocariam veementemente contra o matrimônio.

Enquanto debates a respeito das perspectivas de casamento de Jaehaerys corriam, decidiu-se rápido que a princesa Alysanne deveria se casar com Orryn Baratheon, filho mais novo de lorde Rogar, no sétimo dia de 50 DC. A jovem noiva tinha treze anos, mas havia florescido recentemente, e o Senhor Protetor, a rainha regente e seus conselheiros eram todos a favor da união. Alysanne, porém, não era. Não se sabe como a princesa teve conhecimento do fato do planejamento de seu matrimônio com Orryn, embora a suspeita do grande meistre Benifer fosse a de que Daemon Velaryon, o senhor almirante, tivesse vazado a informação — provavelmente porque Daemon temia que os Baratheon ficassem influentes demais, usurpando a então destacada posição da Casa Velaryon.

Qualquer que tenha sido a forma pela qual os planos foram descobertos, Jaehaerys e Alysanne não se opuseram publicamente à união. Em vez disso, Jaehaerys ordenou que a Guarda Real zarpasse rápida e silenciosamente até Pedra do Dragão, enquanto ele e Alysanne se esgueiravam da Fortaleza Vermelha na calada da noite, voando em seus dragões até a ancestral cidadela Targaryen. Ao chegar, Jaehaerys disse aos criados presentes que precisava de um septão.

A Guarda Real chegou alguns dias depois. Na alvorada do dia seguinte, quando 49 DC já chegava ao fim, Jaehaerys e Alysanne foram casados pelo septão de Pedra do Dragão, Oswyck — um homem idoso que havia ensinado aos dois os dogmas da Fé em sua infância.

ACIMA | O casamento de Jaehaerys e Alysanne.

Ao contrário do Casamento Dourado, havia poucas pessoas presentes na cerimônia: apenas a Guarda Real, a guarnição e os criados do castelo e alguns membros da plebe que moravam na vila na base das muralhas. Um banquete modesto se seguiu, e depois disso Jaehaerys e Alysanne se retiraram para o quarto marital — apesar de terem concordado que o casamento só seria consumado quando Alysanne fosse mais velha.

Lorde Rogar e a rainha Alyssa chegaram logo depois, com o septão Mattheus dos Mais Devotos, grande meistre Benifer, uma dezena de cavaleiros e alguns homens de armas. Alyssa chorou quando Jaehaerys e Alysanne a receberam nos portões do castelo, de mãos dadas, enquanto o septão Mattheus criticava severamente o casamento — até o rei o alertar que aceitaria um sermão da mãe, porém de mais ninguém, ameaçando costurar os lábios do homem. Lorde Rogar, astutamente, perguntou se o casamento fora consumado. Quando o rei admitiu que não, lorde Rogar ordenou que seus cavaleiros separassem os recém-casados, pretendendo deixar Alysanne em Pedra do Dragão enquanto levava Jaehaerys de volta para a Fortaleza Vermelha. No entanto, os cavaleiros da Guarda Real intervieram, desembainhando as espadas, e se colocaram entre o rei e a rainha e os cavaleiros do Senhor Protetor. A rainha Alyssa conseguiu restaurar a paz, mas antes de partir, ordenou que os filhos não revelassem publicamente o matrimônio, ao que eles concordaram. Jaehaerys e Alysanne, porém, não tinham a intenção de ficar separados.

Após o casamento, o rei Jaehaerys e a rainha Alysanne permaneceram em Pedra do Dragão até o rei atingir a maioridade, um ano e meio depois. Eram quase inseparáveis durante esse tempo — compartilhavam refeições, liam juntos, cavalgavam para caçar com falcões ou pescar e se misturavam à plebe, e continuaram dividindo a cama mesmo enquanto permaneciam castos. Mas como Pedra do Dragão era um lugar relativamente remoto, a união se manteve boa parte em segredo. Depois de voltar a Porto Real, lorde Rogar instruíra que todos que haviam ido com ele até Pedra do Dragão não falassem sobre o que ocorrera ali se não quisessem ter a língua cortada. Nada também foi anunciado para o reino como um todo. Quando o septão Mattheus tentou enviar uma mensagem contando do casamento ao alto septão e aos Mais Devotos em Vilavelha, o grande meistre Benifer queimou a carta em vez de despachar um corvo, sob ordens da Mão. Enquanto isso, lorde Rogar refletia sobre como cancelar a união. A rainha Alyssa tinha certeza de que os filhos não aceitariam ser separados, mas temia que a Fé se insurgisse contra eles, e queria encontrar uma forma de evitar isso. Ainda assim, o Senhor Protetor e a rainha regente tinham um reino para governar em nome de Jaehaerys.

O ano de 50 DC começou com grandes planos de banquetes, festivais e torneios por todo o reino para marcar o quinquagésimo ano de governo dos Targaryen. Na corte, porém, as frágeis relações entre os Targaryen e com lorde Rogar teriam consequências duradouras. Embora o segredo do casamento de Jaehaerys e Alysanne fosse a causa mais imediata, outro problema era a rainha Rhaena e sua decisão de se casar com Andrew Farman sem pedir autorização — um acontecimento que ainda desagradava tanto o lorde Rogar quanto o rei Jaehaerys. Rhaena, por sua vez, tinha suas queixas, com dificuldades de entender por que a mãe escolhera se casar com Rogar Baratheon e cada vez mais ressentida do fato de que o irmão mais novo assumira o Trono de Ferro antes dela e das filhas.

Lorde Rogar estava particularmente humilhado pela forma como Jaehaerys o desautorizara quando confrontara o rei em Pedra do Dragão e refletia sobre como consertar o que enxergava como um erro. Conforme as semanas viravam luas sem notícias do casamento vazando de Pedra do Dragão, Rogar confiava cada vez mais na possibilidade de desfazer o matrimônio, certo de que o silêncio indicava um comprometimento vacilante com a nova noiva. Mas a verdade era outra. Embora Jaehaerys pudesse facilmente ter espalhado a notícia ao mandar corvos do viveiro de Pedra do Dragão, optara por não fazer isso por reconhecer o perigo de a Fé não aceitar o casamento. Em vez disso, tinha a intenção de anunciar a novidade apenas depois que atingisse a maioridade, assim poderia apresentar o fato como uma escolha adulta feita com a totalidade de seu poder em vez de uma atitude de um garoto imaturo e apaixonado. De qualquer forma, a ausência de Jaehaerys e Alysanne na corte estava ficando cada vez mais óbvia. A rainha Alyssa declarou que o jovem rei estava repousando e refletindo em Pedra do Dragão, mas conforme o tempo passava, alguns cogitavam a possibilidade de o rei estar doente ou mesmo aprisionado em segredo.

E de fato o rei Jaehaerys estava usando seu tempo no exílio de forma sábia. Ciente de que alguns poderiam ver nele a fraqueza do rei Aenys, impôs a si mesmo um regime brutal de treinamento no manejo de armas com a ajuda de sor Merrell Bullock, comandante da guarnição de Pedra do Dragão, e dos sete cavaleiros de sua Guarda Real, que eram alguns dos melhores lutadores do reino. Tornou-se um guerreiro muito bem-sucedido, sendo elogiado por seus tutores tanto pela determinação quanto por seus progressos. E embora não tenha chegado a ser tão proficiente quanto os membros de sua Guarda Real, era capaz de se virar contra a maior parte dos combatentes.

Enquanto Jaehaerys trabalhava para melhorar suas habilidades no pátio de treino, o tempo de Alysanne em Pedra do Dragão era um tanto solitário. Deixara para trás aias e amigas quando voou com Jaehaerys de Porto Real, então a mãe despachara um novo grupo de acompanhantes para se unir à filha em Pedra do Dragão. A rainha regente escolheu a septã Ysabel e as noviças Lyra e Edith para educação religiosa e apoio à filha; as devotas lady Lucinda Tully, junto com a igualmente devota irmã Ella Broome, para cuidar dos assuntos domésticos; e Jennis Templeton, Coryanne Wylde, Rosamund Ball e as filhas de lorde Celtigar — todas mulheres de estirpe, mais ou menos da idade de Alysanne — para lhe fazer companhia.

Parte do propósito de Alyssa era que a septã e as outras mulheres devotas do grupo conseguissem convencer Alysanne e Jaehaerys de que estavam cometendo um erro. Lorde Rogar, por outro lado, tinha motivos muito diferentes ao apoiar — e talvez até mesmo encorajar — as intenções de Alyssa. Primeiro, pediu que lady Lucinda e as outras o mantivessem informado de tudo o que acontecia em Pedra do Dragão — especialmente se Jaehaerys e Alysanne mostrassem qualquer sinal de consumar a união. Além disso, gostaria de atrair o rei para longe de Alysanne. Coryanne Wylde, de acordo com rumores e com sua própria suposta biografia *Um alerta para garotas jovens* (que, alega-se, foi ditada para uma escriba no fim de sua vida como septã no Septo Estrelado), fora escolhida a dedo por um grande senhor para seduzir Jaehaerys. As versões mais antigas do texto diziam que tal lorde era sor Borys Baratheon, irmão de lorde Rogar. Edições expandidas e mais recentes do livro alegam, porém, que foi o próprio lorde Rogar.

Independentemente de quem a tenha enviado, Coryanne partiu para Pedra do Dragão com as outras acompanhantes na galé *Mulher Sábia* no sétimo dia da segunda lua de 50 DC. Alysanne as recebeu nas docas e lhes entregou presentes. Estava contente por ter acompanhantes

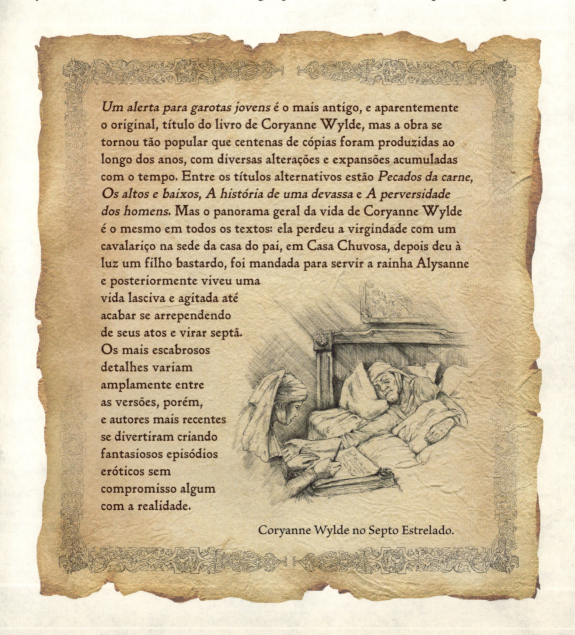

Um alerta para garotas jovens é o mais antigo, e aparentemente o original, título do livro de Coryanne Wylde, mas a obra se tornou tão popular que centenas de cópias foram produzidas ao longo dos anos, com diversas alterações e expansões acumuladas com o tempo. Entre os títulos alternativos estão *Pecados da carne*, *Os altos e baixos*, *A história de uma devassa* e *A perversidade dos homens*. Mas o panorama geral da vida de Coryanne Wylde é o mesmo em todos os textos: ela perdeu a virgindade com um cavalariço na sede da casa do pai, em Casa Chuvosa, depois deu à luz um filho bastardo, foi mandada para servir a rainha Alysanne e posteriormente viveu uma vida lasciva e agitada até acabar se arrependendo de seus atos e virar septã. Os mais escabrosos detalhes variam amplamente entre as versões, porém, e autores mais recentes se divertiram criando fantasiosos episódios eróticos sem compromisso algum com a realidade.

Coryanne Wylde no Septo Estrelado.

femininas de novo e pareceu não se preocupar muito com possíveis informações que estas pudessem enviar para Porto Real.

Enquanto isso, do outro lado dos Sete Reinos, Ilha Bela via um drama próprio se desenrolar. A rainha Rhaena havia se estabelecido em Belcastro com o novo esposo, Androw Farman, filho mais novo de lorde Marq Farman. Se a corte já se surpreendera com a união, a surpresa foi maior ainda entre os cidadãos das terras ocidentais, pois Andrew não apresentava atrativo algum: não apenas era um filho mais novo como também não tinha habilidades para ser cavaleiro — e, diziam, sequer era capaz de ler e escrever. Mas nada disso importava para Rhaena, que disse que se casara com ele por conta de sua bondade. Outros especulariam que ela o fizera por razões diferentes: para agradecer lorde Farman pelo abrigo que dera a ela depois da Batalha sob o Olho de Deus, ou por conta da irmã de Andrew, Elissa.

Elissa Farman era três anos mais velha que Andrew, e, portanto, seis anos mais nova que Rhaena. De cabelos claros e olhos azuis, era inteligente, ousada, boa cantora, caçadora e arqueira… e, acima de tudo, ótima marinheira. Os Farman alegavam navegar as águas do Mar do Poente desde a Era da Aurora, e tal paixão encontrou raízes na alma de lady Elissa. Aos vinte anos, já era uma marinheira bem-sucedida com o próprio navio, cogitando tentar atravessar o Mar do Poente. Também era solteira, tendo botado para correr dois homens a quem sua mão fora prometida. Não era de se surpreender que ela e a rainha Rhaena tivessem virado amigas e confidentes. E, junto com Alayne Royce e Samantha Stokeworth, as outras acompanhantes de Rhaena, formavam uma corte feminina dentro da corte mais ampla de Belcastro.

O infiltrado no convívio de Rhaena se provou ser sor Franklyn Farman. Era o filho mais velho de lorde Marq, herdeiro de Ilha Bela, que lutara e sangrara por Aegon na Batalha sob o Olho de Deus. Ressentia-se da presença de Rhaena e da "Besta de Quatro Cabeças", como chamava a rainha e suas três acompanhantes; também condenava o custo avassalador da alimentação da dragão de Rhaena, Dreamfyre, e se incomodava com o fato de Dreamfyre ter colocado vários ovos, o que poderia fazer Ilha Bela ser tomada pelas feras. E com a súbita e inesperada morte de lorde Marq em 50 DC, ao se engasgar com uma espinha de peixe menos de duas semanas depois do primeiro aniversário do casamento de Rhaena com Andrew, o novo lorde Franklyn enfim se tornou capaz de fazer algo a respeito da indesejada convidada.

Ordenou que Rhaena partisse de Ilha Bela no dia seguinte ao funeral do pai. Rhaena estava tão possessa que muitos temeram que ela montasse em Dreamfyre e queimasse o castelo. Em vez disso, porém, depois de instruir as acompanhantes e o marido a irem de navio até Rochedo Casterly, ela voou para longe em sua dragão no mesmo dia.

Em Casterly Rock, lorde Lyman Lannister e a esposa lady Jocasta da Casa Tarbeck a receberam bem, e a hospitalidade que Rhaena e os demais receberam pelas próximas luas foi substancial. No entanto, logo ficou claro que o Senhor de Rochedo Casterly tinha motivos escusos para tanta

DIREITA | Rhaena com os gananciosos Lannister.

bondade, pois ele e a esposa começaram a demonstrar grande interesse pelos ovos de Dreamfyre. Lady Jocasta teve até o atrevimento de sugerir que Rhaena lhe desse um ou mais de presente, e, quando Rhaena se negou, lorde Lyman ofereceu uma contrapartida em ouro. Ficou evidente que a ambição de lorde Lyman era se tornar a segunda casa dos Sete Reinos a possuir dragões, então Rhaena resolveu encontrar um novo abrigo para si, o marido e suas acompanhantes.

No restante do reino, outras questões se mostravam mais urgentes. Em Porto Real, a necessidade de recuperar parte do exaurido tesouro real levou à nomeação de lorde Edwell Celtigar (que já fora Mão do rei Maegor) como mestre da moeda, mas os impostos elevados praticados por ele fizeram cessar subitamente o crescimento de Porto Real, uma vez que navios mercantes preferiam parar em portos vizinhos, como Valdocaso, Lago da Donzela e Derivamarca, em vez do porto da capital. E as taxas impostas pelo mestre da moeda sobre imóveis novos também interromperam a construção do Fosso dos Dragões, já que a coroa não conseguia mais pagar os construtores.

Mas os problemas que os Sete Reinos encaravam não eram apenas fiscais. Os dorneses haviam ficado mais ousados e andavam realizando mais assaltos ao longo da Marca de Dorne, com rumores crescentes da existência de um novo Rei Abutre nas Montanhas Vermelhas. No Norte, o velho lorde Brandon Stark morrera no ano anterior, e seu filho lorde Walton foi surpreendido por uma rebelião entre os homens da Patrulha da Noite em Portão da Geada e Solar das Trevas. Os rebeldes eram antigos Pobres Irmãos e Filhos do Guerreiro, comandados por sor Olyver Bracken e sor Raymund Mallery — cavaleiros traidores da Guarda Real que tinham abandonado Maegor para depois serem dispensados e exilados na Muralha por Jaehaerys.

A rebelião não durou muito, visto que a grande maioria dos membros da Patrulha se manteve leal. A força deles, combinada com a de lorde Stark e sua hoste, foi suficiente para acabar com a insurreição em Portão da Geada, cujos defensores — inclusive sor Olyver — foram executados. Os rebeldes de Solar das Trevas, sob comando de sor Raymund, optaram por fugir para além da Muralha em vez de esperar pelo mesmo fim. Lorde Walton e a Patrulha ainda os perseguiram, mas depois de dois dias de viagem floresta assombrada adentro, se depararam com gigantes, e lorde Walton foi arrancado da cela e desmembrado. Os sobreviventes do ataque carregaram seus restos mortais até Castelo Negro, e sor Raymund e seus seguidores escaparam para a natureza selvagem no extremo norte... até os selvagens entregarem a cabeça de sor Raymund em Atalaialeste, menos de meio ano depois. Em Winterfell, Alaric Stark, o irmão de Walton, assumiu o governo do norte, embora não apreciasse o rei Jaehaerys, atribuindo na clemência dada a dois traidores da Guarda Real a culpa pela morte do irmão.

Pedra do Dragão era um paraíso se comparado a tudo isso. Alysanne passava o tempo com as novas acompanhantes — as Mulheres Sábias, como passaram a ser conhecidas — e aproveitava a companhia delas... Embora seus esforços de a convencerem a abandonar o casamento fossem nulos. A firme mas gentil insistência da rainha fez com que as acompanhantes lentamente não apenas começassem a sentir mera simpatia por sua escolha, mas também a apoiassem — o que não era nem um pouco o que a rainha Alyssa e lorde Rogar esperavam quando as haviam enviado até Pedra do Dragão. Coryanne Wylde também parecia estar falhando na tarefa de afastar Jaehaerys e Alysanne. Embora *Um alerta para garotas jovens* contenha a alegação duvidosa de que ela chegou a dormir com o rei (e outras versões afirmem ainda que dormiu com Alysanne também, e até mesmo com todos os sete membros da Guarda Real), os sentimentos de Jaehaerys pela irmã continuaram inabalados.

Qualquer que fosse o perigo oferecido por Coryanne chegou ao fim na sexta lua de 50 DC, quando ela partiu de Pedra do Dragão na calada da noite com sor Howard Bullock. O filho mais novo do comandante da guarnição de Pedra do Dragão — ele próprio um homem casado — havia se apaixonado por Coryanne e fugiu tanto com ela quanto com boa parte das joias da esposa. O casal acabou indo parar na Cidade Livre de Pentos e depois nas Terras Disputadas de Essos, onde sor Howard se uniu à Companhia Livre, um bando de mercenários. Ele morreu três anos depois, ao cair embriagado de seu cavalo, e a miserável Coryanne se viu obrigada a ganhar sozinha o pão de cada dia — época que depois proveria muita matéria-prima para as obscenas e fantasiosas histórias de *Um alerta para garotas jovens*.

Quando rumores do casamento de Jaehaerys e Alysanne enfim começaram a se espalhar, a rainha Alyssa declarou que não fazia mais sentido tentar desfazer o que evidentemente não

ACIMA | Walton Stark morto por gigantes.

podia ser desfeito. Furioso, lorde Rogar acusou Rhaena e seus conselheiros de serem fracos, e deu andamento ao plano de derrubar Jaehaerys e coroar Aerea em seu lugar. Alegava que Rhaena apoiaria a ascensão da filha… e Rhaena tinha um dragão. Mas o que lorde Rogar, em sua raiva, falhou em perceber foi que levantara a possibilidade de uma guerra entre dragões — e que, para aquele erro, não havia volta. Alyssa lembrou ao conselho que eles serviam a ela e depois disse a seu senhor e marido que os serviços dele como Mão não seriam mais necessários, que ele deveria partir de Ponta Tempestade imediatamente. Quando lorde Rogar tentou recusar, lorde Qarl Corbray se levantou, desembainhou a espada de aço valiriano Senhora Desespero e deixou claro que garantiria que a vontade da rainha regente fosse atendida.

O resto do pequeno conselho pareceu estar de acordo, então Rogar partiu — mas na verdade ficou mais seis dias do lado oposto da Torrente da Água Negra enquanto o seu irmão Ronnal reunia homens de armas e tentava sequestrar a princesa Aerea. A tentativa falhou, pois a rainha regente já enviara lorde Corbray para garantir que Aerea se escondesse, disfarçada como plebeia trabalhando em um estábulo perto do Portão do Rei — uma farsa que a garota sustentaria pelo resto da regência. Tinha então oito anos e amava cavalos; anos depois, diria que aquela foi a época mais feliz de sua vida.

O conflito destruiu qualquer afeição que lorde Rogar ainda pudesse ter pela esposa, e a rainha Alyssa ficou arrasada. Nomeou o irmão Daemon como Mão do Rei, enviou uma carta para Pedra do Dragão com notícias do que acontecera e se retirou para seus aposentos. Lorde Daemon governou pelo resto da regência, e Alyssa não mais participou dos assuntos públicos do reino.

Mas lorde Rogar era diferente, e não aceitou calado a derrota. Arriscou uma última tentativa de tomar o poder, enviando o irmão, sor Orryn, para Vilavelha, onde este tentou tirar a princesa Rhaella do convento em que era noviça. O plano quase deu certo, mas uma septã desconfiada impediu que fosse à frente. Sor Orryn logo confessou ao alto septão que fora despachado pelo irmão mais velho para sequestrar Rhaella e a levar até Ponta Tempestade, onde a forçaria a admitir que era a verdadeira princesa Aerea, para então ser coroada. Lorde Donnel Hightower — já conhecido amplamente como Donnel, o Moroso — nem se deu ao trabalho de não tentar ofender lorde Rogar: na mesma hora jogou Orryn e seus homens nas masmorras e enviou uma mensagem para Pedra do Dragão informando o que acontecera.

Após seu fracasso, lorde Rogar tinha certeza de que seria mandado para a Muralha ou até mesmo executado. Preparou o testamento e escreveu uma confissão, tentando absolver os irmãos de qualquer responsabilidade enquanto nomeava o mais velho deles, Borys, como seu herdeiro. Terminou a missiva insistindo que agira apenas pelo bem do reino.

No décimo segundo dia da nona lua de 50 DC, Jaehaerys Targaryen completou dezesseis anos — um homem adulto pelas leis dos Sete Reinos, e assim a regência acabou.

DIREITA | Aerea disfarçada.

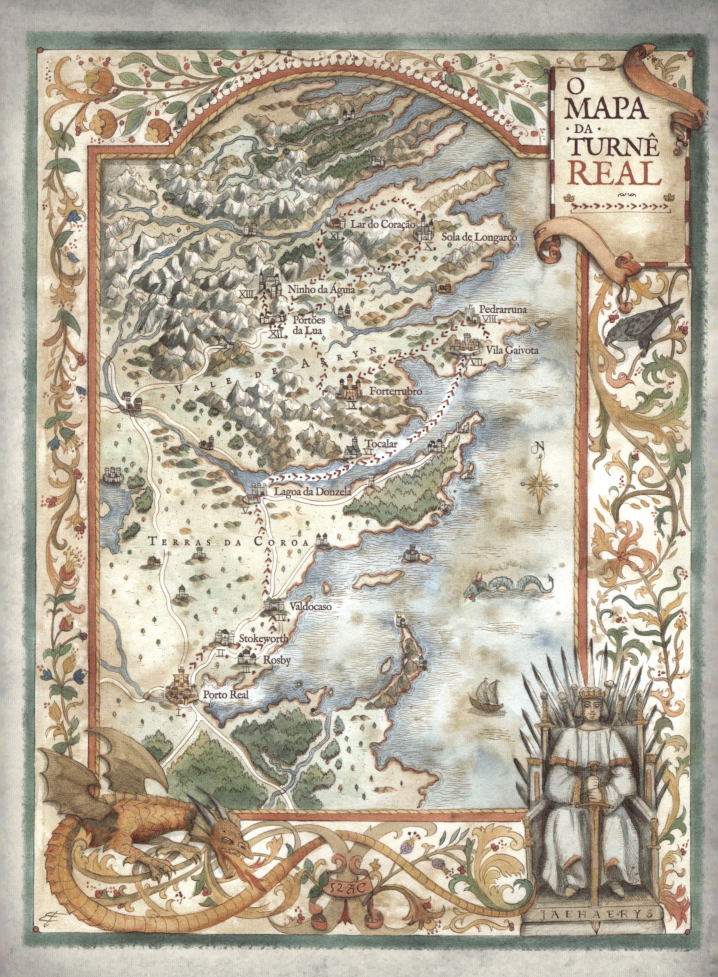

O começo do reinado

NO DIA EM QUE COMPLETOU a maioridade, o rei Jaehaerys voou sozinho em Vermithor até Porto Real depois de ter enviado na frente cinco dos membros de sua Guarda Real para preparar sua chegada. A rainha Alysanne continuou em Pedra do Dragão caso houvesse novas tentativas de anular o casamento. No entanto, a rainha Alyssa não queria conflito com os filhos, e dizem que chorou de alegria quando Jaehaerys a procurou. A rainha viúva se juntou ao banquete de boas-vindas ao filho e aos demais compromissos na corte que se seguiram, porém nunca mais teve um papel central na governança do reino.

Uma das primeiras decisões de Jaehaerys foi escolher o próprio pequeno conselho, mantendo o tio lorde Daemon Velaryon como Mão e lorde Qarl Corbray como comandante de Guarda Real, mas agradeceu a lorde Prentys Tully por seus serviços como mestre das leis e o substituiu pelo experiente lorde Albin Massey, escolhendo lorde Manfryd Redwyne como senhor almirante e mestre dos navios; lorde Manfryd se tornou o primeiro homem que não era da Casa Velaryon a assumir a posição. Lorde Edwell Celtigar também foi dispensado como mestre da moeda, e seus impostos e encargos foram rescindidos. Para substituí-lo, Jaehaerys tomou a surpreendente decisão de nomear Rego Draz, mercador e cambista da Cidade Livre de Pentos. Draz tivera um início de vida humilde e depois ascendera até se tornar o homem mais abastado de Pentos, mas o desprezo de seus colegas o convenceu a levar tanto a família quando a vasta fortuna até Porto Real quando Jaehaerys lhe ofereceu o cargo. Com frequência, era chamado de Senhor do Ar, porque não tinha terras ou castelos.

O septão Mattheus também foi dispensado de Porto Real, já que seus protestos fervorosos contra o casamento incestuoso do rei com a irmã fizeram com que o rei não tivesse interesse em seu aconselhamento espiritual. Para substituí-lo, Jaehaerys chamou um jovem septão de

ESQUERDA | Mapa da turnê real.

Jardim de Cima. O nome dele era Barth, filho plebeu de um ferreiro comum — mas, em pouco tempo, ascenderia rápido e se tornaria um homem de grande importância. Depois da partida de Mattheus, o rei dispensou e substituiu dezenas de detentores de cargos menores, de Guarda--Chaves aos caçadores de ratos da Fortaleza Vermelha, passando pelo Magistrado do Rei. Até as masmorras da Fortaleza Vermelha foram esvaziadas, e os homens nas celas pretas tiveram a chance de se banhar e apelar pelo perdão do rei, já que vários tinham sido presos injustamente por Maegor.

Depois de tudo isso, o rei convocou lorde Rogar Baratheon. Os irmãos de Rogar recomendaram que ele se juntasse à Patrulha da Noite ou mesmo recusasse a convocação em vez de arriscar ser executado, mas lorde Rogar fez como ordenado. Para a surpresa de muitos, o rei Jaehaerys aceitou a alegação de que lorde Rogar agira segundo o que acreditava ser melhor para o reino. Jaehaerys estava disposto a perdoar o homem se ele jurasse nunca mais se opor a Jaehaerys ou à rainha Alysanne, e contanto que levasse Alyssa de volta para Ponta Tempestade para viverem juntos como marido e esposa, tratando-a com a máxima honra e cortesia pelo restante de seus dias. Lorde Rogar aceitou. Jaehaerys também perdoou os irmãos de Rogar, exceto sor Orryn; ele e os homens que tinham tentado sequestrar a princesa Rhaella foram mandados para um exílio de dez anos. O rei sequer exigiu que os Baratheon lhe enviassem reféns, lembrando Rogar de que não precisava daquilo já que tinha Vermithor, que crescia cada vez mais.

Quando lorde Rogar e a rainha viúva Alyssa voltaram a Ponta Tempestade depois de vários dias, o rei Jaehaerys começou o processo de lidar com o problema mais urgente da coroa: as reservas de ouro exauridas. Rego Draz negociou empréstimos com o Banco de Ferro de Braavos e seus rivais em Tyrosh e Myr, e com tais fundos forrando o tesouro real, a construção do Fosso dos Dragões foi retomada. Novos impostos foram colocados sobre itens luxuosos que vinham de fora do reino, incluindo pano de ouro, rendas de Myr, vinhos dorneses e especiarias caras do leste. Novas tributações foram impostas sobre construções, de modo que qualquer senhor que desejasse construir mais castelos ou expandir e reformar sua sede existente precisaria pagar um preço considerável pelo privilégio.

Seis luas depois do retorno de Jaehaerys, por volta da metade de 51 DC, a rainha Alysanne chegou de Pedra do Dragão e um segundo casamento começou a ser planejado diante da corte — embora ainda houvesse tensões sobre a possibilidade de a Fé se colocar contra a união, como fizera quando se erguera em rebelião contra o pai e o tio do casal. Dessa forma, o rei elaborou um plano que consistia em enviar sete homens e mulheres — quase todos septões e septãs — pelos Sete Reinos nas luas antes do casamento para pregar a doutrina que criara com a ajuda dos septões Oswyck e Barth: a Doutrina do Excepcionalismo. Tal doutrina afirmava que os Sete tinham feito os valirianos diferentes de outros homens — o fato de controlarem dragões era prova de quão especiais eram. Também dizia que o incesto, para eles, não representava um pecado como seria para as outras pessoas.

As sete pessoas que pregaram em nome do rei e da rainha foram:

Septão Baldrick, um astuto orador.

Septão Rollo, conhecido por sua erudição.

Septão Alfyn, idoso porém feroz, carregado em uma liteira por não ter pernas.

Septã Ysabel, uma das Mulheres Sábias de Alysanne.

Septã Violante, que diziam ter dons milagrosos de cura.

Mãe Maris, que ensinara órfãos por anos em um convento perto de Vila Gaivota, no Vale.

Rainha Elinor da Casa Costayne, que fora uma das Noivas de Preto mas depois se tornara uma mulher penitente que vivera sem chamar a atenção até ser convocada pelo rei — na velhice, também viraria septã.

Os sete enviados trabalharam com diligência, e ninguém mais questionou o casamento de Jaehaerys. Consciente da situação das economias reais, o rei Jaehaerys não fez uma festa esbanjadora semelhante à do Casamento Dourado, mas ainda assim convidou cerca de mil pessoas, incluindo lorde Rogar Baratheon e a rainha viúva Alyssa. Até a Rainha do Oeste, Rhaena, chegou voando em Dreamfyre para participar da festa e ver a filha Aerea. Ao contrário da primeira cerimônia matrimonial dos amantes, no entanto, essa definitivamente acabou com a consumação do casamento; Alysanne insistiu que assim fosse, para garantir que a união nunca mais fosse questionada com base nessa questão.

Uma última dificuldade a ser resolvida veio da irmã de Jaehaerys, rainha Rhaena. Depois de deixar Rochedo Casterly e os ambiciosos Lannister para trás, ela passara as últimas luas em uma espécie de turnê, viajando de castelo em castelo no oeste e nas terras fluviais. Os senhores reclamavam dos custos de a ter como hóspede — pois sua comitiva incluía a dragão Dreamfyre, fora diversos bajuladores e criados — ou pareciam interessados demais na dragão e em seus ovos. Rhaena agora pedia que o rei lhe cedesse uma sede: Pedra do Dragão. Jaehaerys se recusou a entregar Pedra do Dragão propriamente dita, porém a presenteou com a permissão de que a irmã fosse responsável pelo lugar em nome dele. Rhaena não ficou feliz de ter que dobrar o joelho diante do irmão muito mais novo, mas acabou aceitando a oferta. Quando voou para Pedra do Dragão, a filha Aerea, herdeira do trono dos Sete Reinos, acompanhou a mãe com a permissão de Jaehaerys.

O resto de 51 DC transcorreu sem percalços, e Jaehaerys e Alysanne, juntos, governaram em paz. Alysanne frequentava as reuniões do pequeno conselho e opinava em vários assuntos, para a surpresa de alguns dos membros. Também foi responsável por fazer a corte recuperar o encanto e a graça, enchendo os corredores de cantores, dançarinos e mímicos, e trazendo inclusive o primeiro bobo para o castelo — um homem conhecido como Patroa, que chamava os marionetes de madeira de filhos. Perto do fim do ano, outra ocasião feliz ocorreu: Alysanne anunciou que estava esperando um bebê.

Pouco depois, Jaehaerys declarou que realizaria sua primeira turnê real — a primeira de muitas durante seu longo reinado. Pretendia viajar apenas com algumas centenas de cavaleiros, homens de armas e criados: muito diferente dos pequenos exércitos com que o avô Aegon, o Conquistador, viajava. A jornada em si, devido à gravidez da rainha Alysanne, não se estenderia para além do Vale. Durante a turnê, Alysanne cuidou da primeira de muitas cortes femininas, nas quais mulheres e jovens de várias posições sociais eram bem-vindas a apresentar suas questões à rainha.

A primeira turnê nunca chegou ao fim, porém, devido à tentativa de assassinato da rainha Alysanne na Lagoa da Donzela. Querendo se banhar na célebre lagoa de Jonquil — que, dizem, foi onde Florian, o Bobo, teve o primeiro vislumbre da amada Jonquil na Era dos Heróis —, Alysanne e suas companheiras entraram na casa de banho. As únicas presentes além de suas acompanhantes eram as irmãs santas que cuidavam dos banhos, mas dentre elas havia três que acreditavam que Alysanne e seu pecado do incesto poluiriam as águas sagradas. Depois que Alysanne e as acompanhantes se despiram, as três irmãs as atacaram com facas. As Mulheres Sábias com Alysanne se jogaram entre ela e as assassinas; Rosamund Ball morreu três dias depois em decorrência de um ferimento sofrido ao defender a rainha. Duas das irmãs renegadas foram mortas pela Guarda Real; a terceira foi interrogada e delatou mais meia dúzia de irmãs que haviam ajudado no plano. Todas foram condenadas à morte. O rei e a rainha voltaram à segurança da Fortaleza de Maegor, e foi decidido que, dali em diante, Alysanne deveria ter uma protetora particular — uma mulher que pudesse estar com ela em lugares nos quais homens não eram permitidos. Assim, Jonquil Darke, que certa vez lutara como o cavaleiro misterioso conhecido como Serpente Escarlate, foi convocada à corte para se tornar escudo jurado da rainha. Ela viria a ser conhecida como a Sombra Escarlate.

Pouco depois do retorno da comissão da Lagoa da Donzela, chegou a notícia de que a rainha Alyssa, então com quarenta e quatro anos, esperava um filho. A gravidez trouxe grande alegria a lorde Rogar, que pedira perdão à esposa pelas suas infidelidades, mas a rainha em si estava bastante preocupada com os perigos de uma gestação em idade tão avançada. A gravidez

dela, no entanto, correu bem, já a da filha, muito mais nova, não. O bebê de Alysanne — um menino chamado Aegon — nasceu cedo demais e morreu três dias depois, no início de 52 DC. A rainha culpou o ataque em Lagoa da Donzela, que a impedira de se banhar nas águas terapêuticas da lagoa de Jonquil. Semanas depois, a rainha Alyssa deu à luz um garoto robusto e de cabelos escuros ao qual Rogar deu o nome de Boremund.

Após Alysanne ter se recuperado tanto quanto possível do parto e do luto subsequente, ela e Jaehaerys voltaram à turnê interrompida. Jaehaerys voltou a Vila Gaivota e depois visitou Pedrarruna, Forterrubro, Solar de Longarco, Lar do Coração e os Portões da Lua antes de voar em Vermithor até o Ninho da Águia, no topo da Lança do Gigante. A rainha não se juntou ao irmão em todos os estágios da jornada, mas realizou a corte feminina em Vila Gaivota e nos Portões da Lua. E assim entendeu que as leis dos Sete Reinos não eram suficientes para

ACIMA | Lagoa de Jonquil.

proteger as viúvas que sobreviviam à morte do esposo — especialmente as que eram segundas ou terceiras esposas, e por isso podiam não ser benquistas pelos filhos de casamentos anteriores. Naquela época, tais herdeiros podiam tirar legalmente todas as fontes de renda, criados e prerrogativas da viúva do pai, reduzindo tais mulheres a pensionistas empobrecidas e indesejadas. Alysanne convenceu Jaehaerys a criar e implementar a Lei das Viúvas, que requeria que viúvas tivessem a permissão de ficar no castelo que fora seu lar e ainda declarava que roupas, fontes de renda e criados continuariam a pertencer à mulher. A lei também oferecia proteção aos primogênitos dos senhores, proibindo estes de os deserdarem em favor de filhos mais novos nascidos da união com uma segunda esposa.

Esse período também trouxe o começo de uma reestruturação mais substancial de Porto Real. Durante uma visita ao Fosso dos Dragões, Jaehaerys notou que Porto Real crescera rápido demais e de forma nada planejada, levando a ruas estreitas tomadas por sujeira e esgoto. O rei determinou que alargassem e alinhassem todas as vias possíveis, derrubando casebres e barracos quando necessário. Também criou uma praça central para servir como ponto de convergência de ruas longas e amplas que conectariam o centro da cidade às periferias. Tais mudanças, que levariam anos para serem terminadas, eram caras, e, portanto, causaram muita dor de cabeça ao mestre da moeda, Rego Draz. Seus muitos tributos e impostos não eram suficientes para aumentar o capital do reino, de forma que uma taxa de entrada precisou ser criada para capitalizar com chegadas e saídas da cidade. Isso provocou extensas reclamações sobre Draz — do qual muitos tinham ressentimento por ser um estrangeiro com deuses estranhos e uma imensa fortuna pessoal.

Perto do fim do ano de 52 DC, Alysanne engravidou de novo, motivo pelo qual decidiu não se juntar a Jaehaerys em sua segunda turnê real. No início de 53 DC, Jaehaerys partiu em Vermithor para visitar as terras fluviais. Levou com ele lady Jennis Templeton, uma das acompanhantes da rainha, para realizar as cortes femininas em nome da esposa. Enquanto o rei estava ausente, Alysanne presidiu as reuniões do conselho e realizou audiências de uma cadeira colocada à base do Trono de Ferro.

Alysanne entrou em trabalho de parto na sétima lua de 53 DC e deu à filha o nome de Daenerys. Quando o rei Jaehaerys, então em Septo de Pedra, ficou sabendo da notícia, voou imediatamente para Porto Real. Boa parte do reino ficou feliz com o nascimento de uma filha real, mas em Pedra do Dragão as coisas foram diferentes. A ousada e voluntariosa princesa Aerea se viu perdendo a primeira posição na linha de sucessão de Jaehaerys, e, mesmo com onze anos, já entendia o suficiente sobre seu posto para ficar aborrecida. A mãe dela, rainha Rhaena, compartilhava de seus sentimentos, mas estava distraída por tensões crescentes com sua acompanhante favorita, Elissa Farman, que se cansara de Pedra do Dragão e queria construir uma embarcação rápida para explorar o Mar do Poente.

ESQUERDA | A remodelagem de Porto Real.

O ano de 54 dc seria lembrado como o Ano do Estranho nos anais de Westeros, pois foi quando muitas mortes e revoltas abalaram o reino. Pouco antes do novo ano, o velho septão Oswyck — que casara Alysanne e Jaehaerys em Pedra do Dragão e ajudara a elaborar a Doutrina do Excepcionalismo — faleceu enquanto dormia, mergulhando a corte em uma atmosfera lúgubre. Depois, chegaram as notícias de que a rainha Alyssa estava novamente grávida, aos quarenta e seis anos, o que fez surgir questionamentos acerca da capacidade dela de dar à luz uma criança saudável. E, em Pedra do Dragão, as tensões entre Rhaena e Elissa Farman chegaram ao ápice quando Elissa deixou a ilha — e Westeros, como um todo — com três ovos de dragão roubados. Enfurecida, Rhaena fez o que pôde para recuperar tanto Elissa quanto os ovos, mas acabou perdendo o rastro da amiga em Pentos. Foi, então, enfim obrigada a informar Jaehaerys do ocorrido.

Jaehaerys não ficou nada feliz, temendo que as Cidades Livres pudessem usar os dragões para forjar uma nova Valíria. Rhaena estava convicta de que Elissa queria vendê-los para

ABAIXO | A descoberta de Alys Westhill.

Elissa Farman sonhava em construir uma embarcação para explorar o Mar do Poente, e os ovos de dragão eram a forma de realizar isso. O paradeiro dela passou a ser desconhecido em parte porque a mulher assumiu um novo nome, Alys Westhill, na época em que viajou de Pentos para Braavos. Lá, vendeu os ovos para o Senhor do Mar de Braavos, conhecido por colecionar criaturas. Depois disso, Elissa começou a financiar a construção do *Caçador do Sol*, navio desenhado por ela mesma.

Em 55 DC, o *Caçador do Sol* foi finalizado. Era uma nau sem remos, possuindo tantas velas quanto um navio de Ilhas de Verão, mas com uma estrutura mais larga, podendo carregar provisões o suficiente para viagens longas. O Senhor do Mar informou a Elissa que as pessoas estavam fazendo perguntas, e ele não queria começar uma guerra com os Targaryen e seus dragões; assim, Elissa partiu de Braavos em seu novo navio, passando o ano seguinte tentando convencer marinheiros experientes a se juntarem à expedição pelo Mar do Poente. Embora muitos em Westeros achassem que o oceano levava a Ulthos e Essos, lady Elissa acreditava que a esfera do mundo era grande o suficiente para que houvesse outros continentes ainda não descobertos. Em 56 DC, ela zarpou Mar do Poente adentro, saindo de Vilavelha, junto com alguns barcos acompanhantes. Já no dia seguinte, o rei Jaehaerys ficou sabendo do feito da tal Alys Westhill e entendeu quem ela era.

Três anos depois, no sétimo dia de 59 DC, uma das embarcações acompanhantes, capitaneadas por sor Eustace Hightower, voltou a Vilavelha, trazendo consigo uma história estranha: depois de navegar mais para oeste do que qualquer outra pessoa em Westeros, uma tempestade os levara até três ilhas pequenas e montanhosas às quais lady Alys deu o nome de Aegon, Rhaenys e Visenya. Eram desabitadas, mas tinham água fresca, javalis, estranhos lagartos cinza grandes como cervos e nozes, frutas e especiarias que ninguém vira antes. Pensando que as três ilhas eram uma descoberta boa o bastante, Eustace dera meia-volta — e sua viagem para casa acabaria se revelando ser apenas de ida.

Alys e o *Caçador do Sol* continuaram, mas sor Eustace e os tripulantes sobreviventes foram as últimas pessoas a vê-la com vida. O *Caçador do Sol* nunca retornou a Westeros. Anos depois, porém, sor Corlys Velaryon, na segunda de suas nove grandes viagens, chegou à distante e misteriosa Asshai, e lá alegou ter visto a nau desgastada de desenho distinto que jurava pertencer ao *Caçador do Sol*.

financiar a construção do navio com o qual sonhava, e o grande meistre Benifer sugeriu que ovos de dragão talvez não eclodissem longe de Pedra do Dragão, onde o calor do Monte Dragão parecia ter papel fundamental em sua maturação. Jaehaerys ofereceu recompensas por qualquer notícia sobre os dragões, mas não descobriu nada.

Outra morte notável que aconteceu em 54 DC foi a do idoso alto septão. Os Mais Devotos realizaram uma reunião sob a cúpula do Septo Estrelado para escolher uma nova Voz dos Sete. O favorito do rei Jaehaerys, o septão Barth, recomendou que o rei não sugerisse seu nome devido à própria juventude, falta de heterodoxia e pouca fama. Mas o rei não queria que o oportunista septão Mattheus fosse eleito, dado como protestara contra o casamento de Jaehaerys. Assim, Jaehaerys e Alysanne voaram a Vilavelha antes que a seleção fosse concluída.

As intenções de Jaehaerys eram se encontrar com o lorde Donnel Hightower e o persuadir a apoiar um alto septão que concordasse com a Doutrina do Excepcionalismo. Os Hightower tinham uma ligação profunda com a Fé, reforçada pelo costume de enviar filhos e primos mais novos para as ordens sagradas. Donnel, o Moroso, apoiou o rei, e os Mais Devotos acabaram elegendo o septão Alfyn: o septão idoso e sem pernas que servira como um dos Sete Porta-Vozes de Jaehaerys. A escolha dele foi interessante não apenas pelo fato de não ser um dos mais exaltados Mais Devotos, mas também por ser de longe o mais velho dos Sete Porta-Vozes, o que provavelmente significava que não viveria por muito mais tempo. Mas foi algo premeditado: o rei Jaehaerys prometeu apoiar que ele fosse sucedido por um Hightower, contanto que fosse um excepcionalista.

Enquanto esperavam a chegada do septão Alfyn de Vaufreixo, o rei e a rainha aproveitaram o tempo em Vilavelha. Jaehaerys visitou muitos dos castelos próximos enquanto Alysanne passava um tempo com as irmãs silenciosas e septãs santas, posteriormente ficando por vários dias na Cidadela, onde lia na biblioteca e assistia a palestras. Ela até mesmo deu um banquete para o qual convidou os arquimeistres, ocasião na qual tentou convencê-los a permitir que mulheres entrassem na Cidadela como postulantes — sem sucesso, infelizmente.

Depois que Alfyn abriu mão do sobrenome e foi ungido alto septão, o rei e a rainha começaram a voltar para Porto Real. Fizeram uma nova turnê para tal, visitando a Marca de Dorne e as terras fluviais pelo caminho. Em Portonegro, porém, receberam terríveis notícias: a mãe dos monarcas, a rainha Alyssa, estava à beira da morte. Quando chegaram a Ponta Tempestade, encontraram Alyssa abatida e próxima do fim da gravidez, e lorde Rogar embriagado e enlutado. Com o meistre e as parteiras, souberam que era cedo demais para o nascimento do bebê, mas algo se rompera dentro da rainha e havia pouco que pudesse ser feito para amenizar suas dores. Havia uma chance mínima de que o meistre de Ponta Tempestade conseguisse tirar a criança viva do útero da mãe, que provavelmente morreria no processo. Se não tentassem, porém, era certo que tanto mãe quanto bebê morreriam. Jaehaerys insistiu que o meistre fizesse o que fosse necessário. A rainha morreu ao longo do procedimento, e a criança removida do útero era tão pequena e fraca que o temor era que não vivesse muito mais que a

progenitora. Mas o bebê sobreviveu e se desenvolveu. Dias depois do nascimento, lorde Rogar enfim lhe deu um nome: Jocelyn.

O dia do nascimento de Jocelyn e da morte de Alyssa trouxe mais uma chegada: a da rainha Rhaena. Após ir ver o corpo da mãe e se recusar a pegar a meia-irmã recém-nascida no colo, Rhaena acusou lorde Rogar em público pela morte de Alyssa. Ameaçou transformar Ponta Tempestade em outra Harrenhal se ele se casasse com uma nova esposa ou tratasse mal os filhos tidos com Alyssa. Depois da partida dela, lorde Rogar fez pouco das ameaças, afirmando não ter medo dela — porém nunca se casou, e os filhos que teve com Alyssa jamais passaram dificuldade alguma.

O retorno de Rhaena a Pedra do Dragão não foi feliz. A filha Aerea estava cada vez mais teimosa e propensa a dar chiliques, desafiar a autoridade da mãe e xingar. O marido de Rhaena, Andrew, afastara-se cada vez mais dela, preterido em favor de mulheres que ela considerava acompanhantes e favoritas, deixado com pouca coisa a fazer a não ser beber. Acabou se tornando alvo de chacota de todos, dos mais inferiores criados às próprias

ACIMA | A rainha Alysanne na Cidadela.

princesa Aerea e rainha Rhaena. Quando o longo verão deu lugar ao outono, Pedra do Dragão ficou ainda mais sombria quando uma doença chegou a sua costa, marcada pelo sangue nas fezes e uma agonizante dor de barriga. O idoso meistre Culiper da cidadela foi o primeiro a morrer. Outras mortes se seguiram — todas de mulheres, e muitas próximas à rainha. O sucessor de Culiper, meistre Anselm, sugeriu que a rainha e a princesa Aerea deviam ser imunes à doença devido ao sangue valiriano, assim repetindo uma das crenças-chave do Excepcionalismo: a de que os Targaryen não pegavam doenças comuns que causavam problemas e matavam outros homens.

Pedra do Dragão entrou em quarentena para evitar que a doença saísse da ilha, e Rhaena fechou os portões da cidadela para impedir que ela ultrapassasse as muralhas. A última a morrer foi Lianna Velaryon, sobrinha de lorde Daemon, que pereceu nos braços de Rhaena. Quando os detalhes da doença foram compartilhados com os conselheiros reais, Rego Graz imediatamente reconheceu os sintomas como idênticos aos do veneno conhecido como Lágrimas de Lys. Percebendo que Culiper fora eliminado antes que pudesse identificar o veneno, Jaehaerys rapidamente mandou chamar Rhaena, que concluiu que o esposo, Androw Farman, fora o envenenador. Androw se jogou da janela da Sala da Mesa Pintada — mas só depois de admitir os crimes, cometidos pelo ódio e pela inveja. Rhaena ordenou que os homens cortassem o corpo dele em pedaços e os dessem a sua dragão.

Depois do acontecido, Lorde Daemon Velaryon pediu dispensa do cargo de Mão do Rei e lorde Myles Smallwood — veterano de uma dúzia de batalhas e feroz e célebre guerreiro — o substituiu. Enquanto isso, a rainha Alysanne estava em Pedra do Dragão tentando confortar a irmã Rhaena — e falhando na tentativa. Já a princesa Aerea estava furiosa com o que a vida reservara para ela e para a mãe. Implorou a Alysanne que a levasse a Porto Real, mas Rhaena se recusou a abrir mão da filha e mandou a irmã mais nova embora de mãos abanando.

Perto do fim do ano, a rainha Rhaena chegou a Porto Real voando em Dreamfyre, onde informou a Jaehaerys e a Alysanne que Aerea reivindicara Balerion, o Terror Negro, e voara para longe. Jaehaerys despachou os corvos da Fortaleza Vermelha para todos os castelos, ordenando que avisassem caso soubessem do paradeiro do dragão ou da princesa. Depois de sete dias sem receber resposta, a rainha Rhaena, desesperada, partiu em busca da filha.

Sem notícias da jovem que um dia fora a sua herdeira, Jaehaerys voltou ao trabalho. Estava determinado a organizar e codificar as leis dos Sete Reinos, que eram uma mistura de costumes locais e antigos, e não raro contraditórias. Jaehaerys se incomodava com a bagunça e ordenou que o que chamava de seu "conselho mais íntimo ainda" cuidasse da tarefa — embora fosse algo que exigiria anos de trabalho. O conselho mais íntimo ainda era formado por septão Barth, grande meistre Benifer, lorde Albin Massey e a rainha Alysanne. Barth assumiu o papel de liderança na missão, dedicando ao Livro da Lei — que depois

DIREITA | Androw Farman salta para a morte.

seria conhecido como o Grande Código do Septão Barth — três vezes mais tempo do que qualquer outra pessoa.

A rainha também revelou, no início de 55 DC, que estava esperando outra criança. Continuou se mantendo ocupada enquanto a barriga crescia, arranjando casamentos para duas de suas Mulheres Sábias. Na metade do ano, ocorreu o torneio de lorde Redwyne para comemorar o término da obra do Fosso dos Dragões. Foi o maior torneio que o reino presenciou desde o Casamento Dourado, com muitas provas que ficaram célebres. A maior delas foi a grande luta corpo a corpo da qual participaram setenta e sete guerreiros em equipes de onze; quando apenas um time sobrou, os cavaleiros lutaram entre si, e o campeão do dia foi um jovem guerreiro de ombros largos nascido nas terras fluviais, sor Lucamore Strong. Depois do torneio, Alysanne se retirou para Pedra do Dragão à espera do parto. O rei continuou em mais uma turnê planejada, dessa vez viajando pelas terras ocidentais enquanto Alysanne dava à luz um garotinho saudável com cabelo loiro quase branco e olhos violeta-claros; ele recebeu o nome de Aemon.

O inverno se abateu de novo sobre Westeros em 56 DC e trouxe notícias sombrias. No ano anterior, o rei enviara sor Willam, a Vespa, junto com a Guarda Real e outra dúzia de homens para investigar rumores de uma fera nas colinas de Ândalos, norte de Pentos, na esperança de que fossem Aerea e Balerion. Mas as notícias que chegaram foram de que sor Willam e todos os seus homens haviam sido mortos, levados a uma emboscada pelo guia, que estava mancomunado com bandidos. Para assumir o lugar dele, o rei deu o manto branco a sor Lucamore Strong, vitorioso da grande batalha corpo a corpo do torneio de lorde Redwyne.

Foi só no décimo terceiro dia da quarta lua de 56 DC que Balerion, o Terror Negro, voltou, após passar mais de um ano fora. Nas costas dele vinha a abatida e faminta princesa Aerea, a pele ardendo e a mente perdida em delírios. Todos os esforços para diminuir sua temperatura falharam, e ela morreu naquela mesma noite. Seus restos mortais foram queimados no dia seguinte e o anúncio dado foi que ela morrera de febre. Mas não era exatamente a verdade. O septão Barth registrou que Aerea fora cozida de dentro para fora, a pele ficando mais escura e rachando... e que havia algo vivo dentro dela — algo que irrompeu do corpo quando este foi mergulhado em gelo: vermes com rostos e cobras com mãos, coisas horríveis de se olhar, que não sobreviveram ao frio. Barth concluiu que Balerion — nascido na Valíria antes da Destruição — carregara a princesa Aerea até sua terra natal, e lá a princesa encontrara os horrores que a levaram à morte. Balerion também tinha cicatrizes de grandes ferimentos no corpo — ferimentos que não existiam antes do desaparecimento. Pouco depois, Balerion se tornou o primeiro dragão a viver no Fosso dos Dragões já finalizado. Para cuidar dele e dos dragões que se juntaram ao primeiro, setenta e sete homens foram recrutados, formando a ordem dos Guardiões de Dragão.

Em resposta à morte de Aerea, Jaehaerys proibiu que qualquer navio que visitara Valíria aportasse nos Sete Reinos, e também proibiu que súditos visitassem o local. Sua irmã Rhaena espalhou as cinzas da filha no céu e pediu para morar em um novo lugar, uma vez que Pedra do Dragão estava repleta de fantasmas. Jaehaerys a instalou na Torre da Viúva em Harrenhal, dividindo o castelo com o doentio e empobrecido lorde Maegor Towers — cujo nome lhe fora dado em homenagem ao falecido rei e último de sua linhagem.

Em 57 DC, Alysanne deu a Jaehaerys seu segundo filho, que recebeu o nome de Baelon. Ficou conhecido como Príncipe da Primavera por ter nascido no início da estação — embora, nos anos seguintes, sua ousadia também fosse lhe conceder o título de Baelon, o Valente. Nesse ano também lorde Myles foi dispensado da posição de Mão, pois simplesmente não era adequado ao cargo. O rei Jaehaerys promoveu o septão Barth à posição, apesar de sua origem plebeia. A primeira medida de Barth como Mão foi viajar a Braavos, onde negociou com o Senhor do Mar pelos ovos roubados de Elissa Farman. Barth concordou que o Senhor dos Mares mantivesse os ovos, contanto que não os chocasse, e em troca o Senhor do Mar convenceu o Banco de Ferro a perdoar a dívida do empréstimo feito por Rego Draz — cortando, assim, a dívida da coroa pela metade. O golpe de sorte permitiu que as melhorias em Porto Real continuassem, então começaram obras como a escavação de valas e esgotos. E também, a pedido do septão Barth e da rainha Alysanne, uma boa quantidade de poços foi escavada para fornecer água fresca para a cidade.

ABAIXO | Balerion no Fosso dos Dragões.

As obras do rei

EM 58 DC, o rei planejou outra turnê, dessa vez para visitar o Norte. Jaehaerys mandou a Guarda Real, criados e servidores na frente, de navio, até Porto Branco; ele e Alysanne seguiriam em seus dragões. No entanto, antes da partida dos monarcas, mensageiros das Cidades Livres de Pentos e Tyrosh, que estavam em guerra, aceitaram a oferta do rei de mediar a paz entre elas. Vendo uma oportunidade, Jaehaerys atrasou a partida na turnê, mas mandou à frente Alysanne conforme planejado. Ela foi recebida com muita suntuosidade por lorde Theomore Manderly em Porto Branco, onde arranjou alguns casamentos e escolheu algumas mulheres Manderly para trabalhar para ela. Depois, viajou até Winterfell. Lá, porém, a recepção de lorde Alaric foi mais fria e relutante. Primeiro, os Stark viram como insulto o fato de o rei Jaehaerys não ter ido com a rainha; infelizmente, o rei ficara preso em Porto Real conforme as negociações se arrastavam. Aliado a isso, porém, havia o ressentimento de Alaric pelo homem que ele ainda sentia ter sido o responsável pela morte do irmão; Walton fora assassinado por um dos antigos cavaleiros da Guarda Real de Maegor que Jaehaerys exilara na Muralha.

Enquanto aguardava o esposo, Alysanne decidiu visitar a Patrulha da Noite na Muralha, parando primeiro em Última Lareira e depois percorrendo várias outras fortalezas no Norte. Foi recebida em Castelo Negro com cordialidade pelo senhor comandante, Lothor Burley, e seus homens. O primeiro vislumbre que teve da Muralha foi de tirar o fôlego, e resolveu ter uma visão melhor das terras que se estendiam atrás dela voando na dragão Asaprata. Tentou passar por cima da Muralha três vezes, mas em todas Asaprata se recusou, forçando o retorno. Depois cavalgou por sobre a construção, escoltada pelo primeiro patrulheiro, com o intuito de visitar os castelos de Portão da Neve e Fortenoite. Quando percebeu que a imensidão de

ESQUERDA | Jaehaerys se encontra com líderes das Cidades Livres.

Fortenoite fazia com que fosse muito custoso manter o castelo, penhorou as próprias joias para financiar a construção de um castelo vizinho que se chamaria Lago Profundo. Em sua honra, a Patrulha renomeou Portão da Neve como Portão da Rainha.

Meio ano depois, com as negociações entre Pentos e Tyrosh enfim concluídas, Jaehaerys viajou tranquilo para Winterfell, onde ele e Alysanne se reuniram. Embora a própria Alysanne tivesse caído nas graças de Lorde Alaric, ele ainda estava descontente com seu rei; seu ressentimento dificultou o debate sobre a deplorável situação da Patrulha, que, Alysanne ficara sabendo, precisava de mais terras de onde pudesse obter renda, assim como comida e recursos. Ela propôs que lorde Alaric concedesse à Patrulha da Noite outra parte da terra a sul da Dádiva de Brandon, duplicando a área sob controle da ordem militar. Apesar da relutância inicial de Alaric, a simpatia e os argumentos de Alysanne o acabaram convencendo. Esse pedaço de terra adicional viria a ser conhecido como Nova Dádiva.

Resolvido o assunto, Jaehaerys e Alysanne voaram de volta para o sul, visitando vários castelos nortenhos pelo caminho. Seus criados foram por uma rota mais lenta, viajando para Porto Branco e navegando até a cidade real. Quando o rei e a rainha chegaram em Porto Real, o conselho foi convocado para discutir um assunto que viera à tona durante as várias cortes de mulheres que Alysanne havia organizado no Norte. O resto dos Sete Reinos deixara de lado o costume antigo do direito à primeira noite — na qual um senhor podia reivindicar o direito de se deitar com qualquer noiva na noite do casamento; tal costume, porém, ainda era praticado com frequência no Norte. Jaehaerys estava relutante em abolir a prática por meio da lei, especialmente porque os Targaryen antigos haviam plantado "sementes de dragão" entre as mulheres de Pedra do Dragão, mas os argumentos da esposa e do septão Barth o convenceram.

O quinquagésimo oitavo ano após a Conquista também marcou o décimo aniversário do reinado de Jaehaerys, que parecia abençoadamente pacífico e próspero. Sua dinastia estava assegurada por dois fortes e jovens príncipes e uma bela e querida princesa. Alysanne era amada por muitos no reino, conhecida por vários cantos como a Boa Rainha Alysanne. Um imponente torneio foi organizado no fim do ano para celebrar a ocasião, e todos os senhores das grandes Casas (menos lorde Alaric Stark, que enviou os filhos e a filha em seu lugar) compareceram. O filho mais novo de lorde Manfryd Redwyne, sor Ryam, montou maravilhosamente bem, derrotando muitos campeões famosos e dois cavaleiros da Guarda Real antes de vencer o evento. Ele coroou Alysanne a Rainha do Amor e da Beleza, para a alegria dos espectadores.

Mas tempos conturbados assomavam no horizonte. O inverno que começou em 59 DC foi longo e cruel. O Norte foi atingido em cheio, com a fome se espalhando pelas terras, mas as colheitas também foram fracas por toda Westeros — até mesmo tão a sul quanto a Campina. O preço do pão e da carne aumentou, frutas e vegetais ficaram mais escassos. Para piorar, em 59 DC, os Arrepios retornaram aos Sete Reinos — aparecendo primeiro nas ilhas das terras da

DIREITA | Asaprata na Muralha.

coroa e, em seguida, varrendo toda a Baía da Água Negra e a extensão da Torrente da Água Negra. Documentada pela primeira vez um século antes, era chamada de Arrepios uma doença que se acredita ter surgido em Essos e que aparecia de tempos em tempos nos portos de Westeros para deles se espalhar pelo continente. A mazela começava com calafrios e depois progredia para uma tremedeira violenta, lábios arroxeados e tosse com sangue. Menos de uma a cada cinco pessoas acometidas pela peste sobrevivia, e os meistres e curandeiros não tinham conhecimento de nada que pudesse curar a condição ou aumentar as chances de sobrevivência dos contaminados.

O primeiro senhor a morrer por causa dos Arrepios foi lorde Edwell Celtigar, antigo mestre da moeda, e logo depois seu filho e herdeiro também veio a falecer. Muitos mais se seguiram — incluindo alguns dos mais importantes senhores e senhoras de Westeros. Vilavelha foi especialmente afetada, com o alto septão e lorde Donnel, o Moroso, entre os mortos, assim como cerca de quarenta dos Mais Devotos e um terço de todos os homens da Cidadela.

O lugar mais assolado, porém, foi Porto Real. Os cavaleiros da Guarda Real Sam de Monte Azedo e sor Victor, o Valoroso, pereceram, assim como os conselheiros lorde Albin Massey, lorde Qarl Corbray e o idoso grande meistre Benifer. A morte de Corbray deixou a Patrulha da Cidade em estado de calamidade, já sem moral depois de ter as fileiras devastadas pelos Arrepios, e por um tempo o caos reinou. Nem mesmo a Guarda Real que sobrou e os cavaleiros locais conseguiam restaurar a ordem, pois estavam em muito poucos.

A mais sentida morte dentre as dos funcionários da corte não foi causada diretamente pelos Arrepios, porém. Lorde Rego Draz, já odiado pelos cidadãos de Porto Real e agora culpado injustamente pela escassez de comida causada pela estação, sofreu uma emboscada no coração da Baixada das Pulgas enquanto era carregado em sua liteira até a mansão em que morava na Rua da Seda. Uma dezena de homens cercou a ele e a seus criados, que fugiram. Um dos homens arrancou uma pedra da rua recém-pavimentada do rei e golpeou a cabeça de lorde Rego várias vezes, até sobrar apenas uma maçaroca vermelha de sangue e ossos. Assim faleceu o Senhor do Ar, com o crânio esmagado por um dos paralelepípedos que ele mesmo ajudara o rei a fixar. Jaehaerys recolheu o corpo, encontrou os criminosos, estripou-os um a um e pendurou os cadáveres nas muralhas da Fortaleza Vermelha.

Não houve celebrações para marcar o novo ano de 60 DC. O inverno se agarrava ao reino com dedos gélidos, e os Arrepios ainda varriam a região. Os portões da Fortaleza Vermelha foram fechados e bloqueados, mas nem isso foi capaz de manter os Arrepios fora das muralhas. Certa noite, a princesa Daenerys, então com seis anos, acordou a mãe para dizer que estava com frio. Não foram poupados esforços para salvar a garotinha: meistres foram convocados, septões e septãs entraram em corrente de oração, um veado de prata foi oferecido por cada rato morto, visto que muitos acreditavam que eram os roedores que espalhavam a doença.

ESQUERDA | Um mapa estilizado do Norte.

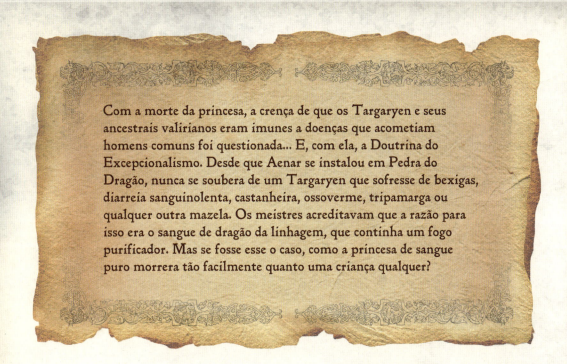

Com a morte da princesa, a crença de que os Targaryen e seus ancestrais valirianos eram imunes a doenças que acometiam homens comuns foi questionada... E, com ela, a Doutrina do Excepcionalismo. Desde que Aenar se instalou em Pedra do Dragão, nunca se soubera de um Targaryen que sofresse de bexigas, diarreia sanguinolenta, castanheira, ossoverme, tripamarga ou qualquer outra mazela. Os meistres acreditavam que a razão para isso era o sangue de dragão da linhagem, que continha um fogo purificador. Mas se fosse esse o caso, como a princesa de sangue puro morrera tão facilmente quanto uma criança qualquer?

O rei Jaehaerys mandou buscar até mesmo um filhote de dragão de Pedra do Dragão para que a pequena fera fosse colocada na cama de Daenerys. Nada funcionou, porém. Daenerys morreu um dia e meio depois do aparecimento dos primeiros sintomas. O luto do rei e da rainha foi imenso, mas eram apenas mais dois pais dentre milhares que haviam perdido seus filhos naqueles dois anos cruéis.

Os Arrepios enfim foram embora no final de 61 DC, e o rei assumiu a tarefa de restaurar a corte, nomeando substitutos para os muitos cargos cujos titulares haviam falecido em decorrência da doença ou da violência. Sor Robert Redwyne, herdeiro de lorde Manfryd, virou comandante da Patrulha da Cidade. Sor Ryam Redwyne, filho mais novo de lorde Manfryd, foi nomeado cavaleiro da Guarda Real, assim como sor Robin Shaw. Lorde Rodrik Arryn foi convocado para se tornar mestre das leis. Elysar, que não media as palavras, foi eleito no Conclave o novo grande meistre. A pedido do septão Barth, Martyn Tyrell — um dos filhos mais jovens do falecido lorde Bertrand Tyrell, que sobrevivera aos Arrepios apenas para morrer ao cair embriagado do cavalo quatro dias depois de se curar — foi escolhido para se tornar mestre da moeda. Era de opinião geral que se tratava de um palerma, mas a esposa, lady Florence da Casa Fossoway, era inteligente. Ela assumira o comando da contabilidade de Jardim de Cima desde o casamento e aumentara em um terço os lucros da Casa Tyrell.

Menos de duas luas após o falecimento da princesa Daenerys, a rainha Alysanne ficou grávida pela quinta vez. Pouco antes do nascimento, o Conclave em Vilavelha anunciou que o

ESQUERDA | A morte de Rego Draz.

inverno terminara, e, perto do fim do ano, Alysanne deu à luz uma garotinha. A bebê recebeu o nome de Alyssa, em homenagem à avó.

À pequena Alyssa logo se juntaram outros descendentes da mulher de quem herdara o nome quando o então idoso e grisalho lorde Rogar foi a Porto Real em 61 DC, levando duas das filhas do falecido irmão Ronnal (que retornara recentemente a Westeros do exílio apenas para morrer pouco depois, acometido pelos Arrepios) e a própria filha que tivera com Alyssa — a solene e de cabelos escuros Jocelyn. Ele pediu ao rei e à rainha que aceitassem Jocelyn em seu convívio, já que ela jamais conhecera a mãe e a mulher que cuidava dela morrera por conta dos Arrepios. Também requisitou que os monarcas criassem o filho e herdeiro dele, Boremund, pois lorde Rogar tinha a intenção de liderar uma expedição até as Montanhas Vermelhas para lidar com a mais recente encarnação do Rei Abutre.

ACIMA | Lorde Rogar apresenta os filhos.

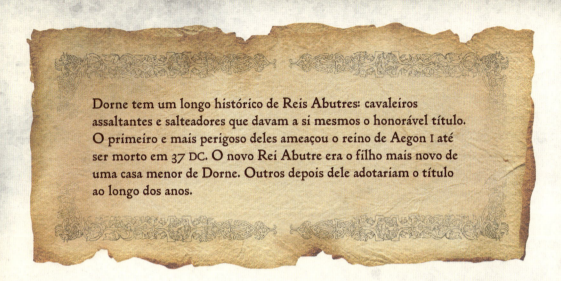

Dorne tem um longo histórico de Reis Abutres: cavaleiros assaltantes e salteadores que davam a si mesmos o honorável título. O primeiro e mais perigoso deles ameaçou o reino de Aegon I até ser morto em 37 DC. O novo Rei Abutre era o filho mais novo de uma casa menor de Dorne. Outros depois dele adotariam o título ao longo dos anos.

Esse Rei Abutre em específico havia se aliado com o irmão de Rogar, Borys, que também voltara recentemente do exílio. O próprio Rogar estava morrendo, então queria lidar com aquela ameaça enquanto ainda tinha forças. Pediu ao rei a autorização para organizar a expedição, e Jaehaerys foi convencido não apenas a autorizar como também a se juntar à campanha. O que se seguiu ficou conhecido como a Terceira Guerra Dornesa — embora o Príncipe de Dorne e seus exércitos tenham se mantido às margens do conflito. O evento também foi chamado pela plebe de a Guerra de Lorde Rogar. Com Vermithor nos céus, o Rei Abutre e suas centenas de seguidores não tiveram muito onde se esconder. Sor Borys foi o primeiro a ser encurralado, e o rei Jaehaerys o eliminou em pessoa com a Fogonegro para que Rogar não ficasse conhecido pela alcunha de assassino de parentes. Pouco depois, o Rei Abutre foi conduzido até o campo de batalha e lutou com lorde Rogar em um combate individual. Apesar da idade e da doença, lorde Rogar venceu, e mais tarde lamentaria não ter morrido em batalha; viveria mais meio ano antes de sucumbir na cama, em Ponta Tempestade.

A campanha durou menos de meio ano e teve o efeito de reduzir drasticamente os ataques de corso na Marca de Dorne. Quando 62 DC chegou ao fim, o reino voltou a ter paz, e Jaehaerys se preparou para implementar ainda mais reformas. Na questão dinástica, nomeou oficialmente o filho mais velho, príncipe Aemon, então com sete anos, como Príncipe de Pedra do Dragão e herdeiro do Trono de Ferro. Enquanto isso, Alysanne deu à luz outro bebê, uma filha chamada Maegelle. Mas Jaehaerys também desejava expandir os planos que tinha para os Sete Reinos muito além de Porto Real. As obras públicas feitas na cidade haviam dado frutos, uma vez que ruas, fontes e sistemas de esgoto novos tinham levado crescimento e prosperidade à cidade. Agora, o rei queria unir o reino construindo novas estradas, uma vez que as várias turnês que fizera tinham revelado o estado lastimável da rede existente — não raro apenas sendas enlameadas e esburacadas, com poucas pontes sobre córregos e riachos. O monarca então ordenou que várias léguas de estradas fossem construídas — um projeto que

levaria décadas, mas que conectaria Porto Real ao resto do reino, ligando também os vários castelos e cidades dos Sete Reinos uns aos outros.

Mais filhos abençoaram o lar real em rápida sucessão. Em 63 DC, o príncipe Vaegon nasceu. Foi seguido em 64 DC pela princesa Daella. Três anos depois veio a princesa Saera, nono rebento e quinta filha mulher de Jaehaerys e Alysanne. Em 68 DC, pouco depois do nascimento de Saera, foi anunciado que o príncipe Aemon se casaria com Jocelyn Baratheon. O matrimônio em 70 DC foi um espetáculo que se equiparou em luxo ao Casamento Dourado, e muitos destacavam a beleza do casal. Jocelyn tinha dezesseis anos, quase um metro e oitenta, cabelo longo e preto como a asa de um corvo. O príncipe, por sua vez, era ainda mais alto aos quinze anos e detinha todos os traços de beleza dos valirianos.

Em 71 DC, Aemon ganhou outra irmã quando a rainha Alysanne deu à luz a princesa Viserra, décima criança e sexta filha do casal. Em 72 DC, o príncipe Aemon ganhou suas esporas depois de vencer uma luta corpo a corpo entre escudeiros durante as celebrações do casamento de lorde Darklyn com uma das filhas de lorde Theomore Manderly em Valdocaso. Para vencer a competição, derrotou o próprio irmão, Baelon. Assim que voltou a Porto Real, o príncipe Aemon foi até o Fosso dos Dragões e se tornou um cavaleiro de dragão, pegando para si um feroz dragão jovem que chamou de Caraxes. Os Guardiões de Dragão chamavam Caraxes de Wyrm de Sangue devido a sua cor vermelho-sangue.

Mais tarde, o ano de 72 DC veria a morte de lorde Alaric Stark — o fim de uma era para o Norte. Seus dois robustos filhos haviam morrido antes dele, fazendo assim com que o neto Edric virasse o novo Senhor de Winterfell e Guardião do Norte.

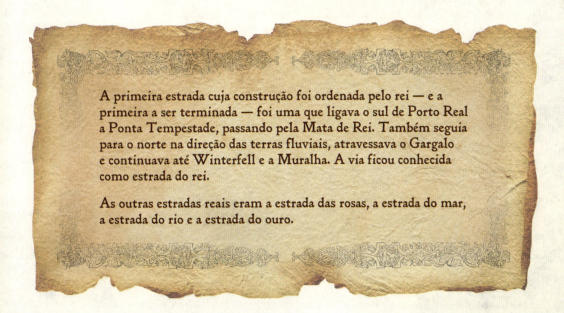

> A primeira estrada cuja construção foi ordenada pelo rei — e a primeira a ser terminada — foi uma que ligava o sul de Porto Real a Ponta Tempestade, passando pela Mata de Rei. Também seguia para o norte na direção das terras fluviais, atravessava o Gargalo e continuava até Winterfell e a Muralha. A via ficou conhecida como estrada do rei.
>
> As outras estradas reais eram a estrada das rosas, a estrada do mar, a estrada do rio e a estrada do ouro.

ESQUERDA | A morte de Borys Baratheon.

Em 73 DC, aos dezesseis anos, príncipe Baelon, o Valente, tentou superar o irmão mais velho competindo como um cavaleiro misterioso em um torneio em Carvalho Velho, na Campina, onde derrotou vários cavaleiros célebres. Acabou derrubado e desmascarado por sor Rickard Redwyne, mas o feito lhe garantiu suas esporas. Assim que voltou para Porto Real, também reivindicou uma dragão para si: Vhagar, que não era montada por ninguém havia vinte e nove anos, desde a morte da rainha Visenya.

No mesmo ano, a família real passou por novas mudanças, nem todas felizes. A princesa Maegelle, garota devota e gentil, tornou-se uma noviça da Fé, enquanto a rainha Alysanne dava à luz um filho que recebeu o nome de Gaemon em homenagem ao grande Senhor de Pedra do Dragão, Gaemon, o Glorioso. O parto foi longo e difícil, e Gaemon nasceu pequeno e fraco. A rainha se recuperou, mas Gaemon não, morrendo menos de três luas depois, perto do fim do ano. Não foi o único falecimento próximo que Jaehaerys e Alysanne teriam naquele ano, pois a irmã deles, a rainha Rhaena, morreu em Harrenhal depois de comandar

ABAIXO | Apelação de sor Lucamore.

sozinha o lugar por doze anos, desde a morte de lorde Maegor Towers em 61 DC. Ela vivera reclusa por todo aquele tempo, deixando Harrenhal apenas uma vez por ano para visitar a filha princesa Rhaella em Vilavelha. Mas, fora do círculo íntimo real, o reino mal sentiu o seu falecimento.

Logo antes do fim do ano, um escândalo abalou a corte real quando se descobriu que o popular cavaleiro da Guarda Real, sor Lucamore Strong, quebrara seus votos ao se casar em segredo com três mulheres (que não sabiam da existência umas das outras) e gerara dezesseis crianças nas três relações. Sor Gyles Morrigen, senhor comandante, exigiu a morte do cavaleiro por ter renegado seus votos. Sor Lucamore implorou por misericórdia em prol das esposas e dos filhos — um erro que lhe custou muito. O rei não o matou, mas fez com que fosse castrado, preso com grilhões e enviado à Muralha para fazer o juramento da Patrulha da Noite. Os casamentos foram desfeitos, e os filhos reduzidos a bastardos.

Em 74 DC, o príncipe Aemon e lady Jocelyn deram ao rei e à rainha sua primeira neta — uma menininha de cabelos pretos e olhos violeta chamada Rhaenys. Como primogênita do herdeiro de Jaehaerys, a princesa foi anunciada como futura rainha.

No ano seguinte, Baelon, o Valente, casou-se com a irmã Alyssa. Os dois tinham sido próximos a vida toda, com Alyssa o seguindo desde que aprendera a andar. Alyssa fora uma garota vivaz e saudável que, quando bebê, lembrava muito a irmã princesa Daenerys, cuja morte fora muito lamentada. Quando cresceu, porém, a semelhança caiu por terra, e a pobre Alyssa revelou-se ter pouco da beleza da falecida irmã. Seu cabelo era de um loiro pouco atraente, as orelhas eram avantajadas, o nariz fora quebrado em uma brincadeira com espadas aos seis anos, e os olhos tinham cores diferentes — um violeta e um verde. Mas o que a aparência de Alyssa deixava a desejar ela compensava em autoconfiança. Depois que se casou, quis consumar o mais rápido possível o casamento, para a diversão da corte. Pouco depois, ainda aos quinze anos, reivindicou para si Meleys, dragão fêmea ágil e de cor vermelha (os Guardiões de Dragão precisaram dissuadi-la de pegar Baelon, o Terror Negro, dizendo que ele era muito idoso e lento). O casamento daria frutos em 76 DC, quando Alyssa engravidou pela primeira vez. Em 77 DC, deu à luz um filho chamado Viserys. Uma das primeiras coisas que fez depois do nascimento de Viserys foi prendê-lo junto ao peito e montar em Meleys, levando o maravilhado bebê em seu primeiro voo.

A rainha Alysanne também deu à luz no mesmo ano; aos quarenta anos, porém, os partos ficavam cada vez mais complicados, e o nascimento do filho Viserion a deixou de cama por seis meses. Infelizmente, Viserion nasceu doentio e pequeno, e morreu em 78 DC sem sequer ver o primeiro dia de seu nome. A rainha Alysanne começou a temer que, aos quarenta e dois anos, já estivesse na hora de ser avó, e não mais mãe. Mas o rei Jaehaerys acreditava piamente que os deuses lhes dariam mais crianças, lembrando ao grande meistre Elysar que a mãe deles tinha quarenta e seis anos quando dera à luz Jocelyn Baratheon. A conversa acabou se provando presciente, pois a rainha Alysanne engravidou novamente em 79 DC, e em 80 DC

deu à luz a última criança, aos quarenta e quatro anos: uma filha chamada Gael. Conhecida como "a Filha do Inverno" devido à estação de seu nascimento, veio ao mundo pequena e frágil, mas sobreviveu.

Enquanto tantos casamentos e nascimentos aconteciam, o rei e a rainha tinham um eterno problema representado pelo filho Vaegon e pela filha Daella. Vaegon e Daella tinham apenas um ano de diferença, e no início todos achavam que se casariam. Porém Vaegon era um menino rabugento e dado aos livros que não demonstrava interesse algum por mulheres ou armas, e tinha grande desprezo pela irmã. Daella, por sua vez, era gentil e tímida, mas calada e assustadiça. Lia apenas com grande dificuldade e não conseguia se lembrar das palavras das orações.

Em 78 DC, os pais desesperados de Vaegon perguntaram ao grande meistre Elysar se havia possibilidade de o príncipe encontrar o seu lugar na Cidadela, e o grande meistre concordou que ele levava jeito para arquimeistre. Dizem que Vaegon quase sorriu quando foi informado de que estava indo para Vilavelha. Mas Daella ainda precisava de um esposo — e era mais

ACIMA | Primeiro voo de Viserys.

fácil falar do que resolver a questão. Depois que suas primeiras regras vieram, a beleza delicada de Daella ficou ainda mais impressionante, mas ela continuou tímida e se assustando com a própria sombra. Aos treze anos, foi enviada a Derivamarca para passar um tempo com Corlys Velaryon, mas a princesa reclamou que ele se importava mais com suas embarcações do que com ela. Aos catorze anos, quatro escudeiros lhe foram apresentados, mas ela odiou todos. Aos quinze, pareceu se apaixonar por Royce Blackwood, herdeiro de Corvarbor, mas ficou horrorizada ao descobrir que ele louvava os deuses antigos, e não conseguia suportar a ideia de se casar com o homem se isso significasse ir para o inferno.

No fim de 80 DC, o rei Jaehaerys perdeu a paciência. Declarou que Daella deveria se casar até o fim do ano ou se juntaria às irmãs silenciosas. Alysanne selecionou três pretendentes para ela: o poderoso e tempestuoso Boremund Baratheon; o belo e encantador sor Tymond Lannister, herdeiro de Rochedo Casterly; e o idoso mas agradável Rodrik Arryn, Senhor do Ninho da Águia, Senhor Protetor do Vale, senhor juiz e mestre das leis. Lorde Arryn tinha vinte anos a mais que Daella e já era viúvo, com quatro filhos do primeiro casamento. Mas, para a surpresa de todos, Daella o escolheu, pois era um homem bom e sábio como o pai, e ela poderia ser uma mãe para os filhos dele. O casamento foi celebrado antes do fim do ano no septo de Pedra do Dragão, pois grandes multidões eram outra coisa que a princesa temia. Lorde Rodrik pediu dispensa de seu cargo na corte para levar a nova esposa para o Vale.

O fim do reinado

EM 81 DC, o rei Jaehaerys nomeou seu herdeiro, o príncipe Aemon, ao cargo de novo senhor juiz e mestre das leis, substituindo lorde Rodrik. Naquele mesmo ano, Alyssa deu à luz o segundo filho de Baelon, chamado Daemon. Tudo parecia ir bem para a família até meados de 82 DC, quando uma carta do Vale chegou. A princesa Daella escreveu com notícias de sua gravidez e dizendo estar com medo, e implorou que a mãe fosse logo ao seu encontro. A rainha Alysanne rapidamente voou até o Ninho da Águia. Daella estava mesmo aterrorizada com a ideia de dar à luz, e Alysanne também ficou. Daella nunca estivera tão miúda e magra, e a barriga parecia assustadoramente grande. Assim, a rainha ficou no Ninho da Águia até o parto de Daella. Foi difícil, mas no fim Aemma, a filha de Daella, nasceu. Na manhã seguinte, porém, Daella estava morta, com apenas dezoito anos. Assim que retornou para Porto Real, Alysanne, enlutada, criticou o marido por ter insistido que Daella se casasse mesmo sendo jovem e frágil demais para sobreviver a um parto.

O ano de 83 DC seria lembrado pela Quarta Guerra Dornesa — apesar de esse ser um nome generoso para um evento que ocorreu em apenas um dia. A causa mais provável para o conflito era a sucessão de Morion Martell como Príncipe de Dorne após a morte do pai. Ele achava que a falta de apoio por parte do pai ao Rei Abutre durante a Terceira Guerra Dornesa havia sido um sinal de covardia e estava determinado a remover aquela mancha da honra dornesa ao invadir ele mesmo os Sete Reinos. Então começou a planejar um ataque pelo mar contra Cabo da Fúria nas terras da tempestade. Era uma decisão questionável, já que Dorne carecia de poder marítimo. Durante boa parte do ano, Morion reuniu suas forças, recrutando cada pirata dos Degraus, cada marinheiro mercenário da Cidade Livre de Myr e cada corsário da Costa da Pimenta que pôde. Cientes de que Meraxes fora morto pelo dardo de uma balista na Toca do Inferno, Morion e seus senhores encheram todas as embarcações que tinham com bestas e balistas de forma que qualquer dragão que ousasse se aproximar encontraria apenas a morte.

ESQUERDA | Vaegon e Daella.

Mas o fato de que passara boa parte do ano recrutando forças navais não passaria despercebido pelo Trono de Ferro, e os planos de Morion logo chegaram até Jaehaerys. O rei foi informado quando a frota de Morion partiu, então ele e os filhos, Aemon e Baelon, abateram-se sobre eles vindos das nuvens enquanto os rebeldes ainda estavam no mar. A frota dornesa tentou preencher o ar com setas e dardos, mas matar dragões em pleno voo era mais difícil do que parecia. Vermithor, Caraxes e Vhagar cuspiram suas chamas, e os cem navios da frota foram incendiados. A Quarta Guerra Dornesa terminou naquele mesmo dia, e anos depois seria chamada de Guerra das Cem Velas ou Loucura do Príncipe Morion. A sucessora de Morion, princesa Mara, felizmente se mostrou menos beligerante.

No ano seguinte, 84 DC, a princesa Alyssa deu à luz uma terceira criança, um menino que recebeu o nome de Aegon, mas ela nunca mais recuperou as forças depois do parto. Morreu em menos de um ano, aos vinte e quatro; Aegon não demorou a segui-la, vindo a falecer antes do primeiro dia de seu nome. Tudo isso causou muita dor ao príncipe Baelon. O rei Jaehaerys e a rainha Alysanne também ficaram abalados com a morte de mais uma filha depois de já terem perdido Daella e Daenerys. Entretanto, essa não seria a única razão para o sofrimento. No mesmo ano, a travessa e mimada princesa Saera se envolveu em um grande escândalo.

Tudo começou de forma bem inocente, quando o velho bobo, Tom Tonto, causou um tumulto em um bordel chamado Pérola Azul, gritando ao tentar fugir de uma dezena de prostitutas. No bordel em questão estavam três jovens: Jonah Mooton, o herdeiro de Lagoa da Donzela; Ruivo Roy Connington, o jovem Senhor de Poleiro do Grifo; e sor Braxton Beesbury, conhecido como Ferroada, o herdeiro de dezenove anos de Bosquemel e campeão de justas. Os três eram companheiros frequentes da princesa e de suas duas melhores amigas, Perianne Moore e Alys Turnberry. Quando foram questionados pelos guardas que haviam salvado Tom Tonto, os três disseram que acharam que seria engraçado ver Tom se deitar com uma mulher e que tudo fora uma peça planejada pela princesa Saera.

Mas quando o rei começou a investigar a história, uma narrativa mais sombria se desenrolou. Tudo indicava que Saera havia levado ambas as amigas para a perdição, começando com beijos — já que ela acreditava que mulheres deviam praticar o ato de beijar assim como cavaleiros treinavam o manejo de armas. Mas, com aqueles três homens, as coisas já tinham ido mais longe, como sor Braxton podia atestar. Ele já tinha dois bastardos, um deles gerado com uma prostituta da Rua da Seda, e recentemente colocara um terceiro na barriga de Alys Turnberry. Quando Saera foi chamada e informada de que os pais haviam tomado conhecimento do acontecido, a princípio tentou mentir ou colocar a culpa em terceiros, mas a história verdadeira acabou vindo à tona. Saera havia se deitado com aqueles três homens, e todos acreditavam ter tirado sua virgindade.

Jaehaerys ficou tão horrorizado que não conseguia nem falar, então coube a Alysanne perguntar à filha o que ela achava que deveriam fazer. Saera sugeriu, arteira, que poderia se

DIREITA | A Guerra das Cem Velas.

casar com os três jovens ao mesmo tempo, visto que Aegon, o Conquistador, tivera duas esposas, e Maegor se casara com "umas seis ou sete". A menção ao cruel tio do rei foi a gota d'água para Jaehaerys. Quando Saera viu que despertara a ira do pai, começou a chorar e precisou ser retirada do recinto pelos guardas.

No dia seguinte, os preocupados pais se encontraram com o septão Barth e o grande meistre Elysar. A rainha Alysanne queria que se reconciliassem, da maneira que Jaehaerys fizera muitas vezes antes. E Jaehaerys provavelmente teria perdoado a filha, mas ela acabou conseguindo fugir da Fortaleza Vermelha naquela noite, disfarçada de lavadeira, e foi pega enquanto tentava entrar no Fosso dos Dragões. Depois disso, foi mantida em uma cela de torre, guardada por Jonquil Darke.

Perianne Moore foi casada às pressas com Jonah Mooton. Alys Turnberry, grávida, foi rejeitada por Ruivo Roy Connington, que não quis criar o bastardo de sor Braxton. Então Alys foi enviada para um convento no Vale para dar à luz e, em seguida, casou-se com Dunstan Pryor, senhor da ilha de Seixo, na costa dos Dedos. A Ruivo Roy foi dada a escolha de ir para a Muralha ou para um exílio de dez anos, e ele optou pela segunda opção; ele viria a falecer meio ano antes do fim do exílio, esfaqueado até a morte por uma prostituta em Myr. Sor Braxton também pôde escolher entre as duas opções dadas pelo rei Jaehaerys: castração ou mutilação… ou um combate. Ferroada escolheu a última, por estar confiante de que poderia derrotar qualquer cavaleiro da Guarda Real, todos mais velhos do que ele. Em vez disso, acabou enfrentando o próprio Jaehaerys, com sangue nos olhos pela ofensa cometida contra a filha. O rei ainda era hábil no manejo da espada… e ainda tinha Fogonegro. Sor Braxton tentou subjugá-lo, mas o rei se defendeu com toda a calma até que Ferroada estivesse exausto e sangrando. Quando Beesbury caiu, Jaehaerys atravessou seu olho com Fogonegro (Jonquil Darke forçou a princesa Saera a assistir da janela da sua torre).

Saera foi então enviada para se juntar à irmã, a septã Maegelle, com o intuito de que se tornasse uma irmã silenciosa. Por um ano e meio, a princesa sofreu a com a vida penitente até conseguir escapar em 85 DC. Tentativas de encontrá-la falharam, até que em 86 DC chegou a notícia de que Saera havia se tornado uma prostituta e ainda se vestia de irmã noviça enquanto entretinha os homens nos jardins de prazer lysenos. Talvez como uma reação à derrocada de Saera, foi anunciado ainda naquele mesmo ano que a princesa Viserra se casaria com lorde Theomore Manderly, idoso e quatro vezes viúvo.

Aos quinze, Viserra era a mais bonita de todas as filhas de Alysanne. Apesar de obstinada, nunca mostrou interesse em explorar o corpo dos homens como a irmã fizera; em vez disso, preferia manipular as emoções deles. Alysanne passou a se preocupar com o fato de que Viserra poderia estar com o foco voltado para um rapaz específico: o próprio irmão, o príncipe Baelon, que ainda vivia o luto pela morte de Alyssa. O noivado de Viserra com Theomore Manderly apenas parecia fortalecer tal desejo. Ela tentou até seduzir Baelon certa

ESQUERDA | Princesa Saera é retirada do recinto.

noite, esperando por ele em seu quarto tão nua quanto no dia que nascera. O príncipe Baelon a enxotou. Não muito tempo depois, em 87 DC, durante os preparativos para enviar Viserra para Porto Branco, ela saiu às escondidas da Fortaleza Vermelha, disfarçada. Não tinha a menor intenção de pegar um navio para Lys, como Saera tinha feito; em vez disso, queria um último deleite. Os fidalgos e jovens cavaleiros que a acompanhavam a guiaram em um ébrio passeio pela cidade, passando por estabelecimentos que iam de casas de pasto a bordéis. Perto da meia-noite, o embriagado grupo decidiu cavalgar de volta à Fortaleza Vermelha; aos pés da Colina de Aegon, Viserra foi arremessada de seu cavalo e quebrou o pescoço, vindo a falecer.

A morte de três filhas em cinco anos partiu o coração da rainha Alysanne, e seus pensamentos se voltaram a Saera, que ainda se prostituía em Lys. Mas quando ela implorou a Jaehaerys que trouxesse a filha para casa, o rei se recusou, dizendo que Porto Real não precisava de mais prostitutas. Ademais, ressaltou que se Alysanne pensasse em voar em Asaprata até Lys por conta própria, os lysenos provavelmente exigiriam um resgate por Saera e talvez até sequestrassem a própria Alysanne, exigindo um resgate ainda maior por ela. Para ele, Saera estava morta, e ele sugeriu que Alysanne enxergasse a situação da mesma maneira. Derrotada, a rainha se retirou para Pedra do Dragão, pondo fim a qualquer cogitação sobre se juntar a seu marido na turnê planejada pelas terras ocidentais em 88 DC.

Jaehaerys não só realizou a turnê sozinho como também a estendeu por mais tempo do que o planejado. Ele se recusou a retornar para a Fortaleza Vermelha mesmo quando os filhos imploraram por sua volta, continuando em turnê por todo o ano de 88 DC, durante o qual visitou o Jardim de Cima, as Ilhas Escudo e Vilavelha; sua neta princesa Rhaenys foi junto montada em Meleys, a dragão que antes carregara a princesa Alyssa. Enquanto visitava a morada de lorde Chester em Escudoverde, Rhaenys disse ao avô que gostaria de se casar com lorde Corlys Velaryon, o famoso Serpente Marinha, que vinha servindo como mestre dos navios desde a morte de lorde Manfryd Redwyne naquele mesmo ano. O rei abençoou a união apesar da considerável diferença de idade entre os noivos.

Com o passar do tempo, o evidente distanciamento entre Jaehaerys e a rainha Alysanne ficou conhecido como o Grande Abismo, e seria posteriormente lembrado como a Primeira Discórdia; terminou apenas quando a septã Maegelle repreendeu o pai, lembrando-o de que ele era também chamado de o Conciliador e que era hora de se conciliar com a esposa. Suas palavras deram fruto. Jaehaerys voou de volta para Porto Real e a rainha retornou de Pedra do Dragão.

ABAIXO | Última cavalgada de Viserra.
PÁGINA SEGUINTE | O casamento de Rhaenys Targaryen e Corlys Velaryon.

A Casa Velaryon tem uma nobre e lendária história que remonta a Valíria, e membros dessa casa foram para Pedra do Dragão antes mesmo dos Targaryen, com quem estabeleceram uma aliança íntima. Eles não montavam dragões, mas seus navios controlavam as águas ao redor de Derivamarca e Pedra do Dragão. Por isso, serviam como senhores almirantes e mestres dos navios com tanta frequência que os cargos acabaram sendo considerados praticamente hereditários.

Corlys Velaryon nasceu em 53 DC, filho de Corwyn, descendente mais velho de lorde Daemon Velaryon. Viajou de navio pela primeira vez aos seis anos, e desde então fez uma viagem por ano. Aos dezesseis virou capitão e começou a viajar para cada vez mais longe. Viria a ser considerado o mais brilhante e extraordinário membro de sua ilustre família, e por bons motivos.

Suas expedições ficaram marcadas em canções e histórias, da jornada no *Lobo de Gelo* em busca de uma passagem nortenha às nove extraordinárias viagens no navio chamado *Serpente Marinha* que o fariam ser o primeiro homem dos Sete Reinos a colocar o pé em Asshai. Em sua nona e última viagem, foi para Qarth com ouro o suficiente para comprar vinte navios, contratar tripulações e encher as embarcações com especiarias, seda e elefantes. Apesar de vários navios terem naufragado, o lucro foi tão grande que a Casa Velaryon se tornou a mais rica do reino por um tempo, superando até mesmo as casas Lannister e Hightower. Após essa última grande expedição, Corlys se casou com a princesa Rhaenys Targaryen em 90 DC.

Após herdar o Castelo Derivamarca de lorde Daemon, Corlys ergueu um novo castelo — menos úmido e apertado — no lado oposto da ilha, o qual chamou de Maré Alta. As pedras claras e o telhado de prata batida o tornaram o mais bonito dos castelos de toda Westeros. O antigo trono feito de madeira trazida pelo mar, que a lenda dizia ter sido presente do Rei Bacalhau, foi levado para o novo castelo. Corlys usou a riqueza que sobrou para construir mais embarcações, e enquanto mestre dos navios triplicou o tamanho da frota real em menos de dois anos. Mais tarde ele viria a construir uma frota de navios e galés mercantes, e, sob seu comando, a próspera cidade de Casco cresceu sob as muralhas do Castelo Derivamarca; uma segunda cidade, Vila Especiaria, surgiu nas proximidades e logo passou a receber a maior parte dos carregamentos que antes iam para Valdocaso e Porto Real.

Eles se reconciliaram. Em 90 DC, Jaehaerys e Alysanne comemoraram juntos o casamento de Rhaenys, então com dezesseis anos, e lorde Corlys, que aos trinta e sete era conhecido como o maior marinheiro que os Sete Reinos já tinham visto.

O ano de 92 DC testemunhou as consequências do Banho de Sangue Myriano infectando o reino. O conflito começara em 91 DC, com duas facções lutando por supremacia em Myr. Quando a perdedora foi expulsa, tentou se estabelecer nos Degraus, mas o arconte de Tyrosh se juntou a uma aliança de reis piratas e também a expulsou de lá. Desesperados, os myrianos invadiram a ilha de Tarth, assumindo o controle do leste do território. Na época, os myrianos exilados eram pouco mais que piratas, e Jaehaerys e seu conselho achavam que não precisariam de muito para mandá-los de volta ao mar. O príncipe Aemon liderou o contra-ataque, com a ajuda da frota de lorde Corlys Velaryon e dos homens de lorde Boremund Baratheon, que foram até Tarth para se juntar às tropas de lorde Cameron, a Estrela da Tarde de Tarth.

No nono dia da terceira lua de 92 DC, a frota de lorde Corlys zarpou. O príncipe Aemon se despediu de lady Jocelyn e da filha Rhaenys, que havia revelado estar grávida de Corlys — apesar de, ainda assim, ter se oferecido para montar Meleys em batalha. A viagem até Tarth foi tranquila, e Aemon pousou no acampamento de Estrela da Tarde, escondido nas montanhas do centro de Tarth. Mais tarde naquela noite, enquanto Aemon estava caminhando pelo acampamento com lorde Cameron, uma tragédia ocorreu. Um par de batedores myrianos achou o acampamento graças às chamas de Caraxes, e um deles — ao ver dois senhores caminhando desprotegidos — mirou em lorde Cameron de Tarth. Mas o anoitecer e a distância cobraram seu preço, e o dardo acabou atravessando a garganta de príncipe Aemon. O príncipe se afogou com o próprio sangue, morrendo aos trinta e sete anos.

A notícia da morte de Aemon varreu os sete reinos. O príncipe Baelon e Vhagar fizeram chover fogo sobre os navios myrianos por vingança, enquanto lorde Boremund e a Estrela da Tarde atacavam das montanhas. Os navios queimaram e os myrianos foram abatidos aos milhares durante a debandada.

Após a morte de Aemon, muita coisa começou a mudar na corte. Apesar de Rhaenys ser herdeira e filha única do príncipe Aemon e ter sido aclamada como futura rainha, Jaehaerys determinou que o reino estaria mais bem servido ao nomear Baelon como Príncipe de Pedra do Dragão e como seu herdeiro, preterindo Rhaenys e o possível filho que ela carregava (na verdade, mais tarde naquele ano ela teve uma filha, que recebeu o nome de Laena). Isso irritou Rhaenys e Corlys; a Serpente Marinha abriu mão de seu cargo como senhor almirante e mestre dos navios e ambos retornaram para Derivamarca. A rainha Alysanne também ficou descontente, o que levou ao que ficou conhecido como a Segunda Discórdia; ela e o rei passaram o ano seguinte separados.

Em 93 DC, último ano no qual a rainha Alysanne montou Asaprata, o príncipe Viserys, então com dezesseis anos, tornou-se cavaleiro de dragão, reivindicando Balerion. O imenso dragão não mais crescia, estava com frequência sonolento e perecia não ter mais forças para

DIREITA │ A morte do príncipe Aemon.

voos longos. Ninguém imaginava que em menos de um ano estaria morto, vindo a falecer de uma das causas mais raras para um dragão: velhice.

Mas haveria outras mortes na corte nos anos seguintes. O septão Elysar pereceu três anos e meio depois; após passadas mais seis luas, em 98 DC, o septão Barth — Mão do Rei de longa data — também se foi. A corte estava cheia de novos homens para substituir os velhos; naquela época, Jaehaerys — com quase sessenta e quatro anos — era conhecido como o Velho Rei e muitas vezes comentava que não mais conhecia os homens que agora enchiam sua corte. Sor Ryam Redwyne foi eleito Mão do Rei por um tempo, mas se provou inadequado para o cargo e foi substituído no ano seguinte pelo príncipe Baelon.

Os últimos anos de vida da rainha Alysanne foram tristes. Ela foi ficando cada vez mais frágil depois da morte do príncipe Aemon e de seu segundo distanciamento de Jaehaerys, e em 93 DC se viu obrigada a abrir mão dos voos que fazia com Asaprata, por causa das dores que isso lhe causava. Apesar de ter se reconciliado com o esposo em 94 DC, novamente por meio dos esforços da filha Maegelle, o relacionamento dos dois após isso foi marcado pela tristeza. Em 95 DC, Alysanne quebrou o osso do quadril em uma queda e, a partir do acidente, precisou de bengala para andar. Para piorar, mais mortes se abateram entre seus filhos. A septã Maegelle contraiu escamagris após passar um ano cuidando de enfermos com a doença. Seus braços e pernas se transformaram em pedra, e ela morreu em 96 DC. Ainda mais triste foi a morte da doce e não muito inteligente princesa Gael, Filha do Inverno. Ela desapareceu da corte em 99 DC, e espalhou-se que faleceu em decorrência de uma febre de verão. Apenas após a morte do rei e da rainha, porém, foi revelado que ela fora seduzida por um cantor, dera à luz um natimorto e depois viera a falecer ao se jogar na Torrente da Água Negra.

A boa Rainha Alysanne morreu em Pedra do Dragão na sétima lua de 100 DC, aos sessenta e quatro anos, e o reino inteiro ficou de luto. Apenas três de seus filhos ainda estavam vivos.

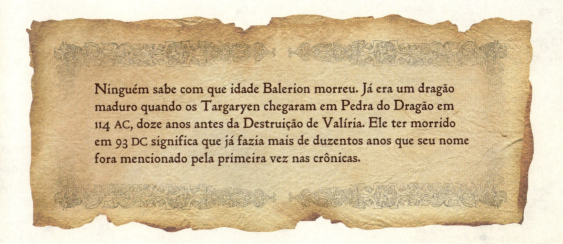

Ninguém sabe com que idade Balerion morreu. Já era um dragão maduro quando os Targaryen chegaram em Pedra do Dragão em 114 AC, doze anos antes da Destruição de Valíria. Ele ter morrido em 93 DC significa que já fazia mais de duzentos anos que seu nome fora mencionado pela primeira vez nas crônicas.

ESQUERDA | A morte de Balerion.

Mas alguns desses filhos não sobreviveriam por muito tempo. No ano seguinte, outra morte visitou a Casa Targaryen. Reclamando de uma pontada na lateral do abdômen enquanto caçava, o príncipe Baelon rapidamente desenvolveu uma dor forte na barriga, que por sua vez inchou e veio a ficar dura. Após cinco dias de cama, o príncipe Baelon, o Valente, Príncipe da Primavera, morreu em sua cama na Torre da Mão.

Após o funeral, o rei teve de decidir o que fazer em relação à sucessão, uma questão que havia se tornado confusa desde que ele preterira a princesa Rhaenys em 92 DC em favor de Baelon. Desde então, em 94 DC, Rhaenys dera à luz um filho, que chamara de Laenor. Rhaenys e lorde Corlys mais uma vez apresentaram sua pretensão ao trono, assim como a de ambos os filhos. Contra eles estavam os próprios filhos de Baelon, o príncipe Viserys e Daemon, que já eram homens feitos e casados. Havia também o arquimeistre Vaegon, único filho vivo de Jaehaerys — que ainda nem completara quarenta anos, mas já ostentava o anel, o bastão e a máscara dourada que demonstravam o seu conhecimento em aritmética e como negociante. Vaegon não tinha interesse na coroa, tendo feito os seus votos como meistre, então aconselhou o pai a convocar um Grande Conselho de senhores para resolver a questão. Isso evitaria a possibilidade de reivindicações que levassem à violência, já que havia rumores de que Corlys Velaryon estaria unindo forças enquanto o príncipe Daemon recrutava homens para lutar em prol de seu irmão mais velho, Viserys.

Meio ano depois, mais de mil senhores se juntaram em Harrenhal — o maior castelo do reino e o único capaz de acomodar a todos. No total, catorze pretensões foram apresentadas ao Grande Conselho de 101 DC, e por treze dias todas foram consideradas e debatidas. Nove menores foram rapidamente desconsideradas, e as pretensões do arquimeistre Vaegon, da princesa Rhaenys e de sua filha Laena foram, no fim, desconsideradas também. A disputa ficou entre o príncipe Viserys de um lado e Laenor, filho da princesa Rhaenys, de outro.

A maioria dos senhores parecia convencida da ideia de que a linhagem masculina tinha precedente sobre a feminina, e isso favorecia o príncipe Viserys. O fato de Viserys ter conseguido montar Balerion antes da morte do dragão era considerado mais um ponto a seu favor — ainda mais porque Laenor ainda não havia reivindicado uma fera para si. Entretanto, a riqueza e o poder dos Velaryon eram tantos que não poderiam ser tão rapidamente desconsiderados. E, de fato, usaram a riqueza e a influência para reunir senhores relevantes a sua causa, incluindo os senhores de Ponta Tempestade, Winterfell e Porto Branco. Entretanto, quando o Grande Conselho finalmente votou, o príncipe Viserys ganhou com folga.

Jaehaerys não estava presente durante o Grande Conselho, no intuito de não influenciar seu desenrolar. Quando soube que uma escolha fora feita, concedeu o título de Príncipe de Pedra do Dragão a Viserys. Dessa maneira, muitos consideram que o Grande Conselho de 101 DC estabeleceu um claro precedente: o Trono de Ferro nunca poderia ser passado a uma mulher, assim como não poderia ir para os descendentes masculinos de uma mulher.

DIREITA | O Grande Conselho de 101 DC.

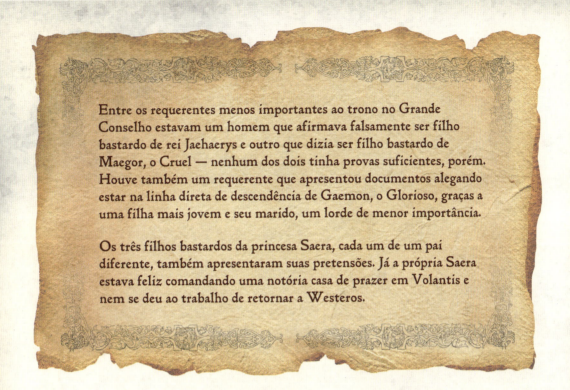

Entre os requerentes menos importantes ao trono no Grande Conselho estavam um homem que afirmava falsamente ser filho bastardo de rei Jaehaerys e outro que dizia ser filho bastardo de Maegor, o Cruel — nenhum dos dois tinha provas suficientes, porém. Houve também um requerente que apresentou documentos alegando estar na linha direta de descendência de Gaemon, o Glorioso, graças a uma filha mais jovem e seu marido, um lorde de menor importância.

Os três filhos bastardos da princesa Saera, cada um de um pai diferente, também apresentaram suas pretensões. Já a própria Saera estava feliz comandando uma notória casa de prazer em Volantis e nem se deu ao trabalho de retornar a Westeros.

Os anos finais do reinado de Jaehaerys foram de gentil envelhecimento. Ele escolheu sor Otto, irmão mais novo de lorde Hightower, como Mão do Rei. Sor Otto trouxe esposa e filhos para a corte, incluindo a filha Alicent, então com quinze anos e sábia além de sua idade, que caiu nas graças do rei. Alicent costumava ler para ele antes de dormir e o ajudava a se vestir e se banhar. Próximo ao fim da vida, Jaehaerys às vezes a confundia com uma de suas filhas, e eventualmente terminou convencido de que ela era a princesa Saera.

O rei Jaehaerys, Primeiro de Seu Nome, faleceu de forma tranquila em 103 DC, enquanto lady Alicent lia para ele. Carregara a coroa por cinquenta e cinco anos. Suas cinzas foram queimadas no Fosso dos Dragões e enterradas junto com as da Boa Rainha Alysanne em Pedra do Dragão.

Durante seu governo, o reino muito prosperara. O povo dos Sete Reinos (excluindo Dorne, que ainda se mantinha independente) havia mais do que dobrado, e o da cidade de Porto Real, quadruplicado. Jaehaerys fizera leis e estradas para unir o reino. Havia reconciliado a Fé com o Trono de Ferro, trouxera a paz e assegurara a futura sucessão por meio de seus filhos e netos. Os Sete Reinos choraram ao testemunhar sua partida, e até mesmo em Dorne houve quem lamentasse a morte do rei velho e sábio.

O que só ficou claro posteriormente, porém, foi o fato de que o reinado pacífico de Jaehaerys I plantou as sementes do desastre que se seguiu, no fim gerando uma colheita de conflitos e derramamento de sangue que quase destruiria a dinastia Targaryen.

ESQUERDA | A pira de Jaehaerys.

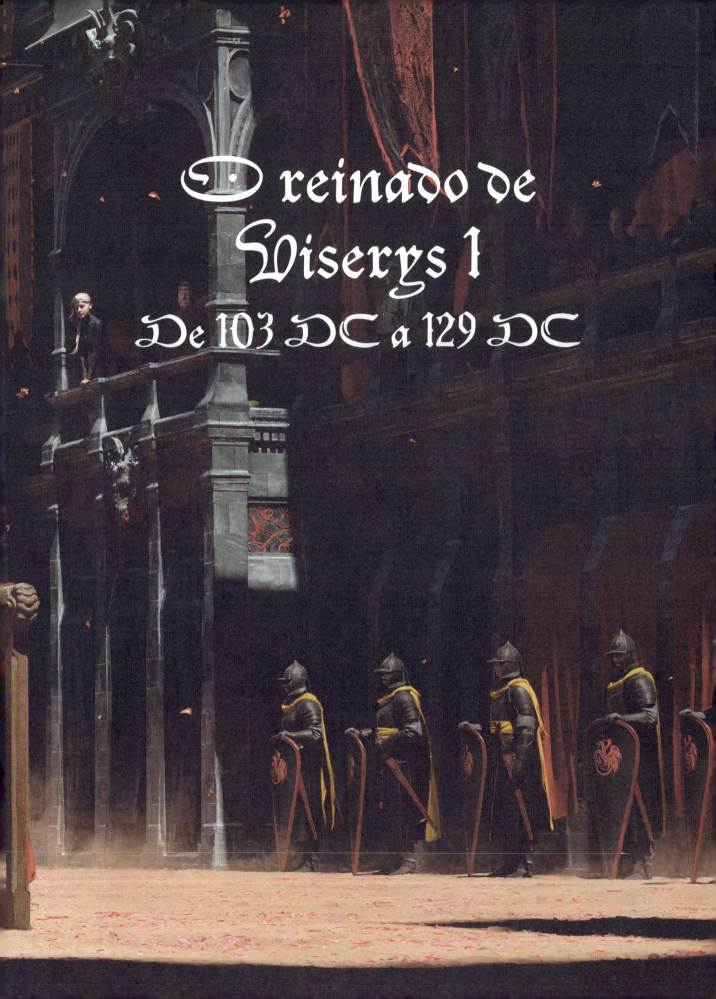

O reinado de Viserys I
De 103 DC a 129 DC

Auge do poder

O REI VISERYS, Primeiro de Seu Nome — escolhido pelo Grande Conselho de 101 DC e, por conseguinte, pelo Velho Rei —, foi coroado em 103 DC. Na época, estava casado com a prima, Aemma Arryn — a única filha de sua tia Daella com Rodrik Arryn — já havia uma década (e, como Aemma tinha apenas onze anos quando fora unida em matrimônio a Viserys, então com dezesseis anos, o casamento não fora consumado até a descida das regras da noiva, dois anos depois). Mas embora Aemma tivesse engravidado várias vezes, Viserys tinha apenas um herdeiro quando ascendeu ao trono: a filha Rhaenyra, nascida em 97 DC.

Com frequência, registros históricos consideram que o reinado de Viserys foi o ápice do poder dos Targaryen graças à ampla rede de conexões e casamentos de membros da dinastia com várias das grandes casas; ao grande número de dragões e seus ovos (vários dos dragões- -fêmea dos Targaryen botavam ovos com regularidade); e à paz e à prosperidade que o rei Jaehaerys deixara e que Viserys mantivera com a sua notória generosidade. Viserys era um rei cordial, amado tanto por senhores quanto por plebeus, e sob o comando dele e de Aemma, a Fortaleza Vermelha estava sempre repleta de música e esplendor. Mas a descendência de Viserys — ou, melhor dizendo, a falta de descendentes além de Rhaenyra, já que a linhagem feminina fora aparentemente declarada inviável pelo Grande Conselho — acabaria por plantar as sementes da turbulenta guerra civil Targaryen que se seguiu.

Como única filha do rei, então com seis anos, Rhaenyra era estimada e adorada. Era uma criança precoce e bela, e não demorou a ficar conhecida como "o Deleite do Reino". Era ousada, também, e já aos sete anos se tornou cavaleira de dragão quando voou com a igualmente jovem dragão à qual deu o nome de Syrax, em homenagem a uma antiga

PÁGINA ANTERIOR | O Grande Torneio de 111 DC.

ESQUERDA | Rhaenyra e Syrax.

deusa valiriana. No ano seguinte, virou escanção do pai e era constantemente vista ao lado dele na corte.

Viserys amava dar banquetes e organizar torneios, e assim deixava quase todo o trabalho do reino com o pequeno conselho, comandado por sua Mão — o cada vez mais arrogante sor Otto Hightower, que também servira ao Velho Rei. Sor Otto era um homem ambicioso, e sua aspereza — assim como a confiança que Viserys depositava nele — lhe garantiu muitos inimigos na corte.

O maior detrator da Mão era o próprio irmão do rei, o príncipe Daemon — o homem que reunira apoiadores da causa de Viserys junto ao Grande Conselho. O príncipe Daemon era um lutador mortal, cavaleiro desde os dezesseis anos, e suas proezas eram tamanhas que o rei Jaehaerys lhe dera a espada de aço valiriano Irmã Sombria. Mas o homem também tinha o temperamento explosivo e era inconstante — além de ambicioso. Muitos acreditam que apoiara a causa do irmão em grande parte para aumentar a própria influência na corte... E, claro, ele cobiçava muito o título de Príncipe de Pedra do Dragão.

A essa altura do reinado dos Targaryen, tantos ovos de dragão eram postos que virou costume colocar um deles no berço de cada príncipe ou princesa recém-nascido. Era uma tradição iniciada muitos anos antes com a princesa Rhaena, ao acomodar ovos no berço dos irmãos mais novos, Jaehaerys e Alysanne — prática que se provou tão bem-sucedida que continuou até a próxima geração. Nem todos os ovos eclodiam, mas muitos sim — e crianças com dragões vivos inevitavelmente criavam uma conexão com as criaturas, garantindo assim o nascimento de uma nova geração de cavaleiros de dragão.

Um ovo de dragão em um berço.

As duas espadas de aço valiriano, Irmã Sombria e Fogonegro, eram o orgulho da dinastia Targaryen. Fogonegro era a arma do rei, portada por Aegon I e legada a seu herdeiro, Aenys, que por sua vez a deu de presente ao meio-irmão, Maegor, que tinha mais afinidade com a batalha. Maegor portou a espada ao longo de todo o seu reinado, mas a peça foi roubada dele dias antes de sua morte pela esposa e sobrinha Rhaena, na fuga de Porto Real para Pedra do Dragão junto com a filha Aerea. Quando Jaehaerys voltou a Porto Real para ser coroado, foi com Fogonegro no cinto.

Irmã Sombria inicialmente pertencia a Visenya, irmã de Aegon, embora ela tenha dado a arma ao filho Maegor em 25 DC, na ocasião do décimo terceiro dia de seu nome. Depois que Maegor recebeu Fogonegro das mãos do meio-irmão, porém, pendurou Irmã Sombria na parede de seus aposentos em Pedra do Dragão e nunca mais tocou na espada. Pouco após a morte de Visenya em Pedra do Dragão, a viúva do meio-irmão, rainha Alyssa, fugiu da ilha com os filhos Jaehaerys e Alysanne — levando junto Irmã Sombria.

Assim como Maegor fizera, Jaehaerys portou as duas espadas ao mesmo tempo, mas acabou cedendo Irmã Sombria ao segundo filho, príncipe Baelon, e mais tarde ao filho de Baelon, Daemon.

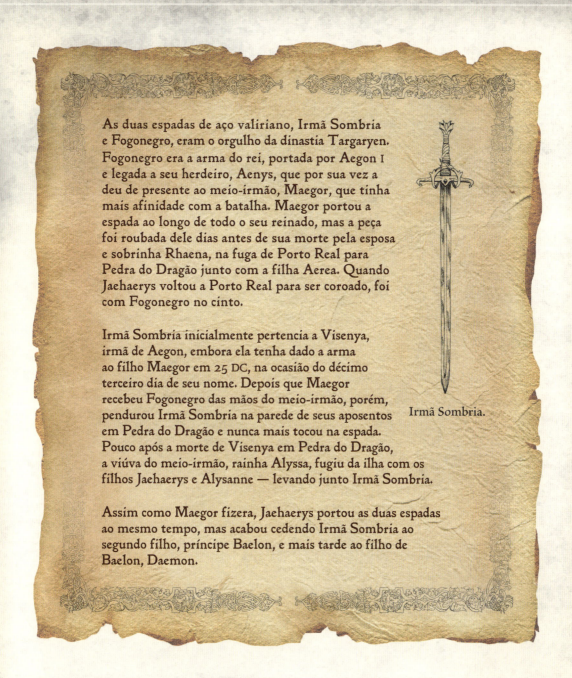

Irmã Sombria.

Mas dar Pedra do Dragão ao irmão parecia um passo grande demais para o rei Viserys, que não queria nomear Daemon seu herdeiro — algo que o título de Príncipe de Pedra do Dragão indicava havia muito tempo. E, de fato, uma de suas primeiras medidas quando ascendeu ao Trono de Ferro foi negar o pedido de Daemon de cancelar seu casamento com sua "vaca de bronze" — Rhea da Casa Royce, Senhora de Pedrarruna. Eles haviam se casado em 97 DC, mas a união se provara um fiasco, e o príncipe reclamava sem parar tanto do Vale de Arryn quanto da esposa. Mas apesar de ter negado a petição do irmão, Viserys o convocou de volta à corte e lhe concedeu cargos: mestre da moeda por um ano e mestre das leis por outro meio ano. Em ambos os casos, o príncipe Daemon não se mostrou adequado às funções, e foi sor Otto Hightower que convenceu Viserys a dispensá-lo de tais posições. O rei então transformou o irmão em comandante da Guarda Real — função que Daemon deveras preferia.

Na época, os patrulheiros da cidade tinham papel secundário, eram mal treinados e precariamente equipados. Mas tudo mudou quando Daemon se tornou líder da ordem, requerendo fundos para treiná-los e equipá-los apropriadamente e lhes dando armaduras pretas e mantos dourados que a Guarda sempre usaria dali para a frente. Ele se provaria um rigoroso e brutal executor da paz, assim como frequentador assíduo de tabernas, antros de jogos e bordéis da cidade. Também ficaria conhecido na corte como Príncipe da Cidade, e como lorde Baixa das Pulgas pela plebe de Porto Real. Foi nos bordéis que o príncipe Daemon conheceu Mysaria: uma bela dançarina de pele clara como leite vinda de Lys. Rivais e inimigos a chamariam de Miséria, o Verme Branco, depois que se tornou mestre da espionagem de Daemon.

Sua posição como comandante da Patrulha da Cidade pareceu satisfazer Daemon por um tempo, mas o mesmo não ocorreu com a Mão do Rei. Daemon agora comandava dois mil homens que provavelmente o apoiariam caso algo acontecesse com Viserys e o príncipe porventura tentasse tomar o trono. Sor Otto odiava Daemon, vendo nele as sementes de um segundo Maegor, o Cruel, então defendia abertamente que a princesa Rhaenyra fosse a herdeira de Viserys, escrevendo: "Melhor o Deleite do Reino do que o lorde Baixada das Pulgas". Embora isso fosse totalmente contrário ao que afirmou o Grande Conselho de 101 DC, que decretou que todos os requerentes homens ao trono prevalecessem sobre a linhagem feminina, sor Otto e seus apoiadores se mantinham fiéis àquilo em que acreditavam.

O ano de 105 DC foi muito importante na história do reino de Viserys, muito embora isso não tenha ficado imediatamente evidente devido ao fato de que eventos na corte aconteciam com rapidez estonteante. A rainha Aemma engravidou novamente. Sor Criston Cole — o belo filho de um intendente a serviço de lorde Dondarrion de Portonegro — acabara de ganhar renome em um torneio em Lagoa da Donzela aos vinte e três anos, depois de derrotar o príncipe Daemon em uma luta corpo a corpo, derrubando Irmã Sombria de sua mão. E, nas justas, derrubara do cavalo tanto o príncipe quanto os cavaleiros gêmeos da Guarda Real, sor Arryk e sor Erryk Cargyll. Como resultado, Viserys não só deu a sor Criston um lugar na Guarda Real como também o tornou o escudo pessoal e protetor da princesa Rhaenyra — que estava encantada com o belo cavaleiro da Marca e pessoalmente requisitara que a função fosse dada a ele.

Pouco depois, o grande e careca Senhor de Harrenhal, Lyonel Strong, assumiu a função de mestre das leis. Embora tivesse a reputação de ser um guerreiro, também era um homem reconhecidamente sábio que forjara seis elos em sua corrente de meistre antes de abrir mão dos estudos na Cidadela. Com ele, vieram seus filhos — sor Harwin Strong, conhecido como

Quebra-Ossos, e o astuto Larys Strong, conhecido como Larys, o Pé-Torto. Sor Harwin virou oficial dos mantos dourados e Larys passou a servir como um dos confessores do rei, responsável por interrogar e torturar prisioneiros.

Mas a tragédia se abateu sobre o reino no fim de 105 DC, quando a rainha Aemma deu à luz um bebê — um menino chamado Baelon —, mas não resistiu ao parto. A criança teve o mesmo destino que a mãe um dia depois. O rei e a corte ficaram de luto — exceto o príncipe Daemon, que, segundo registros, gracejou a respeito do falecimento do sobrinho. Quando o rei soube disso, ficou possesso. Após guardar o luto da esposa pelo tempo devido, rapidamente resolveu a questão da sucessão reconhecendo formalmente Rhaenyra como Princesa de Pedra do Dragão e sua herdeira ao Trono de Ferro, convocando centenas de senhores de grandes e pequenas casas para prestar reverência a ela e jurar defender seu direito ao trono caso alguém o questionasse.

Não passou despercebido que o príncipe Daemon não estava entre aqueles que se apresentaram para o juramento, tendo levado Mysaria consigo para Pedra do Dragão; meio ano depois, foi relatado que ela estava grávida. Quando o rei ficou sabendo que Daemon dera um ovo de dragão a Mysaria para marcar a ocasião, ordenou que o ovo fosse devolvido, que Mysaria fosse enviada de volta para Lys e que Daemon se juntasse à esposa que abandonara no Vale. A jornada de Mysaria pelo mar estreito foi árdua, e uma tempestade turbulenta fez com que perdesse a criança que gestava. O príncipe Daemon nunca perdoou o irmão por isso, e ainda remoeria a questão da sucessão por muito tempo.

As sementes da guerra

DEPOIS QUE VISERYS passou o período de luto pela morte da esposa, muitos no reino desejavam vê-lo casado e tendo mais herdeiros, o que faria Daemon ser jogado ainda mais para o fim da linha de sucessão. Alguns recomendavam que ele se casasse com Laena Velaryon, a bela filha donzela de lorde Corlys Velaryon, o Serpente Marinha, com a princesa Rhaenys, a Rainha que Nunca Foi. Aos doze anos, Laena já era uma cavaleira de dragão, tendo reivindicado a grande Vhagar logo após a morte de Baelon. No entanto, Viserys tinha se decidido por Alicent Hightower, a filha da Mão do Rei. Ninguém duvidava do berço nobre de Alicent — nem do prestígio, poder e prosperidade dos Hightower. Alguns, porém, achavam que sor Otto tinha ido longe demais oferecendo a própria filha. Em Derivamarca, as notícias tampouco foram recebidas com alegria por lorde Corlys e a esposa — embora diga-se que lady Laena em si pareceu quase indiferente à questão.

No dia do casamento do rei Viserys com lady Alicent em 106 DC, nem o príncipe Daemon nem lorde Velaryon compareceram às festividades. Estavam ambos em Derivamarca, em um conselho de guerra para discutir as estratégias para tomar os Degraus. O conjunto de ilhas rochosas que ficava entre Dorne e as Terras Disputadas havia muito se tornara lar de foras da lei e corsários, e navios mercantes que atravessavam aquelas águas não raro eram vítimas dos habitantes das ilhas.

Na época, os Degraus estavam sob o controle do Reino das Três Filhas: a "aliança eterna" das Cidades Livres de Lys, Myr e Tyrosh que derrotara a Cidade Livre de Volantis dez anos antes. Com uma frota sob o comando do famoso almirante myriano Craghas Drahar — conhecido como Engorda Caranguejo por amarrar centenas de prisioneiros a estacas e deixá-los na praia para se afogarem com a subida da maré —, a mais recente aliança conquistara e anexara os Degraus, destruindo os piratas.

ESQUERDA | Pirataria nos Degraus.

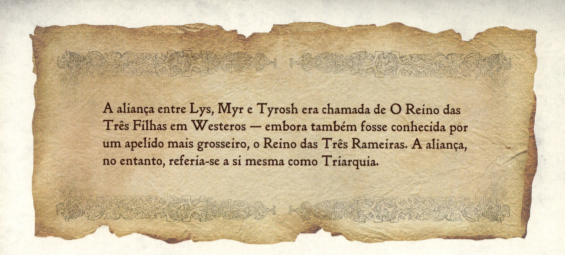

A aliança entre Lys, Myr e Tyrosh era chamada de O Reino das Três Filhas em Westeros — embora também fosse conhecida por um apelido mais grosseiro, o Reino das Três Rameiras. A aliança, no entanto, referia-se a si mesma como Triarquia.

No início, o fim da pirataria que a Triarquia providenciara foi bem recebido pelos Sete Reinos. Com as águas ao redor dos Degraus enfim livres do crime, mercadores pagavam de bom grado o pedágio cobrado pela Triarquia. Mas logo Craghas Engorda Caranguejo e seus aliados foram ficando cada vez mais predatórios, aumentando repetidamente — e sem escrúpulos — o valor do pedágio. Drahar e seus coalmirantes pareciam disputar quem era o mais ganancioso — e os navios lysenos passaram a exigir o pagamento não só em forma de dinheiro, como também em donzelas, mulheres e jovens garotos que eram enviados para servir em seus jardins de prazer e suas casas de travesseiros.

Lorde Corlys estava interessado em derrotar o Reino das Três Filhas porque o pedágio impactava muito os seus negócios, assim como os de diversos navios mercantes por ele financiados. O príncipe Daemon, por sua vez, estava ávido por prosperidade e glória — então concordou em liderar um exército que a frota de lorde Corlys levaria até os Degraus. Apesar de estarem em menor número do que as forças da Triarquia, tinham uma coisa que as

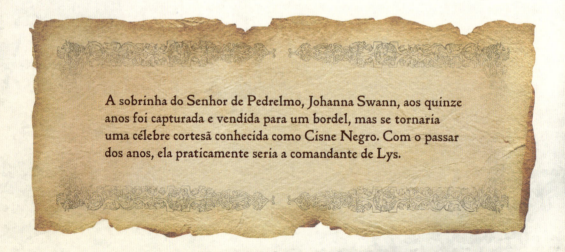

A sobrinha do Senhor de Pedrelmo, Johanna Swann, aos quinze anos foi capturada e vendida para um bordel, mas se tornaria uma célebre cortesã conhecida como Cisne Negro. Com o passar dos anos, ela praticamente seria a comandante de Lys.

Cidades Livres não tinham: Caraxes, o Wyrm de Sangue, o esbelto e terrível dragão do príncipe Daemon. Em 106 DC, depois de recrutar um exército de mercenários e filhos mais novos, Corlys e Daemon declararam guerra contra os Degraus.

Ao longo de dois anos, os dois conquistariam várias vitórias, inclusive na batalha em 108 DC na qual o príncipe Daemon matou e decapitou sozinho Craghas Engorda Caranguejo. Em 109 DC, eles controlavam quase todos os Degraus, exceto dois, tanto por terra quanto por mar, abrindo de novo o caminho para que navios mercantes passassem livremente. Durante uma breve calmaria, o príncipe Daemon se declarou Rei dos Degraus e do mar estreito, sendo coroado por lorde Corlys.

Os conflitos retornaram no ano seguinte, 110 DC, quando a Triarquia despachou novas forças sob o comando de Racallio Ryndoon — um extravagante capitão tyroshino — complementadas por cavaleiros e lanceiros enviados pelo Príncipe de Dorne, que decidira se juntar à luta contra Daemon e Corlys. Durante esse tempo, Viserys providenciava ouro regularmente para a guerra do irmão nos Degraus e parecia satisfeito por Daemon ter encontrado uma distração que o mantinha longe de problemas na corte. De fato, os anos de combate foram profícuos para a dinastia Targaryen, pois a rainha Alicent logo deu à luz um menino saudável, chamado de Aegon em homenagem ao Conquistador, em 107 DC. A ele se seguiram uma filha, Helaena, em 109 DC, e outro garoto, Aemond, no ano seguinte. Apesar do nascimento dos filhos de Alicent, Rhaenyra continuou sendo a Princesa de Pedra do Dragão e começou a participar dos encontros do pequeno conselho com o pai. Alguns se perguntavam se Viserys passaria os filhos homens na frente da filha, mas o rei considerava o assunto encerrado. Rhaenyra era sua herdeira. Em 109 DC, quando a rainha Alicent insistiu na questão com o incentivo do pai, sor Otto, o rei ficou irritado e destituiu Otto de seu cargo, nomeando Lyonel Strong em seu lugar.

Sor Otto voltou para Vilavelha depois da dispensa, mas a rainha ainda tinha apoiadores que concordavam com ela que Aegon, e não Rhaenyra, deveria ser o herdeiro de Viserys. Mas a princesa Rhaenyra, então adolescente, tinha os próprios apoiadores. A tensão entre Rhaenyra e a madrasta ficava nítida em banquetes, torneios… e qualquer outra reunião da nobreza. No grande torneio de 111 DC em celebração ao quinto aniversário de casamento do rei, a rainha Alicent apareceu vestida de verde da cabeça aos pés; o traje de Rhaenyra, com seus catorze anos, era preto e vermelho, as cores da Casa Targaryen. Sor Criston Cole, usando a prenda da princesa, derrotou todos os cavaleiros da facção da rainha que enfrentou. Depois disso, as facções receberam nomes formais: os verdes e os pretos.

Outro acontecimento de destaque durante o torneio foi o retorno do príncipe Daemon, que chegou voando em Caraxes e se ajoelhou perante o irmão enquanto lhe oferecia a coroa do Reino dos Degraus e do mar estreito. O rei devolveu a coroa ao irmão e o abraçou, selando a reconciliação.

Durante o meio ano seguinte, Daemon voltou a fazer parte do pequeno conselho e retornou aos velhos hábitos, perambulando por lupanares e bordéis da cidade. Também passava

bastante tempo com a princesa Rhaenyra — jantava com ela, dava-lhe presentes, recontava suas aventuras e, montado em Caraxes, apostava corrida com a sobrinha em Syrax. Mas em seguida, tão subitamente quanto surgira, Daemon partiu de Porto Real e voltou para os Degraus para continuar defendendo seu outrora reino.

Os relatos diferem quanto às razões para a partida abrupta. O grande meistre Runciter, cujas crônicas sobre a época eram geralmente secas e circunspectas, registra de maneira sucinta que houve uma briga entre Viserys e o irmão. O septão Eustace, que servia no septo real e como confidente do rei e de suas rainhas — e cuja devoção fica evidente em seus escritos —, sugeriu que o príncipe seduzira a própria sobrinha e fora ordenado a sair dos Sete Reinos quando descoberto. Cogumelo, o bobo de menos de um metro de altura da corte — que muitos acreditavam ter deficiência mental, mas que na verdade observava (e incrementava) todos os escândalos com muito júbilo —, escreveu em *O testemunho do Cogumelo* que Rhaenyra estava decidida a seduzir sor Criston Cole da Guarda Real e que o príncipe Daemon lhe oferecera tutoria na arte do amor para que ela tivesse êxito. Cogumelo chegou a afirmar que ele próprio estivera envolvido em algumas das lições, descrevendo as atividades com detalhes disparatados. De acordo com o bobo, a situação chegou ao fim quando a princesa enfim tentou se oferecer a sor Criston, que ficou horrorizado e a rejeitou — relato que teria chegado aos ouvidos do rei.

Qualquer que seja o grau de verdade desses variados relatos, a volta de Daemon para os Degraus levou a certa calmaria na corte… por um tempo. Em 112 DC, o grande meistre Runciter e o senhor comandante da guarda Real, sor Harrold Westerling, faleceram. Meistre Mellos foi enviado da Cidadela para se tornar o novo grande meistre, e sor Criston foi nomeado novo senhor comandante.

Em 113 DC, as coisas novamente mudaram quando Rhaenyra chegou ao décimo sexto dia de seu nome, assumindo formalmente Pedra do Dragão como sua morada. A essa altura, era a donzela mais desejada dos Sete Reinos, e senhores e filhos de senhores disputavam sua atenção. A rainha Alicent propusera oferecer a mão do filho Aegon à princesa, apesar da diferença de dez anos entre eles, mas o rei Viserys se opôs à união. Os dois não se davam bem, e ele discernia a ambição de sua rainha na tentativa de colocar um herdeiro do próprio sangue no Trono de Ferro. Em vez disso, outro descendente da Valíria se tornou esposo de Rhaenyra: Laenor Velaryon, filho de lorde Corlys com a princesa Rhaenys, que fora ignorado pelo Conselho de 101 DC. Laenor era um belo rapaz com então dezenove anos; a única preocupação a respeito da união era que, até o momento, ele não demonstrara interesse algum em mulheres, cercando-se apenas de belos e jovens escudeiros. Mas tal preocupação foi deixada de lado quando o grande meistre Mellos abordou a questão dizendo que ele mesmo não gostava de peixe, mas ainda assim comeria peixe se lhe fosse servido.

ESQUERDA | Rhaenyra e Alicent.

De novo, os relatos diferem quanto ao que se passou depois que a decisão foi tomada. Rhaenyra não fora consultada, e a princípio contestou a união. Quando o rei Viserys ameaçou nomear o príncipe Aegon como seu herdeiro, porém, Rhaenyra se submeteu à escolha do pai.

> Entre os pretendentes à mão de Rhaenyra estavam os filhos dos lordes Bracken e Blackwood, que duelaram por ela; um filho mais novo da Casa Frey, conhecido como Tolo Frey por pedir abertamente a mão dela em casamento; os gêmeos sor Jason e sor Tyland Lannister; os filhos dos lordes Tully, Tyrell, Oakheart e Tarly; e sor Harwin Strong, filho e herdeiro de lorde Lyonel, considerado o homem mais forte dos Sete Reinos.

O septão Eustace alegaria mais tarde que sor Criston Cole — enfim abalado pela ideia de ver sua princesa se unindo em matrimônio com outro homem — se ofereceu para fugir com ela até as Cidades Livres e lá se casarem, mas Rhaenyra o rejeitou. Cogumelo, por outro lado, disse que na verdade Rhaenyra entrou às escondidas na Torre da Espada Branca, tirou o manto para revelar sua nudez e tentou entregar sua virgindade a sor Criston, tendo sido ele quem a rejeitou. Cogumelo ainda diria que, em sua fúria, a princesa vestiu o manto de novo e foi embora, mas esbarrou com um embriagado sor Harwin que, de muito bom grado, desflorou a receptiva princesa. Em seu *Testemunho*, Cogumelo afirmou que ele próprio encontrou os dois juntos na cama na manhã seguinte. Independentemente de qual dos relatos é verdadeiro, o resultado foi que sor Criston Cole acabou odiando e desprezando a princesa, tornando-se seu mais amargo inimigo na corte.

A princesa Rhaenyra se casou com sor Laenor — que foi juramentado cavaleiro apenas quinze dias antes do casamento — em Porto Real no início de 114 DC. Sete dias de banquetes e torneios se seguiram, e muitos grandes campeões fizeram parte da celebração. Entre eles estava sor Joffrey Lonmouth, conhecido como Cavaleiro dos Beijos, que era o favorito de Laenor. Quando a princesa Rhaenyra deu sua liga a seu novo campeão, sor Harwin Strong, Laenor riu e deu a própria liga a sor Joffrey. Mas sor Criston Cole — agora carregando o sinal da rainha Alicent — lutou com uma fúria cega e derrotou todos que se colocaram em seu caminho. Quebra-Ossos rapidamente foi apelidado de "Ossos-Quebrados" por Cogumelo depois que sor Criston quebrou sua clavícula e esmigalhou seu cotovelo; já o Cavaleiro dos Beijos morreu seis dias depois de ter o elmo — e o crânio dentro dele — esmagado. Sor Laenor ficou o tempo todo ao lado da cama de Joffrey, e dizem que chorou quando o cavaleiro faleceu.

Quando sor Laenor partiu de Derivamarca imediatamente após a morte de Joffrey, dúvidas sobre a consumação do casamento foram levantadas. Rhaenyra permaneceu em Porto Real com sor Harwin constantemente a seu lado; enquanto isso, Laenor, em Maré Alta, acabou encontrando um novo favorito, um cavaleiro chamado sor Qarl Correy. Sor Laenor aparecia na corte para eventos importantes, mas era amplamente relatado que compartilhava a cama com Rhaenyra apenas em raríssimas ocasiões. Apesar disso, a gravidez da princesa logo foi anunciada, e um filho chamado Jacaerys (em vez de Joffrey, como pedira Laenor) nasceu no fim de 114 DC; ele viria a ser conhecido por amigos e familiares como Jace. Todos que viam Jace notavam que o garoto tinha cabelo e olhos castanhos e nariz largo — diferente de Laenor, cuja aparência era a de um senhor dos dragões da Antiga Valíria, com cabelos platinados, nariz aquilino e olhos violeta.

A corte ainda comemorava o nascimento do filho da princesa quando sua madrasta, a rainha Alicent, também entrou em trabalho de parto, dando a Viserys seu terceiro filho, Daeron... cuja cor de cabelo e olhos, ao contrário de Jace, provava seu sangue de dragão. Por

ESQUERDA | Daemon e Rhaenyra em pleno voo.

ordem real, os bebês Jacaerys Velaryon e Daeron Targaryen compartilharam uma ama de leite até o desmame. Dizia-se que, ao criá-los como irmãos de leite, o rei tinha a esperança de evitar qualquer inimizade entre os garotos. Se foi mesmo esse o caso, tais esperanças acabaram em grande frustração.

No fim de 115 DC, lady Rhea Royce de Pedrarruna caiu do cavalo e rachou o crânio, vindo a falecer nove dias depois. A notícia acabou chegando à ilha de Pedrassangrenta, onde Daemon ainda lutava para defender seu reino contra repetidos ataques da Triarquia e seus aliados dorneses. Daemon imediatamente partiu para o Vale, dizendo que queria garantir que lady Rhea tivesse um enterro adequado — mas, na verdade, estava mais interessado em tentar reivindicar as terras e fontes de renda dela. Quem herdou os bens, porém, foi o sobrinho dela, e lady Jeyne Arryn negou a petição de Daemon, alegando que ele não era mais bem-vindo no Vale.

Derrotado, Daemon voou para Derivamarca para visitar lorde Corlys e sua família, e lá suas atenções recaíram sobre Laena Velaryon — então com apenas vinte e dois anos, esbelta, alta e primorosamente bela, com o cabelo louro-prateado e os olhos violeta dos valirianos. Tinha herdado a beleza da mãe junto com o espírito aventureiro do pai, e desde os doze anos era a senhora de Vhagar — a maior e mais anciã dos dragões Targaryen depois do falecimento de Balerion em 94 DC.

Cantores diriam depois que Daemon se apaixonou no mesmo instante, mas na corte se especulava que o interesse dele em Laena era mais relacionado à ambição, considerando o quanto ele caíra na linha de sucessão. Ao se casar com Laena, criaria uma ligação com a próspera e influente Casa Velaryon. O único problema era que Laena estava prometida já fazia uma década a um filho do Senhor do Mar de Braavos — embora tal rapaz houvesse se revelado um tolo bêbado e esbanjador, fazendo lorde Corlys adiar repetidamente o casamento. Daemon resolveu a questão provocando o rival para entrar em um duelo. Empunhando Irmã Sombria, matou o outro pretendente com facilidade, e em duas semanas estava casado com Laena. Depois disso, nunca mais voltaria a seu reino nos Degraus.

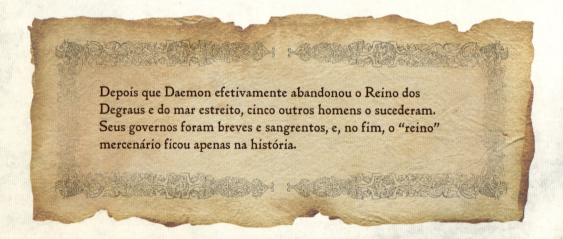

Depois que Daemon efetivamente abandonou o Reino dos Degraus e do mar estreito, cinco outros homens o sucederam. Seus governos foram breves e sangrentos, e, no fim, o "reino" mercenário ficou apenas na história.

Após a cerimônia de união, e esperando que o rei Viserys desaprovasse o casamento, Daemon levou a noiva para Essos. Fez com ela uma turnê pelas Cidades Livres, voando em Caraxes e Vhagar até Pentos e depois de lá até Volantis, Qohor e Norvos. Quando voltaram a Pentos, Laena descobriu que estava grávida. Em 116 DC, deu à luz filhas gêmeas, chamadas Baela e Rhaena em homenagem ao príncipe Baelon e à princesa Rhaenys. Embora tenham nascido pequenas e adoentadas, sobreviveram, e depois de um tempo a família voltou para Derivamarca — Laena e as bebês de navio, e Daemon voando em Caraxes, acompanhado de Vhagar. Daemon pediu para apresentar as filhas e a esposa ao rei; apesar dos protestos do pequeno conselho, Viserys aceitou, confiante de que a paternidade mudaria o irmão. E, assim, os dois se reconciliaram mais uma vez.

ACIMA | Príncipe Daemon em Derivamarca.

Enquanto Daemon e a esposa viajavam e tinham suas primogênitas, a princesa Rhaenyra deu à luz em 115 DC um segundo filho, que recebeu o nome de Lucerys. Apelidado de Luke, era uma criança robusta, com cabelo e olhos castanhos como o irmão mais velho. As mesmas características estavam presentes no terceiro filho de Rhaenyra, Joffrey (nomeado, enfim, em homenagem ao amado Cavaleiro dos Beijos de sor Laenor), nascido em 117 DC. Os boatos corriam à solta entre os verdes, dizendo que Harwin Strong só podia ser o verdadeiro pai dos três garotos com traços tão "comuns" — e similares. No entanto, o rei Viserys adorava os netos e não dava ouvidos para as especulações. Decretou que cada menino tivesse um ovo de dragão colocado em seu berço. Assim foi feito, e todos eclodiram: Jacaerys reivindicou Vermax, Lucerys reivindicou Arrax e Joffrey reivindicou Tyraxes.

Com o passar do tempo, a princesa Rhaenyra se tornou uma boa amiga de lady Laena e começou a passar cada vez mais tempo tanto com ela quanto com o príncipe Daemon, voando

ACIMA | Daemon duela com o filho do Senhor do Mar.

de um lado para o outro entre Derivamarca e Pedra do Dragão. Durante este período, Syrax, a dragão de Rhaenyra, botou ovos várias vezes, sem dúvida resultado do acasalamento com Caraxes. Em 118 DC, os filhos mais velhos de Rhaenyra foram prometidos às filhas gêmeas do príncipe Daemon com lady Laena. O ano de 119 DC foi de esperança e alegria, pois Laena engravidou mais uma vez. O ano seguinte, no entanto, ficaria conhecido para sempre como o Ano da Primavera Vermelha.

Lady Laena deu à luz no terceiro dia de 120 DC, acompanhada pelo príncipe Daemon e pela princesa Rhaenyra. O bebê era um menino, como o príncipe desejava, mas nasceu com má-formação e faleceu menos de uma hora depois. Após o parto, lady Laena caiu doente com febre puerperal e, apesar de ser atendida por habilidosas parteiras e meistres treinados — incluindo o renomado meistre Gerardys, convocado de Pedra do Dragão pela princesa —, morreu três dias depois. Tinha apenas vinte e sete anos. Daemon e Rhaenyra velaram seu corpo juntos.

E essa não foi a única tragédia do ano. Enquanto a Casa Velaryon ainda estava de luto, sor Laenor foi morto ao visitar uma feira em Vila Especiaria. O assassino foi sor Qarl Correy, que o esfaqueou até a morte (dizem que tiveram uma discussão e armas foram sacadas). Correy fugiu, e supõe-se que tenha encontrado um navio para levá-lo embora de Westeros; nunca mais se soube de seu paradeiro. As razões da discussão são desconhecidas, mas o septão Eustace sugeriu que Laenor encontrara um novo favorito, enquanto Cogumelo acreditava que Daemon pagara Correy para matar Laenor e depois se livrara dele cortando sua garganta e jogando o corpo no mar. O que se sabe é que Correy, um cavaleiro doméstico nascido plebeu, tinha gostos extravagantes e uma predileção por fazer apostas altas, mas esse fato sozinho não é prova das alegações de Cogumelo.

A tragédia seguinte aconteceu no próprio castelo de Maré Alta, logo após o funeral de sor Laenor. Havia tantos dragões reunidos no lugar que Eustace escreveu que Derivamarca se tornara uma nova Valíria. Entre aqueles com dragões estavam os filhos da rainha Alicent: príncipe Aegon com seu belo dragão dourado chamado Sunfyre, Helaena montando Dreamfyre (que outrora fora dragão da rainha Rhaena) e o jovem Daeron tinha consigo a dragão Tessarion. Apenas Aemond não tinha uma fera... questão que tentou resolver se esgueirando do quarto um dia cedo pela manhã para se aproximar da grande dragão Vhagar no pátio externo do castelo. No entanto, Joffrey Velaryon — que sempre acordava muito cedo — chegara antes dele para visitar Tyraxes e gritou que o príncipe Aemon não chegasse perto da dragão da falecida tia. Aemond o empurrou para o lado, depois correu até Vhagar e montou em suas costas. A dragão disparou para o céu, quebrando a corrente que a prendia, e foi assim que Aemond se tornou um cavaleiro de dragão.

Quando pousou, os irmãos de Joffrey o esperavam. Tinham apenas seis, cinco e três anos, contra os dez de Aemond, mas eram três e estavam todos armados com espadas de madeira do pátio de treinamento. Juntos, atacaram Aemond. Mas o que começou com uma pequena desavença logo evoluiu para algo mais sombrio, pois Aemond zombou dos filhos de Rhaenyra na cara deles, chamando-os de "os Strong". Furioso, Jace atacou Aemond; Luke sacou uma adaga do cinto e golpeou o rosto de Aemond, arrancando seu olho direito. Cavalariços chegaram para apartar a briga, e o rei Viserys acordou com a notícia da luta entre o filho e os netos. A rainha Alicent ficou tão brava que exigiu que Lucerys também fosse cegado. Rhaenyra queria que Aemond fosse interrogado para revelar onde aprendera a chamar os filhos dela de "os Strong" (o príncipe Aegon revelou ser a fonte do boato, mas disse que todos sabiam daquilo apenas de olhar para os garotos).

O rei Viserys botou um fim no debate. O monarca se negou a cegar o garoto, mas ameaçou arrancar a língua de cada homem, mulher ou criança — independentemente de sua

ABAIXO | O assassinato de Laenor Velaryon.

posição social — que chamasse os netos de "os Strong" novamente. Para garantir que a paz fosse mantida, enviou Alicent e seus filhos de volta para Porto Real, ordenou que Rhaenyra e os filhos dela permanecessem em Pedra do Dragão e mandou sor Harwin Strong de volta para Harrenhal. Mas isso levou à próxima tragédia do ano: a morte da Mão do Rei, lorde Lyonel Strong, e seu filho, Harwin, logo depois do retorno deste a Harrenhal. Ambos pereceram em um incêndio que se iniciou na torre na qual dormiam. Mais uma vez, especulações correram soltas a respeito da causa do fogo: um simples acidente; obra do príncipe Daemon, desejando eliminar um rival pela afeição de Rhaenyra; um ato ardiloso do filho mais novo sor Larys, o Pé Torto, para virar Senhor de Harrenhal; ou mesmo o rei Viserys decidindo acabar com a vida do homem que muitos afirmavam ser pai de seus netos.

ACIMA | Luke arranca o olho de Aemond.

Com lorde Lyonel morto, Viserys reconvocou o pai de sua rainha, então em Vilavelha, e lhe restituiu o cargo de Mão do Rei. Na época, Viserys já estava corpulento, afligido pela gota e propenso a se cansar facilmente, então uma Mão experiente era necessária para assumir o fardo do rei. Mas quase imediatamente uma nova crise surgiu na corte quando a princesa Rhaenyra anunciou que se casara com o tio, o príncipe Daemon. Muitos ficaram revoltados — sobretudo porque não fazia nem meio ano que tanto Laenor quanto Laena haviam morrido. Embora o casamento apressado tivesse sido conduzido em segredo, o rei relutava em desfazê-lo. Cogumelo sugere que a correria foi devido ao fato de Rhaenyra já estar grávida. Sendo isso verdade ou não, no fim de 120 DC ela deu à luz um filho de pura e inquestionável estirpe Targaryen, com pele clara, olhos violeta e cabelo prateado, a quem ousou dar o nome de Aegon — para grande ultraje da rainha Alicent.

Em 122 DC, Rhaenyra deu à luz outro filho, Viserys. Era menor e menos robusto que o irmão, mas sobreviveu e se provou precoce. No entanto, foi a primeira criança Targaryen cujo ovo de dragão nunca eclodiu depois de colocado em seu berço.

Mais tarde no mesmo ano, o príncipe Aegon mais velho se casou com a irmã Helaena. O rapaz era um jovem rabugento e folgado de quinze anos, com apetite por comida, apostas e mulheres; aos treze, Helaena, por sua vez, era agradável, rechonchuda e alegre. Um ano depois, em 123 DC, Helaena deu à luz gêmeos, a quem chamou de Jaehaerys e Jaehaera. Os verdes estavam satisfeitos porque o príncipe Aegon agora tinha seus próprios herdeiros, o que tornava ainda mais razoável seu título de Príncipe de Pedra do Dragão, mas Viserys ignorou os sinais. As crianças eram um tanto peculiares: Jaehaerys tinha seis dedos na mão esquerda e em cada um dos pés, mas fora isso era saudável e forte; já Jaehaera era muito pequena e quase totalmente muda quando criança, sem nunca chorar, sorrir ou balbuciar. Um terceiro filho, um garoto chamado Maelor, veio em 127 DC.

No entanto, em 126 DC, uma nova crise surgiu quando lorde Corlys Velaryon, a Serpente Marinha, caiu perigosamente enfermo. As leis de sucessão apontavam Jacaerys como seu herdeiro, mas por causa do status de Jace como herdeiro de Rhaenyra ao Trono de Ferro, ela recomendou que Lucerys fosse nomeado herdeiro no lugar do irmão. Porém a família de lorde Corlys era contra qualquer um dos filhos de Rhaenyra ser nomeado herdeiro, devido à questão ainda não resolvida da paternidade das crianças.

Lorde Corlys tinha muitos sobrinhos, sendo sor Vaemond Velaryon o mais vocal, que dizia aos quatro ventos que Harwin Strong era o verdadeiro pai dos filhos de Rhaenyra. Em resposta, Rhaenyra fez com que o príncipe Daemon prendesse e decapitasse o homem antes de dar o cadáver para Syrax comer. Outros sobrinhos de Corlys, além da esposa e dos filhos do falecido Vaemond, foram correndo para Porto Real — tanto para se esconder da ira de Rhaenyra quanto para pedir ajuda ao rei. Viserys ouviu todas as reclamações e acusações e depois mandou que a língua dos homens fosse arrancada, chamando todos de mentirosos.

Logo após essa decisão, Viserys acidentalmente cortou a mão enquanto descia do Trono de Ferro. Recebeu os cuidados do grande meistre Mellos, mas o ferimento infeccionou tanto e o rei ficou tão febril que alguns temiam que fosse morrer. Para salvar sua vida, Rhaenyra rogou que meistre Gerardys interviesse, amputando dois dos dedos do rei. Viserys acabou se recuperando do acidente, mas nunca mais se sentou no Trono — em vez disso, comandava suas cortes em seu solar ou até mesmo em seu quarto.

No primeiro dia de 127 DC, Viserys ordenou que fosse realizado um grande banquete para tentar forjar um acordo de paz entre as facções opostas da corte. As crônicas dos meistres sugerem que foi um sucesso, mas Cogumelo afirma que, depois da partida do rei, Aemond propôs um brinde aos "três garotos fortes como o pai". E Jace e o Aegon mais velho quase saíram na briga quando Jace convidou a princesa Helaena — irmã e esposa de Aegon — para uma dança.

Não muito depois disso, o grande meistre Mellos morreu, e um novo motivo de discórdia surgiu: quem seria seu sucessor. Rhaenyra e seus pretos preferiam que meistre Gerardys fosse escolhido, enquanto a rainha Alicent e seus verdes queriam meistre Alfador, que servia em Torralta. Viserys tentou contornar o assunto enfatizando a independência dos arquimeistres em Vilavelha, afirmando que a opinião dele não deveria interferir no resultado. O arquimeistre Orwyle foi escolhido pelo Conclave e enviado a Porto Real. A saúde de Viserys parecia estar melhorando sob os cuidados de Orwyle... mas por um curto período. Conforme sua vitalidade continuava a ser drenada, o rei deixava cada vez mais a governança do reino nas mãos de sor Otto Hightower e do pequeno conselho.

Na segunda lua de 129 DC, Viserys perdeu o apetite e ficou de cama. No terceiro dia da terceira lua de 129 DC, depois de contar aos netos mais novos histórias fantásticas sobre Jaehaerys, o Velho Rei, e as guerras que este travara contra gigantes e wargs além da Muralha, o rei dispensou a família para que pudesse repousar. Nunca mais acordou. Tinha cinquenta e dois anos na ocasião de sua morte, depois de reinar por vinte e seis.

O reinado de Aegon II

De 129 DC a 131 DC

A Dança dos Dragões

NA MESMA NOITE EM QUE o rei Viserys morreu, seu corpo foi descoberto por um criado que correu para dar a notícia a rainha Alicent — e apenas a ela. Não se sabe se isso se deu por a rainha ter ordenado que os guardas e criados de Viserys avisassem apenas a ela caso qualquer coisa acontecesse ou se porque ela foi responsável por acelerar a morte do esposo, mas o fato é que Alicent passou a estar em posição de vantagem em relação à rival. A princesa Rhaenyra — herdeira escolhida de Viserys — estava longe, em sua morada em Pedra do Dragão, prestes a dar à luz o sexto bebê. No meio da noite, a rainha e sor Criston Cole

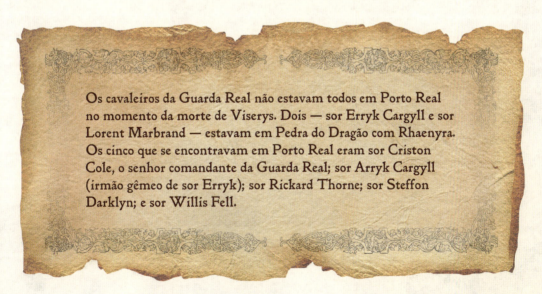

> Os cavaleiros da Guarda Real não estavam todos em Porto Real no momento da morte de Viserys. Dois — sor Erryk Cargyll e sor Lorent Marbrand — estavam em Pedra do Dragão com Rhaenyra. Os cinco que se encontravam em Porto Real eram sor Criston Cole, o senhor comandante da Guarda Real; sor Arryk Cargyll (irmão gêmeo de sor Erryk); sor Rickard Thorne; sor Steffon Darklyn; e sor Willis Fell.

PÁGINA ANTERIOR | A coroação do rei Aegon II.
ESQUERDA | A conspiração começa.

assumiram o controle dos aposentos do rei e enviaram outros cavaleiros da Guarda Real para convocar o pequeno conselho.

O conselho se reuniu nos aposentos da rainha Alicent. De acordo com o livro *Dança dos Dragões, uma história verdadeira,* de Munkun, o "conselho verde" foi informado do falecimento do rei. Sor Otto Hightower, a Mão, imediatamente abordou o tópico da sucessão e propôs coroar o Aegon mais velho. Do pequeno conselho, apenas lorde Beesbury foi contra a ascensão de Aegon ao Trono de Ferro. Ele defendia a linhagem valiriana de Rhaenyra — superior à do irmão. Citou também a idade dela, o fato de que era Princesa de Pedra do Dragão, o de Viserys ter se negado repetidamente a alterar a linha de sucessão para favorecer Aegon e a promessa de apoiar Rhaenyra que muitos cavaleiros e centenas de senhores, grandes e pequenos, tinham feito.

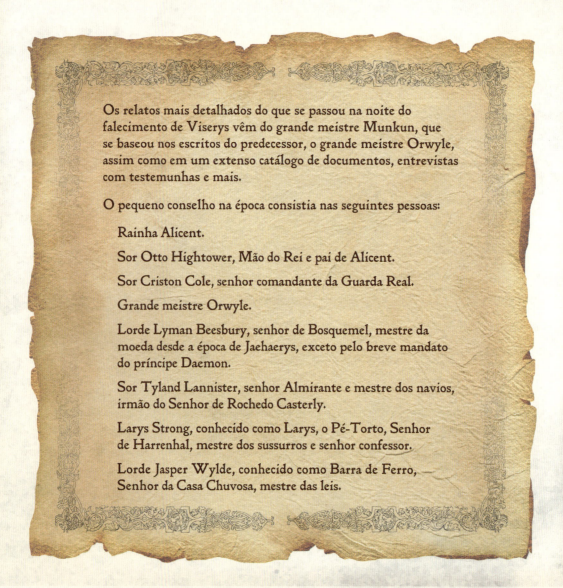

Os relatos mais detalhados do que se passou na noite do falecimento de Viserys vêm do grande meistre Munkun, que se baseou nos escritos do predecessor, o grande meistre Orwyle, assim como em um extenso catálogo de documentos, entrevistas com testemunhas e mais.

O pequeno conselho na época consistia nas seguintes pessoas:

Rainha Alicent.

Sor Otto Hightower, Mão do Rei e pai de Alicent.

Sor Criston Cole, senhor comandante da Guarda Real.

Grande meistre Orwyle.

Lorde Lyman Beesbury, senhor de Bosquemel, mestre da moeda desde a época de Jaehaerys, exceto pelo breve mandato do príncipe Daemon.

Sor Tyland Lannister, senhor Almirante e mestre dos navios, irmão do Senhor de Rochedo Casterly.

Larys Strong, conhecido como Larys, o Pé-Torto, Senhor de Harrenhal, mestre dos sussurros e senhor confessor.

Lorde Jasper Wylde, conhecido como Barra de Ferro, Senhor da Casa Chuvosa, mestre das leis.

Refutando as objeções de lorde Beesbury, sor Tyland argumentou que muitos daqueles que tinham feito tal juramento estavam mortos, uma vez que já se passaram vinte e quatro anos desde o dia em que aqueles votos haviam sido proferidos. Lorde Jasper Wylde, o mestre das leis, mencionou o Grande Conselho de 101 DC e as sagradas tradições dos ândalos que davam precedência à linhagem masculina. Sor Otto alertou para a possibilidade de o príncipe Daemon, como consorte de Rhaenyra, acabar sendo o governante na prática, e Alicent expressou seu temor de que seus filhos nunca mais estivessem em segurança. Sor Criston Cole então reafirmou a crença de que os filhos mais velhos de Rhaenyra eram bastardos e nunca deveriam ter a permissão de se sentar no Trono de Ferro.

ABAIXO | A primeira vítima da Dança.

Lorde Beesbury viu todos esses argumentos como traição e tentou deixar o recinto. O que aconteceu em seguida é incerto, mas não há dúvidas de que lorde Beesbury encontrou um fim desagradável. O grande meistre Orwyle afirmou que Beesbury foi detido à porta por sor Otto e confinado em uma cela preta nas masmorras, onde morreu esperando julgamento. O septão Eustace diz que sor Criston Cole forçou Beesbury a voltar para o lugar e cortou sua garganta ainda à mesa. O formidável Cogumelo também botou a culpa em sor Criston — porém, na versão dele, Criston jogou Beesbury pela janela, e o homem morreu empalado em espigões de ferro no fosso seco lá embaixo.

Independentemente de como lorde Beesbury pereceu, todos concordam que ele foi o primeiro homem a morrer na guerra que seria conhecida como Dança dos Dragões.

Com Beesbury fora do caminho, Larys Strong, mestre dos sussurros e Senhor de Harrenhal, ordenou que os conspiradores fizessem um juramento de sangue. Assim que o dia seguinte nasceu, sor Criston Cole deixou a sala do conselho e começou o processo de prender todos os senhores e cavaleiros da corte que simpatizavam com Rhaenyra. Outros cavaleiros da Guarda Real foram enviados para encontrar os filhos da rainha Alicent e os trazer até ela para que ficassem sabendo do acontecido. O próprio príncipe Aegon não estava na Fortaleza Vermelha, e sim farreando na cidade, acompanhado de uma mulher que não era sua esposa. O septão Eustace alegou que Aegon de início se negou a participar do esquema para coroá-lo, mas que sor Criston o convenceu dizendo que, caso contrário, Rhaenyra não permitiria que ele e seus irmãos e irmãs sobrevivessem.

Em seguida, foram empregadas medidas para proteger a cidade para os verdes. O comandante da Patrulha da Cidade e os oficiais que protegiam os sete portões de Porto Real foram todos convocados à Fortaleza Vermelha. Dois dos oficiais e o próprio comandante tinham fama de serem leais a Rhaenyra, então foram jogados na masmorra. O enorme sor Luthor Largent foi promovido dentre os oficiais restantes e se tornou o novo comandante; sor Gwayne Hightower, irmão da rainha, foi apontado como adjunto de sor Luthor. Depois que sor Tyland Lannister foi nomeado mestre da moeda e senhor tesoureiro no lugar de Beesbury, foi decidido que o tesouro real seria dividido em quatro partes. Por segurança, uma seria enviada ao Banco de Ferro de Braavos, outra, a Rochedo Casterly, e outra, a Vilavelha. O último quarto do dinheiro seria usado para contratar mercenários e financiar subornos e presentes quando preciso. Com sor Tyland como novo mestre da moeda, outro mestre dos navios era necessário, e sor Otto enviou um corvo às Ilhas de Ferro para convidar o jovem lorde Dalton Greyjoy para assumir o cargo — mas não recebeu resposta.

Por vários dias, corvos carregaram mensagens por todos os Sete Reinos para os apoiadores dos verdes, assim como para procurar novos aliados. E, enquanto isso, Viserys apodrecia silenciosamente em seus aposentos, sem septões ou irmãs silenciosas para cuidar de seus restos mortais.

Os anais do Grande Conselho de 101 DC foram recuperados e analisados para determinar quais senhores tinham apoiado a pretensão de Viserys e quais haviam defendido Rhaenys e seus filhos — era mais provável que estes ficassem do lado de Rhaenyra. O senhor que mais deixou o conselho em dúvida foi Borros Baratheon, filho do falecido Boremund Baratheon. Os Baratheon tinham apoiado Rhaenys e seus filhos, mas talvez a razão fosse simplesmente o fato de Boremund ser filho da rainha viúva Alyssa da Casa Velaryon, e, portanto, tio de Rhaenys. Será que poderia ser influenciado a passar para o lado de Aegon?

Aemond Targaryen — que, então aos dezenove anos, era um cavaleiro habilidoso e usava uma safira na órbita que o primo Lucerys deixara vazia — foi enviado a Ponta Tempestade montado em Vhagar. O objetivo dele era conseguir o apoio de lorde Borros propondo a própria mão em casamento a uma das filhas do lorde.

Quando partiu, porém, o cheiro desagradável que vinha dos aposentos de Viserys era inconfundível, e Alicent soube que não tinham mais tempo. Assim, a morte do rei e a ascensão de Aegon foram oficialmente anunciados uma semana depois do falecimento de Viserys, no décimo dia da terceira lua de 129 DC. A coroação de Aegon aconteceu no Fosso dos Dragões, cerimônia

ABAIXO | Sor Steffon Darklyn foge.

na qual a coroa de aço valiriano e rubis que pertencia ao rei em homenagem ao qual o jovem fora nomeado foi colocada em sua cabeça por sor Criston Cole. O idoso alto septão estava frágil demais para participar, então o próprio septão Eustace ungiu o rei. Entre aqueles cuja presença era razoável esperar, houve uma ausência notável: sor Steffon Darklyn da Guarda Real, que desertara no meio da noite com um punhado de homens e pegara um navio em direção a Pedra do Dragão. Com ele foi a coroa do rei Viserys, que Jaehaerys, o Velho Rei, tinha sido o primeiro a usar.

Em Pedra do Dragão, os gritos de Rhaenyra encheram seus aposentos ao longo de três dias de trabalho de parto — que começara uma lua cheia antes, quando recebera notícias da usurpação de Aegon e tivera um acesso de raiva. Enquanto dava à luz, xingava os meios-irmãos e a mãe deles... e a criança lutando em seu útero também. A filha de Rhaenyra nasceu

ACIMA | O nascimento de Visenya.

natimorta — e, segundo Cogumelo, tinha uma cauda grossa e escamosa. Rhaenyra culpou os usurpadores pela morte da única filha mulher, a quem deu o nome de Visenya.

Depois disso, o "conselho preto" de Rhaenyra — como Munkun o chamou em seu *Uma história verdadeira* — se reuniu. Rhaenyra o presidiu, com príncipe Daemon de um lado e o conselheiro meistre Gerardys do outro. Também presentes estavam seus três filhos mais velhos, Jace, Luke e Joffrey, embora nenhum dos três ainda houvesse alcançado a maioridade, além dos cavaleiros da Guarda Real sor Erryk Cargyll e sor Lorent Marbrand. Vários outros senhores menores e vassalos de Pedra do Dragão também se sentaram à mesa do conselho. Entre eles estavam lordes Celtigar, Staunton, Massey, Bar Emmon e Darklyn, mas o mais proeminente era lorde Corlys Velaryon, o Serpente Marinha, com o qual viera também a valente princesa Rhaenys.

Os verdes tinham uma série de vantagens sobre os pretos. Em seus primeiros movimentos, haviam garantido o Trono de Ferro e o apoio dos mais importantes oficiais do reino. Também tinham mais forças à disposição — mesmo considerando apenas a hoste que lorde Ormund, sobrinho de sor Otto, podia comandar como Senhor de Vilavelha. Também tinham muitos recursos financeiros vindos dos apoiadores; as três maiores cidades dos Sete Reinos — Porto Real, Vilavelha e Lannisporto — estavam sob domínio dos verdes.

ACIMA | Bailalua.

Em contrapartida, os pretos tinham a fortuna e a vasta frota da Casa Velaryon, a experiência militar do príncipe Daemon graças a sua longa campanha nos Degraus… e seus dragões. Aegon e seus irmãos e irmãs só comandavam quatro dragões adultos: Sunfyre, de Aegon; Vhagar, de Aemond (a maior dragão viva na época); Dreamfyre, de Helaena; e Tessarion, de Daeron. Rhaenyra tinha o dobro disso: Syrax, dela própria; Caraxes, de Daemon; Vermax, de Jacaerys; Arrax, de Lucerys; Tyraxes, de Joffrey; Tempestade, de Aegon mais novo (ainda não montado pelo jovem); Meleys, de Rhaenys; e Bailalua, de Baela (ainda pequena demais para carregar sua cavaleira).

ACIMA | Os três dragões selvagens.

Além disso, ainda havia outros seis dragões ainda não reivindicados em Pedra do Dragão. Dentre os que já haviam tido mestres antes estavam Asaprata, antiga montaria da Boa Rainha Alysanne; Fumaresia, outrora orgulho e alegria de Laenor; e Vermithor, que não era montado desde a morte do rei Jaehaerys. Havia também três dragões selvagens conhecidos como Roubovelha, Fantasma Cinza e Canibal. Se pudessem encontrar cavaleiros para eles, os pretos teriam doze dragões — três vezes mais que os verdes.

Lorde Celtigar recomendou que pegassem os dragões que tinham e atacassem Porto Real imediatamente, mas o Serpente Marinha e o príncipe Daemon foram contra. Em vez disso, Daemon insistiu que Rhaenyra fosse formalmente coroada e declarada a governante por direito, convocando os senhores dos Sete Reinos a se lembrar de seus antigos juramentos e deveres. Os Lannister e talvez os Tyrell ficassem do lado de Aegon, mas as demais grandes casas poderiam ser conquistadas. Rhaenys tinha certeza de que Ponta Tempestade apoiaria seus netos, como havia feito na época de Boremund. Daemon acreditava que também teriam o apoio de lady Jeyne Arryn, que governava o Vale, e talvez fosse possível convencer lorde Greyjoy a se juntar a eles, já que Greyjoy ainda não se comprometera com a causa de Aegon. Também havia a possibilidade de o Norte ficar do lado deles, mas garantir tal apoio era menos urgente pois lorde Stark demoraria muito tempo para juntar uma hoste e marchar para sul.

Para mobilizar apoio nas terras fluviais, o príncipe Daemon resolveu ir com suas forças até Harrenhal, onde dominaria o castelo e o tornaria sua base de operações. A Goela — o corpo de água que havia entre Porto Real e o mar estreito — seria fechada pela frota de lorde Corlys enquanto a princesa Rhaenys voava em Meleys para queimar qualquer navio que tentasse lutar em nome de Aegon. E, em vez de enviar corvos para as moradas dos grandes senhores, Jacaerys insistiu que ele e os irmãos fossem pessoalmente, de modo que os dragões impressionassem os senhores com seu poder. A princesa concordou com o plano, mas fez os dois filhos mais velhos jurarem com a mão sobre o *Estrela de Sete Pontas* que não participariam de nenhum conflito. Jace, aos catorze anos, faria a jornada mais longa até o Vale e depois de lá até Porto Branco e Winterfell; Luke, aos treze, voaria até Ponta Tempestade para ter com lorde Borros.

Com os planos definidos, a única coisa que faltava era a coroação. Esta foi conduzida de forma apressada no dia seguinte, com apenas algumas centenas de pessoas presentes. Sor Steffon Darklyn chegara a tempo de presentear Rhaenyra com a coroa do pai dela, Viserys, e o príncipe Daemon a colocou sobre a cabeça da rainha. Daemon assumiu o cargo de Protetor do Território, e Jacaerys foi nomeado Príncipe de Pedra do Dragão e herdeiro de Rhaenyra. A primeira atitude da nova rainha coroada foi declarar que sor Otto Hightower e a rainha Alicent eram traidores, mas ela disse que pouparia suas vidas se dobrassem o joelho perante ela.

Quando Aegon II soube da coroação da meia-irmã, inicialmente exigiu sua cabeça, mas depois foi convencido a oferecer um tratado de paz se ela se dobrasse para ele. Os termos foram levados até Pedra do Dragão pelo grande meistre Orwyle, mas Rhaenyra os

rejeitou veementemente e depois forçou Orwyle a admitir que ela fora nomeada herdeira pelo rei Viserys. Rhaenyra arrancou o colar de elos do meistre e nomeou seu conselheiro de confiança, mestre Gerardys, como novo grande meistre antes de enviar Orwyle de volta para Porto Real.

Com monarca algum querendo ceder, a guerra começou com força total. O príncipe Daemon voou em Caraxes até Harrenhal e pousou na Pira do Rei. O castelão idoso, sor Simon Strong, removeu seus estandartes e se entregou imediatamente, o que significava que o grande castelo, seu tesouro e uma dúzia de reféns passaram para as mãos dos pretos. A vitória sem derramamento de sangue transformou Harrenhal em um ponto de reunião, com milhares de plebeus e cavaleiros menores marchando para se juntar às forças de príncipe Daemon.

Os senhores do Tridente seguiram uma estratégia diferente. O idoso e adoentado Grover Tully — senhor supremo do Tridente e Senhor de Correrrio — insistia que Aegon era o rei e

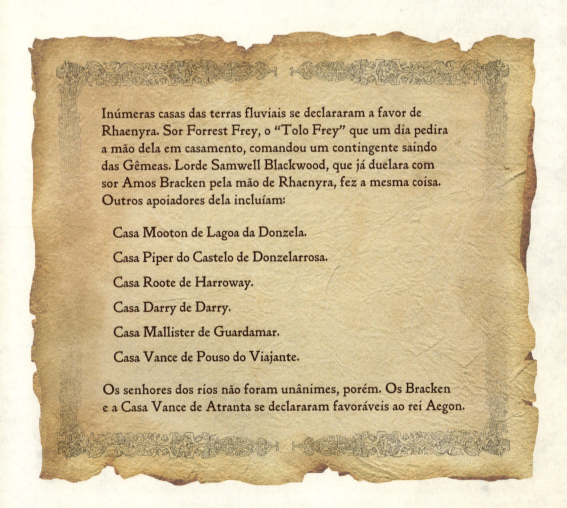

> Inúmeras casas das terras fluviais se declararam a favor de Rhaenyra. Sor Forrest Frey, o "Tolo Frey" que um dia pedira a mão dela em casamento, comandou um contingente saindo das Gêmeas. Lorde Samwell Blackwood, que já duelara com sor Amos Bracken pela mão de Rhaenyra, fez a mesma coisa. Outros apoiadores dela incluíam:
>
> Casa Mooton de Lagoa da Donzela.
>
> Casa Piper do Castelo de Donzelarrosa.
>
> Casa Roote de Harroway.
>
> Casa Darry de Darry.
>
> Casa Mallister de Guardamar.
>
> Casa Vance de Pouso do Viajante.
>
> Os senhores dos rios não foram unânimes, porém. Os Bracken e a Casa Vance de Atranta se declararam favoráveis ao rei Aegon.

ESQUERDA | Caraxes em Harrenhal.

que a Casa Tully lutaria para defender seus direitos. No entanto, estando acamado, dependia de outros para transmitir seus comandos… e seu neto e herdeiro, sor Elmo Tully, discretamente garantiu que Correrrio apenas barrasse os portões e ficasse em silêncio.

Enquanto Daemon arregimentava apoio nas terras fluviais, o príncipe Jacaerys seguia em Vermax até o Vale de Arrys. No Alto Salão do Ninho da Águia, lady Jeyne declarou que, por ser mulher, seu comando fora desafiado três vezes por parentes homens, e, por causa disso, convocaria os vassalos do Vale para lutarem em apoio à rainha Rhaenyra. Além disso, a mãe de Rhaenyra, a rainha Aemma, fora uma Arryn. No entanto, temendo os dragões do rei Aegon, lady Jeyne pediu que o príncipe se comprometesse a mandar cavaleiros de dragão para defender o Vale e o Ninho da Águia. O príncipe concordou e seguiu para o norte.

O livro *Uma história verdadeira*, de Munkun, diz que Cregan e Jacaerys ficaram muito próximos durante o tempo que passaram juntos, talvez até fazendo um juramento de irmãos de sangue. A versão mais disparatada, do septão Eustace, afirma que Jace passou boa parte da visita tentando fazer Cregan largar os deuses antigos e se converter à Fé dos Sete.

Mas o relato de Cogumelo é o mais curioso, pois diz que Jacaerys se apaixonou por Sara Snow, filha bastarda do falecido lorde Rickon Stark, e se casou com ela trocando votos diante da árvore-coração de Winterfell. Também diz que Vermax botou alguns ovos de dragão nos subterrâneos de Winterfell.

Ovos de Vermax.

DIREITA | A corte do Tritão.

Os senhores das Três Irmãs — ilhas juradas ao Ninho da Águia — também prometeram lealdade. Lorde Desmond Manderly de Porto Branco se encontrou com o príncipe na Corte do Tritão e negociou com ele, conseguindo um contrato que prometia a mão de sua filha mais nova ao príncipe Joffrey no fim do conflito. Dali, Jacaerys voou para Winterfell.

Cregan Stark tinha apenas vinte e um anos em 129 DC e já era Senhor de Winterfell desde os treze. Quando chegou à maioridade, aos dezesseis, seu tio se negou a abrir mão da regência, e o jovem se rebelou, tirando-o do poder; desde então, comandava o Norte com mão firme, embora justa. Jacaerys chegou num momento em que Winterfell lidava com fortes nevascas trazidas pelo outono, e lorde Stark estava se preparando para o inverno vindouro. Os relatos sobre o que ocorreu durante a visita do príncipe variam, mas todos concordam que o príncipe Jacaerys e lorde Cregan fizeram um "Pacto de Gelo e Fogo" que dizia que Rickon, o único filho e herdeiro de lorde Cregan, iria se casar com a primeira filha de Jacaerys quando esta tivesse idade suficiente.

Tanto Daemon quanto Jacaerys foram bem-sucedidos em suas missões, mas o príncipe Lucerys se deparou com uma situação bem diferente. Pois quando chegou em Ponta Tempestade

ACIMA | Os três cronistas da Dança.

montado em Arrax, encontrou o príncipe Aemond já instalado ali — o mesmo príncipe do qual arrancara o olho seis anos antes. Aemond vinha sendo bem tratado por lorde Borros, que organizara banquetes e justas em sua honra e aceitara a proposta de Aemond de se casar com uma de suas filhas. Já Lucerys foi recebido com muito mais frieza. Aemond zombou dele abertamente, e lorde Borros perguntou com qual de suas filhas ele iria se casar; infelizmente para Luke, porém, ele precisou admitir que já fora prometido a Rhaena, uma das filhas gêmeas de Daemon e Laena.

Borros dispensou Lucerys — mas interveio quando Aemond tentou arrancar o olho do sobrinho em vingança, dizendo que não queria sangue derramado sob seu teto. Foi uma afirmação que Aemond levou ao pé da letra. Quando Lucerys foi embora montado em Arrax em meio a uma tempestade crescente, Aemond o seguiu em Vhagar — instigado, dizem, pela segunda filha de Borros, Maris. Vhagar pegou Arrax logo acima da Baía dos Naufrágios e matou o dragão mais novo, arremessando Lucerys para a morte no mar tempestuoso lá embaixo. A morte do príncipe de treze anos deu início a uma fase nova e muito mais violenta da Dança.

Quando Aemond voltou a Porto Real, não recebeu os elogios que esperava da mãe e do avô. Ambos sabiam que o assassinato de príncipe Lucerys levaria a retaliações. No entanto, o rei Aegon saudou o irmão como um herói e deu um grande banquete em sua homenagem.

ACIMA | Aemond e Lucerys em Ponta Tempestade.

Em Pedra do Dragão, a rainha Rhaenyra desfaleceu quando soube por um corvo da morte do filho. Mais tarde, outro corvo de Harrenhal levaria até ela a curta resposta do príncipe Daemon à notícia da morte do enteado: "Olho por olho, filho por filho. Lucerys será vingado".

O príncipe Daemon, outrora conhecido como o "Príncipe da Cidade", ainda tinha amigos e aliados secretos tanto na corte quanto dentro de Porto Real. Uma em quem confiava completamente era a antiga amante Mysaria, o Verme Branco, que conhecia cada canto obscuro da cidade à qual retornara. Ao ser contatada, a mulher orquestrou a vingança do príncipe, encontrando dois agentes: um sargento e antigo manto dourado conhecido como Sangue e um caçador de ratos conhecido como Queijo. O caçador conhecia as passagens e os túneis secretos da Fortaleza Vermelha tão intimamente que conseguiu fazer o companheiro entrar na Torre da Mão sem atrair atenção alguma. Foram juntos até o quarto da rainha Alicent, amarraram e amordaçaram a rainha e estrangularam sua criada de quarto. Depois... aguardaram.

Quando a rainha Helaena chegou com os três filhos — Jaehaerys, o herdeiro de Aegon, sua irmã Jaehaera e Maelor, o irmão mais novo, então com dois anos — para uma visita à avó, como fazia quase todos os dias, Sangue e Queijo a detiveram. Disseram a Helaena que estavam ali para cobrar uma dívida e perguntaram qual dos seus dois filhos deveria morrer. A rainha implorou para ser ela mesma morta no lugar, mas Sangue e Queijo responderam que tinham recebido a missão específica de matar um filho. Helaena, às lágrimas, escolheu Maelor... então Sangue se virou e matou o príncipe Jaehaerys diante dos olhos da mãe, arrancando sua cabeça. Helaena gritou e os homens fugiram — levando a cabeça do príncipe.

Sangue foi capturado dois dias depois, ainda com a cabeça de Jaehaerys escondida em um saco. Foi interrogado e torturado, e acabou admitindo que o príncipe Daemon lhe prometera uma recompensa através da mulher que o contratara — uma estrangeira de pele muito clara que as prostitutas da cidade chamavam de Miséria. Sangue foi submetido a treze dias de tormento, até que enfim lhe permitiram morrer. Nem Queijo nem Mysaria foram encontrados; em um arroubo de raiva, o rei Aegon II mandou enforcar todos os caçadores de ratos da cidade. A pobre rainha Helaena nunca se recuperou do horror que fora forçada a fazer — e do que testemunhara.

A guerra nas terras fluviais se tornou ainda mais violenta depois da vingança de Daemon. Forças sob o comando de lorde Samwell Blackwood, portando os estandartes de Rhaenyra, invadiram as terras Bracken, pilhando e saqueando. Quando juntaram uma hoste grande o suficiente, os Bracken, que apoiavam Aegon, retaliaram. Sor Amos Bracken matou lorde Samwell em combate individual — sendo depois também morto quando uma seta de represeiro, supostamente lançada pela irmã de dezesseis anos de lorde Samwell, Alysanne Blackwood, penetrou a fenda de seu elmo. Ainda assim, no que mais tarde ficaria conhecido como Batalha do Moinho Ardente, os Bracken foram derrotados pelos seguidores de Rhaenyra e bateram

ESQUERDA | A escolha de Helaena.

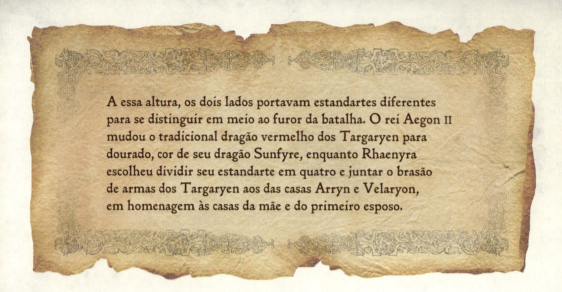

A essa altura, os dois lados portavam estandartes diferentes para se distinguir em meio ao furor da batalha. O rei Aegon II mudou o tradicional dragão vermelho dos Targaryen para dourado, cor de seu dragão Sunfyre, enquanto Rhaenyra escolheu dividir seu estandarte em quatro e juntar o brasão de armas dos Targaryen aos das casas Arryn e Velaryon, em homenagem às casas da mãe e do primeiro esposo.

em retirada por ordem de sor Raylon Rivers até sua sede em Barreira de Pedra — apenas para encontrar o príncipe Daemon, que já havia tomado o castelo, mantendo como prisioneiro lorde Humfrey Bracken e boa parte de sua família. Os Bracken se entregaram — e os apoiadores restantes do rei Aegon nas terras fluviais viraram a casaca.

Sor Otto Hightower não mediu esforços para angariar mais aliados e apoiadores, fazendo até propostas a Qoren Martell, Príncipe de Dorne, que lutara com Daemon pelo controle dos Degraus, mas o príncipe dornês recusou. Na Campina, Vilavelha e a Árvore estavam firmemente decididos pelo lado de Aegon, mas muitas casas de destaque ainda portavam os estandartes de Rhaenyra — entre eles os Costayne das Três Torres e os Mullendore de Terraltas, vassalos dos Hightower, além dos senhores da Marca lorde Tarly de Monte Chifre, lorde Rowan de Bosquedouro e lorde Grimm de Escudogris. A comoção da Casa Beesbury pedindo pela libertação de lorde Lyman (de cuja morte ainda não tinham ficado sabendo) e o fracasso da Fortaleza Vermelha em responder fizeram com que a mãe do pequeno lorde Tyrell retirasse o apoio ao rei Aegon e, em vez disso, declarasse que Jardim de Cima não assumiria lado algum no conflito.

Quando o rei Aegon exigiu de forma rabugenta que o avô tomasse alguma atitude quanto às casas traidoras, sor

ESQUERDA | Os estandartes de Rhaenyra e Aegon.
DIREITA | A Batalha do Moinho Ardente.

Otto mirou no bloqueio dos Velaryon recorrendo ao Reino das Três Filhas, que não tinha motivos para gostar de lorde Corlys e do príncipe Daemon. O conselho de magísters das Cidades Livres de Lys, Myr e Tyrosh concordou em debater a ideia, mas seu processo de tomada de decisões era muito lento e trabalhoso. Irritado, Aegon retirou sor Otto do cargo de Mão e nomeou sor Criston Cole em seu lugar. A primeira medida que tomaram juntos foi ir até as masmorras e urgir aos senhores presos que se recusassem a dobrar o joelho, dando a eles uma última chance. Os lordes Butterwell, Stokeworth e Rosby foram os únicos senhores aprisionados que escolheram renegar os juramentos feitos a Rhaenyra e se curvar perante Aegon. Já os lordes Hayford, Merryweather, Harte, Buckler e Caswell — assim como lady Fell, oito cavaleiros donos de terras e cerca de quarenta servidores e criados — preferiram a morte à desonra de quebrar seus votos. Foram rapidamente liquidados pelo Magistrado do Rei.

Buscando vingança pela morte do filho Jaehaerys, Aegon enviou sor Arryk Cargyll da Guarda Real para se infiltrar na cidadela de Pedra do Dragão por sugestão de sor Criston. Ele e o irmão gêmeo, sor Erryk, eram tão parecidos que nem mesmo os Irmãos Juramentados eram capazes de distinguir um do outro, e isso permitiria que sor Arryk perpetrasse seu ato sangrento fingindo ser o irmão — embora não se saiba se a ordem que recebeu foi a de encontrar e matar os filhos de Rhaenyra ou a própria rainha rebelde. Um barco de pesca o levou até um vilarejo em Pedra do Dragão, e de lá ele entrou no castelo com facilidade. No entanto, conforme se aproximava dos aposentos reais, um golpe de azar fez com que se deparasse com o único homem que saberia quem ele era de verdade: o próprio irmão. O que se seguiu foi digno de ser eternizado em canções, com dois irmãos que se amavam forçados a lutar até a morte em nome do dever e da honra — Cogumelo, porém, alega que os Cargyll feriram mortalmente um ao outro em segundos, ambos xingando e chamando o outro de traidor.

Com o fracasso dos planos de vingança, o rei Aegon fez com que sor Criston mirasse nos senhores que tinham participado do conselho preto. Liderando uma companhia de dois mil homens, sor Criston marchou até Rosby e Stokeworth, onde os senhores que haviam declarado lealdade pouco antes foram forçados a juntar suas forças às dele. Em Valdocaso, seu exército atacou a cidade, saqueando-a e incendiando os navios no porto; lorde Darklyn foi decapitado. O Pouso de Gralhas, sede da Casa Staunton, foi o próximo. Advertido de antemão, lorde Staunton fechou os portões e conseguiu mandar um corvo para Pedra do Dragão após o início do cerco. Nove dias depois de lorde Staunton ter enviado o corvo, Meleys, a Rainha Vermelha, surgiu no céu, montada pela princesa Rhaenys.

Sor Criston Cole se preparara para isso, colocando arqueiros e besteiros de prontidão junto com balistas armadas com pesados dardos de ferro. Meleys foi atingida várias vezes, mas ainda assim pairou baixo sobre a hoste, queimando homens e cavalos com suas chamas. Quando Meleys abocanhou um garanhão, rugindo, um rugido de resposta a saudou: era o próprio rei Aegon

DIREITA | Meleys, Vhagar e Sunfyre dançam.

chegando para a batalha, montado em Sunfyre, e com ele vinha Aemond em Vhagar. Mesmo em desvantagem, Rhaenys não fugiu — em vez disso, virou Meleys para enfrentar os recém-chegados. Testemunhas viram os dragões dançando trezentos metros acima do campo de batalha, com chamas cruzando o céu. A mandíbula de Meleys se fechou ao redor do pescoço de Sunfyre — momento em que Vhagar mergulhou, mandando os três dragões rodopiando na direção do chão.

Aemond e Vhagar foram os únicos a sair incólumes da batalha final de sangue e fogo. Meleys teve várias fraturas ao cair e foi despedaçada, e ao lado de seu cadáver jazeu o que provavelmente era o corpo de Rhaenys, carbonizado além de qualquer reconhecimento. Aegon, por sua vez, quebrou várias costelas e o quadril e sofreu queimaduras em metade do corpo — as piores no braço esquerdo, onde o fogo de dragão derreteu sua armadura e a fundiu à carne. Sunfyre teve uma das asas meio arrancada.

Como consequência da batalha, centenas de guerreiros, homens de armas e escudeiros perderam a vida, e mais uma centena morreu quando sor Criston tomou o Pouso de Gralhas e passou a guarnição no fio da espada. A cabeça de lorde Staunton foi levada até Porto Real, assim como a de Meleys. Sunfyre sobreviveu, mas permaneceu no Pouso de Gralhas, incapaz de voar ou caçar, e, portanto, passou a ser alimentado e protegido pelos homens de sor Criston, deixado para trás para defender o castelo. O rei Aegon II também sobreviveu, embora sofrendo e com muita dor, o que o tornou incapaz de governar. Em seu lugar, o príncipe Aemond assumiu a coroa do irmão, nomeando a si mesmo Protetor do Território e príncipe regente.

Por todo o reino, no entanto, a maré começava a se virar contra os verdes. Graças à jornada do príncipe Jacaerys, milhares de homens do Norte e do Vale estavam se juntando às forças de Rhaenyra nas terras fluviais. Na Campina, lorde Ormund Hightower marchara com uma força de cinco mil cavaleiros, arqueiros e homens de armas, assim como milhares de seguidores de acampamento, mercenários e plebeus — quase imediatamente, porém, sor Alan Beesbury e lorde Alan Tarly começaram os ataques, invadindo acampamentos e matando batedores enquanto lorde Costayne investia contra o comboio de bagagem dos Hightower. Enquanto isso, lorde Thaddeus Rowan se aproximava com uma hoste de tamanho igual para confrontá-lo; lorde Ormund foi deixado implorando por ajuda de Porto Real.

Mas as coisas também não iam tão bem no acampamento preto. Lorde Corlys culpava a rainha Rhaenyra pela morte da esposa, a princesa Rhaenys. Então restou para Jacaerys, que mal tinha quinze anos no fim de 129 DC, resolver o impasse. Ele enviou o irmão príncipe Joffrey para Vila Gaivota com Tyraxes para cumprir a promessa feita a lady Jeyne Arryn e mobilizar um dragão para a defesa do Vale. Com ele foi Rhaena, filha do príncipe Daemon com Laena Velaryon, cujo filhote de dragão morrera cedo — mas ela ainda tinha três ovos de dragão que levava consigo para o Vale com esperanças de que eclodissem. O príncipe Jacaerys também garantiu a proteção dos meios-irmãos, Aegon mais novo e Viserys, enviando ambos para Pentos, onde poderiam viver sob a proteção do príncipe da cidade. Enfim, Jacaerys nomeou lorde Corlys como Mão da Rainha, e juntos planejaram o ataque a Porto Real.

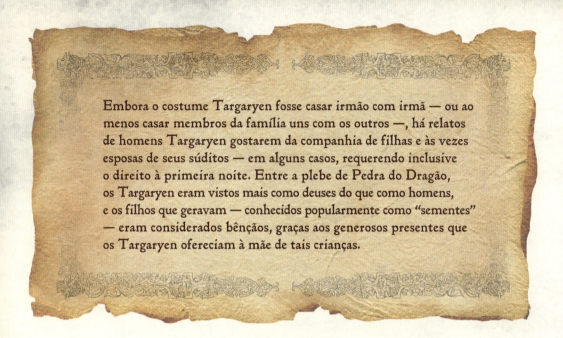

Embora o costume Targaryen fosse casar irmão com irmã — ou ao menos casar membros da família uns com os outros —, há relatos de homens Targaryen gostarem da companhia de filhas e às vezes esposas de seus súditos — em alguns casos, requerendo inclusive o direito à primeira noite. Entre a plebe de Pedra do Dragão, os Targaryen eram vistos mais como deuses do que como homens, e os filhos que geravam — conhecidos popularmente como "sementes" — eram considerados bênçãos, graças aos generosos presentes que os Targaryen ofereciam à mãe de tais crianças.

O plano dependia muito de seus dragões. Os verdes tinham quatro, mas Sunfyre estava muito machucado para voar, a rainha Helaena estava abalada demais pelo luto para montar Dreamfyre, e o príncipe Daeron estava em Vilavelha com Tessarion. Com isso, restava Aemond com Vhagar… mas Vhagar era então a maior e mais poderosa dragão viva. Os pretos podiam ter mais dragões, mas Aegon mais novo ainda não montara Tempestade e logo iria para Pentos, Bailalua era uma mera filhote, e Tyraxes agora estava no Vale. Assim, a questão dos seis dragões sem mestre voltou à baila. De acordo com Cogumelo, foi ele que sugeriu que mais cavaleiros de dragão fossem encontrados entre aqueles "nascidos das sementes de dragão" — filhos ilegítimos dos senhores Targaryen que haviam comandado Pedra do Dragão por mais de duzentos anos.

Para encontrar cavaleiros para os seis dragões sem mestres, o príncipe Jacaerys ofereceu terras, riquezas e títulos de cavaleiro a qualquer homem que conseguisse dominar e montar uma das criaturas, assim como enobrecimento de seus filhos e bons casamentos para suas filhas. Muitos atenderam ao chamado — inclusive pessoas que não tinham razão para achar que eram sementes ou descendentes de sementes. Dos que tentaram, dezesseis foram mortos pelas chamas ou mordidas dos dragões — inclusive sor Steffon Darklyn, senhor comandante da Guarda da Rainha, e lorde Gormon Massey.

Mas a tentativa rendeu frutos. Vermithor, antigo dragão de Jaehaerys, aceitou como mestre o alto e forte filho bastardo de um ferreiro conhecido como Hugh, o Martelo, ou Duro Hugh. Um homem de armas conhecido como Ulf, o Branco (por conta de seu cabelo) — ou Ulf, o Ébrio (por sua inclinação à bebedeira) — conseguiu montar Asaprata, dragão da Boa Rainha Alysanne. Fumaresia, dragão de Laenor, foi reivindicado por um bastardo de quinze

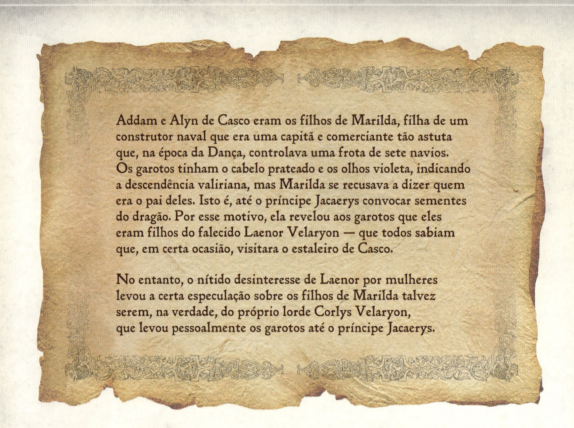

> Addam e Alyn de Casco eram os filhos de Marilda, filha de um construtor naval que era uma capitã e comerciante tão astuta que, na época da Dança, controlava uma frota de sete navios. Os garotos tinham o cabelo prateado e os olhos violeta, indicando a descendência valiriana, mas Marilda se recusava a dizer quem era o pai deles. Isto é, até o príncipe Jacaerys convocar sementes do dragão. Por esse motivo, ela revelou aos garotos que eles eram filhos do falecido Laenor Velaryon — que todos sabiam que, em certa ocasião, visitara o estaleiro de Casco.
>
> No entanto, o nítido desinteresse de Laenor por mulheres levou a certa especulação sobre os filhos de Marilda talvez serem, na verdade, do próprio lorde Corlys Velaryon, que levou pessoalmente os garotos até o príncipe Jacaerys.

anos conhecido como Addam de Casco — que, junto ao irmão Alyn, teria importância na história posterior da Dança.

Os três dragões selvagens se provaram um grande desafio. O velho, enorme e voraz Canibal era considerado muito perigoso, e o dragão de couro claro conhecido como Fantasma Cinza era desconfiado e esquivo demais para ser abordado. Já o dragão amarronzado, conhecido como Roubovelha por sua predileção por carne de cordeiro, provou-se uma alternativa muito mais promissora. Dentre os que arriscaram domá-lo estava Alyn Velaryon — que, junto com o irmão mais velho Addam, fora legitimado pela rainha a pedido de lorde Corlys e do príncipe Jacaerys. Mas Alyn acabou sendo queimado na tentativa e carregaria as cicatrizes pelo resto da vida. No fim, foi uma garota pequena, de pele marrom e dezesseis anos, conhecida como Urtigas — filha bastarda de uma prostituta das docas —, que conseguiu amansar Roubovelha, oferecendo um cordeiro recém-abatido todas as manhãs até a fera ficar confortável o bastante com a presença da jovem para aceitar ser montada por ela.

Com mais quatro cavaleiros de dragão ao seu lado conforme o ano de 129 DC chegava ao fim, o príncipe Jacaerys definiu uma data para o ataque a Porto Real: a primeira lua cheia do novo ano. Mas outra ameaça já se aproximava. Noventa navios de guerra da Triarquia haviam

DIREITA | A morte de sor Steffon Darklyn.

deixado os Degraus e estavam se aproximando da Goela — fruto das investidas de sor Otto para trazer o Reino das Três Filhas para o lado do neto. E, por sorte ou azar, o navio que levava os príncipes Aegon e Viserys até a segurança de Pentos trombou de frente com a frota da Triarquia.

As embarcações de escolta enviadas para proteger o navio acabaram afundadas ou tomadas, e o barco com os príncipes foi capturado. Notícias do acontecimento foram transmitidas pelo próprio Aegon mais novo que, aterrorizado, chegou à Pedra do Dragão voando em um mortalmente ferido Tempestade. O jovem dragão, que levava o príncipe em seu primeiro e único voo, sofrera incontáveis machucados na fuga e morreu menos de uma hora depois. O príncipe Viserys, por sua vez, escondeu seu ovo de dragão e tentou fingir que era um criado de bordo — mas foi traído pelo verdadeiro criado de bordo da embarcação e acabou sendo levado como refém.

Esse tampouco foi o fim do problema. Apesar do aviso de Aegon mais novo, a frota da Triarquia já se abatera sobre os navios de Velaryon que bloqueavam a Goela. A metade sul da frota passou reto por Pedra do Dragão para atacar Derivamarca, queimando Vila Especiaria e os navios em seu porto, além de sitiar Maré Alta. Mas os pretos tinham uma arma que a Triarquia não tinha: dragões. O príncipe Jacaerys e Vermax — junto com Asaprata, Roubovelha, Fumaresia e Vermithor — apareceram no céu para fazer jorrar fogo sobre a frota. Das noventa embarcações que seguiam para atacar Pedra do Dragão, apenas vinte e oito voltaram… E todas, exceto três, pertenciam à Cidade Livre de Lys, cidade natal do almirante da frota. Isso daria início ao eventual colapso da Triarquia devido aos conflitos internos que se seguiriam.

Mas a vitória contra a Triarquia veio a um custo altíssimo: a perda de um terço da frota dos Velaryon, a destruição de Vila Especiaria e Maré Alta, que esgotou boa parte da fortuna que a Serpente Marinha juntara… e o pior: as vidas do príncipe Jacaerys e de Vermax. Os relatos diferem, mas o que se sabe é que Vermax foi ferido em batalha e despencou no mar. O Príncipe de Pedra do Dragão foi jogado na água e conseguiu encontrar destroços do navio, nos quais se amparou, mas besteiros o viram e atiraram até acertá-lo várias vezes. O príncipe pereceu e o corpo foi levado pelo mar. Além disso, ninguém soube o destino do jovem príncipe Viserys — muitos presumiam que tivesse morrido quando o navio de seu captor fora tomado.

Duas semanas depois, na Campina, lorde Ormund Hightower se viu entre os exércitos de lorde Rowan a nordeste e de sor Alan Beesbury, lorde Alan Tarly e lorde Costayne a sul, o que o impedia de bater em retirada até Vilavelha. Nas margens do Vinhomel, a hoste Hightower começou a ser massacrada — até ser salva pela chegada oportuna e inesperada da Rainha Azul, Tessarion, carregando o príncipe Daeron nas costas. O mais novo dos filhos de Alicent fora protegido e escudeiro de lorde Ormund, mas fora mantido em Vilavelha por questões de segurança. Agora, porém, e por vontade própria, levara seu dragão para salvar seu guardião. A chegada do príncipe com Tessarion virou o jogo, colocando os inimigos Hightower para correr

DIREITA │ A Batalha da Goela.

e levando à captura tanto de Beesbury quanto de Tarly, além de à morte de lorde Costayne. Durante o banquete da vitória que se seguiu, o príncipe de quinze anos foi condecorado cavaleiro por lorde Ormund, que deu a ele a alcunha de sor Daeron, o Audaz.

Saber da derrota em Vinhomel fez as más notícias se acumularem em Pedra do Dragão, levando alguns a sugerirem que talvez fosse hora de Rhaenyra cogitar dobrar o joelho, mas a rainha estava irredutível. A guerra continuaria. Ela ainda tinha mais dragões que o meio-irmão e estava decidida a arrancá-lo do Trono de Ferro — ou morrer tentando.

Enquanto isso, em Porto Real, o príncipe Aemond Caolho chegara a uma conclusão simples. Determinando que a maior ameaça consistia no príncipe Daemon e na hoste que vinha sendo reunida em Harrenhal, ele propôs um ataque duplo: lorde Jason Lannister comandaria os homens das terras ocidentais pelo Ramo Vermelho enquanto sor Criston Cole marcharia de Porto Real com um exército e o príncipe Aemond montado em Vhagar. Em Harrenhal, as duas forças se encontrariam para destruir Daemon de uma vez por todas. Apesar dos argumentos contra a empreitada, o plano do príncipe Aemon acabou sendo colocado em prática.

Sor Criston marchou duas semanas depois, e lorde Jason e sua hoste surgiram das colinas ocidentais. Os Lannister e seus vassalos atravessaram com sucesso o Ramo Vermelho, mas o custo foi a morte de lorde Jason durante a terceira tentativa, ferido por um escudeiro grisalho conhecido como Pate de Folhalonga (mais tarde, Pate seria condecorado cavaleiro por lorde Piper, que o chamou de Folhalonga, o Matador de Leões). Após a morte de lorde Jason, sor Adrian Tarbeck assumiu o comando da hoste e conseguiu liderar o último ataque para garantir a travessia.

Na época, a guerra já se espalhara por boa parte do reino. Enquanto lorde Jason jazia à beira da morte, lorde Dalton Greyjoy — um salteador por natureza, conhecido e temido como Lula-Gigante Vermelha — identificou uma oportunidade de tomar mais territórios e fortuna das Ilhas de Ferro e enviou uma frota de dracares para se abater sobre os domínios Lannister. O Rochedo Casterly, comandado pela consorte de lorde Jason, lady Johanna, fechou os portões, mas Lannisporto foi saqueada e centenas de mulheres e garotas levadas como esposas de sal.

No leste, lorde Walys Mooton reuniu um exército para recuperar Pouso de Gralhas e tentou matar o ferido Sunfyre. Mais de sessenta homens — incluindo lorde Walys — pereceram na tentativa, pois o dragão furioso — ainda preso ao chão por conta de seus machucados — lutou e acabou com os atacantes. Lorde Manfryd — o irmão mais novo e herdeiro de lorde Walys — encontrou o corpo do irmão quinze dias depois, mas àquela altura Sunfyre já estava desaparecido sem deixar rastros.

Foi na mesma época que aconteceu o ataque a Porto Real planejado por Rhaenyra muito tempo antes. O príncipe Daemon voou para sudeste saindo de Harrenhal, evitando a hoste de sor Criston que avançava a pé; a própria Rhaenyra, por sua vez, vestiu sua armadura de escamas pretas e voou em Syrax até a cidade. Eles se encontraram no ar, acima da Colina de Aegon. O pânico se espalhou quando o povo viu os dragões, pois a cidade havia praticamente sido esvaziada de protetores. A rainha Alicent tentou liderar o que restava das defesas da cidade, fechando os portões e enviando mantos dourados até as muralhas. Ordenou que o grande meistre Orwyle enviasse corvos aos senhores leais a ela, pedindo ajuda, mas no caminho até o viveiro Orwyle foi pego em uma emboscada por quatro mantos dourados que bateram nele, o amarraram e o jogaram nas celas pretas. Nesse meio-tempo, todos os capitães dos portões da cidade foram presos ou

ESQUERDA | A morte de Jacaerys e Vermax.

mortos pelos soldados rasos da guarda, que ainda estimavam o príncipe Daemon. Sor Gwayne Hightower, que na hierarquia ficava abaixo apenas de sor Luthor Largent, tentou soar o alarme para avisar do motim, mas foi preso, levado até sor Luthor e sumariamente executado. Sor Luthor, que subira nas fileiras sob o comando do príncipe Daemon, ordenou que os portões da cidade fossem abertos para permitir a entrada de homens de armas e cavaleiros que desembarcavam das embarcações de lorde Corlys ao longo das margens do rio.

Os dragões chegaram um por um, circulando a cidade ou pousando nas muralhas e torres. A rainha viúva Alicent se entregou junto com o pai, sor Otto Hightower, além de sor Tyland Lannister e lorde Jasper Wylde (lorde Larys Strong, o mestre dos segredos, havia sumido). Alicent sugeriu uma reunião do Grande Conselho para decidir a sucessão, mas Rhaenyra rejeitou a oferta. Então, a rainha Alicent enfim dobrou o joelho perante Rhaenyra.

ABAIXO | Terror sobre Porto Real.

A rainha Helaena, arrasada e deplorável, foi encontrada trancada em seu quarto de dormir, mas o rei Aegon II não foi achado em lugar algum; ele fugira da cidade. Seus filhos restantes, Jaehaera e Maelor, também tinham ido embora, assim como os cavaleiros da Guarda Real sor Willis Fell e sor Rickard Thorne.

ACIMA | Rhaenyra no Trono de Ferro.

Apesar desse contratempo, Rhaenyra subiu no Trono de Ferro, austera e inabalável em sua armadura enquanto cada uma das pessoas no castelo era trazida diante dela e forçada a se ajoelhar, implorando por misericórdia e jurando lealdade. Mais tarde, o septão Eustace afirmaria que Rhaenyra deixou o salão com as pernas e palmas das mãos cheias de cortes, evidências da rejeição do Trono de Ferro.

Embora Porto Real fosse agora de Rhaenyra, a guerra não esmoreceu. Os homens das terras ocidentais continuaram avançando para leste para se juntar ao ataque a Harrenhal, embora a oposição dos senhores dos rios tenha cobrado seu preço. Sor Adrian Tarbeck foi morto, e o idoso lorde Humfrey Lefford assumiu o comando, apesar de vários ferimentos que o deixaram confinado a uma liteira. Sor Criston e o príncipe Aemond também continuaram a marchar até Harrenhal, mas estradas em condições ruins e tempestades atrasaram o avanço. Na costa do Olho de Deus, sor Criston venceu uma breve batalha, mas foi a única oposição que enfrentou. Ainda assim, quando enfim chegou a Harrenhal, encontrou os portões abertos e o castelo majoritariamente vazio, pois o príncipe Daemon e seus homens haviam abandonado o lugar para atacar Porto Real.

O príncipe Aemond chegou no dia seguinte e proclamou terem conquistado ali uma grande vitória, embora tenha ficado furioso quando soube que Daemon o atraíra para longe de Porto Real deliberadamente para que Rhaenyra pudesse tomar a cidade.

Mais represálias se seguiram. Convencido de que Larys, o Pé-Torto, era um traidor que avisara ao príncipe Daemon quando a cidade estaria vazia, um furioso Aemond mandou que todos os homens e garotos com sangue dos Strong nas veias fossem executados.

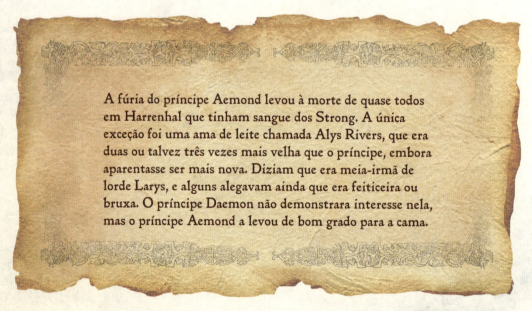

> A fúria do príncipe Aemond levou à morte de quase todos em Harrenhal que tinham sangue dos Strong. A única exceção foi uma ama de leite chamada Alys Rivers, que era duas ou talvez três vezes mais velha que o príncipe, embora aparentasse ser mais nova. Diziam que era meia-irmã de lorde Larys, e alguns alegavam ainda que era feiticeira ou bruxa. O príncipe Daemon não demonstrara interesse nela, mas o príncipe Aemond a levou de bom grado para a cama.

DIREITA | Príncipe Aemond em Harrenhal.

Quando as forças Lannister chegaram à costa ocidental do Olho de Deus, encontraram um novo exército para enfrentar — um muito maior. Era liderado por Forrest Frey, Senhor da Travessia, assim como um bastardo Blackwood chamado Ruivo Robb Rivers; as forças foram logo incrementadas por dois mil homens sob o comando de Roderick Dustin, Senhor de Vila Acidentada — um guerreiro idoso e respeitável conhecido como Roddy Ruína. Ele liderava uma companhia de guerreiros experientes e de barba grisalha que tinha marchado para o sul para morrer em nome de Rhaenyra. Os homens chamavam a si mesmos de Lobos do Inverno — um eco da antiga prática na qual idosos e filhos mais novos do Norte sacrificavam a vida durante invernos rigorosos para dar a seu povo uma chance maior de sobreviver.

Um segundo exército, comandado por Pate de Folhalonga, também chegou ao local. Preso entre duas forças leais a Rhaenyra, lorde Lefford tentou resistir, encurralado com o lago à retaguarda, enviando corvos com a esperança de obter ajuda; Ruivo Robb Rivers, porém, era o melhor arqueiro de Westeros e abateu um a um com seu arco. No dia seguinte, mais forças

de Rhaenyra chegaram, incluindo sor Garibald Grey, lorde Jon Charlton e o novo Senhor de Corvarbor: um garoto de onze anos chamado Benjicot Blackwood.

A batalha mais sangrenta da guerra começou no nascer do sol do dia seguinte. Historiadores deram à ela o nome de Batalha do Lago, mas aqueles que sobreviveram a apelidaram de o Banquete dos Peixes. Centenas de homens das terras ocidentais foram empurrados para dentro da água e mortos ou afogados. Dois mil homens jaziam mortos ao cair da noite, incluindo os lordes Frey, Lefford e Charlton. Dois terços dos Lobos do Inverno também morreram, pois tinham pedido a honra de liderar o ataque e se atiraram nas lanças dos Lannister. Foi uma vitória das forças de Rhaenyra — mas uma que cobrou um alto preço.

Em outros locais do reino, lorde Ormund e o príncipe Daeron venceram outras vitórias menores para Aegon, forçando os lordes Rowan e Oakheart — assim como os senhores das Ilhas Escudo — a se renderem. De Ponta Tempestade, lorde Borros Baratheon juntou quase seis mil homens, mas em vez de marchar até Porto Real para libertar a cidade de Rhaenyra,

como os verdes esperavam, foi na direção das Montanhas Vermelhas de Dorne sob o pretexto de lidar com salteadores dorneses que atravessavam as Marcas — embora muitos sussurrassem a quem quisesse ouvir que era mais uma questão de ele estar fugindo dos dragões que se aproximavam.

Enquanto isso, lorde Dalton Greyjoy e seus saqueadores — de novo agindo por interesse próprio — tomaram controle de boa parte de Ilha Bela enquanto lorde Farman estava preso em Belcastro, e suas súplicas foram em vão. Quando Belcastro enfim caiu, a Lula-Gigante Vermelha pegou quatro das filhas de lorde Farman como esposas de sal, dando a quinta e menos atraente ao irmão Veron.

Em Harrenhal, os homens do rei estavam ficando sem comida e pasto, e tanto pessoas quanto cavalos estavam morrendo. Os campos ao redor do castelo estavam queimados e estéreis, e grupos de busca de suprimentos que ousavam se afastar demais de Harrenhal acabavam não voltando. Sor Criston insistia em uma retirada para sul, onde as forças de Aegon eram mais fortes, mas o príncipe Aemond considerava aquela uma solução covarde. Incapazes de achar um meio-termo, os dois grupos se separaram. Sor Criston levou seu exército para sul, com esperanças de se juntar a lorde Ormund e ao príncipe Daeron; já o príncipe Aemond decidiu usar Vhagar para queimar os castelos e terras dos pretos — e para matar quaisquer dragões e cavaleiros de dragões que Rhaenyra mandasse atrás dele. O príncipe acreditava que ela não enviaria todas as feras ao mesmo tempo, e Vhagar já tinha matado dois dos dragões dos pretos, então estava confiante.

De volta a Porto Real, a rainha Rhaenyra estava focada em comandar do Trono de Ferro, recompensando apoiadores e punindo traidores. Algo a se considerar era que lorde Larys, o Pé-Torto, continuava desaparecido, e Rhaenyra anunciou uma recompensa por sua captura. Prêmios também foram oferecidos pela cabeça de Aegon, o Usurpador, seus filhos Jaehaera e Maelor e os "falsos cavaleiros" da Guarda Real: Willis Fell e Rickard Thorne. A rainha Alicent foi poupada do machado do carrasco, ao contrário de sor Otto Hightower, lorde Jasper Wylde e lordes Rosby e Stokeworth.

Sor Tyland Lannister foi entregue aos torturadores com esperanças de que revelasse onde o tesouro real fora escondido. Para assumir seu lugar como senhor tesoureiro, a rainha escolheu Bartimos Celtigar, Senhor da Ilha da Garra. Lorde Bartimos era um homem abastado, implacável e inteligente, assim como ferrenho apoiador da rainha, mas ainda assim se tornou bastante impopular devido a suas medidas para repor o tesouro, impondo muitas novas taxas e aumentando tanto impostos quanto tarifas. As demandas pesaram sobretudo nos mercadores e comerciantes de Porto Real, que já haviam sofrido consideravelmente graças ao bloqueio dos Velaryon. Aqueles que não podiam — ou se recusavam a — pagar

PÁGINA ANTERIOR | O Banquete dos Peixes.
DIREITA | Rhaenyra e seus herdeiros.

tinham as embarcações e cargas tomadas. Lorde Celtigar chegou ao ponto de decretar que todas as execuções acontecessem no Fosso dos Dragões para que os cadáveres fossem usados na alimentação das criaturas, e definiu também que espectadores deveriam pagar três tostões de entrada se quisessem assistir à alimentação. O tesouro foi reabastecido — mas ao preço de fazer os portorrealenses odiarem a gananciosa rainha, a quem apelidaram rapidamente de "rei Maegor com tetas".

A rainha convocou os filhos ainda vivos — Aegon mais novo e príncipe Joffrey — para que Joffrey fosse nomeado Príncipe de Pedra do Dragão e herdeiro do Trono de Ferro. Até a antiga consorte de Daemon, Mysaria, foi para a corte na época. Não assumiu um lugar formal no pequeno conselho, mas lady Miséria logo foi incumbida de ser a senhora dos segredos da coroa, e muitos diziam que o príncipe Daemon passava todas as noites com ela, supostamente com autorização de Rhaenyra. O septão Eustace relatou mais tarde que a rainha foi ficando cada vez mais robusta, comendo demais nas refeições, e que com frequência se cortava no Trono de Ferro sempre que se dignava a se sentar nele.

Na Campina, Ormund Hightower sitiou Mesalonga, sede da Casa Merryweather. Trinta léguas a nordeste, Ponteamarga — morada de lady Caswell, viúva do homem que o rei Aegon decapitara — estava lotada de refugiados. Os portões do castelo tinham sido bloqueados a mando da senhora, e os cidadãos receberam a ordem de negar refúgio a qualquer nobre que os procurasse. Mas sor Rickard Thorne da Guarda Real e o príncipe Maelor, então com dois anos, conseguiram entrar, disfarçados de viajante e seu filho pequeno. Em uma estalagem chamada Cabeça de Porco, o ganancioso estalajadeiro fez um cavalariço vasculhar os bens do homem — descobrindo assim um manto branco enrolado ao redor de um ovo de dragão verde repleto de veios prateados. Rhaenyra prometia uma recompensa pela captura dos dois que era alta demais para resistir, e uma turba logo se formou no local; tanto sor Rickard quanto Maelor foram mortos em meio ao caos. Dizem que quando chegou com homens de armas para analisar a cena, lady Caswell ficou pálida. O cadáver de sor Rickard e a cabeça do príncipe Maelor foram mandados para Porto Real a mando da senhora, enquanto enviava o ovo de dragão para lorde Hightower com a esperança de que aquilo poupasse Ponteamarga de sua ira.

Mas não poupou. Quando Mesalonga caiu, lorde Ormund limpou o lugar de riquezas e suprimentos antes de marchar até Ponteamarga com o príncipe Daeron. Lady Caswell foi até a muralha e pediu que lhe fossem oferecidos os mesmos termos que lady Merryweather recebera em Mesalonga, mas o príncipe Daeron jurou que ela e os seus receberiam o mesmo tratamento que haviam dedicado ao seu sobrinho, Maelor. Ponteamarga foi saqueada, muitas de suas construções queimaram com fogo de dragão, e pessoas que tentavam lutar ou fugir foram passadas no fio da espada. Lady Caswell, de coração partido, escancarou os portões do castelo.

DIREITA | A morte de lady Caswell.

No topo da guarita, com uma forca ao redor do pescoço, implorou que os filhos fossem tratados com misericórdia antes de saltar para a morte. Lorde Ormund não feriu os filhos e filhas da senhora, enviados para Vilavelha como prisioneiros, mas a guarnição do castelo não teve o mesmo destino.

Nas terras fluviais, o príncipe Aemond continuava com seus planos, voando em Vhagar para tocar fogo em metade do território, queimando todas as cidades e todos os vilarejos por onde passava. Já o plano de sor Criston Cole teve menos sucesso. Três dias após sor Criston abandonar Harrenhal para marchar para sul, Sabitha Frey, Senhora das Gêmeas, chegou com suas forças para tomar o castelo. Apenas Alys Rivers permaneceu, alegando que o príncipe Aemond a deixara com um "bastardo de dragão" na barriga.

E as coisas só pioraram para sor Criston depois disso. Quando seu exército voltou a marchar, batedores se depararam com cadáveres de armadura — vítimas do Banquete dos Peixes — sentados, dispostos como se estivessem em um festim. Os criadores do macabro quadro ficaram escondidos por quatro dias e depois começaram a atacar a coluna. No vilarejo de Olmos Cruzados, um dos banquetes de corpos se revelou uma armadilha, e os supostos cadáveres saltaram de pé e mataram uma dezena de batedores. Depois ficou-se sabendo que um mercenário myriano a serviço de lorde Vance de Pouso do Viajante, conhecido como Trombo Negro, fora a mente por trás da empreitada.

Sor Criston encontrou um exército duas vezes maior que o dele o aguardando no topo de uma alta serra rochosa. Percebendo que o inimigo estava descansado e tinha a vantagem de estar em terreno alto, sor Criston enviou um porta-estandarte da paz para negociar com eles. Liderando a hoste estavam sor Garibald Grey, o homem conhecido como Folhalonga, o Matador de Leões, e Roddy Ruína. Sor Criston ofereceu sua rendição, mas os oponentes rejeitaram a proposta. E quando Criston argumentou que muitos dos homens do próprio inimigo iriam morrer na luta, também foi desprezado. Os Lobos do Inverno estavam ali e achavam que era melhor morrer com a espada em mãos. Sor Criston Cole então desafiou os três a um combate individual, mas a ameaça foi respondida com três flechas que voaram do topo da encosta, matando sor Criston. E assim pereceu o Fazedor de Reis, lembrado como um dos melhores e piores homens a vestir o manto branco.

Na batalha desbalanceada que se seguiu, a hoste dos verdes perdeu centenas de homens. Sor Garibald Grey chamou o evento de massacre em vez de batalha, e mais tarde Cogumelo apelidou o acontecimento de Baile do Açougueiro.

No Dia da Donzela do ano de 130 DC, a Cidadela de Vilavelha enviou trezentos corvos brancos para anunciar que o inverno havia enfim chegado, mas para a rainha Rhaenyra eram tempos felizes, com o Fazedor de Reis morto e o trono sob seu controle. A Casa Velaryon dominava o mar estreito, uma vez que a Triarquia se desfizera, e a Donzela do Vale começara a enviar homens para se juntarem às forças de Rhaenyra, assim como fizeram lorde Manderly e Porto Branco. O poder dela crescia enquanto o de Aegon minguava.

No entanto, a guerra estava longe de ser vencida. Aegon ainda não fora capturado, assim como sua filha e herdeira restante, Jaehaera. O mesmo podia ser dito sobre Larys Strong, o Pé-Torto. A maior parte dos cavaleiros do oeste estava morta ou dispersa, e a Lula-Gigante Vermelha e seus salteadores ainda arrasavam a costa ocidental. Mais importante era o fato de que a cruzada de terror do príncipe Aemond prosseguia nas terras fluviais. Cidades, vilarejos e castelos todos caíam perante as chamas de Vhagar. Ele até retornou a Harrenhal para

ABAIXO | A morte de sor Criston Cole.

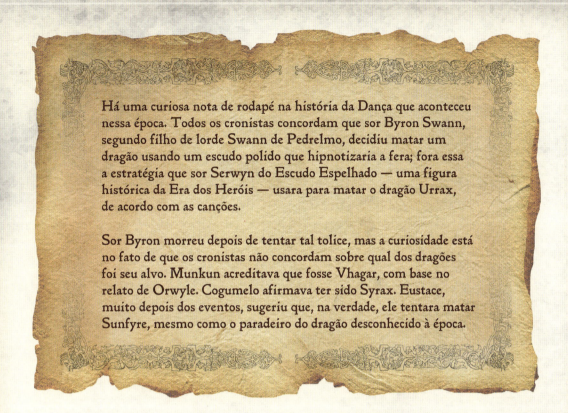

Há uma curiosa nota de rodapé na história da Dança que aconteceu nessa época. Todos os cronistas concordam que sor Byron Swann, segundo filho de lorde Swann de Pedrelmo, decidiu matar um dragão usando um escudo polido que hipnotizaria a fera; fora essa a estratégia que sor Serwyn do Escudo Espelhado — uma figura histórica da Era dos Heróis — usara para matar o dragão Urrax, de acordo com as canções.

Sor Byron morreu depois de tentar tal tolice, mas a curiosidade está no fato de que os cronistas não concordam sobre qual dos dragões foi seu alvo. Munkun acreditava que fosse Vhagar, com base no relato de Orwyle. Cogumelo afirmava ter sido Syrax. Eustace, muito depois dos eventos, sugeriu que, na verdade, ele tentara matar Sunfyre, mesmo como o paradeiro do dragão desconhecido à época.

incendiar a estrutura de madeira do local, matando inúmeros cavaleiros e homens de armas — lady Sabitha, porém, conseguiu se salvar se refugiando em uma latrina. Quando enfim saiu do esconderijo, soube que Alys Rivers havia escapado, levada pelo príncipe Aemond. Homens das terras fluviais leais à rainha começaram a pedir que esta enviasse dragões para protegê-los.

Mas a maior ameaça ainda estava ao sul, pois lorde Ormund e o príncipe Daeron se moviam inexoravelmente na direção de Porto Real, derrotando todos que se opunham a eles e depois os forçando a se juntar a seu exército para que este crescesse cada vez mais. Em resposta, debates acalorados surgiram entre os membros do pequeno conselho da rainha. Lorde Corlys sugeriu que era hora de começar a negociar — oferecendo perdão aos grandes senhores que haviam seguido Aegon, deixando a Fé cuidar tanto da esposa quanto da mãe de Aegon, e mandando Aegon e Aemond para a Muralha. Daemon discordou, querendo a destruição de seus inimigos. Rhaenyra chegou a um meio-termo, no qual propunha oferecer termos e perdão aos Baratheon e Lannister… Mas só depois que Aegon e Aemond fossem mortos.

Enquanto Rhaenyra permaneceu com Addam Velaryon e o príncipe Joffrey para defender a cidade com seus três dragões, o príncipe Daemon pegou Caraxes — junto com Urtigas e Roubovelha — para caçar Aemond Caolho e Vhagar. Isso deixou os recém-enobrecidos Duro Hugh Martelo e Ulf Branco — como eram então conhecidos — a cargo de levar seus dragões

ESQUERDA | Sor Byron Swann e seu Escudo Espelhado.

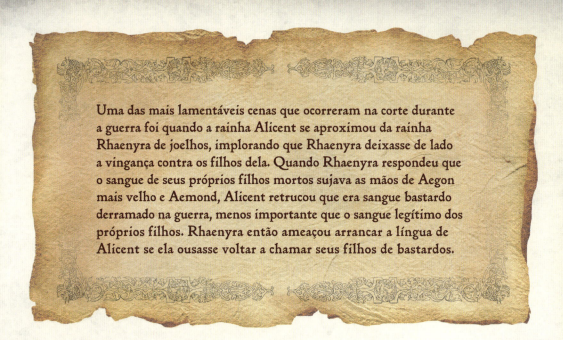

Uma das mais lamentáveis cenas que ocorreram na corte durante a guerra foi quando a rainha Alicent se aproximou da rainha Rhaenyra de joelhos, implorando que Rhaenyra deixasse de lado a vingança contra os filhos dela. Quando Rhaenyra respondeu que o sangue de seus próprios filhos mortos sujava as mãos de Aegon mais velho e Aemond, Alicent retrucou que era sangue bastardo derramado na guerra, menos importante que o sangue legítimo dos próprios filhos. Rhaenyra então ameaçou arrancar a língua de Alicent se ela ousasse voltar a chamar seus filhos de bastardos.

para Tumbleton, último quartel-general leal entre lorde Ormund e Porto Real. Rhaenyra ordenou que matassem o príncipe Daeron e Tessarion, rejeitando a sugestão de lorde Corlys de o fazer prisioneiro e um valioso refém.

Mas a maré começou a virar contra Rhaenyra em Tumbleton — uma próspera cidade às margens da nascente do Vago sob o controle da Casa Footly. Milhares de tropas se juntaram ali vindas das terras fluviais e dos territórios banhados pelo Água Negra, incluindo os Lobos do Inverno restantes. Segundo algumas fontes, mais de doze mil homens se reuniram sob os estandartes de Rhaenyra, mas os comandantes não perceberam que havia espiões e infiltrados à espreita entre eles. No entanto, não importava quantos realmente fossem, ainda eram em muito superados pelos números do exército Hightower, que se aproximava. Tinham Vermithor e Asaprata de seu lado, porém, graças a Ulf Branco e Duro Hugh Martelo, e aquilo deveria dar a eles certa vantagem sobre o príncipe Daeron e Tessarion.

Quando chegou à Batalha de Tumbleton, o exército sob o comando de sor Garibald Grey foi forçado a recuar para trás das muralhas da cidade sob ataque de lorde Ormund. Roddy Ruína e os Lobos do Inverno ainda vivos avançaram em uma investida feroz ao redor do flanco da hoste Hightower, e no meio do caos conseguiram abrir caminho por entre uma grande quantidade de homens, procurando lorde Ormund em pessoa — que comandava a hoste sob o estandarte do dragão dourado do rei Aegon. Dizem que lorde Roderick, embriagado pela fúria da batalha, estava coberto de sangue dos pés à cabeça quando abriu caminho até lorde Ormund. Teve o braço do escudo golpeado na altura do ombro pelo machado longo de sor

DIREITA | Alicent suplica a Rhaenyra.

Bryndon Hightower, primo de Ormund, mas Roddy se vingou matando sor Bryndon e ainda abatendo lorde Ormund antes de também perecer.

A morte do mais feroz dos comandantes de Aegon deveria ter virado o jogo — e, de fato, parecia que era isso que aconteceria quando Daeron e Tessarion surgiram no horizonte… Mas então Vermithor e Asaprata decolaram. E em vez de se virarem para enfrentar Tessarion, começaram a derramar fogo sobre Tumbleton. Ulf Branco e Duro Hugh Martelo ficariam para sempre lembrados como os Dois Traidores quando — junto com Tessarion — transformaram Tumbleton em uma pira, matando milhares de pessoas. Sor Garibald Grey morreu engolfado por chamas de dragão, enquanto Pate de Folhalonga era atropelado na luta. Os infiltrados dentro das muralhas da cidade escolheram esse momento para agir, matando os soldados que manejavam os portões e os escancarando; o mesmo ocorreu no castelo. Os defensores restantes foram mortos, e a plebe brutalizada e morta. Tumbleton em si nunca mais se recuperaria do que se passou ali. Nos anos seguintes seria reconstruída, mas a "nova cidade" se limitaria a um décimo do que a predecessora um dia foi.

Dragões também voavam pelas terras fluviais, pois Aemond Caolho continuava sua cruzada de terror montado em Vhagar. O príncipe Daemon e Urtigas, com Lagoa da Donzela como base, repetidamente o caçaram em Caraxes e Roubovelha, mas não o encontraram. Quando lorde Mooton sugeriu que procurassem separadamente para cobrir o dobro de terreno, o príncipe se negou, certo de que Vhagar conseguiria derrotar quaisquer dos dragões deles se estivessem sozinhos. No entanto, Cogumelo depois sugeriu outra causa para a recusa de Daemon: a possibilidade de ele e Urtigas terem se tornado amantes. Tal teoria é apoiada pelo livro *Crônicas de Lagoa da Donzela*, atualizado pelo meistre de lorde Mooton, que registrou que o príncipe e Urtigas eram inseparáveis e tinham quartos anexos, e que Daemon com frequência a presenteava e se banhava com ela.

Enquanto isso, em Porto do Dragão, começou a se espalhar o boato de que um navio estrangeiro testemunhara a luta entre dois dragões, e os pescadores locais depois encontraram os restos mortais de Fantasma Cinza na base do Monte Dragão. Sor Robert Quince, castelão de Rhaenyra, apontou Canibal como culpado, devido ao longo histórico do dragão selvagem de atacar os pares menores. Mas Baela Targaryen — filha do príncipe Daemon com a primeira esposa, Laena, uma donzela selvagem e obstinada com então catorze anos — questionou a afirmação de Quince e se ofereceu para voar em Bailalua para descobrir a verdade. Sor Robert a proibiu — mas, naquela noite, seus guardas a pegaram tentando contrariar sua ordem.

Baela não era a única curiosa quanto ao destino de Fantasma Cinza. Naquela mesma noite, protegida pela escuridão, uma embarcação de pesca — capitaneada por Tom Barbapresa e seu filho Tom Linguapresa — aportou sem ser notada na costa leste, perto dos restos mortais de Fantasma Cinza. Os homens a bordo haviam ouvido falar da briga entre dragões — incluindo a alegação de marinheiros de que um deles era cinza e o outro dourado. Além de pai

e filho, o barco carregava dois homens conhecidos apenas como "primos" até as ilhas — mas falaremos mais sobre isso adiante.

Quando Porto Real ficou sabendo da traição de Tumbleton e da destruição das terras fluviais, o conselho preto discutiu sobre como preparar as defesas da cidade para a chegada iminente do exército verde. Contra Daeron e os Dois Traidores, Porto Real tinha seis dragões dentro de suas muralhas. No entanto, a traição de Duro Hugh Martelo e Ulf Branco gerara dúvidas sobre a lealdade dos outros sementes de dragão… especialmente sor Addam Velaryon (antes Addam de Casco), que se encontrava instalado no Fosso dos Dragões para poder montar em Fumaresia assim que fosse necessário. Dentre os que insistiam que a rainha prendesse sor Addam e Urtigas estavam lorde Bartimos Celtigar, sor Luthor Largent e o senhor comandante

ACIMA | Daemon e Urtigas.

da Guarda Real, sor Lorent Marbrand. Os Manderly, sor Torrhen e sor Medrick — que tinham sido acolhidos no conselho ao trazer navios e homens de Porto Branco — concordavam. Lorde Velaryon e o grande meistre Gerardys foram os únicos do conselho preto a objetar.

Mysaria, o Verme Branco, foi chamada para aconselhar a rainha. Informou a Rhaenyra que Urtigas já a havia traído, pois agora dividia a cama com o príncipe Daemon. Em um acesso de fúria, Rhaenyra mandou que Addam fosse preso e interrogado com brutalidade, e enviou uma mensagem a lorde Mooton ordenando que matasse Urtigas. No entanto, sor Addam foi alertado da prisão iminente e escapou com Fumaresia. Lorde Corlys foi preso no lugar dele e acusado de ter ajudado na fuga de Addam; o Serpente Marinha não negou. O grande meistre Gerardys também ficou sob suspeita, tendo defendido as sementes de dragão, mas foi poupado da prisão e, em vez disso, enviado a Pedra do Dragão.

A cidade esperou com ansiedade pelo aparecimento do inimigo, imersa em terror pelo que viria a seguir. Isso deixou os portorrealenses ávidos por um líder, e nesse vácuo surgiu um pedinte de pés descalços e sem uma das mãos, que provavelmente fora decepada como punição por roubo. Ele seria lembrado depois como o Pastor, e profetizou a queda tanto de Rhaenyra quanto de Aegon II, dizendo que Porto Real logo estaria livre de dragões e cavaleiros de dragão. Multidões sôfregas cresciam cada vez mais até milhares de pessoas estarem se juntando para ouvi-lo falar.

Mas o ataque contra Porto Real não era tão iminente quanto se temia. Ao sul, as forças leais ao rei Aegon II estavam em pura desordem. Com lorde Ormund morto, um primo desconhecido chamado sor Hobert reivindicara o comando da hoste Hightower. Lorde Unwin Peake, sor Jon Roxton, o Ousado, e lorde Owain Bourney — um dos homens que se infiltrara em Tumbleton e abrira os portões — também sugeriram que estavam à altura de liderar as forças reunidas. O exército à deriva logo caiu em uma orgia de pilhagem, estupros e assassinatos — todos perpetrados contra os indefesos sobreviventes de Tumbleton — que durou por dias. Nem mesmo as septãs santas foram poupadas, nem as irmãs silenciosas juradas a servir ao Estranho. O príncipe Daeron exigiu que sor Hobert colocasse um fim naquela perversão, mas ele foi incapaz. Os outros candidatos a comandante tampouco foram bem-sucedidos. Sor Jon Roxton capturou a esposa de lorde Footly, Sharis, como prêmio de guerra, matando Footly quando o lorde protestou, enquanto lorde Peake sacou uma adaga e apunhalou lorde Bourney no olho depois de uma discussão acalorada durante um de seus conselhos de guerra.

Os Dois Traidores, porém, rapidamente se provaram os piores infratores, demostrando a mesmíssima avareza que os fizera virar a casaca antes. Ulf Branco, o bêbado que dizia ter alimentado seu dragão com algumas donzelas que não o haviam satisfeito, decidiu que queria comandar Jardim de Cima. Hugh Martelo, que agora chamava a si mesmo de senhor, tinha pretensões ainda maiores: tornar-se rei. Embora fosse filho de um ferreiro comum, Martelo era um homem enorme, com mãos tão fortes que, diziam, conseguia torcer barras de ferro. Usava como arma um martelo de guerra, com o qual distribuía golpes massacrantes. Em batalha, voava em

Vermithor, antes montado pelo próprio Velho Rei; de todos os dragões em Westeros, apenas Vhagar era mais velha ou maior. Por que, então, não deveria ele governar também?

Nenhum dos dois parecia inclinado a ajudar a liderar um ataque contra Porto Real. E, conforme os dias passavam, o antigo exército de Ormund continuava imóvel, preso em Tumbleton sem direção, e começou a minguar dia após dia conforme homens desertavam.

Enquanto isso, em Lagoa da Donzela, lorde Mooton recebera de Rhaenyra a ordem de matar Urtigas, mas ele e seu mestre tinham decidido que era mais prudente antes informar o príncipe Daemon de tal ordem. No dia seguinte, aos prantos, Urtigas foi separada do príncipe, voando em Roubovelha para um paradeiro desconhecido. Daemon Targaryen se despediu de lorde Mooton, mas em vez de voltar à corte como Rhaenyra desejava, voou para Harrenhal com a esperança de que Aemond enfim o enfrentasse. Logo após sua partida, Lagoa da Donzela baixou os estandartes de Rhaenyra e os substituiu pelo dragão dourado do rei Aegon II.

ACIMA | A hoste Hightower em Tumbleton.

Daemon e Caraxes passaram treze noites em Harrenhal, esperando por Aemond, e o príncipe marcou a passagem de cada noite entalhando um risco no represeiro que era a árvore-coração do castelo — talhos profundos que ainda permanecem visíveis e que dizem sangrar novamente toda primavera. No décimo quarto dia, uma imensa sombra sobrevoou o local e Vhagar pousou, trazendo o príncipe Aemond e a amante grávida, Alys Rivers. Aemond afirmou que Alys o levara até o tio, depois de ter visões daquele encontro entre nuvens de tempestades e chamas. Daemon montou em Caraxes e Aemond montou em Vhagar, e, acima do Olho de Deus, enquanto o sol se punha, batalharam um contra o outro.

O céu pareceu queimar em chamas antes de os dragões se engalfinharem, rasgando e mordendo. Dizem as histórias que enquanto as feras despencavam do céu, o príncipe Daemon saltou de um dragão para o outro, arrancando o elmo do sobrinho e enfiando Irmã Sombria tão fundo no olho cego de Aemond que a ponta da lâmina saiu pela garganta do jovem príncipe. Foi uma vitória que custou aos dois, pois, no momento seguinte, os dois dragões caíram no lago com uma força tremenda. Caraxes, com uma asa arrancada e a barriga aberta, arrastou-se até a costa antes de falecer, mas Vhagar afundou sob as ondas. Anos depois, quando seus restos mortais foram encontrados, os ossos do príncipe Aemond, envolvidos pela armadura, foram achados ainda presos à cela, com Irmã Sombria enfiada até o punho na órbita. O corpo do príncipe Daemon nunca foi encontrado. Era o vigésimo segundo dia da quinta lua de 130 DC.

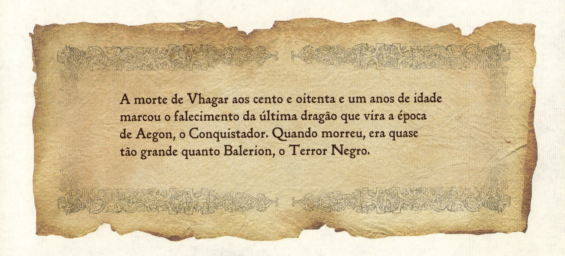

A morte de Vhagar aos cento e oitenta e um anos de idade marcou o falecimento da última dragão que vira a época de Aegon, o Conquistador. Quando morreu, era quase tão grande quanto Balerion, o Terror Negro.

ESQUERDA | Aemond e Daemon em Harrenhal.

A morte dos dragões

DEPOIS DA MORTE DE DAEMON, Porto Real aos poucos se afundou em uma crise que se agravava a cada dia. Cada nova traição deixava a rainha Rhaenyra mais isolada, e cada novo rumor de tragédia levava ainda mais seguidores para o Pastor, que pregava na Praça dos Sapateiros. Graças à maneira como Rhaenyra tratara sor Addam e ao fato de ela ter mandado prender lorde Corlys, até mesmo as casas juramentadas à Casa Velaryon começaram a abandonar a rainha. Dois cavaleiros tentaram libertar o Serpente Marinha, mas foram capturados e enforcados nas muralhas da cidade por isso. Naquela mesma noite, a rainha Helaena se jogou de uma janela da Fortaleza de Maegor, morrendo nos espigões de ferro do fosso seco abaixo. Correram rumores de que ela havia sido assassinada por sor Luthor Largent a mando de Rhaenyra, para garantir que não houvesse uma feliz reunião do príncipe Daeron com a irmã quando este tomasse a cidade.

Os boatos eram muito provavelmente infundados, mas foram o bastante para dar início a um tumulto que começou na Baixada das Pulgas e se espalhou pela cidade. Nenhum estabelecimento ou casa estava seguro, e ninguém foi poupado independentemente de gênero ou posição social. Lorde Bartimos Celtigar, o odiado mestre da moeda, foi atacado em sua mansão. Após seus defensores serem abatidos, ele foi amarrado a um poste, torturado, castrado e, por fim, decapitado.

Conforme o tumulto se espalhava, de seu posto na Praça dos Sapateiros o Pastor inflamava a fúria contra a rainha e seus dragões. Mais de dez mil pessoas haviam se reunido ali, ansiando por cada palavra dele. Sor Luthor Largent liderou os mantos dourados contra a turba, ordenando que se dispersassem, tentando em seguida prender o Pastor. Muitos fugiram da Patrulha da Cidade, mas a maioria ficou para defender seu profeta. Os mantos dourados foram massacrados, e Luthor Largent foi arrancado da sela e morto.

ESQUERDA | Sor Luthor Largent é arrancado do cavalo durante a rebelião do Pastor.

Metade da cidade ficou sob o controle do Pastor naquela noite, e, ao amanhecer, centenas estavam mortos, chamas ardiam pela cidade e homens sem lei espalhavam o caos enquanto os mantos dourados sobreviventes recuavam para suas casernas. Alguns na cidade se proclamaram senhores — e até mesmo reis — na ausência de qualquer autoridade para refutá-los. Sor Perkin, a Pulga, um cavaleiro andante, ascendera um jovem chamado Trystane como se fosse um rei, afirmando ser um filho bastardo do rei Viserys, e começou a reunir um pequeno exército ao armar como cavaleiro cada criminoso e degolador que conseguia encontrar. Sor Torrhen Manderly lutou contra eles pelo controle da Praça dos Peixeiros e da Rua do Rio, mas foi forçado a recuar. O senhor comandante da Guarda da Rainha, sor Lorent Marbrand, liderou centenas de cavaleiros e homens de armas até a Baixada das Pulgas, onde acabou sendo morto junto com quase todos os seus homens; apenas dezesseis deles sobreviveram.

Rhaenyra estava desesperada para manter o controle sobre o trono e a cidade. Nomeou o capitão do Portão de Ferro, sor Balon Byrch, como novo comandante da Patrulha da Cidade e o jovem sor Glendon Goode como senhor comandante da Guarda da Rainha, por ter provado muito o seu valor apesar de ter vestido o manto branco por menos de uma lua. Ela ordenou ainda que meistres enviassem corvos para Winterfell e para o Ninho da Águia implorando por ajuda. Tinha até a postos um documento preparado para lorde Mooton, culpando-o pela morte de Daemon e pela fuga de Urtigas. Mas nem isso foi capaz de frear a ascensão do caos.

Naquela noite, na Colina de Visenya, Gaemon Cabelo-Claro, filho de uma prostituta — supostamente um bastardo do desaparecido rei Aegon II — fora anunciado rei por sua mãe e a amante dornesa dela, e as prostitutas da Rua da Seda haviam convencido homens a jurar lealdade à causa de Gaemon. Sor Perkin, a Pulga, levou os cavaleiros de sarjeta que havia reunido para saquear o que pudessem nos arredores da zona ribeirinha. Wat, o Curtidor, que havia castrado lorde Celtigar, comandou uma multidão em torno do Portão dos Deuses que subjugou os mantos dourados remanescentes guarnecidos na guarita. O Portão dos Deuses e o Portão do Leão foram forçados a abrir para deixar entrar os inimigos de Rhaenyra.

Para piorar, o Pastor convenceu seus milhares de seguidores da necessidade de matar todos os dragões Targaryen. Quando a multidão chegou ao Fosso dos Dragões, já havia dobrado para quase vinte mil — todos se sentindo matadores de dragões. O caos nas ruas fez com que as ordens de Rhaenyra para que a Patrulha da Cidade defendesse os dragões demorassem a chegar. Temendo por Tyraxes, o príncipe Joffrey fez a fatídica escolha de se esgueirar pelo pátio da Fortaleza Vermelha e desacorrentar Syrax, dragão de Rhaenyra, subindo em suas costas antes de a incitar a voar. Rhaenyra ordenou que todos os homens disponíveis montassem seus cavalos e fossem atrás de Joffrey para trazê-lo de volta em segurança quando pousasse.

Sete homens cavalgaram naquela noite. Munkun nos conta que eram homens honrados, fiéis a seu dever de obedecer às ordens da rainha. O septão Eustace gostaria que acreditássemos

DIREITA | Caos em Porto Real.

254

que seus corações foram tocados pelo amor de uma mãe por seu filho. Cogumelo os chama de burros e covardes, sedentos por uma boa recompensa e "estúpidos demais para acreditar que poderiam morrer". Talvez todos os nossos três cronistas possam estar certos, pelo menos parcialmente. No fim, a Cavalgada dos Sete se tornou tema de muitas canções como um ato de extrema coragem e dever.

Mas Joffrey — Príncipe de Pedra do Dragão e herdeiro do Trono de Ferro — nunca chegou perto da Colina de Rhaenys ou do Fosso dos Dragões. Uma vez no ar, Syrax se agitou, tentando se desvencilhar do cavaleiro desconhecido. Duzentos pés acima da Baixada das Pulgas, o príncipe Joffrey escorregou das costas da dragão e despencou em direção à terra. Seu corpo todo quebrado foi encontrado em um beco, e a multidão o despiu de todo o seu luxo. Alguns mutilaram seu cadáver em meio à selvageria, removendo suas mãos para poderem levar os anéis dos dedos. A Cavalgada dos Sete lutou para abrir caminho e recuperar o corpo, mas sor Gyles Yronwood, sor Willam Royce e o senhor comandante Glendon Goode foram todos mortos no processo. Goode fora senhor comandante por menos de um dia, e a espada ancestral da casa Royce nunca mais foi encontrada.

Alguns mantos dourados tentaram chegar no Fosso dos Dragões para se juntar aos Guardiões de Dragão na defesa da grande estrutura abaulada, mas foram repelidos pelas multidões violentas que vagavam pelas ruas. Restou aos Guardiões defender os dragões sozinhos — e todos os setenta e sete foram mortos pelos seguidores do Pastor. Em seguida, a multidão entrou no Fosso dos Dragões com o intuito de matar os quatro dragões que lá estavam acorrentados: Shrykos e Morghul (os dragões dos gêmeos de Helaena, Jaehaerys e Jaehaera — um morto e a outra em fuga), Tyraxes, do falecido Joffrey, e Dreamfyre, da falecida Helaena. Os dragões lutaram por suas vidas com chamas, garras, chifres e dentes. Centenas — talvez milhares — morreram na batalha. Ainda assim, um por um, os dragões sucumbiram.

Shrykos foi o primeiro, morto por Hobb, o Lenhador. Morghul, dizem, foi abatido pelo Cavaleiro Ardente: um homem bruto e imenso vestindo armadura pesada que mergulhou de cabeça nas chamas do dragão empunhando uma lança, cuja ponta enfiou nos olhos da criatura repetidas vezes — mesmo enquanto as chamas derretiam o peitoral de aço que o envolvia e consumia sua carne. Tyraxes, mais velho que os outros, foi mais astuto, recuando para sua toca e forçando aqueles que o tentavam assassinar a se aproximarem pela entrada repleta de cadáveres. Mas o Pastor levou seus seguidores até uma entrada traseira e, cortado e golpeado por centenas de machados e lanças, Tyraxes morreu.

Dreamfyre, a mais velha e última dentre os dragões, havia se livrado de duas de suas correntes depois da morte da rainha Helaena, e depois se livrou das outras duas lançando chamas contra os que a atacavam antes de decolar. Voou dentro do grande domo, disparando mais fogo, mas o próprio domo a impedia de fugir. No fim, ela tentou voar direto pela cantaria na

DIREITA | Ataque ao Fosso dos Dragões.

tentativa de escapar, mas metade do domo caiu sobre a dragão, esmagando tanto a fera quanto seus assassinos.

Foi então que Syrax chegou, atraída pelo cheiro de sangue e violência — ou pelo chamado dos outros dragões. Passou facilmente pelo que restava do domo, pousou e começou a matança, devorando dezenas de homens em sua ira. Porém, até mesmo Syrax pereceu. Sua morte foi cercada de mistério, com muitos relatos contraditórios, mas entre eles circulava até o de que o próprio Pastor fora o matador da dragão.

Porto Real havia sucumbido. Arrasada pela morte de sua dragão e de seu penúltimo filho — apenas o Aegon mais novo restava dos cinco —, a rainha foi convencida a fugir da cidade ao amanhecer com seu único herdeiro sobrevivente. Seus seguidores escaparam pelo Portão do Dragão e foram para Valdocaso. Outros escolheram ficar para trás, incluindo Cogumelo, lady Miséria e o septão Eustace. Quando o castelo se rendeu a sor Perkin, a Pulga, e seus cavaleiros de sarjeta, todos os cavaleiros que se mantiveram leais a Rhaenyra foram executados, incluindo sor Harmon dos Caniços, o Batedor de Ferro, que estava entre a Cavalgada dos Sete. Mysaria foi despida e açoitada até a morte enquanto tentava chegar até o Portão dos Deuses e conquistar a liberdade. O septão Eustace, entretanto, foi poupado por sor Perkin, que em seguida libertou o grande meistre Orwyle e lorde Corlys Velaryon das masmorras.

No dia seguinte, o impostor Trystane subiu ao Trono de Ferro enquanto a corte maltrapilha assistia, incluindo a rainha viúva Alicent e o antigo mestre das moedas, sor Tyland Lannister — que foi encontrado vivo, porém cego, mutilado e castrado pelos torturadores enviados por Rhaenyra. Larys Pé-Torto reapareceu como se não tivesse estado desaparecido pela maior parte de meio ano. Curiosamente, sor Perkin, a Pulga, recebeu Larys calorosamente, e a ele foi dado um lugar de honra ao lado do novo "rei".

Trystane era apenas um dos três "reis", cada um reunido com seus apoiadores em uma das três colinas que dominavam Porto Real. Os outros eram Gaemon Cabelo-Claro e o Pastor — apesar de o último nunca ter requerido coroa alguma. Esse momento na história ficaria conhecido como a Lua dos Três Reis, ou a Lua da Loucura. O Pastor pregava para dezenas de milhares na Colina de Rhaenys, com as cabeças decepadas dos dragões que seus seguidores haviam matado empaladas em estacas. Com o passar do tempo, entretanto, seus seguidores começaram a diminuir, não mais tão incensados pelas pregações de ruína e penitência, agora que Rhaenyra deixara a cidade.

Na Colina de Visenya, Gaemon Cabelo-Claro, aos quatro anos de idade, assinava decretos para seus seguidores — prostitutas e ladrões, mercenários e bêbados. Ordenou que mulheres deveriam ter os mesmos direitos a heranças que homens, que os pobres deveriam receber pão e cerveja em tempos de fome e muito mais. Acreditava-se que Sylvenna Sand — prostituta dornesa e amante de Essie, mãe de Gaemon — era a mente por trás dos decretos, tais como

ESQUERDA | A destruição do Fosso dos Dragões.

revogação de impostos, bonificação de seguidores com cotas do tesouro e a garantia de que o povo teria o direito de caçar na Mata do Rei, entre outros.

A hoste Hightower em Tumbleton logo ficou sabendo dos problemas em Porto Real, e de repente tanto senhores quanto capitães estavam querendo comandar um ataque à cidade. Sor Hobert Hightower era mais cuidadoso, e os Dois Traidores imediatamente se recusaram a correr o risco a menos que uma lista de demandas que haviam preparado fosse atendida. Além disso, quando chegou a Harrenhal, a notícia da morte do príncipe Aemond criou muita tensão. Lorde Unwin Peake aconselhou que o príncipe Daeron fosse declarado Príncipe de Pedra do Dragão, enquanto outros acreditavam que ele poderia também ser coroado rei, dada a ausência de Aegon. Duro Hugh, o Martelo, propôs que ele mesmo fosse o rei, porque seu dragão era agora o maior e mais perigoso no local. Para piorar, começara

ACIMA | A Lua dos Três Reis.

a atrair apoiadores entre os mercenários desordeiros da hoste, e Ulf Branco — que tinha o próprio dragão — também o apoiava.

Essa ambição descarada seria a ruína de Martelo. Após a ousada proposta, sor Hobert e onze cavaleiros e senhores — assim como o príncipe Daeron — se encontraram em segredo em uma estalagem chamada Ouriço Sangrento. Lá, os autonomeados Ouriços discutiram como se livrar das sementes rebeldes. O príncipe Daeron estampou seu selo em mandados de execução que lorde Unwin Peake havia preparado. Mas outros acontecimentos interferiram, e duas noites depois — na véspera de quando os Ouriços planejavam atacar os Traidores —, o acampamento armado em Tumbleton foi atacado. Sor Addam Velaryon chegou montado em Fumaresia, querendo provar que não era um traidor.

Depois de escapar de Porto Real, Addam primeiro voara até as terras fluviais para se unir aos senhores leais, clamando que se juntassem à luta contra o exército Hightower. Os senhores dos rios enviaram cerca de quatro mil homens — incluindo sor Elmo Tully, que, até então, fizera o máximo de esforço para não tomar partido no conflito. Esses homens estavam agora partindo para o ataque, encontrando um exército relaxado, dividido e sem liderança adormecido em seu acampamento.

Fumaresia se provou ser ainda mais devastador do que os homens das terras fluviais, ateando fogo em tendas e pavilhões — incluindo os pertencentes a sor Hobert, lorde Unwin e até o príncipe Daeron. Para combater o dragão precisariam de mais dragões, mas os cavaleiros de dragões estavam dormindo: Daeron em sua tenda, Ulf Branco em um torpor embriagado

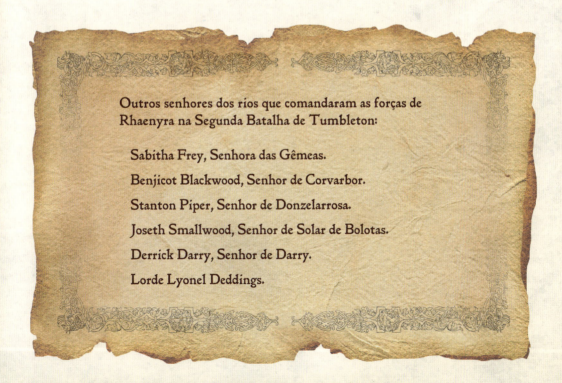

Outros senhores dos rios que comandaram as forças de Rhaenyra na Segunda Batalha de Tumbleton:

Sabitha Frey, Senhora das Gêmeas.

Benjicot Blackwood, Senhor de Corvarbor.

Stanton Piper, Senhor de Donzelarrosa.

Joseth Smallwood, Senhor de Solar de Bolotas.

Derrick Darry, Senhor de Darry.

Lorde Lyonel Deddings.

em uma estalagem, e Duro Hugh Martelo na cama com a viúva de um cavaleiro morto na Batalha de Tumbleton. Duro Hugh foi o primeiro a acordar, e se preparava para montar Vermithor quando Ousado Jon Roxton aproveitou a chance, cortando-o da virilha até a garganta com a espada de aço valiriano Fazedora de Órfãos (Roxton conseguiu matar três outros seguidores de Martelo antes de ser morto). O destino do príncipe Daeron é motivo de debate; os relatos variam. Alguns afirmam que Trombo Negro, o mercenário myriano, acabou com ele enquanto o príncipe saía de seu pavilhão, outros que um homem de armas aleatório o matou sem perceber quem ele era, e outros ainda que o príncipe morreu preso em seu pavilhão em chamas.

ESQUERDA | Os ouriços.
ACIMA | A morte de Ousado Jon Roxton.

Enquanto a batalha e as chamas assolavam o solo lá embaixo, sor Addam e Fumaresia se preparavam para enfrentar os cavaleiros de dragão inimigos no ar, sem saber que dois dos três já estavam mortos. Mas os dragões em si eram outra questão. Tessarion, Asaprata e Vermithor tinham sido deixados soltos do lado de fora das muralhas da cidade, e o cheiro de fogo e sangue os despertou do torpor. Tessarion foi em direção ao céu, gritando e cuspindo chamas. Tanto Tessarion quanto Fumaresia eram dragões jovens — e ágeis. Enquanto pairavam e rodopiavam, circulavam e giravam, parecia que, de fato, havia dragões dançando no céu. Mas a dança foi interrompida quando Vermithor — mais velho e maior que os outros dois juntos — rugiu lá no alto. Enlouquecido e maculado por dezenas de ferimentos infligidos por soldados, o imenso dragão matou amigos e inimigos sem distinção. Lordes Piper e Deddings foram alguns dos incinerados pelos jatos de fogo da fera.

Obrigado pelo dever a proteger os senhores dos rios que levara para a batalha, sor Addam fez Fumaresia mergulhar na direção de Vermithor. O choque das duas criaturas os jogou com força no solo; lá lutaram, contorcendo-se e se embolando, tentando morder um ao outro. O tamanho e peso superiores de Vermithor teriam sido suficientes para dar a batalha por encerrada — mas Tessarion se juntou à luta, atacando tanto Fumaresia quanto Vermithor. Fumaresia foi o primeiro a morrer, tendo a cabeça arrancada por Vermithor. Depois, o grande dragão cor de bronze tentou decolar com os restos da presa ainda na boca, mas as asas esburacadas não foram capazes de suportar seu peso. Após alguns instantes, ele despencou e morreu. Tessarion estava machucado demais para se mover; quando o sol se pôs, o jovem lorde Blackwood fez um arqueiro atirar de longe, acertando três flechas no olho da criatura.

A batalha estava então acabada, com os senhores dos rios triunfantes em um campo com menos de cem mortos contra mais de mil baixas inimigas. No entanto, Tumbleton continuou nas mãos dos verdes, pois tinham fechado os portões contra os oponentes. Sem equipamentos

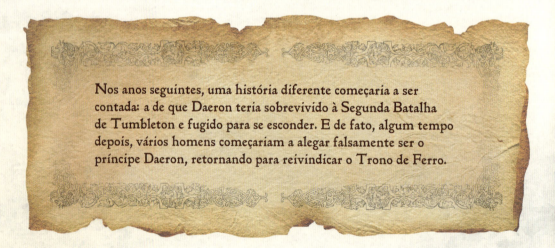

Nos anos seguintes, uma história diferente começaria a ser contada: a de que Daeron teria sobrevivido à Segunda Batalha de Tumbleton e fugido para se esconder. E de fato, algum tempo depois, vários homens começariam a alegar falsamente ser o príncipe Daeron, retornando para reivindicar o Trono de Ferro.

DIREITA | A batalha por Tumbleton.

de cerco, os senhores dos rios resolveram desmontar acampamento assim que a noite caiu, deixando para o inimigo o que havia restado de Tumbleton. Lorde Blackwood encontrou o corpo de Addam Velaryon caído ao lado de seu dragão morto e o retirou do campo de batalha.

Após a batalha, Asaprata pousou; apenas pairara acima do conflito, sem se juntar a ele. Voejou apática pelo campo, comendo cadáveres e cavalos queimados. Oito dos treze Ouriços que haviam participado do plano para derrubar os Dois Traidores haviam sido mortos, inclusive lorde Owen Fossoway, Marq Ambrose e Ousado Jon Roxton. Quatro dos conspiradores restaram, incluindo sor Hobert Hightower e lorde Unwin Peake. Ulf Branco estava vivo e bem, acordando do estupor embriagado depois que a batalha já havia findado, quando descobriu ser o último cavaleiro de dragão ainda em comando da própria fera. Declarou a lorde Peake que deviam marchar até Porto Real com a intenção de colocar o próprio Ulf no Trono de Ferro. Sor Hobert Hightower o encontrou na manhã seguinte para planejar a marcha, trazendo barris de vinho.

Sor Hobert Hightower não é muito enaltecido pela história, mas ninguém pode questionar o estilo de sua morte. Em vez de trair os companheiros conspiradores, sor Hobert deixou o escudeiro encher sua taça, virou tudo e pediu por mais. Quando viu Hightower beber, Ulf, o Ébrio, fez jus à alcunha, mandando três taças para o estômago antes de começar a bocejar. O veneno no vinho era gentil. Quando lorde Ulf adormeceu para nunca mais acordar, sor Hobert se levantou e tentou vomitar, mas era tarde demais. Seu coração parou de bater menos de uma hora depois.

Os ossos de sor Addam continuariam enterrados em Solar de Corvarbor até 138 DC, quando seu irmão Alyn os levou para Derivamarca e os depositou em um túmulo em Casco, a cidade onde ambos haviam nascido. O túmulo exibia uma única palavra, entalhada de forma ornamentada e sustentada por um cavalo-marinho e um rato: LEAL.

Túmulo de Adam Velaryon.

Mais tarde, lorde Unwin Peake ofereceria mil dragões de ouro para qualquer cavaleiro de nascimento nobre que reivindicasse Asaprata para si. Três homens se apresentaram. Quando o primeiro teve o braço arrancado e o segundo foi queimado até a morte, o terceiro pensou melhor. Na época, o exército de Peake — remanescente da grande hoste que o príncipe Daeron e lorde Ormund Hightower haviam conduzido de Vilavelha — estava se desfazendo, pois desertores fugiam de Tumbleton às dezenas com toda a pilhagem que eram capazes de carregar. Aceitando a derrota, lorde Unwin convocou seus senhores e sargentos e ordenou que batessem em retirada.

Rhaenyra mal se importou com o fato de que Addam permanecera leal, já que não ficou sabendo da notícia enquanto fugia da cidade. A jornada da rainha foi árdua. Rosby fechou os

ACIMA | A morte de Ulf Branco.

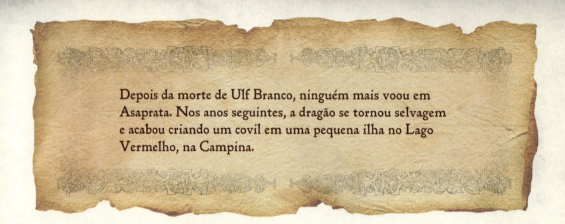

> Depois da morte de Ulf Branco, ninguém mais voou em Asaprata. Nos anos seguintes, a dragão se tornou selvagem e acabou criando um covil em uma pequena ilha no Lago Vermelho, na Campina.

portões na cara dela e o castelão dos Stokeworth permitiu que ela ficasse por apenas um dia. A caminho de Valdocaso, metade dos mantos dourados da companhia desertou, e em seguida o acampamento deles foi atacado, o que levou à morte de sor Balon Byrch e do jovem sor Lyonel Bentley, cavaleiro da Guarda da Rainha. Em Valdocaso, a viúva lady Meredyth Darklyn precisou ser convencida a dar abrigo à rainha cuja causa levara à morte de seu esposo, lorde Gunthor, e seu tio, sor Steffon. Quando Rhaenyra tentou reunir mais aliados, lorde Stark escreveu de Winterfell dizendo que seu grande reino demoraria a reunir forças, especialmente com a chegada do inverno, mas que dez mil homens marchariam para sul. A Donzela do Vale também prometeu ajudar, dizendo porém que seus cavaleiros viriam pelo mar caso a frota Velaryon pudesse transportá-los ou se a rainha tivesse ouro suficiente para pagar por marinheiros mercenários. Rhaenyra não tinha condição de fazer nenhuma das duas coisas, uma vez que as embarcações Velaryon já não mais respondiam a ela e o que restara de seu tesouro ficara em Porto Real.

E apesar de várias cartas enviadas ao grande meistre Gerardys — que fora banido para Pedra do Dragão — implorando por um navio para levá-la para casa, a rainha nunca recebeu resposta. Assim, quando Rhaenyra enfim partiu de Forte Pardo e Valdocaso, foi depois de vender sua coroa para comprar uma passagem em um barco mercante de Braavos. Pois, apesar dos conselhos de seus seguidores restantes, Rhaenyra insistia em voltar a Pedra do Dragão, onde havia ovos de dragão e a esperança de obter mais feras.

A rainha chegou em Pedra do Dragão em um dia chuvoso, encontrando o porto quase vazio. Uma escolta de quarenta homens comandada por sor Alfred Broome encontrou a monarca nas docas. Infelizmente para Rhaenyra, Broome não estava do seu lado: era o cavaleiro mais experiente da ilha, mas Rhaenyra o dispensara da posição de castelão, preferindo na época sor Robert Quince, mais novo e charmoso.

Conforme Rhaenyra se aproximava do castelo, a primeira coisa que viu foi o cadáver queimado de sor Robert pendurado das ameias, junto a outros membros de sua equipe de criados. Até mesmo o grande meistre Gerardys estava morto — embora, no caso dele, apenas a cabeça e a parte superior do torso estivessem à mostra. Tudo o que havia abaixo das costelas não existia mais, e as entranhas do grande meistre pendiam da barriga aberta como cobras incineradas. Antes que Rhaenyra e o filho pudessem fugir, Broome e seus homens mataram os protetores de Rhaenyra — inclusive os últimos três membros da Guarda da Rainha. E quando Rhaenyra e Aegon foram conduzidos pelos portões do castelo, se depararam com o havia muito desaparecido rei Aegon II e seu dragão Sunfyre.

O que Rhaenyra não sabia era que lorde Larys Strong, o Pé-Torto, pessoalmente tirara o Aegon mais velho e seus filhos da Fortaleza Vermelha, usando as passagens secretas criadas por

ACIMA | Rhaenyra volta a Pedra do Dragão.

Maegor, o Cruel. Depois, por segurança, o homem os separara. Pé-Torto achou que Rhaenyra jamais enviaria homens para procurar o irmão em Pedra do Dragão, sua própria ilha. Assim, colocou o rei em um barco de pesca escoltado por sor Marston Waters, um cavaleiro bastardo com familiares em Pedra do Dragão. Eles eram, na verdade, os supostos "primos" levados até a costa por Tom Barbapresa e seu filho Tom Linguapresa, à procura dos dragões que os marinheiros tinham visto lutando.

A jornada de Sunfyre, por sua vez, fora ainda menos direta. O dragão ferido demorou para se curar depois da batalha com Meleys em Pouso de Gralhas, sem poder voar devido à asa quebrada. Ainda assim, a fera conseguira se arrastar de Pouso de Gralhas e empreender voos curtos de colina a colina até chegar a Ponta da Garra Rachada. Ninguém sabe como Sunfyre chegou a Pedra do Dragão, mas alguns especulam que a criatura possa ter ido a nado. Depois de instalado, Sunfyre criou um covil e em seguida voou para lutar com Fantasma Cinza. Sor Marston ajudou o rei Aegon a encontrar seu dragão e, com os Dois Toms, aventurou-se na busca de apoiadores enquanto o rei permanecia escondido. Só depois de conquistar a ajuda de sor Alfred Broome com promessas de título de nobreza, terras e fortuna, tomaram o castelo em menos de uma hora.

O ataque teria sido perfeito — não fosse Baela Targaryen. A jovem senhora escapou pela janela enquanto Tom Linguapresa tentava arrombar a porta de seus aposentos e correu até onde Bailalua era mantida. A jovem dragão verde decolou, mas o rei Aegon já estava montado em Sunfyre. Os dragões lutaram na escuridão, Bailalua usando sua agilidade e sua rapidez para desviar das chamas, das mordidas e dos golpes com as patas, ferindo várias vezes o ainda machucado Sunfyre. Mas Sunfyre precisou de um único jorro de fogo para acertar seu alvo, e Bailalua foi cegada. Os dois dragões se chocaram e caíram, com a mandíbula de Bailalua fechada ao redor do pescoço de Sunfyre. A luta continuou no chão. Bailalua morreu e Sunfyre ficou gravemente ferido, incapaz de voar novamente.

A situação dos cavaleiros não era muito melhor. O rei Aegon II conseguiu saltar da sela antes da queda dos dragões, mas quebrou as duas pernas. Lady Baela continuou montada em Bailalua, e acabou queimada e machucada. Sor Alfred Broome sacou a espada para acabar com ela enquanto jazia indefesa, mas sor Marston Waters o impediu e fez com que Tom Linguapresa a levasse até um meistre.

Quando o grande meistre Gerardys, feito prisioneiro, ofereceu leite de papoula para amenizar as dores do rei, Aegon atacou o "lacaio" da irmã. A mando do rei, o colar de elos que a rainha Rhaenyra arrancara do pescoço do grande meistre Orwyle e dera a Gerardys foi usado para enforcar o homem. Depois de morto, seu cadáver foi pendurado diante de Sunfyre, que comeu a parte inferior de seu corpo. Os demais restos mortais foram pendurados na muralha para receber apropriadamente a irmã do rei.

E assim ficaram as coisas até a chegada de Rhaenyra.

DIREITA | Bailalua ataca Sunfyre.

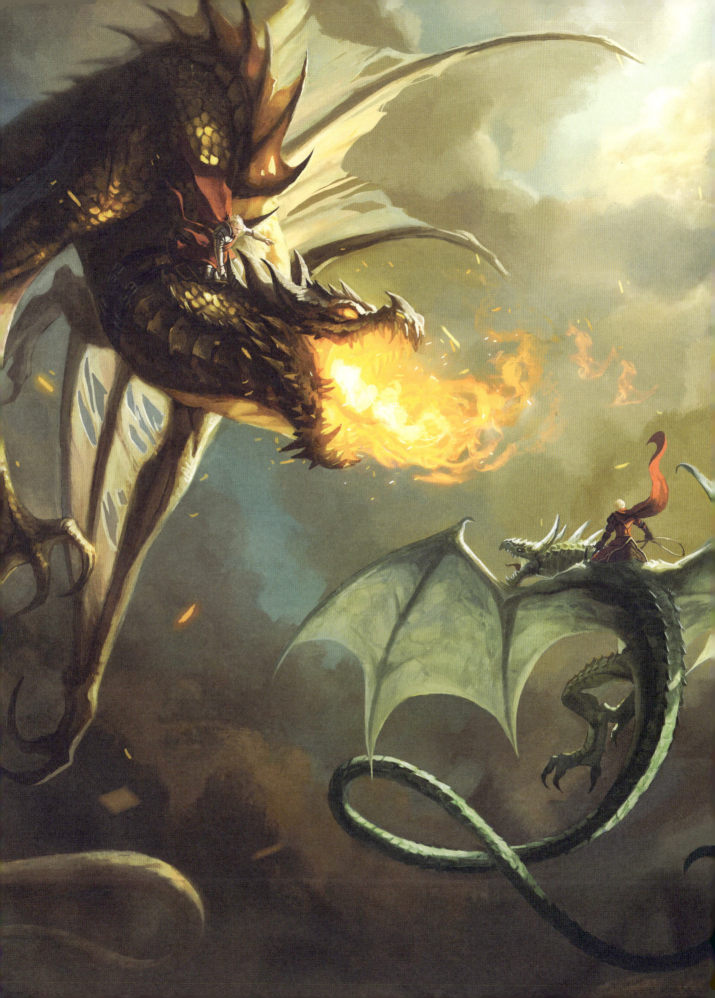

Os relatos sobre a conversa entre irmão e irmã divergem, então ninguém jamais saberá como os dois monarcas em guerra se cumprimentaram no fim da Dança. Mas o que se sabe é que Aegon II fez Sunfyre comer Rhaenyra viva enquanto o filho dela, Aegon mais novo, foi forçado a assistir.

E esse foi o fim de Rhaenyra Targaryen, outrora Deleite do Reino e então a Rainha de Meio Ano. Faleceu no vigésimo segundo dia da décima lua do centésimo trigésimo ano após a Conquista de Aegon, aos trinta e três anos.

Mesmo com a maior rival morta, porém, o reinado de Aegon II estava longe de seguro. Entre ele e o Trono de Ferro havia a frota Velaryon, que ainda era contrária a ele mesmo depois de ter abandonado Rhaenyra. O rei enviou corvos para Derivamarca, oferecendo perdão caso Alyn de Casco se apresentasse e jurasse lealdade. No entanto, o rei postergou os planos de viajar pessoalmente até lá esperando que Sunfyre de alguma forma pudesse se recuperar dos últimos ferimentos.

As esperanças foram em vão, porém; Sunfyre, o Dourado, um dos mais magníficos dragões a voar pelos Sete Reinos, faleceu no nono dia da décima segunda lua do ano de 130 DC. O rei Aegon chorou, e em sua ira mandou trazerem lady Baela das masmorras para ser executada.

Ele se arrependeu apenas quando a cabeça da jovem já estava no bloco de execução, pois seu meistre o lembrou de que a mãe da garota fora uma Velaryon, filha do próprio Serpente Marinha. Outro corvo voou até Derivamarca, dessa vez com uma ameaça: a menos que Alyn de Casco se apresentasse em quinze dias para dobrar o joelho diante de seu legítimo soberano, sua prima Baela perderia a cabeça.

Enquanto o rei esperava, a Lua dos Três Reis chegou ao fim quando lorde Borros Baratheon — que havia muito se abstivera de lutar sob o pretexto de estar perseguindo salteadores dorneses e um novo Rei Abutre — surgiu com uma hoste de homens das terras da tempestade. Ao saber da morte de Rhaenyra, cavalgara para norte com seiscentos cavaleiros e quatro mil homens a pé. O Pastor tentou ordenar seu rebanho a enfrentar o exército Baratheon, mas na época ele possuía apenas algumas centenas de seguidores. O rei Trystane Truefyre, como era então chamado, sabia que não tinha chance contra as forças de Borros, então permitiu que Larys Strong — com o grande meistre Orwyle e a rainha viúva Alicent — negociasse com lorde Borros em seu nome. Alicent chorou lágrimas de alegria quando soube que a neta Jaehaera, a única filha sobrevivente de seu filho Aegon com sua filha Helaena, fora entregue em segurança em Ponta Tempestade por sor Willis Fell da Guarda Real.

O Pé-Torto prometeu que se sor Perkin e seus cavaleiros de sarjeta se juntassem aos homens das terras da tempestade no processo de devolver o rei Aegon II ao Trono de Ferro, todos — exceto o impostor Trystane — seriam perdoados por seus crimes, incluindo alta traição, rebelião, roubo, assassinato e estupro (o outrora rei já estava acorrentado, esperando em uma masmorra que seu destino fosse determinado). A rainha Alicent concordou que o filho, o rei Aegon, tomasse lady Cassandra, a filha mais velha de lorde Borros, como sua nova rainha. Lady Floris, outra das filhas de Sua Senhoria, seria prometida a Larys Strong.

Com isso decidido, lorde Borros começou a restaurar a ordem a Porto Real. Um dia depois de seu banquete de boas-vindas, ele e seus homens prenderam Gaemon Cabelo-Claro, então com cinco anos, junto com a mãe, Essie, a amante dela, Sylvenna Sand, e a maior parte da "corte" do garoto. Na noite seguinte, o Pastor foi detido no Fosso dos Dragões, abandonado por boa parte de seus seguidores. A paz estava praticamente restaurada, mas os Velaryon em Derivamarca continuavam sendo motivo de preocupação. A rainha viúva Alicent e lorde Larys Strong tinham oferecido a liberdade a lorde Corlys, perdão por sua traição e um lugar no pequeno conselho. Lorde Corlys respondera pedindo que todos os homens que tinham lutado por Rhaenyra fossem perdoados, além da libertação de lady Baela da prisão, a legitimação de Alyn de Casco como Alyn Velaryon, seu herdeiro, e o oferecimento da mão de Aegon mais novo à princesa Jaehaera, única filha legítima de Aegon II ainda viva.

A rainha Alicent foi inicialmente contra, mas o acordo foi fechado, e lorde Corlys jurou lealdade sua e da casa Velaryon. Corvos foram enviados para espalhar a notícia, e, perto do fim do ano, o rei Aegon II enfim chegou a Porto Real.

A chegada dele não foi tão triunfante, uma vez que, incapaz de andar, precisou ser carregado em uma liteira pelas ruas silenciosas e desertas. Fazê-lo subir pelos degraus do Trono de Ferro logo se tornou impossível devido a suas pernas tortas e quebradas, então o monarca foi instalado em um assento esculpido na base do trono. Sua primeira medida foi lidar com os Três Reis. Trystane Truefyre permaneceu com a postura insolente até ver que sor Perkin, a Pulga — o homem que o coroara — fora quem o traíra. Trystane pediu a bênção de morrer cavaleiro, e o rei Aegon a concedeu. Sor Marston Waters o condecorou sor Trystane Fyre antes que sor Alfred Broome o decapitasse com Fogonegro. Devido à pouquíssima idade, Gaemon Cabelo-Claro foi poupado e adotado como protegido da coroa — no entanto, sua mãe, Essie, a amante dela, Sylvenna Sand, e mais vinte e sete membros da falsa corte foram enforcados.

Por fim, o Pastor foi colocado diante do rei. A insolência dele enfureceu Aegon, que mandou arrancar a língua do homem; ele então foi condenado a morrer pelo fogo. No último dia de 130 DC, duzentos e quarenta e um "cordeiros descalços", os mais fervorosos e devotos seguidores do Pastor, foram cobertos com piche e acorrentados a postes ao longo da via pavimentada

PÁGINA ANTERIOR | A morte de Rhaenyra.
DIREITA | Aegon II ao pé do Trono de Ferro.

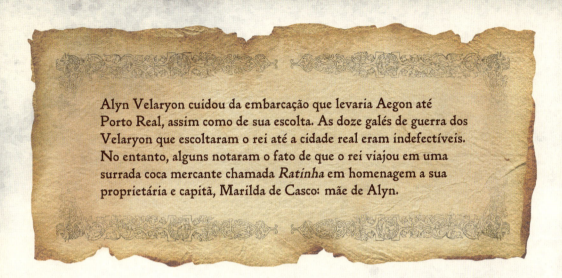

> Alyn Velaryon cuidou da embarcação que levaria Aegon até Porto Real, assim como de sua escolta. As doze galés de guerra dos Velaryon que escoltaram o rei até a cidade real eram indefectíveis. No entanto, alguns notaram o fato de que o rei viajou em uma surrada coca mercante chamada *Ratinha* em homenagem a sua proprietária e capitã, Marilda de Casco: mãe de Alyn.

que seguia a leste e ligava a Praça dos Sapateiros ao Fosso dos Dragões. Enquanto os septos da cidade badalavam os sinos para declarar o fim do ano antigo e o início do novo ano, o rei Aegon II foi carregado em sua liteira pela via (dali em diante conhecida como Rua do Pastor em vez de Rua da Colina, como antes); enquanto isso, seus cavaleiros cavalgavam dos dois lados, usando tochas para tocar fogo nos cordeiros presos enquanto passavam. No topo do caminho, o próprio Pastor estava amarrado, cercado pela cabeça dos cinco dragões que levara à morte. Sustentado por dois dos membros de sua Guarda Real, o rei Aegon se levantou das almofadas e queimou o profeta com as próprias mãos.

Com a meia-irmã assassinada e o único filho dela mantido prisioneiro em sua corte, era razoável que o rei Aegon II esperasse que o restante da oposição a seu governo sumisse — e assim teria sido se Sua Graça houvesse dado ouvidos ao conselho de lorde Velaryon e emitido um perdão geral a todos os senhores e cavaleiros que antes haviam apoiado a causa da rainha. Infelizmente, porém, o rei não era um homem dado ao perdão. Incitado pela mãe, a rainha viúva Alicent, Aegon II estava decidido a se vingar de todos aqueles que o haviam traído e destituído.

Começou nas terras da tempestade. Lorde Borros e seus homens marcharam contra as sedes e os vilarejos mais próximos a Porto Real, forçando aqueles que haviam erguido o estandarte de Rhaenyra a se entregar. Os senhores e castelãos da região foram enviados a Porto Real para jurar obediência, pagar resgates e entregar reféns. Infelizmente, isso apenas endureceu o coração dos senhores que tinham apoiado Rhaenyra. A hoste de nortenhos prometida por lorde Stark continuava aumentando sua força. Lorde Elmo Tully, que enfim sucedera o avô lorde Grover, convocou os vassalos dos senhores dos rios. Até Lorde Bracken de Barreira de Pedra respondeu ao chamado, apesar de ter apoiado Aegon II durante a guerra. Quase dez

ESQUERDA | O Pastor queima.

mil outros homens estavam se reunindo sob o comando de lady Jeyne Arryn, que contratara embarcações braavosianas para levá-los a Porto Real.

O conselho verde estava profundamente dividido quanto à melhor forma de responder às forças dos seguidores de Rhaenyra, cada vez maiores. Lorde Corlys insistia em conciliação e paz, mas Borros Baratheon acreditava que era capaz de destruir todos os traidores em batalha... desde que que tivesse homens suficientes. Sor Tyland Lannister, o mestre da moeda cego, sugeriu encontrar mercenários nas Cidades Livres, mas o Serpente Marinha retorquiu que as melhores companhias livres já tinham contrato com várias das Cidades Livres, e de toda forma

demorariam tempo demais para chegar vindas do outro lado do mar estreito. Mais uma vez ele foi um defensor da paz, aconselhando Aegon a nomear Aegon mais novo, filho sobrevivente de Rhaenyra, como seu herdeiro, prometendo a mão do jovem príncipe a Jaehaera, filha do Aegon mais velho.

Ninguém o escutou, entretanto. A rainha Alicent negociara aquele mesmíssimo casamento do lado de fora das muralhas de Porto Real, mas Aegon II preferia que o sobrinho não tivesse filhos — queria que ele assumisse o negro e vivesse o resto de seus dias na Muralha ou aceitasse ser emasculado e transformado em um criado eunuco. Sor Tyland argumentou que enquanto o príncipe Aegon vivesse, o rei e seus herdeiros jamais estariam em segurança, e em vez disso sugeriu matar Aegon mais novo. Horrorizado, lorde Corlys deixou o conselho. Apenas a intervenção de lorde Larys Strong mudou o curso das conversas, lembrando a todos que a deserção do Serpente Marinha significaria a perda de Alyn Velaryon e seus navios. Ele sugeriu anunciar Aegon mais novo como herdeiro e prometer sua mão em casamento a Jaehaera como forma de conquistar seus inimigos, e então esperar o tempo devido para poder se livrar do Aegon mais novo. O conselho aceitou a sugestão, e Larys, o Pé-Torto, falou em particular com lorde Corlys, convencendo-o a colaborar com o plano.

Os exércitos inimigos, porém, continuavam se reunindo e marchando. No Norte, lorde Cregan Stark liderava uma hoste que atravessava o Gargalo. O que mais preocupava era o exército das terras fluviais, então liderado pelo jovem e voluntarioso Kermit Tully, depois que o pai lorde Elmo bebera água poluída na Marca e morrera. A dois dias de marcha de Porto Real, os dois exércitos se encontraram. Lorde Borros comandava os homens das terras da tempestade, a força incrementada por recrutas de castelos das terras da coroa e dois mil homens e garotos da Baixada das Pulgas que tinham sido apressadamente armados com lanças e elmos que na

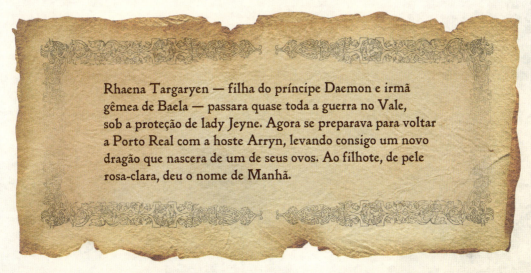

Rhaena Targaryen — filha do príncipe Daemon e irmã gêmea de Baela — passara quase toda a guerra no Vale, sob a proteção de lady Jeyne. Agora se preparava para voltar a Porto Real com a hoste Arryn, levando consigo um novo dragão que nascera de um de seus ovos. Ao filhote, de pele rosa-clara, deu o nome de Manhã.

ESQUERDA | Rhaena Targaryen voltando a Porto Real.

verdade não passavam de panelas de ferro. Chovia, e o chão ao redor da estrada do rei estava macio e enlameado. Mas lorde Borros estava confiante de que venceria, pois seus batedores haviam dito que os homens das terras fluviais tinham rapazes e mulheres no comando; assim, lançou um ataque logo ao anoitecer.

Sua confiança, porém, logo se provou equivocada. Lorde Borros liderou o ataque em pessoa, mas acabou caindo direto nas garras de um inimigo disciplinado e experiente em batalha, que levantou uma parede firme de escudos e lanças ao longo de toda a estrada do rei enquanto arqueiros nas colinas faziam chover setas sobre as forças oponentes. O evento ficaria historicamente conhecido como Batalha da Estrada do Rei — os homens que nele lutaram, porém, deram ao evento a alcunha de Desordem de Lama.

Independentemente do nome, a última batalha da Dança dos Dragões se provaria desbalanceada. Os arqueiros na colina atiraram nos cavalos dos cavaleiros de lorde Borros enquanto eles disparavam, derrubando tantos homens que menos da metade chegou à parede de escudos. Os que o fizeram se depararam com as fileiras desordenadas, a formação quebrada e os cavalos escorregando e sofrendo para se manter equilibrados na lama. Os homens das terras da tempestade espalharam o caos com lanças, espadas e machados, mas os senhores dos rios resistiram firmemente, com mais homens avançando para ocupar o lugar daqueles que caíam. Quando lorde Baratheon chegou para contribuir com o combate, houve a esperança de que o jogo poderia virar — até que, da mata à esquerda da estrada, irromperam gritos e chamados, e mais centenas de homens das terras fluviais surgiram de entre as árvores, liderados por Benjicot Blackwood. Então com treze anos, o menino ficaria conhecido como Ben Sangrento pelo resto de sua longa vida.

Quando lorde Borros viu que estava perdendo o controle da batalha, fez sinal para que sua reserva avançasse. Mesmo com o soar da corneta, porém, os homens de Rosby, Stokeworth e Hayford permaneceram imóveis, a ralé de Porto Real se espalhou como galinhas descontroladas, e os cavaleiros de Valdocaso se abateram sobre o inimigo, atacando os homens das terras da tempestade que iam na retaguarda. A batalha mudou em um piscar de olhos quando o último exército do rei Aegon se desfez. Borros Baratheon morreu lutando — mas morreu mesmo assim.

De volta a Porto Real, a derrota deixou o conselho verde desnorteado, tentando encontrar uma forma de proteger a cidade, mas não havia mais exércitos a caminho para defender o rei. Rochedo Casterly, Jardim de Cima e Vilavelha todos haviam respondido aos apelos com desculpas e subterfúgios em vez de promessas. Sor Tyland Lannister, sor Marston Water e sor Julian Wormwood tinham sido enviados para Pentos, Tyrosh e Myr para juntar mercenários, mas ainda não haviam retornado. Os senhores dos rios avançavam cidade adentro, as forças de lorde Stark estavam a apenas alguns dias de distância, e diziam que os homens do Vale de lady Jeyne haviam deixado Vila Gaivota e estavam navegando até a Goela. O Serpente Marinha agora insistia em rendição, mas a rainha Alicent convenceu o filho a fazer uso de ameaças

DIREITA | Benjicot Blackwood na Desordem de Lama.

contra o Aegon mais novo para deter os inimigos. Aegon mandou sor Alfred Broome cortar a orelha do príncipe e a enviar aos senhores dos rios, avisando que cada milha pela qual marchassem significaria outra parte do corpo que o garoto perderia.

Mas Aegon II não contava com os traidores infiltrados dentro da Fortaleza Vermelha. Enquanto tentava cruzar a ponte levadiça da Fortaleza de Maegor para transmitir a ordem de seu rei, sor Alfred Broome foi confrontado por sor Perkin, a Pulga, e seus cavaleiros de sarjeta, que o jogaram nos espigões de ferro lá embaixo, onde ele ficou se contorcendo por dois dias até morrer. Simultaneamente, os agentes de lorde Larys fugiram com lady Baela até um lugar seguro. Os Dois Toms — tanto pai quanto filho — foram mortos. Em poucas horas, mais de vinte homens foram assassinados por lorde Larys e seus companheiros conspiradores, de forma tão silenciosa que a corte mal percebeu o que estava se passando.

No fim, a própria rainha viúva foi presa por homens usando o brasão da Casa Velaryon. Foi acorrentada e levada às masmorras. Não sabia que o último de seus filhos, o rei Aegon II, já estava morto. Ele parecera mais cansado do que de costume depois da reunião do conselho, e sor Gyles Belgrave da Guarda Real o ajudara a subir na liteira. Aegon pediu para ser levado ao septo do castelo. Bebeu uma taça de um jarro de vinho tinto e doce da Árvore enquanto era carregado até lá. Quando chegou, porém, as cortinas da liteira continuaram fechadas, e não houve resposta quando sor Gyles falou com o rei. Quando este abriu a liteira para ver o que acontecera, encontrou o rei morto, com sangue nos lábios.

E assim terminou o curto e triste reinado do rei Aegon, Segundo de Seu Nome. Governou por apenas dois anos, e morreu aos vinte e quatro. A guerra enfim acabou — mas a paz que se seguiria seria tumultuada.

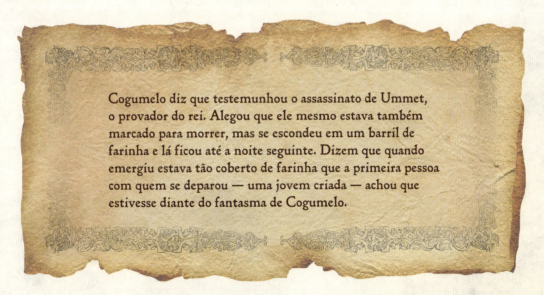

Cogumelo diz que testemunhou o assassinato de Ummet, o provador do rei. Alegou que ele mesmo estava também marcado para morrer, mas se escondeu em um barril de farinha e lá ficou até a noite seguinte. Dizem que quando emergiu estava tão coberto de farinha que a primeira pessoa com quem se deparou — uma jovem criada — achou que estivesse diante do fantasma de Cogumelo.

ESQUERDA | Lorde Borros encontra seu fim.

O conselho regente

EMBORA A MORTE DO REI AEGON II tenha dado um fim à Dança dos Dragões, não levou à coroação imediata de Aegon III, sobrinho do falecido rei e filho de Rhaenyra, a Rainha de Meio Ano. Era algo emblemático de um reino arrasado que tinha agora um rei arrasado — que testemunhara a mãe sendo comida viva por um dragão, perdera todos os irmãos e o pai e vira o próprio dragão morrer depois de voar nele pela primeira vez. Em seus últimos anos, muitos considerariam o terceiro Aegon um monarca desanimado. Não caçava sozinho ou com falcões, cavalgava apenas para se deslocar, não bebia vinho e tinha tão pouco interesse por comida que não raro precisava ser lembrado de que deveria se alimentar. Permitia torneios, mas não participava deles nem como competidor, nem como espectador. A Dança plantara as sementes de seu luto, aguadas com sangue e morte, e o que floresceu delas o marcaria pelo resto da vida.

As circunstâncias sob as quais o garoto rei começou seu reinado passaram longe de auspiciosas. O exército dos senhores dos rios, sob o estandarte do jovem lorde Kermit Tully — recém-vitorioso da Batalha da Estrada do Rei — estava se aproximando de Porto Real. Quando chegou às muralhas da cidade, foi recebido por lorde Corlys Velaryon, o Serpente Marinha, e pelo príncipe Aegon, então com dez anos. Lorde Corlys informou aos senhores dos rios que Aegon II havia morrido, proclamou o príncipe Aegon seu sucessor e depois entregou a cidade a eles. Os senhores dos rios se ajoelharam perante o príncipe e marcharam cidade adentro como salvadores, celebrados pela plebe de Porto Real.

Mas o exército Tully não era o único em marcha, buscando erradicar quaisquer apoiadores do rei Aegon II. Lorde Leowyn Corbray aportou em Valdocaso com metade do poder de lady Arryn e foi recebido de braços abertos. O mesmo ocorreu com o irmão sor Corwyn,

PÁGINA ANTERIOR | Uma reunião principesca.

ESQUERDA | Aegon mais novo retorna a Porto Real.

287

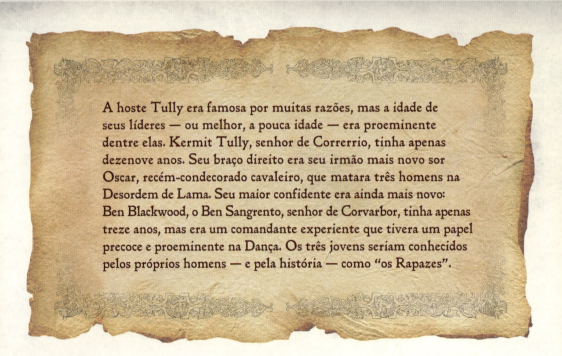

A hoste Tully era famosa por muitas razões, mas a idade de seus líderes — ou melhor, a pouca idade — era proeminente dentre elas. Kermit Tully, senhor de Correrio, tinha apenas dezenove anos. Seu braço direito era seu irmão mais novo sor Oscar, recém-condecorado cavaleiro, que matara três homens na Desordem de Lama. Seu maior confidente era ainda mais novo: Ben Blackwood, o Ben Sangrento, senhor de Corvarbor, tinha apenas treze anos, mas era um comandante experiente que tivera um papel precoce e proeminente na Dança. Os três jovens seriam conhecidos pelos próprios homens — e pela história — como "os Rapazes".

que liderava a outra metade do exército do Vale até Lagoa da Donzela. Alyn Velaryon aceitou a rendição de Pedra do Dragão depois que a guarnição rebelde foi sobrepujada pelos criados, cavalariços e cozinheiros do castelo.

E também havia o exército do Norte, sob o estandarte de lorde Cregan Stark. Sua marcha aterrorizara o septão Eustace e a rainha Alicent, e sua chegada quinze dias após a morte de Aegon II representou a ameaça de um novo surto de violência. Os oito mil guerreiros experientes do Norte tinham vindo cumprir o pacto de lorde Cregan com o príncipe Jacaerys, e o fato de que uma espécie de paz se impusera no território não fazia muita diferença. Cregan — mais conhecido como o Lobo do Norte — acreditava que a guerra não terminaria até que todos que se opunham a Rhaenyra fossem destruídos. Então anunciou que os nortenhos iriam arrasar Ponta Tempestade, depois marchar até Vilavelha para derrubar os Hightower e enfim seguir pela costa para sitiar Rochedo Casterly. Lorde Cregan não se importava com quantos de seus homens morreriam, porque o inverno que se abatera sobre o Norte encorajara os homens a marchar a sul para lutar por glória, saques e mortes longe de casa para que seu povo tivesse menos bocas para alimentar.

Nas discussões que se seguiram, lorde Corlys tentou convencer Cregan de que um acordo de paz poderia ser intermediado se os apoiadores de Aegon II dobrassem o joelho e aceitassem o governo do filho de Rhaenyra. O rei Aegon II se recusara a seguir tal recomendação do conselho, e isso levara a sua morte. A resposta de lorde Cregan foi acusar lorde Corlys de envenenar o rei Aegon II. Os homens de Cregan então prenderam lorde Corlys, lorde Larys Strong, o

DIREITA | Cregan Stark chega.

grande meistre Orwyle, sor Perkin, a Pulga, o septão Eustace e meia centena de outras pessoas que os Stark acreditavam ser traidores. Apesar de Cregan estar longe de ser um apoiador do Aegon anterior — assassino de parentes, perjuro e usurpador como havia sido —, não permitiria que qualquer homem que tivesse traído seu rei ficasse impune.

Intimidando os Rapazes para que juntassem sua força à dele, a primeira tarefa de lorde Cregan foi limpar a cidade de Porto Real de qualquer um que ele considerava ter traído a confiança de Rhaenyra. Por seis dias, lorde Cregan comandou Porto Real durante o que Munkun mais tarde chamaria de "a Hora do Lobo". A cidade foi tomada por inquietações, temerosa do que os selvagens nortenhos e seu senhor frio e irredutível poderiam fazer. Um falso Pastor com duas mãos apareceu e pregou sinas terríveis para milhares; senhores menores saíram aos socos em bordéis e becos imundos. As tensões aumentaram quando se espalhou a notícia de que os irmãos Corbray estavam em marcha, partindo de Lagoa da Donzela e Valdocaso com novos aliados como lorde Clement Celtigar, a viúva lady Staunton, lorde Mooton, lorde Brune e sor Rennifer Crabb.

De Pedra do Dragão, Alyn Velaryon exigiu a soltura de lorde Corlys e, dizem, ameaçou atacar Porto Real se o Serpente Marinha fosse ferido. Começaram a se espalhar falsos rumores de que os Lannister e os Hightower também estavam marchando, e de que sor Marston Waters chegara com dez mil mercenários vindos do leste.

Enquanto isso, lorde Cregan supervisionava interrogatórios a respeito do assassinato do rei Aegon II enquanto mantinha o príncipe Aegon confinado na Fortaleza de Maegor com Gaemon Cabelo-Claro, o garoto que, por um breve período, governara como rei. Se a escolha fosse apenas sua, lorde Cregan teria garantido que a justiça fosse feita de forma brutal, marchando em seguida para a guerra. Felizmente para o reino, muito derramamento de sangue foi poupado devido à intervenção de algumas mulheres ilustres, tanto em Porto Real quanto além da cidade. Dentre elas estavam três viúvas.

A primeira era Johanna Lannister, senhora viúva de Rochedo Casterly, que, com o pai, lorde Roland Westerling, agora governava as terras ocidentais. Os corvos de lorde Corlys, oferecendo perdão e negociações, já tinham se espalhado antes da chegada de lorde Cregan, e lady Johanna respondera aceitando os termos; pedira apenas que o Trono de Ferro ordenasse que lorde Greyjoy abandonasse a pilhagem das terras da senhora, retornando Ilha Bela aos seus senhores de direito e libertando todas as mulheres nobres que tinham sido sequestradas como esposas de sal. Além disso, jurou devolver a parte do tesouro real que fora enviada para Rochedo Casterly com a iminência da guerra, mas exigiu que sor Tyland Lannister fosse perdoado também.

A segunda viúva era lady Elenda, esposa do falecido lorde Borros Baratheon. Ela agora governava em nome do filho ainda bebê, Royce, que nascera seis dias após a morte do pai na Batalha da Estrada do Rei. Ela não pestanejou em jurar lealdade a Ponta Tempestade, oferecendo até três das filhas para servirem de reféns. Escoltadas por sor Willis Fell da Guarda Real, as garotas seriam levadas a Porto Real pela princesa Jaehaera.

A última viúva era a bela e determinada lady Samantha Hightower, viúva de lorde Ormund Hightower e filha de lorde Donald Tarly com lady Jeyne Rowan, cujas próprias famílias tinham se rebelado em apoio a Rhaenyra. Ela fora a segunda esposa do senhor, e tinha quase a mesma idade que os filhos de lorde Ormund. A morte de seu esposo na segunda Batalha de Tumbleton poderia tê-la deixado em uma posição precária, mas o novo senhor — Lyonel, então com quinze anos — se apaixonou pela própria madrasta, que era apenas dois anos mais velha que ele. De acordo com Cogumelo, lady Sam, como ela viria a ser conhecida, permitiu que ele a seduzisse e prometeu o matrimônio se ele selasse um acordo de paz e jurasse lealdade ao príncipe Aegon — o que incluía devolver a parte do tesouro real que ainda restara em Vilavelha (uma quantia considerável fora roubada pelo primo dele, sor Myles Hightower). Munkun, por outro lado, afirma que a decisão de Lyonel teve menos a ver com a

ESQUERDA | As três viúvas.

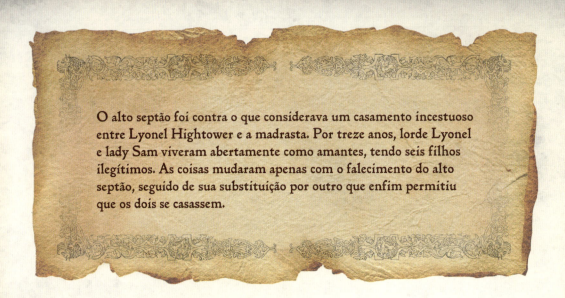

> O alto septão foi contra o que considerava um casamento incestuoso entre Lyonel Hightower e a madrasta. Por treze anos, lorde Lyonel e lady Sam viveram abertamente como amantes, tendo seis filhos ilegítimos. As coisas mudaram apenas com o falecimento do alto septão, seguido de sua substituição por outro que enfim permitiu que os dois se casassem.

influência de lady Sam e mais com o fato de que os Tyrell estavam mantendo seu irmão mais novo, Garmund, como refém, e o proibiam de juntar um exército.

Conforme cada uma das grandes casas que estavam do lado de Aegon II dobrava rapidamente o joelho perante Aegon III, o desejo de lorde Cregan pela guerra foi amainando — mais ainda quando lady Jeyne Arryn chegou de Vila Gaivota com lady Rhaena Targaryen, que carregava empoleirado no ombro um filhote de dragão de um ovo recém-eclodido. Quando os irmãos Corbray chegaram com a parte deles do exército do Vale, juntaram-se ao conselho governante e, com frequência, concordavam com lady Jeyne, deixando lorde Cregan sozinho em seus esforços de forçar retaliações contra os que ainda portavam os estandartes do dragão dourado. No fim, ele continuou insistindo apenas em um ponto significativo: que aqueles que tivessem tido parte na conspiração para envenenar o rei Aegon II fossem punidos. Os outros concordaram de má vontade, e o príncipe Aegon nomeou lorde Cregan sua Mão para que ele pudesse aplicar a justiça real, uma vez que senhor algum tinha o direito de condenar outro à morte.

Lorde Cregan se sentou em um banco de madeira aos pés do Trono de Ferro e começou o julgamento. Mais de trinta homens foram declarados culpados de traição e regicídio. Entre eles estavam o grande meistre Orwyle; sor Gyles Belgrave e três de seus irmãos juramentados da Guarda Real; sor Perkin, a Pulga, e seus poucos apoiadores; e, principalmente, lorde Larys Strong e lorde Corlys Velaryon.

Lorde Larys, que fora bastante volúvel com sua lealdade, não falou em defesa própria e não tinha amigos na corte dispostos a falar por ele. O Serpente Marinha não negou a culpa, repetindo que teria conspirado para matar Aegon II de novo, mas o príncipe Aegon foi convencido pelas meias-irmãs Baela e Rhaena a intervir — não apenas perdoando lorde Corlys, mas também lhe dando uma posição no pequeno conselho. O príncipe Aegon ainda era uma criança e não fora oficialmente coroado, então lorde Cregan não era obrigado por lei a obedecê-lo.

No entanto, de acordo com alguns, agiu por medo do que Alyn Velaryon faria se ele insistisse em executar lorde Corlys, enquanto outros sugeriam que lady Alysanne Blackwood — mais conhecia como Aly Black — conquistara seu coração, oferecendo sua mão em casamento em troca da mercê de deixar lorde Corlys viver.

Quando a manhã seguinte chegou, lorde Cregan Stark desembainhou a espada larga de aço valiriano chamada Gelo com a intenção de atuar como carrasco, segundo o costume dos Primeiros Homens de que aquele que dava a sentença também deveria brandir a espada. O primeiro na fila para ser executado era sor Perkin, a Pulga, que pediu para vestir o negro e se juntar à Patrulha da Noite. O senhor de Winterfell, um homem do Norte, não tinha como negar

ACIMA | O Julgamento do Lobo.

tal pedido. Quando outros que aguardavam a morte presenciaram aquilo, também pediram quase em uníssono que pudessem vestir o negro. No fim, apenas dois homens foram executados: sor Gyles Belgrave da Guarda Real, que concordava que não devia viver mais que seu rei, e lorde Larys Strong, o Pé-Torto. A cabeça de ambos foi exposta do lado de fora dos portões da Fortaleza Vermelha, e no dia seguinte o serviço de lorde Cregan Stark como Mão do Rei foi encerrado. Chegava ao fim a Hora do Lobo.

Lorde Cregan não queria agora mais nada com o sul, embora muitos dos homens que haviam marchado com ele para encontrar glória ou morte não tivessem conseguido nem uma, nem outra. Lady Alysanne surgiu com uma solução, afirmando que as terras fluviais estavam cheias de viúvas precisando da ajuda de homens para cuidar delas e de sua família ao longo do inverno. Mais de mil nortenhos viajariam com Aly Black e lorde Benjicot até o Tridente, e centenas de

casamentos foram celebrados nas chamadas Feiras de Viúvas organizadas em Corvarbor, Correrrio, Septo de Pedra, nas Gêmeas e em Feirajusta. Os nortenhos que não quiseram se casar juraram a espada a grandes e pequenos senhores como guardas e homens de armas. Alguns viraram foras da lei e encontraram fins nefastos, mas, em geral, o sistema de formação de casais de lady Alysanne foi muito bem-sucedido. Os nortenhos reassentados não só deram mais força aos senhores dos rios que os receberam — em especial a Casa Tully e a Casa Blackwood — como também ajudaram a reviver e espalhar a crença nos velhos deuses a sul do Gargalo.

Outros homens da hoste de lorde Cregan voltaram a atenção para o mar estreito. Sor Marston Waters voltou de Lys sozinho, depois de ter sido enviado até lá pelos conselheiros do rei Aegon II para contratar mercenários. Reportou que a Triarquia colapsara devido a conflitos internos e que a guerra parecia iminente enquanto eles contratavam todas as companhias livres que conseguiam (sor Marston foi devidamente perdoado por seus crimes pregressos). Mas para os homens que haviam marchado para a guerra nos Sete Reinos e ainda desejavam glória e fortuna, as notícias trazidas por ele eram tentadoras. Duas companhias de mercenários nasceram logo depois disso: a Matilha de Lobos, comandada por Hal Louco Hornwood e Timotty Snow, o Bastardo de Dedo de Sílex; e os Tempestuosos, comandados por sor Oscar Tully. As duas companhias se prepararam para navegar a leste e fechar contratos com as Cidades Livres.

Mas enquanto alguns deixavam a cidade, muitos outros convergiam até ela em preparação à coroação real de Aegon e sua noiva prometida, a princesa Jaehaera, filha de Aegon II. Dentre os que chegavam estavam lady Johanna Lannister e o pai, lorde Roland Westerling; lorde Lyonel Hightower e lady Sam; o alto septão (viajando separado de lorde Hightower devido ao relacionamento incestuoso de Lyonel com a madrasta); as irmãs Baratheon Cassandra, Ellyn e Floris, escoltadas por lorde Royce Caron, pai de lady Elenda; sor Alyn Velaryon; sor Medrick e sor Torrhen Marderly com uma centena de cavaleiros de Porto Branco; e muitos outros de lugares mais distantes, incluindo emissários de seis das Nove Cidades Livres e três esplêndidos príncipes com mantos de pena vindo das Ilhas do Verão.

No sétimo dia da sétima lua de 131 DC, um dia auspicioso e sagrado de acordo com a Fé, o alto septão realizou os ritos do casamento no topo da Colina de Visenya para que toda a cidade pudesse assistir. O príncipe Aegon foi casado com a princesa Jaehaera, e a união foi celebrada com o clamor de aprovação de dezenas de milhares de testemunhas. Os Targaryen recém-casados foram carregados até a Fortaleza Vermelha, onde Aegon foi coroado com uma tiara simples de ouro e declarado Aegon, Terceiro de Seu Nome, Rei dos Ândalos, dos Roinares e dos Primeiros Homens e Senhor dos Sete Reinos. Foi uma ocasião luxuosa — embora os dragões que outrora voavam triunfantemente no céu em ocasiões festivas como aquela estivessem ausentes: uma perda que a Casa Targaryen sentiria nos anos e décadas vindouros.

ESQUERDA │ Um novo amanhecer na corte.

A primeira medida do rei Aegon III foi providenciar aqueles que o protegeriam e defenderiam, e que também o ajudariam a governar até atingir a maioridade. Sor Willis Fell, que vestia o manto branco desde a época do rei Viserys, foi nomeado senhor comandante da Guarda Real. Sor Marston Waters foi empossado como membro da Guarda Real e se tornou braço direito de sor Willis. Como todos esses tinham sido apoiadores de Aegon II durante a guerra, os outros lugares disponíveis da Guarda Real foram dados a homens que tinham ficado do lado de Rhaenyra.

Sor Tyland Lannister, que fora enviado com sor Marston Waters às Cidades Livres para contratar companhias de mercenários, assumiu como Mão do Rei quando voltou. Lorde Leowyn Corbray foi nomeado Protetor do Território. Enfim, um conselho regente foi estabelecido, formado por lady Jeyne Arryn, lorde Corlys Velaryon, lorde Roland Westerling, lorde Royce Caron, lorde Manfryd Mooton, sor Torrhen Manderly e o grande meistre Munkun, que fora escolhido pela Cidadela para substituir o grande meistre Orwyle (como Aegon não tinha parentes mais velhos para governar em seu nome até atingir a maioridade, decidiu-se que um conselho de sete membros era a melhor opção).

Durante o restante do ano de 131 DC, muitos dos que tinham ido a Porto Real — em guerra ou em paz — partiram mais uma vez… exceto por uma distinta exceção. Quando os homens de sor Medrick Manderly fizeram uma contagem final daqueles que tinham escapado da justiça de lorde Cregan assumindo o negro, descobriram que o grande meistre Orwyle estava desaparecido. Ao que parece, Orwyle conseguiu subornar um guarda, vestiu trapos de pedinte e sumiu pela cidade. Sor Medrick e seu navio deixaram Porto Real sem ele — mas com o guarda subornado em seu lugar.

Conforme 131 DC chegava ao fim, a paz da cidade foi restaurada sob o experiente cuidado de sor Tyland. O cavaleiro Lannister sofrera muito nas mãos de Rhaenyra. Os torturadores da rainha o haviam cegado, arrancado suas unhas dos pés e das mãos, decepado as orelhas e removido seu membro viril. Outrora belo e vistoso, agora assustava as senhoras da corte de tal forma que passou a usar um capuz de seda em ocasiões formais — mas isso apenas lhe garantiu uma reputação sinistra de feiticeiro mascarado. Apesar disso, sor Tyland se provou uma Mão excepcionalmente capaz, e a obstinada lealdade ao rei Aegon III era nítida a qualquer um que prestasse atenção. Acabou se tornando uma figura dominante na corte, e o conselho regente logo viu suas funções diminuírem dia após dia.

E o reino realmente necessitava de um homem como sor Tyland, porque a Dança o deixara estilhaçado. O comércio colapsara, inúmeros castelos, cidades e vilarejos tinham sido arrasados, foras da lei e homens de índole duvidosa saqueavam o território e um inverno rigoroso se abatera sobre o reino. Os Lannister eram conhecidos por sua fortuna, e sor Tyland sabia como usar o ouro que fora restituído ao tesouro real. Após abolir os impopulares impostos de Rhaenyra e lorde Celtigar, usou uma boa porção do dinheiro para fazer empréstimos que senhores e cavaleiros poderiam usar para reconstruir seus domínios. Construiu enormes celeiros fortificados em Porto Real, Lannisporto e Vila Gaivota, e comprou grãos para enchê-los.

Alocou homens para restaurar o Fosso dos Dragões. Construiu cinquenta novas galés de guerra para colocar os estaleiros de novo em funcionamento… mas também para, quem sabe, reduzir a dependência da coroa à Casa Velaryon e para lidar com os contínuos problemas causados por lorde Dalton Greyjoy e seus salteadores — problemas que persistiriam por mais três anos, já que arrasavam todas as frotas que lady Johanna enviava para os confrontar.

Lorde Dalton tampouco era o único problema no mar. A dissolução do Reino das Três Filhas prosseguia de forma acelerada. Quando Lys e Myr entraram em guerra, Tyrosh aproveitou a oportunidade para afirmar seu domínio sobre os Degraus. Para reforçar a alegação, o arconte de Tyrosh convocou Racallio Ryndoon, o espalhafatoso capitão-general que já comandara as forças da Triarquia contra Daemon Targaryen. Racallio invadiu as ilhas em um piscar de olhos e encerrou o reinado do Rei do Mar Estreito… e reivindicou depois a coroa para si, traindo o arconte e sua cidade natal. A confusa guerra de quatro lados que se seguiu teve o efeito de fechar a extremidade sul do mar estreito para o tráfego de embarcações, o que interrompeu o comércio de Porto Real, Valdocaso, Lagoa da Donzela e Vila Gaivota com o leste. Pentos, Braavos e Lorath foram afetadas de forma similar, e enviaram emissários até Porto Real

Racallio Ryndoon era um homem pitoresco que se tornou assunto tanto de estudos acadêmicos quanto de histórias populares. Era um homem robusto, habilidoso com o manejo da espada usando ambas as mãos, e com frequência lutava usando duas lâminas. Em batalha, era comum vê-lo rindo, e diziam que às vezes até entoava canções obscenas.

Ninguém pode negar que ele viveu uma vida de extremos: ambição extrema, gula extrema, luxúria extrema… e generosidade extrema. Embora fosse de Tyrosh, uma Cidade Livre conhecida por seus comerciantes de escravos, odiava a escravidão e libertava escravizados sempre que os encontrava. Teve muitas esposas, mas, segundo as histórias, às vezes também se vestia com roupas de mulher.

Racallio Ryndoon.

com a esperança de selar uma aliança com o Trono de Ferro contra Racallio e as conflituosas Filhas. A proposta, porém, foi rejeitada por sor Tyland Lannister.

Também havia problemas dentro das muralhas de Porto Real. O que causava maior preocupação era o próprio rei — e sua rainha. Ambos eram crianças estranhamente desanimadas. Jaehaera era muito imatura para uma menina de oito anos, e Aegon não demonstrava qualquer interesse em conversar ou, de forma geral, interagir com outras pessoas; tinha também uma aversão violenta aos dragões vivos remanescentes. Seu único amigo na época era o bastardo Gaemon Cabelo-Claro. O grande meistre Munkun não conseguia encontrar nada que o entretivesse ou divertisse, e temia a possibilidade de o rei ter morrido por dentro.

Um problema menor foi descoberto no início de 132 DC, quando o grande meistre Orwyle foi localizado. Tinha raspado a cabeça e a barba e se escondido em um bordel, onde ganhava o pão de cada dia varrendo, esfregando e inspecionando os clientes para ver se tinham bexigas. O erro dele foi ensinar algumas das prostitutas a ler, o que gerou suspeitas e levou à revelação de sua identidade. Muitos pediram a execução imediata do homem como perjuro. Mas sor Tyland — aparentemente sentindo certa lealdade por um companheiro membro do antigo conselho verde — apontou que ainda não havia uma justiça real e que, como um homem cego, ele era uma escolha ruim para brandir a espada na sentença. Usando isso como pretexto, a Mão apenas confinou Orwyle em uma cela de torre (grande, arejada e confortável demais, alguns apontavam) até que um carrasco adequado pudesse ser encontrado. O antigo grande meistre então recebeu penas, tinta e pergaminhos para poder continuar suas confissões. E foi o que fez por boa parte dos dois anos seguintes, registrando a extensa história dos reinados de Viserys I e Aegon II; tais relatos, mais tarde, acabariam se provando uma inestimável fonte para o livro *Uma história verdadeira*, escrito por seu sucessor.

Enquanto isso, no Vale, bandos de selvagens das Montanhas da Lua se abatiam sobre o Vale de Arryn em grande quantidade para saquear e pilhar, o que fez lady Jeyne voltar para o Ninho da Águia; em Dorne, a ascensão de uma belicosa jovem princesa, Aliandra Martell, levou lorde Royce Caron de volta à Marca de Dorne para lidar com os muitos saqueadores que tinham a esperança de conquistar a mão dela em casamento com sua ousadia. Com isso, sobravam apenas cinco regentes — dentre os quais o principal era lorde Corlys Velaryon. Era o único no qual o rei Aegon parecia confiar, mas no sexto dia da terceira lua de 132 DC, o Serpente Marinha caiu dos degraus da escada em caracol da Fortaleza Vermelha e faleceu antes que o grande meistre pudesse ajudá-lo.

O corpo de lorde Corlys foi enviado a Derivamarca em um navio comandado por Marilda de Casco, com o filho Alyn a seu lado. O Serpente Marinha foi enterrado no mar a bordo do antigo *Serpente Marinha* — a famosa embarcação que o levara aos confins do mundo e lhe garantira a alcunha pela qual ficara conhecido. Mas, com seu falecimento, a sucessão ao

DIREITA | O funeral do Serpente Marinha.

comando de Derivamarca e da Casa Velaryon se tornou, de repente, uma questão em aberto. Alyn Velaryon era a escolha do próprio Corlys como sucessor, mas Alyn era um bastardo — de forma que quatro homens foram à corte oferecer sua pretensão. Sor Malentine e sor Rhogar Velaryon eram os filhos de um dos irmãos mais novos de Corlys, e Daemion e Daeron Velaryon eram os filhos de sor Vaemond Velaryon, que perdera a cabeça anos antes pela ousadia de chamar o filho de Rhaenyra, Lucerys, de bastardo. Os dois primeiros — que haviam tido a língua removida por falar a mesma coisa na frente de Viserys — aceitaram mal a rejeição pela Mão e pelo conselho regente e tentaram matar Alyn em Derivamarca; foram frustrados apenas pela lealdade dos guardas da Casa Velaryon. Os demais aceitaram a decisão e se reconciliaram com Alyn, recebendo terras em Derivamarca.

Depois que Alyn foi devidamente empossado como Senhor das Marés e Senhor de Derivamarca, ofereceu-se para assumir o lugar do avô (ou do pai, se fosse o caso) no conselho

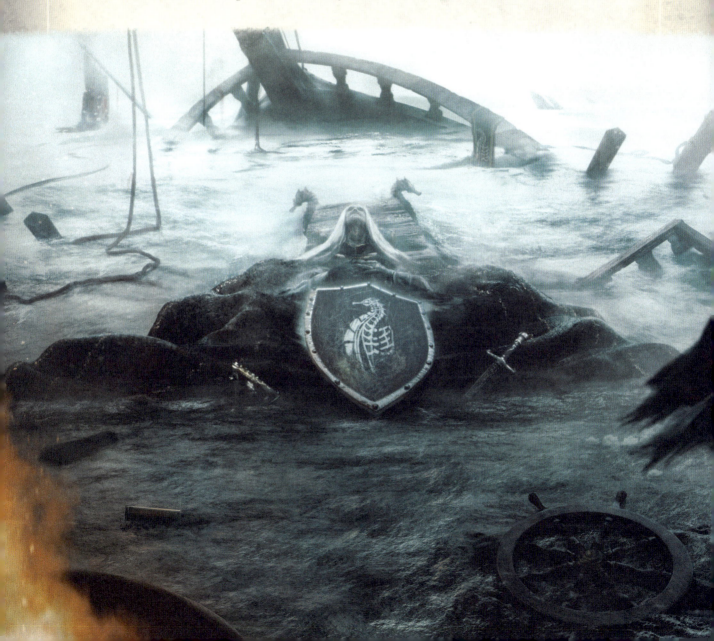

regente. Tinha apenas dezesseis anos, porém, então foi enviado de volta para Derivamarca com o agradecimento de sor Tyland. Em vez dele, os regentes convocaram Unwin Peake — senhor de Piquestrela, Dustonbury e Matabranca — para se juntar a eles.

O falecimento de lorde Corlys também levantou outra questão — a única certeza da vida era a morte. Se algo acontecesse com Aegon III, ele precisaria ter um sucessor determinado. O direito da rainha Jaehaera ao trono era tão válido quanto o de Aegon — ou talvez ainda mais forte; ela era uma garota, porém, e além disso uma de índole doce, simples e assustadiça. Isso deixava o conselho com as populares filhas do príncipe Daemon com lady Laena Velaryon: Baela e Rhaena, então com dezesseis anos.

O fato de serem mulheres fazia com que não pudessem ser herdeiras de Aegon, mas o conselho rapidamente focou no direito de reivindicar a virgindade delas. Baela, que nascera primeiro do útero da mãe, era uma jovem animada que adorava atividades pouco adequadas a uma donzela de alta estirpe, incluindo cavalgar no meio da noite em garanhões de corrida, beber com a Patrulha da Cidade em sua guarnição e fazer amizade com homens e mulheres de baixo nascimento. Assim, a Mão e o conselho decidiram casá-la com Thaddeus Rowan, Senhor de Bosquedouro, que estava à procura de uma terceira esposa depois da morte da segunda, um ano antes. Lorde Thaddeus era querido e respeitado, e lutara pela rainha Rhaenyra na Dança. O fato de que todos os filhos de lorde Rowan eram homens também contava muito a seu favor; se concebesse um filho homem com lady Baela, Aegon III teria um sucessor claro. Mas também era quarenta anos mais velho que Baela, careca e dono de uma barriga avantajada.

Indignada, Baela recusou a união — e quando a Mão a confinou em seus aposentos, a jovem escapou por uma janela, trocou de roupas com uma lavadeira e seguiu até as docas, de onde um pescador a levou até Derivamarca. Quinze dias depois, ela e lorde Alyn Velaryon estavam casados. Alguns regentes foram contra, exigindo o anulamento da cerimônia, mas sor Tyland escolheu aceitar o casamento — e chegou a espalhar o rumor de que a união fora arranjada pelo rei e pela corte. O orgulho ferido de lorde Thaddeus foi mitigado com o oferecimento da mão de Floris Baratheon, a mais linda das filhas de lorde Borros (infelizmente para Floris, ela viria a falecer no parto dois anos depois).

Sor Tyland então voltou a atenção para quem ganharia a mão de lady Rhaena, e dessa vez o conselho garantiu que a própria garota fizesse parte da discussão. Ela era mais fácil de manejar que a irmã, e muito mais favorável à ideia de um casamento arranjado — e, quando perguntada se tinha alguma preferência, apontou sor Corwyn Corbray, a quem se afeiçoara enquanto ainda era protegida de lady Jeyne no vale. Corwyn, irmão mais novo de lorde Leowyn, tinha trinta e dois anos e era um viúvo com duas filhas, além de um cavaleiro de excelente reputação a quem o pai dera Senhora Desespero, a ancestral espada de aço valiriano pertencente aos Corbray. Como a união parecia muito apropriada, o conselho concordou. O noivado foi anunciado, e, quinze dias depois, os dois estavam casados (os regentes acharam prudente que Rhaena se casasse rápido, caso a irmã já estivesse grávida).

Mais tarde naquele ano, porém, celebrações de casamento deram lugar a pensamentos de morte, pois a Febre do Inverno se abateu sobre os Sete Reinos. Primeiro varreu as Três Irmãs, matando um terço da população de Vilirmã. A culpa foi colocada em baleeiros do Porto de Ibben, que foram executados, mas não foi o suficiente para resolver a situação. A doença então atravessou a Dentada e chegou a Porto Branco, e milhares morreram — incluindo lorde Desmond Manderly e seu herdeiro sor Medrick. Sor Torrhen então se tornou Senhor de Porto Branco e abriu mão da posição no conselho regente, reduzindo a quantidade de membros a quatro.

A Cidadela chamaria aquela estação de o Inverno das Viúvas. Tantos senhores faleceram que o número de mulheres governantes foi sem precedentes — tanto por direito quanto em nome dos esposos, irmãos ou pais falecidos. Em um período que cobriu 132 DC e o começo de 133 DC, porém, quatro dessas mulheres se destacavam. A mais importante delas era lady

ACIMA | A fuga de Baela.

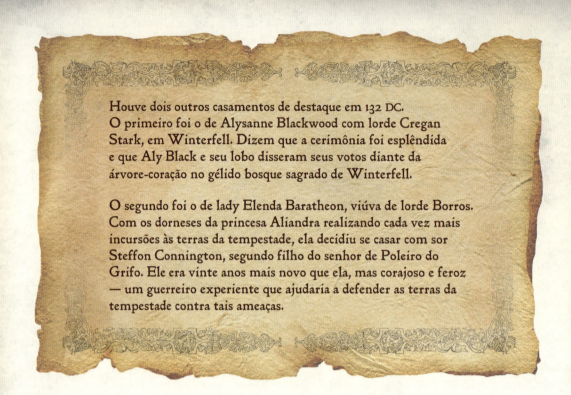

Houve dois outros casamentos de destaque em 132 DC. O primeiro foi o de Alysanne Blackwood com lorde Cregan Stark, em Winterfell. Dizem que a cerimônia foi esplêndida e que Aly Black e seu lobo disseram seus votos diante da árvore-coração no gélido bosque sagrado de Winterfell.

O segundo foi o de lady Elenda Baratheon, viúva de lorde Borros. Com os dorneses da princesa Aliandra realizando cada vez mais incursões às terras da tempestade, ela decidiu se casar com sor Steffon Connington, segundo filho do senhor de Poleiro do Grifo. Ele era vinte anos mais novo que ela, mas corajoso e feroz — um guerreiro experiente que ajudaria a defender as terras da tempestade contra tais ameaças.

Johanna, viúva do Rochedo Casterly, que comandava os domínios da Casa Lannister em nome do filho mais novo, lorde Loreon. Suplicara várias vezes à Mão do rei Aegon III, irmão gêmeo do seu falecido esposo, por ajuda contra os saqueadores, mas não recebera auxílio algum. Desesperada para proteger seu povo, lady Johanna enfim vestiu uma cota de malha masculina para liderar os homens de Lannisporto e Rochedo Casterly contra o inimigo. As canções contam como ela matou uma dúzia de homens de ferro aos pés da muralha de Kayce, mas a história seguramente pode ser dispensada como obra de cantores embriagados; Johanna portava um estandarte em batalha, não uma espada. Porém sua coragem ajudou a inspirar os homens das terras ocidentais, de forma que os saqueadores foram derrotados e Kayce foi salvo.

Lady Sharis Footly, viúva de Tumbleton, alcançou outro tipo de fama através de seus esforços para restaurar a cidade destruída. Governando em nome do filho bebê (meio ano antes da segunda Batalha de Tumbleton, tinha dado à luz um vigoroso menino de cabelo escuro que proclamou ser herdeiro legítimo de seu falecido senhor marido, embora seja muito mais provável que o pai do garoto fosse Ousado Jon Roxton), lady Sharis demoliu as carcaças queimadas de lojas e casas, reconstruiu as muralhas da cidade, enterrou os mortos, plantou trigo, cevada e nabos nos campos onde as batalhas haviam acontecido e até mesmo limpou, empalhou e expôs as cabeças dos dragões Fumaresia e Vermithor na praça da cidade, onde viajantes pagavam um bom dinheiro para vê-las.

DIREITA | Alys Rivers em Harrenhal.

Em Vilavelha, o relacionamento entre o alto septão e a viúva de lorde Ormund, lady Sam, continuava a piorar conforme ela ignorava as ordens de Sua Alta Santidade de se abster de dormir com o enteado e assumir os votos como irmã silenciosa em penitência por seus pecados. Então o alto septão condenou a senhora viúva de Vilavelha como uma desavergonhada fornicadora e a proibiu de colocar os pés no Septo Estrelado até que tivesse se arrependido e buscado perdão. Em vez disso, lady Sam montou um cavalo de batalha e invadiu o septo em meio a uma prece de Sua Alta Santidade. Quando ele exigiu saber a razão da presença da mulher ali, lady Sam respondeu que fora proibida de colocar os pés no septo, mas o septão não dissera nada sobre os cascos de seu cavalo. Depois ela mandou que os cavaleiros bloqueassem as portas; se o septo estava fechado para ela, ficaria fechado a todos. O alto septão esbravejou e reclamou, mas no fim não teve escolha a não ser ceder.

E por fim, havia Alys, a "rainha bruxa" de Harrenhal. Nas últimas menções a Alys nos anais da história, ela estivera grávida do príncipe Aemond Caolho. Mas agora comandava um Harrenhal repleto de homens arruinados, cavaleiros ladrões, foras da lei e seus seguidores, de forma que a Mão enviou sor Regis Groves da Guarda Real para limpar o castelo da escória que

o enchia e o reivindicá-lo de volta ao reino. A Regis e sua escolta se juntou sor Damon Darry com uma pequena tropa de homens dos Darry. Em Harrenhal, Alys Rivers apresentou o filho, que alegava ser o herdeiro legítimo de Aemond — e, portanto, rei de direito ao trono de Westeros. Quando sor Regis se negou a se ajoelhar perante o rei criança, Alys ergueu a mão, e a cabeça dele explodiu. Alguns afirmam que ela fez um gesto mágico, enquanto outros sugerem que na verdade sinalizou algo para um arqueiro ou fundeiro. O que se sabe é que, depois da morte do cavaleiro, uma companhia de saqueadores irrompeu do castelo. Da centena que fora enviada, apenas sor Damon e trinta e dois de seus homens sobreviveram.

O conselho não deu atenção às histórias sobre a feitiçaria de Alys, e todos concordaram que uma força maior deveria ser enviada para recuperar Harrenhal. Mas todos os planos de invasão foram postergados quando, no terceiro dia de 133 DC, a Febre do Inverno chegou a Porto Real. Vítimas da mazela eram reconhecidas inicialmente por conta da pele corada e, depois, pela febre lenta que, no quarto dia, cedia por completo ou matava as pessoas acometidas. Os meistres tentaram todo o possível para melhorar as chances de sobrevivência das vítimas da Febre do Inverno, mas tudo o que conseguiam era atrasar seu avanço. Apenas um quarto das pessoas que a contraíam sobrevivia, fazendo da peste a pior desde os Arrepios, no reinado de Jaehaerys, o Conciliador.

Todos os esforços de manter a doença longe da Fortaleza Vermelha em si falharam. O grande meistre Munkun foi um dos poucos a sobreviver ao contágio, mas a moléstia levou sor Willis Fell, o senhor protetor Leowyn Corbray, o comandante da Patrulha da Cidade, duas das criadas da rainha Jaehaera e lorde Roland Westerling. Apenas uma morte foi misericordiosa: a da rainha viúva Alicent, prisioneira desde o fim da guerra. Ela ficara cada vez mais desequilibrada em seu confinamento, de modo que, para ela, a morte chegou como um alívio bem-vindo.

Durante essa época de terrível sofrimento, dois heróis surgiram. O primeiro foi Orwyle, que fora liberado para praticar suas artes como meistre pois muitos dos meistres treinados tinham sido abatidos pela febre. Não teve mais sorte do que seus predecessores no tratamento da doença, mas trabalhou incessantemente para diminuir o sofrimento dos acometidos. O outro foi o rei Aegon, que passou seus dias visitando os doentes; com frequência se sentando com eles durante horas, às vezes segurando a mão das pessoas entre as suas ou limpando o rosto delas com panos frios e úmidos. Sua Graça raramente falava, mas compartilhava o silêncio das vítimas e ouvia enquanto lhe contavam histórias de sua vida, imploravam por perdão ou se gabavam de conquistas, gentilezas e filhos. A maior parte das pessoas que visitou morreu, mas aqueles que resistiram atribuíram a sobrevivência ao toque das "mãos curativas" do rei.

A última pessoa que Aegon visitou em seu leito de morte foi Tyland Lannister. Embora a cidade estivesse em seus dias mais sombrios, sor Tyland continuara na Torre da Mão, trabalhando duro. Mas o destino seria cruel, pois quando o pior já passara e os novos casos de Febre do

DIREITA | As mãos curativas de Aegon III.

Inverno tinham caído quase a zero, sor Tyland sucumbiu. A febre lhe tirou a vida em dois dias em vez de nos quatro usuais. O septão Eustace estava com ele no instante em que faleceu, assim como o menino rei que servira. Aegon segurou sua mão enquanto ele dava o último suspiro.

Sor Tyland Lannister nunca fora amado. O véu que usava para esconder o rosto desfigurado deu origem à história de que, por baixo, possuía feições monstruosas e horrendas. Ao retirar três quartos do ouro da Coroa de Porto Real enquanto era mestre da moeda de Aegon II, Tyland Lannister plantara as sementes da derrocada da rainha Rhaenyra — um golpe de astúcia que, no fim, custaria a ele os olhos, as orelhas e a saúde, enquanto cobraria da rainha o trono e a própria vida. Mas é inegável que ele serviu bem e com lealdade como Mão do filho de Rhaenyra.

Guerra e paz

APÓS A FEBRE DO INVERNO e a morte de sua Mão, o rei Aegon — que ainda nem sequer completara treze anos — enfim assumiu todas as funções de sua posição. Dispensou sor Marston Waters do cargo de senhor comandante da Guarda Real; em seu lugar, nomeou sor Robin Massey e sor Robert Darklyn para a ordem e empossou Massey como senhor comandante. Também nomeou lorde Thaddeus Rowan Mão do Rei e lorde Alyn Velaryon seu almirante.

No entanto, os outros três regentes — lorde Unwin Peake, lorde Manfryd Mooton e o grande meistre Munkun — sentiram que deveriam ter sido consultados. Lorde Mooton, ainda se recuperando da Febre do Inverno, tinha a esperança de aguardar o retorno de lady Jeyne Arryn e lorde Royce Caron, mas lorde Unwin declarou que estes tinham aberto mão de seu lugar no conselho e decidiu cancelar as nomeações feitas pelo rei.

O conselho fez escolhas bem diferentes das do monarca. Sor Marston virou senhor comandante da Guarda Real, Darklyn e Massey perderam os mantos e o sobrinho de lorde Unwin, sor Amaury Peake de Piquestrela, e o irmão bastardo, sor Mervyn Flowers, foram indicados no lugar dos outros dois. O grande meistre Orwyle foi devolvido à cela, e Alyn Velaryon perdeu o cargo. Thaddeus Rowan aceitou um lugar no conselho regente — assim como a posição de juiz e mestre das leis. E, mais importante, lorde Unwin foi declarado tanto Protetor do Território *quanto* Mão do Rei.

Como resposta por ter sido contrariado dessa forma, o rei Aegon III voltou ao silêncio e à passividade de sempre. Por boa parte do resto de sua minoridade, o rei Aegon III mal contribuiu com o governo do reino, cabendo a ele apenas assinar e selar documentos que eram colocados à sua frente. Continuou sendo distante e isolado até mesmo em seu próprio castelo,

ESQUERDA | Investidura da Guarda Real.

enquanto o verdadeiro poder do reino era exercido por lorde Unwin, descendente de uma família antiga e ilustre que tinha suas origens nos Primeiros Homens e na Era dos Heróis.

Outrora, a Casa Peake fora uma das principais casas da Campina, mas desde a chegada de Aegon, o Conquistador, entrara em um lento declínio em termos de prestígio e fortuna. Lorde Unwin pretendia mudar isso a partir da sua então elevada posição. Além de colocar parentes na Guarda Real, ofereceu cargos para amigos, aliados e seguidores. As fileiras da Patrulha da Cidade foram preenchidas com quinhentos de seus próprios homens, e o comando ficou com sor Lucas Leygood, filho de um dos Ouriços que conspirara com ele em Tumbleton. Uma de suas tias foi alocada como chefe dos assuntos domésticos da rainha Jaehaera. O mestre de armas de Piquestrela, sor Gareth Long, recebeu o mesmo cargo na Fortaleza Vermelha; George Graceford, Senhor de Salão Santo e companheiro Ouriço de lorde Unwin, e sor Victor Risley, o Cavaleiro da Clareira Risley, assumiram respectivamente os cargos de senhor confessor e Magistrado do Rei. Até o septão Eustace foi substituído pelo septão Bernard, parente distante de lorde Unwin.

Sub tutelagem de sor Gareth Long, esperava-se que o rei Aegon adquirisse as habilidades de um cavaleiro. No entanto, Long era conhecido por ser um tutor agressivo, e ao entender que não poderia aplicar as punições costumeiras a um membro da realeza, encontrou uma alternativa. Com a permissão de lorde Unwin, transformou Gaemon Cabelo-Claro — único amigo do rei — em bode expiatório de Aegon, que recebia todos os castigos que Long desejava infligir ao rei. As lágrimas e o sangue derramados por Gaemon levaram a uma notável melhoria das habilidades do rei, mas o ódio pelo homem de armas borbulhava no peito do jovem monarca.

Unwin se cercou da própria guarda pessoal: dez mercenários muito bem pagos chamados de Dedos, comandados por um volantino conhecido como Tessario, o Tigre, devido às listras tigradas tatuadas em seu rosto e suas costas, que o marcavam como um antigo soldado

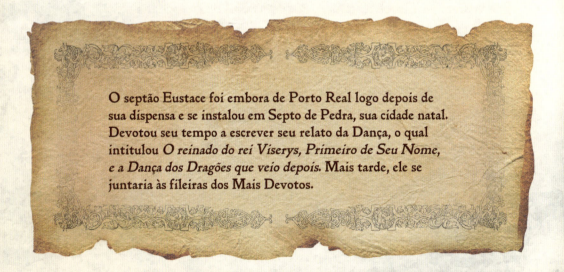

O septão Eustace foi embora de Porto Real logo depois de sua dispensa e se instalou em Septo de Pedra, sua cidade natal. Devotou seu tempo a escrever seu relato da Dança, o qual intitulou *O reinado do rei Viserys, Primeiro de Seu Nome, e a Dança dos Dragões que veio depois*. Mais tarde, ele se juntaria às fileiras dos Mais Devotos.

escravizado; o rei acabaria criando uma inimizade com Tessario depois de este matar sor Robin Massey em uma discussão sobre um cavalo. Lorde Unwin desejava projetar força e austeridade, ao contrário de como era com seu predecessor sor Tyland Lannister e sua fala mansa. Gabava-se do fato de ter se apropriado da Fazedora de Órfãos, a espada de aço valiriano que Ousado Jon Roxton portava em Tumbleton. E, no Dia de Festa do Nosso Pai no Céu, época propícia aos julgamentos, ele e sor Victor distribuíram justiça com uma eficiência sangrenta. Dezenas de pessoas tiveram as mãos amputadas, oito estupradores foram castrados e enviados à Muralha, narizes foram quebrados, um olho arrancado e uma série de assassinos enforcada.

Os três últimos prisioneiros eram os mais conhecidos: o falso Pastor Renascido; um pentosiano que, diziam, capitaneava o navio que levara a Febre do Inverno a Porto Real; e o grande meistre Orwyle. Sor Victor Risley, de sua posição de Magistrado do Rei, lidou pessoalmente com todos eles. Decapitou o falso Pastor e o capitão pentosiano com seu machado de carrasco, mas o grande meistre Orwyle teve uma morte mais nobre pela espada, em reconhecimento a seu nascimento nobre e longo serviço.

Quando chegou a metade do ano, o castelo, a cidade e o rei estavam sob firme controle de lorde Unwin. Assim, seu foco se voltou ao resto do reino, uma vez que o comércio andava quase inexistente, os homens de ferro ainda guerreavam contra os homens das terras ocidentais, os dorneses saqueavam a Marca e a severidade do inverno trouxera escassez de comida para o Norte.

Lorde Unwin nomeou o famoso tio sor Gedmund Peake — conhecido como Grande Machado por conta de sua arma favorita — como comandante de uma frota composta de oito grandiosos navios de guerra (encomendados por sor Tyland) e vinte dracares de pesca e galés mais antigos. Sor Gedmund não era marinheiro, então escolheu como imediato um marinheiro mercenário chamado Ned Bean, mais conhecido como Bean Negro por conta de sua barba. Quando zarparam na direção dos Degraus, o poder de Racallio Ryndoon fora quase todo varrido do mar, mas ele ainda tinha controle da maior das ilhas, conhecida como Pedrassangrenta. Braavos e Pentos dominavam juntos boa parte do resto dos Degraus. Sabendo que não seriam capazes de derrotar Braavos no oceano, lorde Unwin ordenou a sor Gedmund que derrotasse Ryndoon e seus marinheiros mercenários para depois tomar Pedrassangrenta e a usar como base para manter o mar estreito aberto ao comércio. Sor Gedmund, por sua vez, recorreu a Alyn Velaryon, mandando que este entregasse o controle dos esquadrões Velaryon para Ned Bean. Lorde Alyn se recusou a abrir mão de sua posição de comando, mas as embarcações se juntaram obedientemente à frota.

Quando chegaram à ilha de Tarth, onde tiveram a força incrementada por uma dezena de dracares comandados por lorde Bryndemere, a Estrela da Tarde, a situação mudara nos Degraus. O Senhor do Mar de Braavos, o arconte de Tyrosh e Racallio Ryndoon haviam encontrado uma causa em comum e se juntado. Com total controle sobre os Degraus, permitiam

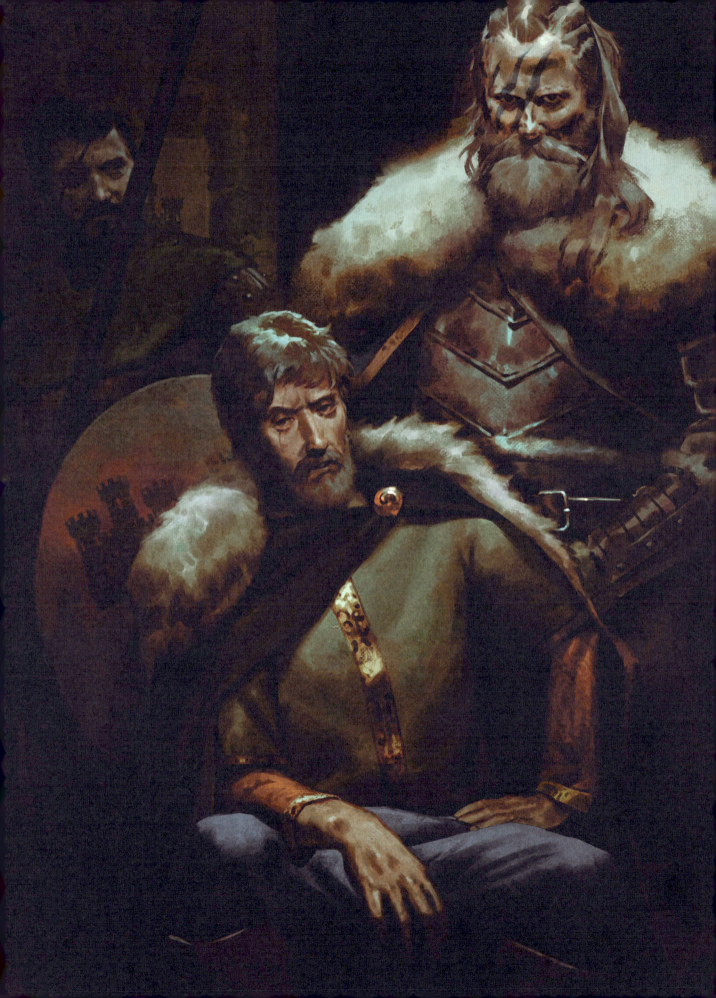

que apenas embarcações licenciadas por Braavos ou Tyrosh pudessem passar em segurança. Sabendo disso, Gedmund Grande Machado contatou Porto Real, questionando como proceder. Quando Alyn Velaryon respondeu instando ação imediata, dizendo que o elemento surpresa seria perdido se esperassem demais, sor Gedmund se negou a avançar.

Na manhã seguinte, a frota Velaryon havia partido. Gedmund os xingou, acreditando terem fugido ao norte, até Derivamarca, mas se enganou. Lorde Alyn assumira o controle da situação e navegara ao sul, e três dias depois realizou um devastador ataque surpresa que pegou os braavosianos desprevenidos. Metade dos barcos de Braavos foram tomados, incendiados ou afundados. Lorde Alyn recebeu a alcunha de Punho de Carvalho por afundar o enorme dromon *Grande Desafio* depois de o atingir com o próprio navio, *Rainha Rhaenys*. A vitória foi

ESQUERDA | Lorde Unwin e Tessario.
ACIMA | Os navios do rei se aproximam de Tarth.

total; apenas três barcos foram perdidos (embora um, *Coração Verdadeiro*, tenha levado junto seu capitão, Daeron, primo de Alyn), porém mais de trinta embarcações inimigas acabaram naufragadas. Ele também capturou dezessete barcos e obteve inúmeros reféns e recompensas — incluindo um elefante cuja destinação seria o bestiário do Senhor do Mar de Braavos. Quando retornou a Porto Real, lorde Alyn foi recebido e ovacionado por dezenas de milhares enquanto cavalgava pelo Portão do Rio montado em seu novo elefante.

A recepção na Fortaleza Vermelha foi muito mais contida, no entanto. Em privado, lorde Unwin ameaçou decapitá-lo. O ataque aos braavosianos fora uma ação imprudente, pois deixara sor Gedmund impedido de invadir Pedrassangrenta e a tomar de Racallio Ryndoon, cujo reino pirata agora estava mais forte do que nunca. Além disso, um ataque direto à frota de Braavos poderia muito bem levar a uma guerra com a qual o reino não tinha condições de arcar.

Em público, porém, lorde Alyn ganhou inúmeras distinções de lorde Peake e do conselho regente, recebendo um título de cavaleiro, o cargo de mestre dos navios e uma posição no pequeno conselho do rei. O que Alyn Punho de Carvalho não percebeu, porém, foi que nem tudo eram flores — pouco depois, foi requerido a ele que comandasse a frota Velaryon na tentativa de libertar Ilha Bela e dar um fim a lorde Dalton Greyjoy, a Lula-Gigante Vermelha, que causara muitos problemas no oeste. A missão era uma armadilha, planejada por lorde Unwin para enfraquecer ou matar lorde Alyn. E caso, contra todas as possibilidades, Alyn acabasse sendo bem-sucedido... Bem, isso apenas aumentaria a reputação da Mão e do conselho por terem ordenado o ataque.

Lorde Alyn deu o elefante de presente ao rei e seguiu até Casco para reunir suas embarcações e se despedir da esposa, lady Baela, que lhe revelou estar grávida. De lá, partiu na galé *Lady Baela* para a longa viagem a oeste. A jornada de Porto Real até as terras ocidentais era árdua, passando pelos hostis Degraus e seguindo ao longo da estéril e pouco acolhedora costa de Dorne até chegar à bocarra aberta dos homens de ferro.

Lorde Alyn primeiro precisava passar pelos Degraus, onde poderia negociar ou lutar com a "rainha" Racallio. Punho de Carvalho escolheu a diplomacia, então Ryndoon o hospedou durante duas insanas semanas em sua fortaleza em Pedrassangrenta. Nunca ficou muito claro, nem mesmo para Sua Senhoria, se lorde Alyn estava ali como prisioneiro ou convidado, pois o anfitrião era tão volúvel quanto o mar. Em um dia Ryndoon tratava Punho de Carvalho como amigo e irmão de armas e o instava a se juntar a ele em um ataque a Tyrosh, que controlava a outra metade dos Degraus. No outro, jogava ossos para definir na sorte se devia matar o convidado. Ryndoon forçou Alyn a lutar com ele em uma arena de lama, matou três prisioneiros de Tyrosh e mandou duas de suas esposas até os aposentos de lorde Alyn para que Punho de Carvalho o provesse com filhos (as fontes variam sobre se lorde Alyn fez ou não o que lhe foi pedido).

DIREITA │ A frota de lorde Alyn.

No fim, Ryndoon permitiu que a frota Velaryon passasse — a um preço. Queria três navios, uma aliança registrada em pelego de carneiro e assinada em sangue e um beijo. Punho de Carvalho lhe deu as três embarcações menos navegáveis de sua frota, uma aliança escrita em pergaminho e assinada com tinta de meistre e a promessa de um beijo de lady Baela caso Ryndoon algum dia o visitasse em Derivamarca. As ofertas se provaram suficientes, e a frota passou pelos Degraus.

Depois dos Degraus vinha Dorne, mas esse era um desafio menor. Os dorneses estavam compreensivamente alarmados pela aparição súbita da grande frota Velaryon nas águas de Lançassolar. Como não possuíam força alguma no mar, decidiram considerar a chegada de lorde Alyn uma visita em vez de um ataque. Aliandra Martell, Princesa de Dorne, saiu para recebê-lo, acompanhada por uma dúzia de suas melhores amigas e pretendentes. A "nova Nymeria" acabara de celebrar o décimo oitavo dia de seu nome, e segundo registros ficou encantada com o jovem e belo Punho de Carvalho. A princesa deu muita atenção a lorde Alyn, para o descontentamento de seus irmãos e irmãs mais novos, assim como de seus próprios senhores e pretendentes, e alguns relatos afirmam que ela o levou para a cama. Quando foi embora de Dorne, Alyn o fez com suprimentos renovados e mapas que lhe mostravam como navegar por entre os vórtices mais perigosos ao longo da costa meridional.

Em Vilavelha, a frota de lorde Alyn foi muito bem recebida por lorde Lyonel Hightower e sua amante, lady Sam. Os dois senhores imediatamente se deram bem, e Vilavelha ofereceu vinte navios de guerra para se juntar à frota de Alyn. Lorde Redwyne também disse que providenciaria trinta embarcações, mas atrasou tanto a entrega que lorde Alyn foi forçado a ir embora sem elas. Mais galés incrementaram suas forças vindas das Ilhas Escudo.

Tais barcos adicionais logo se provaram uma bênção, pois Dalton Greyjoy fora alertado da aproximação da frota Velaryon e reunira centenas de dracares ao redor de Ilha Bela, e mais embarcações ainda em Fogofestivo, Kayce e Lannisporto. Segundo a Lula-Gigante Vermelha, depois que tivesse mandado "aquele moleque" para os salões do Deus Afogado nas profundezas do mar, percorreria com a própria frota o caminho pelo qual Punho de Carvalho viera, ergueria seu estandarte nas Ilhas Escudo, saquearia Vilavelha e Lançassolar e reivindicaria Derivamarca para si. Levaria até Baela Targaryen como sua vigésima terceira esposa de sal.

Greyjoy e Velaryon, porém, nunca se encontraram. Em uma noite tempestuosa em Belcastro, uma de suas vinte e duas esposas de sal — uma mulher chamada Tess — abriu a garganta de Dalton de orelha a orelha enquanto este dormia e depois se jogou no mar. Quando notícias da morte do homem se espalharam, a frota que reunira para o conflito contra Alyn Punho de Carvalho começou a se desfazer, conforme capitão após capitão voltava para casa para se preparar para a vindoura guerra pela sucessão — pois Dalton nunca assumira uma esposa da rocha e deixara apenas dois filhos de sal como herdeiros.

DIREITA | Alyn Velaryon e Aliandra Martell.

O povo de Ilha Bela então se ergueu em rebelião, assassinando qualquer homem de ferro que restasse na ilha. Quando lorde Alyn chegou com sua frota, Ilha Bela estava livre e não havia inimigos contra os quais lutar. Apesar disso, ele e seus homens foram ovacionados em Lannisporto, e lady Johanna ofereceu um banquete para Punho de Carvalho e seus capitães. Quando a discussão se voltou às Ilhas de Ferro e ao perigo que estas ainda representariam às terras ocidentais depois que seu novo líder fosse escolhido, lady Johanna propôs que a frota de lorde Alyn transportasse soldados e cavaleiros do oeste para invadir as ilhas. O motivo? Degolar todos os homens e mandar mulheres e crianças a comerciantes de escravizados, livrando Westeros dos homens de ferro de uma vez por todas.

Lorde Alyn negou tal proposta, mas permitiu que um terço de sua frota ficasse para trás para proteger o oeste até que os Lannister e seus vassalos conseguissem reconstruir a própria frota. Zarpou para Vilavelha de novo, passando depois por Dorne e Lançassolar, onde a princesa Aliandra o recebeu de muito bom grado. Foi lá que ele foi abordado por Drazenko Rogare, emissário de Lys; no dia imediatamente seguinte, lorde Alyn partiu em direção a Lys.

Enquanto tudo isso ocorria, porém, havia muito acontecendo em Porto Real. Concomitantemente com a partida de Alyn de Porto Real, lorde Unwin enviou lorde Manfryd Mooton para Braavos para negociar com o Senhor do Mar, a quem devolveria o elefante e, com sorte,

fecharia um tratado de paz antes que o braavosiano declarasse guerra. O pragmático Senhor do Mar, que valorizava mais o ouro que a glória, estava mais do que disposto a negociar, e a paz foi selada. Mas a imensa indenização exigida por ele esgotou de tal forma o tesouro real que lorde Peake achou necessário pegar emprestados recursos do Banco de Ferro de Braavos para que a Coroa pudesse pagar suas dívidas; isso, por sua vez, exigiu que ele reinstaurasse alguns dos impostos de lorde Celtigar que sor Tyland Lannister havia abolido, irritando tanto senhores quanto mercadores e enfraquecendo seu apoio junto à plebe.

Para piorar, no vigésimo segundo dia da nona lua de 133 DC, a rainha Jaehaera faleceu aos dez anos. Sempre fora uma garota estranha e ingênua, muito dada ao choro, mas em geral feliz de viver uma vida tranquila em seus aposentos com seus gatinhos e suas bonecas. Ainda assim, algo a fizera pular da janela da Fortaleza de Maegor para morrer uma morte lenta e miserável nos espigões lá embaixo — a mesma escolha que a mãe fizera três anos antes. Porto Real ficou abalado com o falecimento da jovem rainha, especialmente a plebe, e muitos rumores se espalharam a respeito da morte e sua causa. Alguns acusaram o rei de falta de afeição pela noiva, mas outros se recusaram a acreditar que ela havia se matado e começaram a sussurrar que tinha sido assassinada. Vários culpados e motivos foram levantados, mas a teoria mais popular era a de que lorde Unwin Peake, a Mão do Rei, quis livrar Aegon III de sua noiva infantil para que ele pudesse se ocupar logo da questão de gerar herdeiros. E, é claro, havia também o fato de que o cavaleiro da Guarda Real que montava guarda diante da porta de Jaehaera no dia de sua morte era o meio-irmão bastardo da Mão, sor Mervyn Flowers. Talvez sor Mervyn fosse o responsável direto pelo acontecimento ou tivesse permitido a entrada de outra pessoa para fazer o serviço sujo de jogar a rainha pela janela. Mas tais alegações nunca foram provadas, e a dúvida permanece até hoje.

Apenas sete dias depois do funeral de Jaehaera, lorde Unwin informou ao rei Aegon III que era hora de se casar de novo e que haviam encontrado uma noiva para ele: Myrielle Peake, única filha viva da Mão. Aos catorze anos, era apenas um ano mais velha que o rei. No entanto, foi uma atitude ambiciosa demais para os outros regentes — ainda mais devido ao fato de não terem sido consultados. Lordes Rowan e Mooton protestaram, assim como lady Jeyne do Vale, lordes Kermit Tully e Benjicot Blackwood das terras fluviais e lorde Stark do Norte. Além disso, ao oferecer a própria filha em casamento, lorde Peake inadvertidamente abrira precedentes para que muitos outros senhores, grandes e pequenos, fizessem o mesmo. No fim, ficou decidido que um grande baile seria celebrado no Dia da Donzela, no qual todas as donzelas de alta estirpe se apresentariam diante do rei para que ele escolhesse uma.

Ao anúncio se seguiu uma grande empolgação que tomou a corte e a cidade, espalhando-se pelo reino. Peake, que ainda tinha esperanças de transformar a filha em rainha, imediatamente convocou a garota até Porto Real. O Dia da Donzela ainda demoraria três luas para chegar, mas Sua Senhoria queria que Myrielle convivesse por um tempo com o rei, esperando que ele ficasse encantado com ela e assim a escolhesse na noite do baile. Enquanto esperava a chegada da filha, Peake também colocou em andamento vários planos criados para prejudicar, difamar, distrair e macular as jovens que achava serem as rivais mais prováveis da filha.

Todas essas calúnias chegaram ao ouvido do rei — vindas majoritariamente dos lábios de Cogumelo, pois o anão passara a ser uma companhia constante de Sua Graça após a morte da rainha Jaehaera (embora o próprio Cogumelo tenha depois confessado que recebera uma quantia generosa para envenenar as ideias de Aegon III a respeito das potenciais noivas). Se os boatos forem reais, lorde Unwin não recorreu apenas às palavras para ganhar aquela guerra pelo coração do rei. Várias candidatas acabaram sofrendo infortúnios e acidentes desfigurantes. Alguns homens começaram a falar de uma "maldição do Dia da Donzela", enquanto outros — mais versados na forma como o poder operava — viam mãos invisíveis a trabalho e seguravam a língua.

O último baile em Porto Real acontecera apenas no reinado do rei Viserys, e aquele seria um festejo como nenhum outro. Nos torneios, as mulheres competiam pela honra de ser nomeada rainha do amor e da beleza, mas tal título durava apenas uma noite. A donzela que o rei Aegon escolhesse reinaria sobre Westeros por toda uma vida. As descendentes nobres em Porto Real vinham de todas as partes dos Sete Reinos — e até de além-mar. Para reduzir a quantidade de participantes, lorde Peake decretou que a competição seria limitada a donzelas

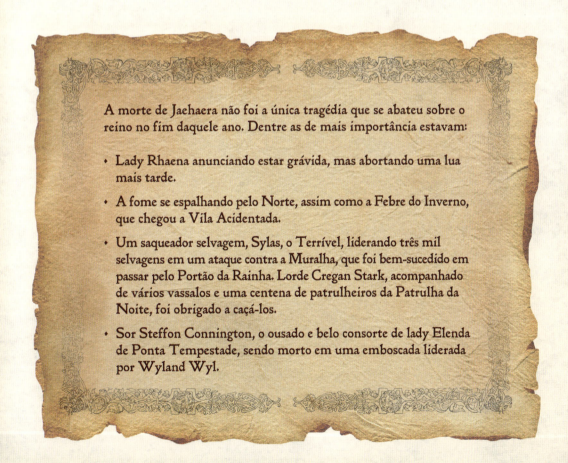

A morte de Jaehaera não foi a única tragédia que se abateu sobre o reino no fim daquele ano. Dentre as de mais importância estavam:

- Lady Rhaena anunciando estar grávida, mas abortando uma lua mais tarde.

- A fome se espalhando pelo Norte, assim como a Febre do Inverno, que chegou a Vila Acidentada.

- Um saqueador selvagem, Sylas, o Terrível, liderando três mil selvagens em um ataque contra a Muralha, que foi bem-sucedido em passar pelo Portão da Rainha. Lorde Cregan Stark, acompanhado de vários vassalos e uma centena de patrulheiros da Patrulha da Noite, foi obrigado a caçá-los.

- Sor Steffon Connington, o ousado e belo consorte de lady Elenda de Ponta Tempestade, sendo morto em uma emboscada liderada por Wyland Wyl.

de sangue nobre com menos de trinta anos; porém, mesmo assim, mais de mil garotas núbeis se apinharam na Fortaleza Vermelha no dia marcado.

Sem dúvida as donzelas sonhavam em dançar com o rei, encantá-lo com sua inteligência, trocar olhares tímidos por sobre taças de vinho. Mas não houve dança, não houve vinho, não houve oportunidade de conversar. Devido à quantidade absurda de candidatas, o rei Aegon III ficou sentado no Trono de Ferro enquanto as donzelas desfilavam diante dele, uma por uma. Conforme o arauto do rei anunciava o nome e a linhagem de cada candidata, a garota fazia uma mesura, o rei a cumprimentava com um aceno de cabeça e a próxima jovem era chamada. Mais tarde, Cogumelo apelidaria a ocasião de "Exposição de Gado do Dia da Donzela".

Embora a sala do trono fosse imensa — o maior salão nos Sete Reinos depois do de Harrenhal —, havia milhares de donzelas no local, cada uma com seus séquitos de parentes, irmãos e irmãs, guardas e criados. Logo o espaço ficou lotado demais para se mover e sufocantemente abafado, embora lá fora o inverno estivesse no auge. O arauto responsável por anunciar o nome e a linhagem de cada uma das belas donzelas ficou sem voz e precisou ser substituído. Quatro esperançosas jovens desmaiaram, assim como uma dezena de mães, vários pais e um septão. Um robusto senhor desfaleceu e morreu.

Lady Myrielle foi uma das primeiras donzelas a serem apresentadas ao rei — e, durante o tempo que passara em Porto Real, fora companhia frequente dele devido às maquinações do senhor seu pai. O rei parecia ter simpatia por ela, chegando a presenteá-la com uma das bonecas da rainha Jaehaera. Quando foi trazida diante dele naquela noite, ele falou com ela — a única pretendente à qual se dirigiu diretamente — e lhe agradeceu pela presença. Lorde Unwin

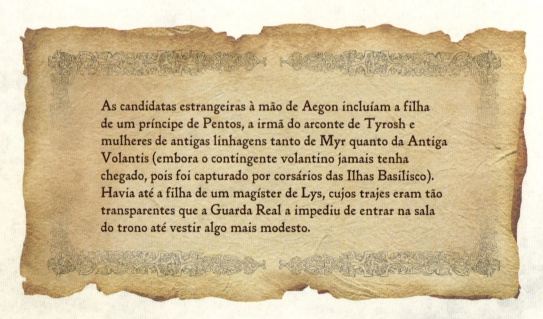

As candidatas estrangeiras à mão de Aegon incluíam a filha de um príncipe de Pentos, a irmã do arconte de Tyrosh e mulheres de antigas linhagens tanto de Myr quanto da Antiga Volantis (embora o contingente volantino jamais tenha chegado, pois foi capturado por corsários das Ilhas Basilisco). Havia até a filha de um magíster de Lys, cujos trajes eram tão transparentes que a Guarda Real a impediu de entrar na sala do trono até vestir algo mais modesto.

DIREITA | Exposição de Gado do Dia da Donzela.

ficou esperançoso, confiante de que sua meticulosa intriga dera frutos. Mas tudo foi por água abaixo devido às meias-irmãs do rei — as mesmíssimas gêmeas que Unwin Peake queria impedir de toda forma de serem consideradas aptas à sucessão.

Menos de uma dúzia de donzelas sobraram, e a fila de pretendentes já diminuíra consideravelmente quando um toque de trombeta súbito anunciou a chegada de Baela Velaryon e Rhaena Corbray. As portas da sala do trono foram escancaradas, e as filhas do príncipe Daemon entraram a cavalo, junto a uma lufada de ar invernal. Lady Baela estava em estado avançado de gravidez; já lady Rhaena estava muito magra devido ao aborto, mas pareciam mais unidas do que nunca quando anunciaram que haviam encontrado uma nova rainha para o meio-irmão: lady Daenaera Velaryon, filha do falecido sor Daeron, que morrera durante o ataque de Punho de Carvalho à frota braavosiana.

Daenaera era protegida de lady Baela e lorde Alyn desde a morte do pai. Tinha seis anos na época e era impressionantemente bela, com o sangue da Antiga Valíria nítido no cabelo louro-prateado, nos olhos azul-escuros e na pele pálida como neve. O rei devolveu o sorriso que a menina lhe ofereceu e, depois que as últimas apresentações foram feitas, anunciou que Daenaera seria sua noiva. Lorde Unwin tentou anular a escolha através do conselho regente no dia seguinte, argumentando que uma menina de seis anos demoraria muito tempo para produzir herdeiros, mas foi sobrepujado pelos demais conselheiros. No último dia de 133 DC, o rei Aegon III se casou com lady Daenaera da Casa Velaryon.

E, de fato, o casamento pareceu deixar o rei Aegon um pouco mais feliz. Nas luas que se seguiram, o rapaz parecia mais disposto a deixar o castelo, treinar e estudar. Até compareceu a reuniões do conselho — algo que irritou a Mão, porém, pois via a presença do garoto rei como incômodo e censura na pior das hipóteses. A hostilidade da Mão não passou despercebida ao rei Aegon, e com o tempo ele deixou de participar das reuniões. Ainda assim, Unwin ficou remoendo o papel das Velaryon na escolha da noiva de Aegon. Passou a crer que, no futuro, Alyn e Baela tinham a intenção de colocar o próprio filho no trono. Quando Baela deu à luz uma garota saudável, a paranoia da Mão deu uma trégua — até parte da frota Velaryon voltar a Porto Real carregando uma mensagem misteriosa: Punho de Carvalho enviara seus navios na frente enquanto navegava até Lys para obter "um tesouro inestimável".

Tais palavras inflamaram as suspeitas de lorde Peake. Que tesouro era aquele, e o que lorde Velaryon queria dizer ao afirmar que o obteria? A plebe via Punho de Carvalho como um herói, enquanto desgostava de Peake e o desprezava. Mesmo na Fortaleza Vermelha, havia muitos que torciam para que os regentes removessem lorde Peake da posição de Mão e o substituíssem por Alyn Velaryon. A empolgação causada pelo retorno de Punho de Carvalho era palpável, porém, então tudo o que a Mão podia fazer era fervilhar de raiva.

Quando as velas do *Lady Baela* foram vistas nas águas da Baía da Água Negra, todos os sinos em Porto Real começaram a badalar. Milhares se apinharam às muralhas da cidade para celebrar, enquanto outros milhares corriam até a costa. O rei Aegon e a rainha Daenaera desceram do castelo em sua liteira, acompanhados de lady Baela e da filha recém-nascida; sua irmã lady Rhaena e o marido, Corwyn Corbray; o grande meistre Munkun; o septão Bernard; os regentes Manfryd Mooton e Thaddeus Rowan; os cavaleiros da Guarda Real; e muitos outros nobres ansiosos para encontrar o *Lady Baela* nas docas.

A manhã estava brilhante e fria. Ali, diante dos olhos de dezenas de milhares de pessoas, lorde Alyn Punho de Carvalho viu a filha, Laena, pela primeira vez. Em seguida, com um gesto galante, mandou trazerem o tesouro que havia trazido de Lys. Do porão do *Lady Baela*, surgiu uma bela jovem de mãos dadas com um garoto ricamente vestido, mais ou menos da idade do rei, as feições escondidas sobre o capuz do manto bordado. Quando o garoto baixou o capuz e a luz do sol refletiu em seu cabelo louro-prateado, o rei Aegon III começou a chorar, abraçando com efusividade o jovem. Pois o "tesouro" de Punho de Carvalho era ninguém mais, ninguém menos que Viserys Targaryen, o irmão perdido do rei, filho mais novo da rainha Rhaenyra e do príncipe Daemon, considerado morto depois da Batalha da Goela e desaparecido por quase cinco anos.

O que acontecera era que o navio que carregava o jovem príncipe havia sobrevivido à batalha e se arrastado até Lys, onde Viserys acabara prisioneiro do grande almirante da Triarquia, Sharako Lohar. A derrota deixara Sharako em desgraça, porém, então ele vendera Viserys a um magíster chamado Bambarro Bazanne em troca do peso do garoto em ouro. Depois que a Triarquia se desfez em guerra, o magíster Bambarro achou prudente manter seu prêmio escondido para que não acabasse comprado por um de seus pares lysenos ou por rivais de outra cidade.

Viserys foi bem tratado durante o tempo que ficou como prisioneiro. Era proibido de deixar a mansão de Bambarro, mas tinha os próprios aposentos, comia com o magíster e sua família e tinha tutores que lhe ensinavam línguas, literatura, matemática, história e música. Tinha até homens de armas para ensinar-lhe o manejo da espada, algo em que demonstrou ter habilidade. Muitos acreditam (embora isso nunca tenha sido provado) que a intenção de Bambarro era esperar o fim da Dança dos Dragões e depois devolver o príncipe Viserys de volta à mãe em troca de uma recompensa (caso Rhaenyra triunfasse) ou vender sua cabeça ao tio (caso Aegon II saísse vitorioso).

No entanto, Bambarro Bazanne morreu nas Terras Disputadas de Essos em 132 DC, quando uma companhia de mercenários que estava liderando contra Tyrosh se amotinou contra ele. Depois de sua morte, foi descoberto que ele tinha uma imensa dívida, então suas posses mundanas — incluindo o príncipe cativo — passaram para as mãos de outro nobre, Lysandro Rogare. Lysandro era patriarca de uma rica e poderosa dinastia de banqueiros, cuja linhagem remetia à Valíria antes da Destruição. Quando percebeu que tinha um príncipe em mãos, o magíster logo o casou com a filha mais nova, lady Larra Rogare.

O encontro entre Alyn Velaryon e Drazenko Rogare em Lançassolar criara a oportunidade perfeita para devolver o príncipe Viserys ao irmão… a um preço. Então foi primeiro

necessário que Punho de Carvalho fosse até Lys e concordasse com os termos. Alyn, no entanto, não sabia regatear. Para recuperar o príncipe, Sua Senhoria concordou que o Trono de Ferro pagaria um resgate de cem mil dragões de ouro, se comprometeria a não pegar em armas contra a Casa Rogare ou seus interesses por cem anos, daria ao Banco Rogare de Lys fundos que o equiparassem ao Banco de Ferro de Braavos, cederia títulos de senhor a três dos filhos mais novos de Lysandro e juraria que o casamento entre Viserys Targaryen e Larra Rogare não seria desfeito. Lorde Alyn aceitou tudo.

O príncipe Viserys tinha sete anos quando fora capturado do *Alegre Deleite*. Retornou em 134 DC aos doze. Sua esposa, a bela jovem com a qual se apresentara de braços dados no *Lady Baela*, tinha dezenove, sete anos mais velha que ele.

O retorno de Viserys dos mortos mudou muito Aegon III, pois o rapaz enfim deixou de lado a culpa por ter abandonado o irmão na guerra e lhe foi devolvido o seu companheiro de infância. E o melhor era que, com Viserys vivo, a linha de sucessão era clara — e seria mais ainda quando Larra de Lys desse à luz seus filhos, pois o casamento já fora consumado.

Um homem, no entanto, não ficou nada feliz: lorde Unwin, a Mão do Rei. Ficou furioso com os termos com os quais Alyn concordara, mas o conselho regente ignorou suas objeções e permitiu que o pacto fosse cumprido. Para piorar, lorde Alyn recebeu novas honras e recompensas. Lorde Peake ficou tão irritado que ameaçou renunciar, talvez esperando que aquilo fosse fazer os companheiros regentes cederem. Em vez disso, porém, o conselho aceitou a renúncia com entusiasmo e indicou o incisivo, honesto e respeitado lorde Thaddeus Rowan no lugar de Unwin Peake. Humilhado, ele voltou a Piquestrela para remoer todas as injustiças que havia sofrido, deixando para trás vários parentes com cargos na corte. Deixou até mesmo Tessario, o Tigre, e seus Dedos para ajudar a proteger a nova Mão.

ESQUERDA | Os Regentes aceitam a renúncia de lorde Unwin.

Conspirações

O RESTO DE 134 DC em Porto Real foi satisfatoriamente pacífico, maculado apenas pela morte de Manfryd Mooton, o último dos regentes originais do rei Aegon. Sua Senhoria vinha sofrendo de problemas de saúde havia algum tempo, pois nunca recuperara a força plena após ser afligido pela Febre do Inverno, de modo que seu falecimento não suscitou muita comoção. Para assumir seu lugar no conselho, lorde Rowan optou por sor Corwyn Corbray, marido de lady Rhaena.

O restante de Westeros teve menos sorte, porém. O inverno continuava a flagelar o Norte. Milhares passavam fome, alguns homens se vendiam como escravizados para que a esposa e os filhos tivessem o que comer, e um terço da Patrulha da Noite morreu de frio e fome, enquanto outras centenas de patrulheiros pereceram lutando contra os milhares de selvagens que tinham dado a volta na Muralha ao atravessar o mar congelado em sua extremidade leste.

Nas Ilhas de Ferro, a sangrenta luta pela Cadeira de Pedra do Mar estava a toda, pois o filho de Dalton Greyjoy, Toron, fora capturado pelas tias e seus maridos, enquanto primos de Toron se juntavam a lordes Harlaw e Blacktyde para colocar no poder um filho de sal mais novo, Rodrik. Em Grande Wyk, um impostor chamado Sam Sal, que alegava descender da linhagem preta de Harren, reivindicava seu próprio direito à liderança.

A luta prosseguiu por meio ano até que sor Leo Costayne, o Leão-Marinho, atacou as Ilhas de Ferro. Comandava a frota que lorde Alyn Velaryon deixara para trás a fim de proteger o oeste, mas lady Johanna o convencera, em troca de sua mão em casamento, a usar os navios para transportar as tropas dela para que pudesse assumir o controle das Ilhas de Ferro em nome do filho. O custo de tal manobra se mostrou alto. Sor Leo foi morto, e a maior parte da frota destruída, mas lady Johanna conseguiu sua vingança. Centenas de navios dos homens

ESQUERDA | A vingança de lady Johanna.

de ferro foram queimados, assim como inúmeros lares e vilarejos. Mulheres e crianças foram impiedosamente abatidas, vinte senhores e senhoras mortos, e outras milhares de pessoas foram largadas para morrer de fome depois que o remanescente da frota de Johanna jogou fora ou estragou todo o peixe e os grãos estocados pelos homens de ferro. Para humilhá-lo ainda mais, Rodrik Greyjoy ainda foi castrado e obrigado a se tornar o bobo do filho de lady Johanna.

Mais uma disputa sucessória irrompeu perto do fim de 134 DC, com a morte de lady Jeyne Arryn, Donzela do Vale, que não tivera filhos. Em seu último testamento, ela apontava o quarto primo, sor Joffrey Arryn, o Cavaleiro de Portão Sangrento, como herdeiro. Mas isso foi imediatamente contestado por dois outros requerentes. O primeiro era sor Eldric Arryn, filho do primo de primeiro grau de lady Jeyne, sor Arnold, que tentara duas vezes desposá-la e enlouquecera depois de anos preso nas masmorras sob os Portões da Lua. O segundo era Isembard Arryn, da ramificação aspirante dos prósperos Arryn de Vila Gaivota, que ficou conhecido como Falcão Dourado por seu hábito de pagar senhores menores para apoiar sua pretensão e contratar mercenários do outro lado do mar estreito para competir pelo título também em batalha.

Lorde Thaddeus Rowan e os regentes tentaram restaurar a ordem do reino. Comida foi enviada para o Norte, mas em quantidade nem de perto suficiente para aplacar a fome. Lady

Johanna recebeu a ordem de retirar suas forças das Ilhas de Ferro, mas ignorou os regentes. Assim também fizeram os rivais que competiam pelo Ninho da Águia quando lorde Thaddeus exigiu que se apresentassem na corte para ter as pretensões analisadas.

Enquanto os regentes e o garoto que serviam eram cada vez mais ignorados, outro problema começou a surgir — um que afetava o cerne da corte. Embora o príncipe Viserys fosse amado por sua esperteza e bravura e pela alegria que trouxera ao rei Aegon, o mesmo não podia ser dito sobre sua esposa. Larra de Lys não fazia esforços para se integrar na corte — nem para cair em suas graças. Não demonstrava interesse em aprender a língua comum, vestia apenas trajes lysenos, mantinha somente acompanhantes e criados lysenos e era protegida dia e noite por forças lysenas. Mas a corte e o reino teriam aceitado tudo isso não fosse o fato de que lady Larra também insistia em manter a crença em seus próprios deuses. Não era devota dos Sete nem dos velhos deuses dos nortenhos. Isso só aumentava o preconceito contra a jovem.

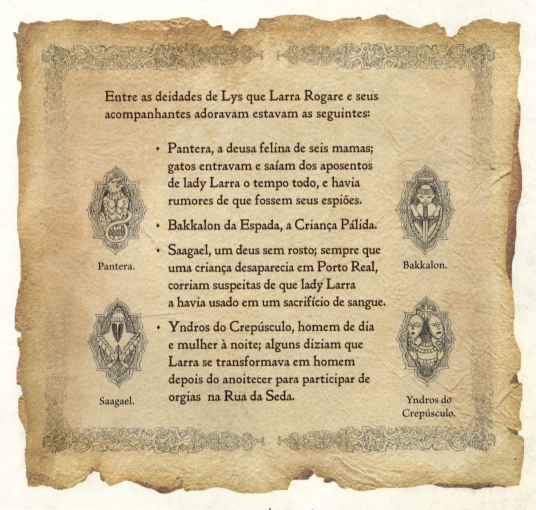

Entre as deidades de Lys que Larra Rogare e seus acompanhantes adoravam estavam as seguintes:

- Pantera, a deusa felina de seis mamas; gatos entravam e saíam dos aposentos de lady Larra o tempo todo, e havia rumores de que fossem seus espiões.
- Bakkalon da Espada, a Criança Pálida.
- Saagael, um deus sem rosto; sempre que uma criança desaparecia em Porto Real, corriam suspeitas de que lady Larra a havia usado em um sacrifício de sangue.
- Yndros do Crepúsculo, homem de dia e mulher à noite; alguns diziam que Larra se transformava em homem depois do anoitecer para participar de orgias na Rua da Seda.

Pantera. Bakkalon. Saagael. Yndros do Crepúsculo.

ESQUERDA | Larra de Lys.

Os irmãos de Larra eram ainda menos bem-vistos. O irmão Moredo, capitão de sua guarda e portador da espada de aço valiriano Verdade, era um homem austero e indiferente que mal dominava a língua comum. Outro, Lotho, abriu uma filial do Banco Rogare na Colina de Visenya e, segundo diziam, tinha controle demais sobre o reino por ter o poder de determinar onde o dinheiro seria empregado. Enfim, o terceiro irmão, Roggerio, abriu uma opulenta casa de travesseiros lysena chamada Sereia e a encheu com papagaios das Ilhas do Verão, macacos de Sothoryos e centenas de garotas e garotos exóticos de todos os rincões da terra. Embora seus serviços custassem dez vezes mais do que qualquer outro bordel ousava cobrar, nunca faltavam clientes a Roggerio.

Perto do fim de 134 DC, muitos acreditavam que os Rogar estavam usando sua posição e fortuna para manipular a corte. Lotho comprava homens com ouro, Roggerio os seduzia com a luxúria e Moredo os subjugava usando a força do aço. Mas os irmãos não passavam de marionetes nas mãos de lady Larra; segundo muitos, eram ela e seus estranhos deuses lysenos que os controlavam. Munkun chamaria esse período de Ascensão Rogare; em Porto Real, porém, a época ficaria conhecida como a Primavera Lysena, pois em 135 DC o Conclave em Vilavelha declarou que o austero inverno enfim chegara ao fim.

Havia muita esperança em 135 DC de que a nova primavera trouxesse paz e prosperidade. Como se fosse um prenúncio, no início do ano lady Rhaena voou com seu dragão Manhã pela primeira vez. Menos de duas semanas depois, Larra de Lys deu à luz um filho — uma criança que o príncipe Viserys, então com treze anos, chamou de Aegon. Choveram presentes para marcar a ocasião, vindos de todos os cantos do reino; em Lys, o recém-empossado Primeiro Magíster da Vida, Lysandro Rogare, declarou um dia inteiro de festividades para celebrar o nascimento do neto.

Mas a chegada desse novo Aegon, inicialmente recebida com alegria, também fez surgirem novos rumores contra Larra e os irmãos. Os boatos foram ficando mais intensos e insanos quando as esperanças inicialmente criadas para 135 DC se provaram falsas. O primeiro

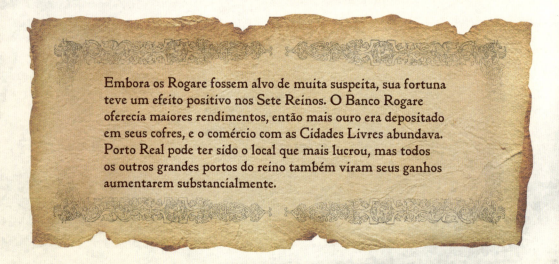

> Embora os Rogare fossem alvo de muita suspeita, sua fortuna teve um efeito positivo nos Sete Reinos. O Banco Rogare oferecia maiores rendimentos, então mais ouro era depositado em seus cofres, e o comércio com as Cidades Livres abundava. Porto Real pode ter sido o local que mais lucrou, mas todos os outros grandes portos do reino também viram seus ganhos aumentarem substancialmente.

agouro foi em Derivamarca, quando o ovo de dragão dado de presente a Laena Velaryon pela ocasião de seu nascimento amadureceu e eclodiu... E dele saiu um wyrm, branco e sem asas, que imediatamente foi para cima da menininha no berço e arrancou um pedaço sangrento de seu braço. Lorde Alyn Velaryon tentou proteger a filha, arrancando a criatura de cima dela e a despedaçando. Nada desse tipo jamais havia acontecido desde que Aegon, o Conquistador, e as irmãs haviam levado fogo e sangue para os Sete Reinos. Já com medo de dragões, o rei Aegon ordenou que todos os ovos que estivessem na Fortaleza Vermelha fossem enviados a Pedra do Dragão — ordem que irritou o príncipe Viserys, que não queria se separar de seu ovo ainda não eclodido. Depois do acontecido, Viserys se recusou a falar com o irmão.

Sua Graça ficou muito consternado pela discussão com Viserys, mas o que lhe aconteceu em seguida foi devastador. O rei Aegon estava jantando tranquilamente em seu solar com

ACIMA | Um mortal filhote de dragão.

a rainha e o amigo Gaemon Cabelo-Claro quando primeiro o bastardo e depois Daenaera começaram a reclamar de dor de barriga. Quando o grande meistre Munkun chegou, Gaemon já estava desmaiado. O grande meistre deu um poderoso purgante a Daenaera, o que provavelmente salvou sua vida, mas a solução se provou tardia demais para Gaemon. O rapazinho — na época com nove anos — morreu em menos de uma hora. George Graceford, o senhor confessor, interrogou incisivamente todos que pudessem ter tido contato com as tortinhas de maçã que Munkun apontou estarem contaminadas com veneno. Sob tortura, sete confessaram uma tentativa de envenenamento do rei... mas todos os relatos diferiam, não havia concordância sobre onde tinham conseguido o veneno, e nenhum dos prisioneiros sabia dizer corretamente o prato que continha a substância, de modo que a Mão desprezou as confissões, considerando-as inúteis.

O luto de Aegon pela perda de Gaemon levou a uma reconciliação com o príncipe Viserys. No entanto, a melhora breve do humor do rei que ocorrera depois de seu casamento e subsequente reunião com o irmão teve um fim, e ele voltou ao comportamento moroso e melancólico de antes, aparentemente perdendo o interesse na corte e no reino como um todo. Tal humor acabou se provando adequado ao momento — especialmente quando chegaram notícias sobre o Vale de Arryn.

No começo de 135 DC, a Mão enviara sor Corwyn Corbray com mil homens para Vila Gaivota para restaurar a ordem e resolver a questão da sucessão. Assim que chegara, sor Corwyn declarara sor Joffrey Arryn o legítimo Senhor do Ninho da Água. Prendeu o Falcão Dourado e seus filhos e executou Eldric Arryn, mas sor Arnold Arryn, o enlouquecido pai de Eldric, escapou para Pedrarruna, onde Gunthor Royce o abrigou. Quando sor Corwyn chegou para expulsar sor Arnold de seu santuário, lorde Gunthor cavalgou para confrontar Corwyn vestindo uma antiga armadura de bronze, coberta de runas dos Primeiros Homens, que lhe garantira a alcunha de Gigante de Bronze. Embora estivessem sob a hoste da negociação, as palavras foram ficando mais exacerbadas, viraram xingamentos e enfim culminaram em ameaças. Quando Corbray sacou Senhora Desespero, não se sabe se para golpear Royce ou apenas o ameaçar, um besteiro soltou um projétil que o atingiu no peito.

Abater um dos regentes do rei era um ato de traição, análogo a atacar o próprio rei, e o Vale entrou de novo em guerra logo após o acontecido. Lorde Quenton Corbray, sobrinho de sor Corwyn, se juntou aos Hunter, Crayne e Redfort para apoiar sor Joffrey, enquanto os Templeton, Tollet, Coldwater, Dutton e outros senhores ao longo das Três Irmãs e dos Dedos ficaram do lado de lorde Gunthor e de sor Arnold Arryn. Até mesmo o Falcão Dourado ainda tinha apoio de Vila Gaivota e seus governantes, a Casa Grafton.

A Mão arrumou cinco mil homens para marchar pela estrada do rei sob comando de seu filho mais velho, sor Robert Rowan, com a intenção de restaurar a Paz do Rei. Tal número foi

DIREITA | A negociação em Pedrarruna.

aumentando conforme outras forças se juntavam à marcha; quando entraram nas Montanhas da Lua, o exército de Rowan consistia em nove mil homens.

Um segundo ataque foi então lançado pelo mar. O próprio Punho de Carvalho comandaria a frota enquanto a esposa, lady Baela, iria para Pedra do Dragão para consolar a irmã gêmea enviuvada (e, a propósito, garantir que lady Rhaena não tentasse vingar a morte do esposo sozinha, voando em Manhã). Lorde Rowan anunciou que o exército que lorde Alyn levaria pelo Vale seria comandado pelo irmão de lady Larra, Moredo Rogare, mesmo que este tivesse um domínio fraco da língua comum.

Ambos os ataques falharam miseravelmente. Os navios de lorde Arryn desembarcaram com facilidade suas tropas diante das muralhas de Vila Gaivota, mas muitas centenas de homens morreram tomando as muralhas e lutando de casa em casa. E quando seu tradutor foi morto, Moredo Rogare passou a ter grande dificuldade de se comunicar com a própria hoste; os homens não entendiam seus comandos, e ele não entendia o que os subalternos relatavam. O caos reinou.

O exército de sor Robert, por sua vez, foi surpreendido em meio à marcha pela estrada de altitude por um clã de selvagens que morava nas montanhas, e as profundas camadas de neve reduziram o ritmo do avanço a um passo arrastado. Três mil homens morreram de frio, privação ou ataque de selvagens até enfim chegarem ao Portão Sangrento sob o comando de lorde Benjicot Blackwood, então com quinze anos, uma vez que sor Robert Rowan estava entre os mortos. Os sobreviventes não estavam em condições de lutar por Joffrey Arryn — nem por ninguém.

Como as coisas teriam sido se Moredo Rogare tivesse continuado no controle de sua hoste é algo que ninguém jamais saberá, pois notícias terríveis chegaram até ele e o fizeram abandonar seu comando antes de partir para Braavos. E tais notícias falavam do fim súbito e rápido da Casa Rogare, que possuíra grande poder tanto em Lys quanto nos Sete Reinos. O tio

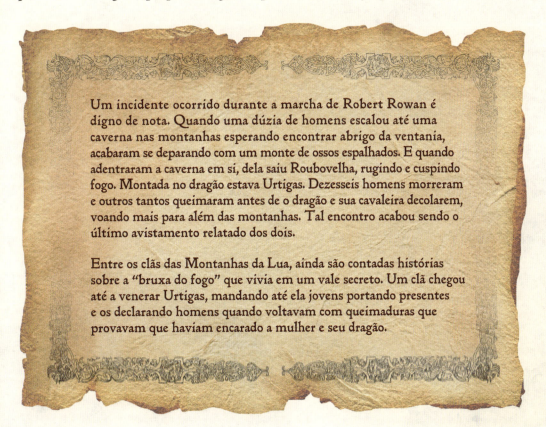

Um incidente ocorrido durante a marcha de Robert Rowan é digno de nota. Quando uma dúzia de homens escalou até uma caverna nas montanhas esperando encontrar abrigo da ventania, acabaram se deparando com um monte de ossos espalhados. E quando adentraram a caverna em si, dela saiu Roubovelha, rugindo e cuspindo fogo. Montada no dragão estava Urtigas. Dezesseis homens morreram e outros tantos queimaram antes de o dragão e sua cavaleira decolarem, voando mais para além das montanhas. Tal encontro acabou sendo o último avistamento relatado dos dois.

Entre os clãs das Montanhas da Lua, ainda são contadas histórias sobre a "bruxa do fogo" que vivia em um vale secreto. Um clã chegou até a venerar Urtigas, mandando até ela jovens portando presentes e os declarando homens quando voltavam com queimaduras que provavam que haviam encarado a mulher e seu dragão.

ESQUERDA | A bruxa do fogo.

de Moredo — Drazenko, que se casara com a princesa Aliandra de Dorne no ano anterior — havia morrido engasgado com uma espinha de peixe, enquanto o pai de Moredo, Lysandro, afogara quando sua barcaça de prazer afundara. O fato de os dois homens terem morrido com um dia de diferença, separados apenas por uma faixa do mar estreito, fez muitos cogitarem a possibilidade de assassinato. Muitos acreditavam que os Homens Sem Rosto de Braavos tinham sido responsáveis pelas mortes, sendo eles os assassinos mais sutis de que se tem notícia. E, com tais mortes, irrompeu uma disputa rápida e mortal entre os magísteres e príncipes mercantes de Lys, que passaram a brigar pelos cargos então vagos.

A vasta riqueza e as muitas propriedades de Lysandro foram divididas entre os filhos, porém o mais velho, Lysaro, tinha a aspiração de governar Lys como o pai fizera. Assim, comprou mil Imaculados, os eunucos soldados escravizados treinados em Astapor, e depois foi atrás de obter o cargo marcial de gonfaloneiro. De tal posição, tentou liderar Lys em um breve conflito com qualquer uma das Cidades Livres rivais — Tyrosh ou Myr — para poder saquear a cidade e usar a fortuna resultante para repor o ouro tirado do Banco Rogare, que ele sacara tanto para comprar o cargo quanto para financiar a campanha. Mas a história sobre o desvio de fundos vazou, e surgiram rumores de que o Banco Rogare estava quebrado. Homens começaram a exigir a devolução de seus depósitos até uma torrente de pedidos limpar os cofres de Lysaro, levando ao colapso do banco. Lysaro Rogare fugiu no meio da noite, abandonando sua família e seu palácio.

A derrocada do banco levou à derrocada da própria Casa Rogare. Todas as suas propriedades foram arrendadas para pagar dívidas, e quando isso se provou insuficiente, os Rogare e seus filhos foram escravizados e vendidos. Lysaro Rogare foi capturado em Rhoyne e vendido de volta para Lys pelos Triarcas de Volantis. Lá, foi condenado e teve uma morte terrível, pois aqueles que tinham perdido dinheiro após o colapso do banco receberam a autorização de o açoitar proporcionalmente ao prejuízo que haviam sofrido.

Quando notícias da queda da Casa Rogare começaram a se espalhar, os Sete Reinos foram tomados pelo pânico conforme mercadores e senhores entendiam que seus investimentos haviam sido perdidos. Moredo escapou para Braavos, mas os irmãos Lotho e Roggerio estavam ambos presos em Porto Real. Inicialmente acreditou-se que havia sido Lorde Thaddeus a dar a ordem de prisão, mas, algumas horas depois, sor Mervyn Flowers da Guarda Real o prendeu também, enquanto Tessario e seus Dedos assistiam. Muitos mais foram presos: primos e um sobrinho de lorde Rowan, quarenta criados, cavalariços e cavaleiros a serviço de Rowan... E enfim sor Amaury Peake se aproximou da Fortaleza de Maegor com a intenção de prender a própria lady Larra.

Esperando por ele estavam o príncipe Viserys, portando um machado pesado, e o rei Aegon. Quando exigiram saber quem mandara prender a jovem, sor Amaury revelou que fora

DIREITA | Sandoq, a Sombra, encontra sor Amaury Peake.

sor Marston Waters, senhor comandante da Guarda Real, a nova Mão do Rei. Sor Amaury até alegou que sor Marston fora indicado pelos regentes, embora restassem apenas dois deles e um — lorde Thaddeus — tivesse sido recém-removido de seu cargo a mando de sor Marston. Viserys os alertou a não atravessar a ponte levadiça, fincando o machado na madeira para marcar a linha que não deveriam ultrapassar. Quando o príncipe e o rei recuaram, Sandoq, a Sombra, deu um passo adiante. Enorme e poderoso, de pele e cabelos negros, era um lutador de arena mudo vindo de Meereen que sobrevivera mil lutas. Fora enviado por Lysandro Rogare para atuar como protetor de Larra, e era hora de provar sua habilidade com seu escudo preto de notivagueira e sua espada curvada com punho de osso de dragão e lâmina de aço valiriano. Sor Amaury e a dezena de homens de armas que levara consigo morreram, ceifados como trigo na colheita.

Por dezoito dias, a Fortaleza de Maegor permaneceu fechada com o rei e o irmão lá dentro. O resto da Fortaleza Vermelha estava sob domínio de sor Marston Waters e sua Guarda Real; além das muralhas do castelo, sor Lucas Leygood e seus mantos dourados resistiam firmemente em Porto Real. Mas ninguém conseguiu convencer o rei a sair de seu santuário. Sor

Marston se negou a atacar a fortaleza, em parte porque não queria quebrar seus votos ao atentar contra o próprio rei. Em vez disso, no décimo segundo dia, lorde Thaddeus Rowan foi trazido acorrentado das masmorras. Estava acabado, rosto e corpo exibindo as marcas da tortura. Confessara uma longa lista de crimes, incluindo conspirar com Punho de Carvalho contra lorde Unwin Peake, saquear o Banco Rogare e conspirar com os Rogare para envenenar Aegon e Daenaera e, em seu lugar, colocar Viserys e Larra no trono.

Mas quando o príncipe Viserys interrogou a antiga Mão, descobriu que lorde Thaddeus fora tão torturado que admitiria qualquer coisa. Por conta disso, o rei mandou que sor Marston prendesse lorde George Graceford, o senhor confessor, e sor Marston fez como comandado. Até hoje, alguns afirmam que sor Marston Waters não passava de um bode expiatório, um simplório cavaleiro honesto usado e enganado por homens mais astutos que ele; outros argumentam que Waters foi parte do esquema desde o começo, mas abandonou os companheiros quando sentiu a maré virando contra eles.

Independentemente da razão pela qual sor Marston obedeceu, não foi necessário submeter o senhor confessor a qualquer tormento; a simples visão dos instrumentos de tortura foi suficiente para que ele entregasse o nome dos outros conspiradores. Dentre eles, listou sor Amaury Peake e sor Mervyn Flowers da Guarda Real; Tessario, o Tigre; o septão Bernard; sor Gareth Long; sor Victor Risley; o comandante da Patrulha da cidade, sor Lucas Leygood, e mais seis dos sete capitães dos portões da cidade; e três das damas da rainha.

Nem todos se entregaram pacificamente. Lucas Leygood e outros oito morreram quando homens de armas vieram para prendê-lo. Tessario, o Tigre, foi capturado enquanto tentava comprar uma passagem para o Porto de Ibben. Sor Marston Waters escolheu prender sor Mervyn Flowers em pessoa, pois eram ambos bastardos e irmãos juramentados da Guarda Real. Flowers lhe ofereceu a espada em rendição, mas pegou Waters pelo braço quando este a aceitou, enfiando uma adaga em sua barriga. Sor Mervyn morreu enquanto tentava selar um cavalo e escapar; já sor Marston Waters faleceu naquela mesma noite por conta de seus ferimentos.

Mas, considerando todos os conspiradores, uma pessoa conectava a grande maioria deles, fosse por parentesco ou associação — lorde Unwin Peake, antiga Mão do Rei. Alguns na corte começaram a suspeitar da influência dele sobre tudo o que acontecera; Peake estivera em Piquestrela durante o cerco secreto, porém, e nenhum de seus supostos bodes expiatórios mencionou seu nome. Assim, o envolvimento dele nunca foi comprovado.

Era tão espessa a névoa de desconfiança que pairava sobre a Fortaleza Vermelha que Aegon III ainda passou mais seis dias na Fortaleza de Maegor depois que o irmão Viserys deslindou a falsa confissão de lorde Rowan. Foi apenas quando viu o grande meistre Munkun enviando um bando de corvos para convocar seus senhores mais leais até Porto Real que Sua Graça permitiu que a ponte levadiça fosse baixada de novo. O estoque de comida na fortaleza

DIREITA | A morte de sor Marston Waters.

estava tão baixo que a rainha Daenaera chorava até dormir toda noite, e duas de suas damas estavam tão fracas devido à fome que tiveram de receber ajuda para atravessar por cima do fosso.

Pouco depois, Thaddeus Rowan voltou a morar na Torre da Mão... mas ficou claro a todos que Sua Senhoria não estava em condições de voltar a suas funções. As coisas que tinham feito com ele enquanto estava na masmorra o destruíram. Depois de uma lua, com lorde Rowan demonstrando pouco ou nenhum sinal de melhora, o grande meistre Munkun persuadiu o rei a liberá-lo de suas tarefas. Rowan foi enviado para sua morada em Bosquedouro, prometendo retornar a Porto Real depois que se recuperasse, mas morreu na estrada em companhia de dois de seus filhos. E, pelo resto do ano, o grande meistre serviu tanto quanto regente como quanto Mão, pois Aegon ainda não atingira a maioridade. No entanto, sendo um meistre, com seu colar de elos e jurado a servir, Munkun não achava que lhe cabia julgar senhores importantes ou cavaleiros ungidos, então os traidores acusados foram largados nas masmorras, esperando por uma nova Mão.

Em 136 DC, um grupo de senhores chegou para formar algo similar a um Grande Conselho, embora o evento não tenha sido formalmente chamado dessa maneira. Senhores das terras da coroa, das terras fluviais e das terras da tempestade eram os mais numerosos, mas do Vale viera lorde Alyn Punho de Carvalho, que, com Ben Sangrento Blackwood, enfim forçara os rivais de Joffrey Arryn e seus respectivos apoiadores a dobrar o joelho. Assim, Isembard Arryn, sor Arnold Arryn e lorde Gunthor Royce foram todos perdoados. Com ele vieram também lorde Arryn e vários outros senhores. Lady Johanna Lannister enviou representantes, enquanto lorde Torrhen Manderly, lorde Lyonel Hightower e lady Sam Tarly compareceram em pessoa. E merece destaque a presença de lorde Unwin Peake, que levava com si mil homens de armas e quinhentos mercenários. Depois de reunidos, os senhores discutiram por duas semanas antes de novos regentes serem escolhidos; vários cargos — principalmente o de Mão do Rei — foram preenchidos. Depois de tudo arranjado, o rei Aegon III selou a decisão.

Depois, os julgamentos começaram, e continuariam por mais trinta e três dias. Das quarenta e duas pessoas acusadas, restavam apenas dezoito para serem julgadas; o resto havia fugido ou morrido. O príncipe Viserys participou de todos os julgamentos — com frequência acompanhado pela esposa, a barriga avantajada por conta da gestação do segundo filho, além do filho Aegon com sua ama de leite. Já o rei Aegon esteve presente em apenas três: os de sor

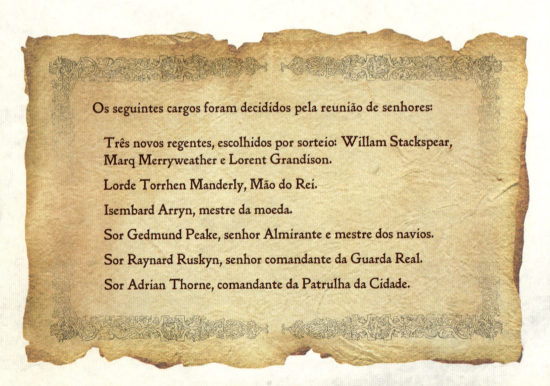

Os seguintes cargos foram decididos pela reunião de senhores:

Três novos regentes, escolhidos por sorteio: Willam Stackspear, Marq Merryweather e Lorent Grandison.

Lorde Torrhen Manderly, Mão do Rei.

Isembard Arryn, mestre da moeda.

Sor Gedmund Peake, senhor Almirante e mestre dos navios.

Sor Raynard Ruskyn, senhor comandante da Guarda Real.

Sor Adrian Thorne, comandante da Patrulha da Cidade.

Gareth Long, lorde George Graceford e septão Bernard. Long e Graceford foram condenados, mas tiveram permissão de assumir o negro, assim como vários mantos dourados e os Dedos sobreviventes; o septão Bernard não foi executado a pedido do alto septão, mas foi acorrentado e forçado a voltar para Vilavelha a pé como forma de penitência. Sor Victor Risley, antigo Magistrado do Rei, exigiu um julgamento por combate e foi rapidamente morto por sor Gareth Long, primeiro homem a apontar o envolvimento de Risley no esquema. Com isso, restaram as três damas da rainha Daenaera. Lucinda Penrose e Priscella Hogg foram condenadas a ter os narizes arrancados — com a condição de que a pena seria suspensa se elas se entregassem à Fé e enquanto permanecessem fiéis a seus votos. Cassandra Baratheon, que confessara ter dividido a cama com sor Mervyn Flowers e, ocasionalmente, Tessario, o Tigre, era casada com um cavaleiro idoso de Cabo da Fúria chamado sor Walter Brownhill. Sor Walter tivera dezesseis filhos com as esposas anteriores, dos quais treze ainda estavam vivos. Imaginava-se que cuidar de todas essas crianças — e qualquer filho ou filha a mais que ela mesma desse à luz — manteria lady Cassandra longe de novos esquemas de traição (e assim foi).

O dela foi o último dos julgamentos por traição, mas as masmorras sob a Fortaleza Vermelha ainda não haviam sido esvaziadas. O destino dos irmãos de lady Larra — Lotho e Roggerio — ainda precisava ser decidido. Embora fossem inocentes dos crimes de alta traição, assassinato e conspiração, tinham sido acusados de fraude e roubo, pois o colapso do Banco Rogare arruinara a vida de milhares de pessoas em Westeros e Lys. Ambos foram devidamente julgados, mas mesmo aqueles que mais o odiavam foram incapazes de apresentar provas de que qualquer um deles soubesse de algo a respeito dos delitos do irmão em Lys, ou então de que haviam se beneficiado de sua pilhagem de alguma maneira. No fim, o banqueiro Lotho foi julgado culpado de roubo por ter pegado ouro, pedras preciosas e prata que não lhe pertencia e falhado em devolver a quantidade equivalente. Lorde Manderly lhe deu a escolha de assumir o negro ou ter a mão direita decepada, como era o costume com ladrões comuns. Lotho, que era canhoto, escolheu a mutilação. Nada pôde ser provado contra seu irmão Roggerio, mas lorde Manderly o condenou a sete chibatadas mesmo assim — pelo simples crime de ser um "lyseno triplamente amaldiçoado".

Com o fim dos julgamentos, muitos dos senhores que tinham ido a Porto Real foram embora. Como Mão do Rei, Torrhen Manderly provou ser um honesto e capaz governante em nome de Aegon III e logo se tornou o homem mais influente da corte, já que os três novos regentes eram mais seguidores do que líderes. Lorde Torrhen garantiu que vários cargos fossem ocupados com homens bons e capazes, cuidou para que a Guarda Real voltasse a estar completa com os seus sete membros, executou um grande ajuste de impostos com Isembard Arryn, providenciou certo desafogo a senhores e mercadores que tinham sofrido perdas com a falência do Banco Rogare e anulou o pacto de Alyn Punho de Carvalho com a Casa Rogare, considerando que tal casa não mais existia. O rei Aegon nunca ficou muito próximo de sua nova Mão, mas Sua Graça era ressabiado por natureza, e os eventos do ano anterior tinham

Logo após os julgamentos, Roggerio venderia suas posses para comprar uma coca chamada *Filha da Sereia*, que serviria como uma barcaça de prazer itinerante. Lotho virou confidente e conselheiro de lady Sam e lorde Lyonel Hightower, auxiliando este com a criação do Banco de Vilavelha, o que aumentou a já considerável fortuna dos Hightower. Moredo Rogare, único dos irmãos a fugir dos Sete Reinos, convenceria os associados do Banco de Ferro de Braavos a financiar um ataque contra Lys; três anos depois, teria condições de reivindicar os ossos do irmão Lysaro e garantir que fossem enterrados no túmulo da família em Lys.

servido apenas para aprofundar suas desconfianças. Lorde Torrhen tampouco demonstrava muita consideração pelo rei, a quem se referia como "aquele garoto rabugento". Manderly se afeiçoou ao príncipe Viserys, no entanto, e enchia a rainha Daenaera de mimos.

Quando Larra deu à luz o segundo filho, um garoto chamado Aemon, lorde Torrhen organizou um banquete de celebração. A corte estava encantada com o nascimento de mais um herdeiro potencial ao Trono de Ferro… ou assim estava a maioria das pessoas, ao menos. O irmão de Aemon, Aegon, então com um ano e meio, foi pego certo dia tentando bater no irmão bebê com o ovo de dragão deixado em seu berço, mas lady Larra interveio antes que houvesse feridos.

Pouco depois, lorde Alyn Punho de Carvalho ficou inquieto e começou a planejar a segunda de suas seis grandes viagens. Os Velaryon haviam confiado boa parte de seu ouro a Lotho Rogare, e como consequência haviam perdido mais da metade de sua fortuna. Para repor os cofres, lorde Alyn montou uma grande frota de mercadores, com uma dúzia de galés de guerra para protegê-los. A intenção era que viajassem até a Antiga Volantis pelo caminho que passava por Pentos, Tyrosh e Lys, visitando Dorne na volta. Lady Baela não ficou muito feliz

ESQUERDA | O julgamento de Lotho e Roggerio Rogare.
ABAIXO | Amor entre irmãos.

com a visita a Dorne, sabendo da afeição da agora enviuvada princesa Aliandra por seu marido; a desavença entre eles foi logo resolvida, porém, e lorde Alyn zarpou perto da metade do ano, deixando para trás lady Baela, grávida de sua segunda criança.

Com a aproximação do décimo sexto dia do nome do rei Aegon e sua subsequente maioridade, lorde Torrhen Manderly determinou que o rei Aegon e a rainha Daenaera deveriam fazer uma turnê real para marcar a ocasião. Seria bom para o garoto conhecer as terras que governava, ponderava a Mão, assim como se mostrar para seu povo. Aegon era alto e belo, e sua jovem rainha era capaz de compensar qualquer charme que pudesse faltar ao rei. Os plebeus decerto a amariam, o que só beneficiaria o jovem rei solene.

Os regentes concordavam. Fizeram planos para uma grande turnê que duraria um ano, levando Sua Graça a partes do reino às quais rei algum jamais fora. Centenas de cavaleiros e senhores imploraram pela honra de uma visita real, e o planejamento da viagem tomou conta da corte. Lady Rhaena pediu para participar com seu dragão, Manhã, mas devido à antipatia do rei pelas feras, o requerimento foi negado. Já lady Baela insistiu em fazer parte da turnê de uma forma ou de outra.

Enfim chegou o dia do nome do rei Aegon. Um grande banquete foi organizado na sala do trono naquela noite, e a antiga Guilda dos Alquimistas prometera apresentações de piromancia nunca antes vistas pelo reino. Ainda era manhã, porém, quando o rei Aegon entrou na sala de conselho, onde lorde Torrhen e os regentes debatiam os últimos detalhes da turnê. Com ele vinham quatro cavaleiros da Guarda Real e o imponente Sandoq, a Sombra. Sem mais preâmbulos, o rei Aegon anunciou que estava pronto para comandar e fez lorde Torrhen sair da cabeceira da mesa do conselho. Depois, informou que a turnê estava cancelada. Lorde Torrhen tentou persuadi-lo a continuar, afirmando que aquilo o faria ganhar o amor do povo, mas o rei Aegon garantiu que faria o que fosse necessário para assegurar paz, comida e justiça a todos. Inclusive cancelou o banquete em sua honra, mandando a comida para os pobres. "Barrigas cheias e ursos dançantes serão minha política", anunciou o rei antes de dispensar os regentes e a Mão de seus cargos e lhes dar permissão de voltar a suas moradas e sedes.

Lorde Torrhen Manderly foi embora para Porto Branco menos de duas semanas depois, acompanhado de Cogumelo. O bobo se afeiçoara ao grande nortenho e aceitara com entusiasmo um lugar em Porto Branco em vez de continuar com um rei que raramente abria um sorriso e nunca gargalhava. Mas Manderly não estava nada feliz na viagem para casa; remoía a humilhação que sentia devido à brusca dispensa e ao que chamava de "assassinato" da turnê real. Como primeiro ato, o rei Aegon fizera com que um criado leal e devoto se transformasse em um inimigo — um presságio do que havia por vir.

E, assim, o reinado arrasado do Rei Arrasado começou.

DIREITA │ O fim da regência.

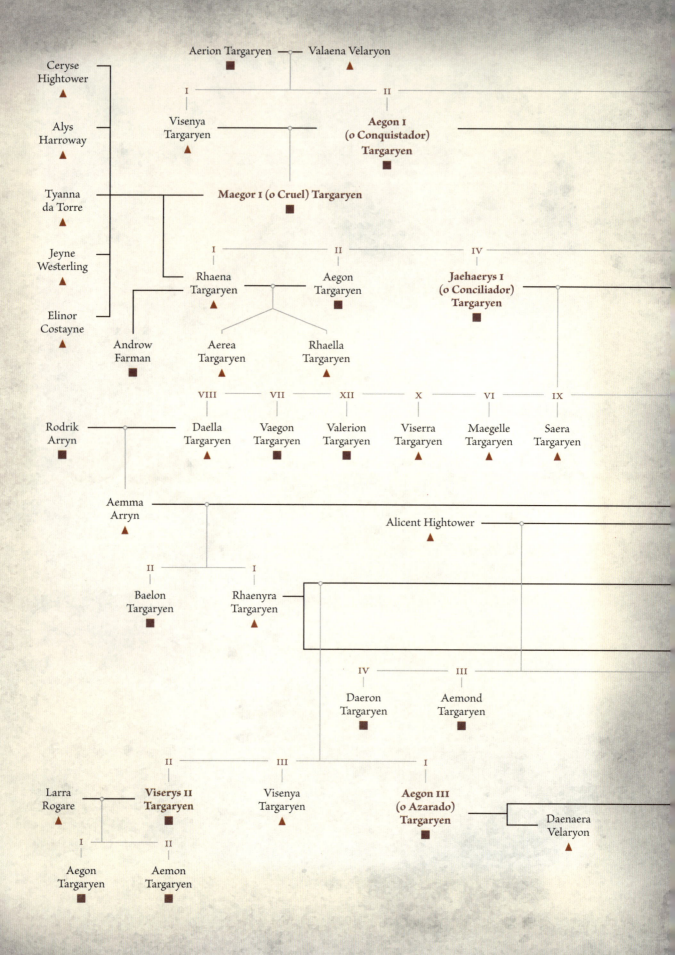

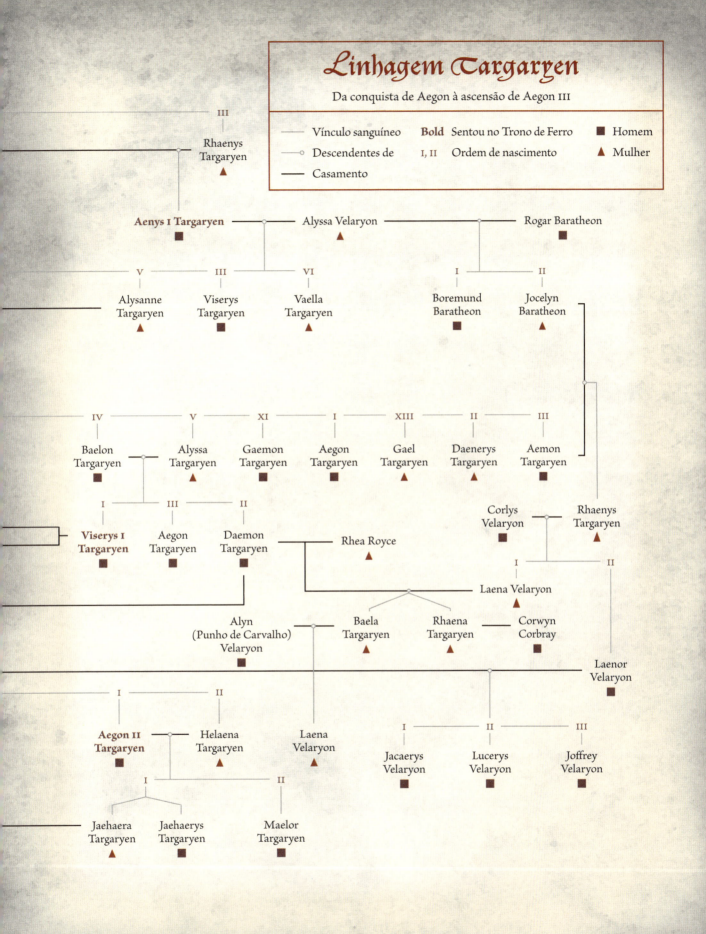

Índice remissivo

A

Addam (de Casco) Velaryon, 223-4, 243, 247-8, 253, 261, 264, 266-7

Addam Hightower, 38-9

Addison Hill, 46

Adrian Tarbeck, 229, 232

Adrian Thorne, 338

Aegon Ambrose, 72

Aegon I Targaryen, o Conquistador: casamentos de, 26; coroação de, 26, 30, 35; corte de, 43-4; desembarque e conquista de, 11, 25-31; estandarte de, 26; Fogonegro e, 35, 179; linhagem de, 344-5; morte de, 51; reinado de, 35-51; Trono de Ferro e, 32-4

Aegon II Targaryen (Aegon mais velho): coroação de, 198-9, 202, 205-6, 209; estandarte de, 218; linhagem de, 344; morte de, 283; nascimento de, 185; em Porto Real, 274-5; reinado de, 201-83

Aegon III Targaryen, o Azarado (Aegon mais novo): casamentos de, 274, 279, 295-6, 320; linhagem de, 344; mãos curativas de, 304-5; nascimento de, 196; personalidade de, 287; em Porto Real, 286-7; regência de, 287-343; Tempestade e, 208, 223, 226

Aegon Targaryen (filho de Baelon), 158, 345

Aegon Targaryen (filho de Jaehaerys I), 129, 345

Aegon Targaryen (filho de Viserys II), 328, 338, 341, 344

Aegon Targaryen, o Sem Coroa (filho de Aenys I), 50, 63-4, 66, 71, 73, 76-7, 81-2, 85, 109, 113, 344

Aemma Arryn, 157, 177, 180-1, 212, 344

Aemon Targaryen (filho de Jaehaerys I), 138, 149, 151, 153, 157-8, 166-7, 169, 344

Aemon Targaryen (filho de Viserys II), 341, 344

Aemond Targaryen (Caolho), 185, 193-5, 197, 205, 208, 215, 222-3, 229, 232-3, 236, 240-1, 243-4, 246, 249-51, 260, 303-4, 344

Aenar Targaryen, 7, 21, 147

Aenys I Targaryen: casamento de, 50; coroação de, 51-5; filhos de, 50; Fogonegro e, 179; linhagem de, 345; morte de, 66; nascimento de, 49; personalidade de, 49; reinado de, 55-66; tensão entre Maegor e, 63-6; turnês reais, 50-1

Aerea Targaryen, 77, 92-3, 99, 104-5, 107, 122-3, 127-8, 131, 135-6, 138-9, 179, 344

Aerion Targaryen, 344

Aethan Velaryon, 45

Alan Beesbury, 222, 226

Alan Tarly, 222, 226

Alaric Stark, 109, 120, 141-2, 151

Alayne Royce, 107, 118

Albin Massey, 125, 136, 145

alerta para garotas jovens, Um (Wylde), 117, 121

Alfador, meistre, 197

Alfred Broome, 268-70, 274, 283

Alfyn, septão, 127, 134

Aliandra Martell, 298, 302, 314-5, 334, 342

Alicent Hightower, 173, 183, 185-7, 189, 193-7, 201-5, 209, 217, 226, 229-30, 236, 244-5, 259, 273-4, 277, 279-80, 288, 304, 344

Allard Royce, 56

alto septão, 30, 43, 50, 55, 63-6, 72, 76-8, 81, 85, 92-3, 101-3, 111, 113, 115, 122, 134, 145, 206, 292, 295, 303, 339

Alton Celtigar, 45

Aly Black *ver* Alysanne Blackwood

Alyn de Casco *ver* Alyn Velaryon

Alyn Stokeworth, 44-5, 56, 60

Alyn Tarbeck, 92

Alyn Velaryon (Punho de Carvalho), 224, 266 272-4, 277, 279, 288, 291, 293, 295, 298-300, 307, 309, 311-2, 314-5, 320-1, 323, 329, 331, 336, 338-9, 341-2, 345

Alys Harroway, 63, 73, 77, 85-6, 93, 132, 344

Alys Oakheart, 39

Alys Rivers, 232, 240, 243, 251, 302-4

Alys Turnberry, 158, 161

Alys Westhill *ver* Elissa Farman

Alysanne Blackwood (Aly Black), 217, 293-5, 302

Alysanne Targaryen, 50, 66, 85-6, 93, 97, 99, 104, 107, 111-7, 120-1, 125-9, 131-2, 134-6, 138-9, 141-2, 147-9, 151-3, 155, 157-8, 161-3, 166, 169-70, 173, 178-9, 209, 223, 345

Alyssa Targaryen, 148, 153, 157-8, 161, 163, 345

Alyssa Velaryon, 50, 55, 58, 63, 66, 71, 73, 76, 81, 85-6, 91-3, 99-100, 107, 109-13, 115-6, 121-2, 125-7, 128-9, 132, 134-5, 148, 179, 205, 345

Amaury Peake, 307, 334-6

Amos Bracken, 211, 217

Andrew Farman, 107-9, 115, 118, 135-7, 344

Anselm, meistre, 136

Argella, 12, 25, 29

Argilac, o Arrogante, 12, 25-9

Arlan III, 11

Arlan V, 12

Arnold Arryn, 326, 330, 338

Arrax, 192, 208, 215

Arrec, 12

Arrepios, 142, 145, 147-8, 304

Arryk Cargyll, 180, 201, 220

Arryn, Casa, 16, 218; *ver também* membros individuais

Artys I Arryn, 16

Asaprata, 86, 93, 111, 141-3, 162, 166, 169, 209, 223, 226, 244, 246, 264, 266-8

B

Baela Targaryen, 191, 208, 246, 270, 272-4, 279, 283, 292, 300-1, 312, 314, 320-1, 331, 341-2, 345

Baelon Targaryen (filho de Viserys I), 181, 344

Baelon Targaryen, o Valente (filho de Jaehaerys I), 139, 151-3, 157-8, 161-2, 166, 169-70, 179, 345

Bailalua, 207-8, 223, 246, 270-1

Bakkalon da Espada, 327

Baldrick, septão, 127

Balerion, o Terror Negro, 22, 24-7, 31, 35, 38-9, 55-6, 63, 71, 75, 78, 82, 136, 138-9, 153, 166, 168-70, 190, 251

Balon Byrch, 254, 268

Bambarro Bazanne, 321

Banco Rogare, 323, 328, 334, 336, 339

Banquete dos Peixes, 234-6, 240

Barth, septão, 126, 134, 136, 138-9, 142, 147, 161, 169

Bartimos Celtigar, 209, 236, 247, 253-4, 296, 316

Ben Sangrento *ver* Benjicot Blackwood

Benifer, grande meistre, 93, 113, 115, 134, 136, 145

Benjicot Blackwood (Ben Sangrento), 235, 261, 264, 266 280-1, 288, 294, 316, 333, 338

Bernard, septão, 308, 321, 336, 339

Bernarr Brune, 60, 72

Bertrand Tyrell, 147

Blackwood, Casa, 295; *ver também* membros individuais

Boremund Baratheon, 129, 148, 155, 166, 205, 209, 345

Borros Baratheon, 205, 209, 215, 235, 273-4, 277-80, 282-3, 291, 300, 302

Borys Baratheon, 117, 122, 149-51

Bramm de Casconegro, 72

Bran, o Construtor, 11, 17

Brandon Snow, 30

Brandon Stark, 109, 120

Braxton Beesbury (Ferroada), 158, 161

bruxa do fogo, 332-3

Byron Swann, 242-3

C

Caça de Abutres, 58, 60-1

Caçador do Sol (navio), 133

Campina, A, 13-5
Campo de Fogo, 8-11, 29-30
Canibal, 209, 224, 246
Caniços, Batalha dos, 27
Caraxes de Wyrm de Sangue, 151, 158, 166, 185, 187, 191, 193, 208, 210-1, 243, 246, 251
Casamento Dourado, 109-13, 127, 138, 151
Cassandra Baratheon, 274, 295, 339
Caswell, lady, 238-9
Catorze Chamas, 7
Cavaleiro Ardente, 256
Ceryse Hightower, 50, 63, 76, 78, 81, 89, 100, 344
Cidadela, 30, 134-5
Clement Celtigar, 290
Cogumelo, 187, 189, 193, 196-7, 204, 207, 212, 220, 223, 240, 243, 246, 256, 259, 283, 291, 317-8, 342
Colina de Aegon, 26, 77, 89, 111, 162, 229
Corlys Velaryon (Serpente Marinha), 46, 133, 163-6, 170, 183-5, 187, 190, 196, 207, 209, 220, 222, 224, 226, 230, 243-4, 248, 253, 259, 273-4, 278-80, 287-8, 291-6, 298-300, 345
Corte do Tritão, A, 212-4
Corwyn Corbray, 287, 300, 321, 325, 330, 345
Corwyn Velaryon, 164
Coryanne Wylde, 116-7, 121
Craghas Drahar (Engorda Caranguejo), 183-5
Cregan Stark, 212, 214, 279, 288-96, 302, 317
Crispian Celtigar, 45
Criston Cole, 180, 185, 187, 189, 201-4, 206, 220, 222, 229, 232, 236, 240-1
Culiper, meistre, 136

D

Daella Targaryen, 151, 154-8, 177, 344
Daemion Velaryon, 299
Daemon Targaryen, 157, 170, 178-81, 183-5, 187-93, 195-6, 202-3, 207-9, 211-2, 214-5, 217-8, 220, 222, 229-30, 232, 238, 243, 246-51, 253-4, 279, 297, 300, 320-1, 345
Daemon Velaryon, 26, 45, 91, 93, 109, 113, 122, 125, 136, 164
Daenaera Velaryon, 320-1, 330, 336-7, 339, 341-2, 344
Daenerys Targaryen, 131, 145, 147, 153, 158, 345
Daenys Targaryen, a Sonhadora, 7, 21
Daeron Targaryen, o Audaz, 189-90, 193, 208, 223, 226-7, 235-6, 238, 241, 243-4, 246-8, 253, 260-1, 263-4, 267, 344
Daeron Velaryon, 299, 312, 320
Dalton Greyjoy (Lula-Gigante Vermelha), 204, 229, 236, 241, 291, 297, 312, 314, 325
Damon Darry, 304
Damon Morrigen, o Devoto, 71-2, 100
Dança dos Dragões, 202, 204, 214, 280, 287, 308, 321
Darry, Casa, 211; ver também membros individuais
Davos Baratheon, 58

Defenestração de Lançassolar, 36-7
Degraus, 38, 50, 157, 166, 182-5, 187, 190, 208, 218, 226, 297, 309, 312, 314
Dennis, o Manco, 100-1
Deria Martell, 40, 56
Derivamarca, 45, 71, 73, 120, 155, 164, 166, 183, 189-91, 193, 226, 266, 272-4, 298-300, 311, 314, 329
Derivamarca, Castelo, 164
Derrick Darry, 261
Desmond, grande meistre, 85
Desmond Manderly, 214, 301
Desordem de Lama, 280-1, 288
Dick Bean, 72
Dickon Flowers, 72
Dois Traidores, 246-8, 260-1, 266
Donald Tarly, 291
Donnel Hightower, o Moroso, 101, 122, 134, 145
Donzela do Vale ver Jeyne Arryn
Donzelarrosa, Castelo de, 81-2, 211
Dorne, 18, 26, 36, 38-41
Drazenko Rogare, 315, 321, 334
Dreamfyre, 55, 64, 80-2, 92-3, 104, 118, 120, 127, 136, 193, 208, 223, 256
Dunstan Pryor, 161
Duro Hugh Martelo, 223, 243-4, 246-7, 260, 263
Durran Desgosto-Divino, 11
Durrandon, Casa, 11-2, 29

E

Edmyn Tully, 27, 41, 45, 55
Edwell Celtigar, 92, 109, 120, 125, 145
Eldric Arryn, 326, 330
Elenda Baratheon, 291, 295, 302, 317
Elinor Costayne, 92-3, 95, 113, 127, 344
Elissa Farman (Alys Westhill), 107, 118, 131-3, 139
Ella Broome, 116
Ellyn Baratheon, 295
Ellyn Caron, 58
Elmo Tully, 212, 261, 277, 279
Elysar, grande meistre, 147, 153-4, 161, 169
Erryk Cargyll, 180, 201, 207, 220
Escudo Espelhado, 242-3
Espadas ver Filhos do Guerreiro
Essie, 259, 274
Estrada do Rei, Batalha da, 280, 287
Estrelas ver Pobres Irmãos
Eustace Hightower, 133
Eustace, septão, 187, 189, 193, 204, 206, 212, 232, 238, 243, 254, 259, 288, 290, 305, 308
Excepcionalismo, Doutrina do, 126, 132, 134, 136, 147
"Exposição de Gado do Dia da Donzela", 318-9

F

Fantasma Cinza, 209, 224, 246, 270
Fazedora de Órfãos, 263, 309

Fé Militante, 65-7, 75, 85, 91, 101
Febre do Inverno, 301, 304, 307, 309, 317, 325
Filhos do Guerreiro, 65-6, 71-2, 75, 77-8, 81, 85, 91, 100-1, 104, 112, 120
Florence Fossoway, 147
Florian, o Bobo, 128
Floris Baratheon, 274, 295, 300
Fogonegro, 35, 50, 63, 93, 149, 161, 179, 274
Folhalonga, o Matador de Leões ver Pate de Folhalonga
Forrest Frey (Tolo Frey), 188, 211, 234
Fortaleza Vermelha, 44, 50, 63, 73, 77, 86, 88-9, 92-3, 100, 104, 107, 111, 114-5, 126, 136, 145, 161-3, 177, 204, 217-8, 254, 269, 283, 294-5, 298, 304, 308, 312, 318, 320, 329, 335-6, 339
Fosso dos Dragões, 89, 111, 120, 126, 131, 138-9, 151, 161, 173, 205, 238, 247, 254, 256-9, 274, 277, 297
Franklyn Farman, 118
Fumaresia, 209, 223, 226, 247-8, 261, 264, 302

G

Gael Targaryen (Filha do Inverno), 154, 169, 345
Gaemon Cabelo-Claro, 254, 259, 274, 291, 298, 308, 330
Gaemon Targaryen, 152, 345
Gaemon, o Glorioso, 152, 173
Galon Báculo Branco, 13
Gardener, Casa, 14, 29; ver também membros individuais
Gareth Long, 308, 336, 338-9
Gargon Qoherys, 55
Garibald das Sete Estrelas, 72
Garibald Grey, 235, 240, 244, 246
Garmon Hightower, 39
Garse VII Gardener, 12
Garth Mãoverde, 14
Gawen, grande meistre, 46, 71
Gedmund Peake (Grande Machado), 309, 311-2, 338
George Graceford, 308, 330, 336, 339
Gerardys, grande meistre, 193, 197, 207, 211, 248, 268, 270
Gigante do Tridente, 50
Glendon Goode, 254, 256
Goela, Batalha da, 27, 226-7, 321
Goren Greyjoy, 56
Gormon Massey, 223
Grande Conselho (de 101 DC), 170-1, 173, 177-8, 180, 203-4
Grande Torneio (de 111 DC), 174-7, 185
Gregor Goode, 46
Griffith Goode, 46
Grover Tully, 211, 277
Guarda Real, 39, 44-7, 86, 92, 111-2, 114-6, 128, 138, 141, 145, 201, 306-8, 318, 335, 339, 342
Guardiões de Dragão, 138, 151, 153, 256
Guerra das Cem Velas, 158-9
Gunthor Darklyn, 268

Gunthor Royce, 330, 338

Guy Lothston, o Glutão, 72

Gwayne Hightower, 204, 230

Gyles Belgrave, 283, 292, 294

Gyles Morrigen, 100, 112, 153

Gyles Yronwood, 256

H

Hal Louco Hornwood, 295

Harlan Tyrell, 29, 36

Harmon Dondarrion, 56, 58

Harren, o Negro, 13, 25-7, 55, 86, 325

Harren, o Vermelho, 55-6, 60

Harrenhal, 13, 24-5, 27, 30, 36, 55, 65, 84-6, 139, 152-3, 170, 195, 209, 210-1, 229, 232-3, 236, 240-1, 249-51, 260, 302-4

Harrold Langward, 100

Harrold Westerling, 187

Harwin Strong (Quebra-Ossos), 181, 188-9, 192, 195-6

Harwyn Hoare, 12-3

Harys Horpe, 72

Helaena Targaryen, 185, 193, 196-7, 208, 216-7, 223, 231, 253, 256, 273, 345

Hightower, Casa, 30, 164, 183, 340; *ver também* membros individuais

Hoare, Casa, 13, 27, 35-6

Hobb, o Lenhador, 256

Hobert Hightower, 248, 260-1, 266

Horys Hill, 72, 75, 77, 91

Howard Bullock, 121

Hubert Arryn, 56

Hugh o Martelo *ver* Duro Hugh Martelo

Humfrey Bracken, 218

Humfrey Lefford, 232, 234-5

Humfrey, o Pantomimeiro, 46

I

Ilhas de Ferro, 13, 16-7, 35-6, 41, 56, 58, 204, 229, 315, 325, 327

Ira do Dragão, 39

Irmã Sombria, 45, 50, 86, 178-80, 190, 251

Isembard Arryn (Falcão Dourado), 326, 330, 338-9

J

Jacaerys Velaryon (Jace), 189-90, 192, 194, 196-7, 207-9, 212, 214, 222-4, 226, 228-9, 288, 345

Jaehaera Targaryen, 196, 217, 231, 236, 241, 256, 273-4, 279, 291, 295, 298, 300, 304, 308, 316-8, 345

Jaehaerys I Targaryen, o Conciliador: casamento de Alysanne e, 114; o começo do reinado de, 125-39; coroação de, 102-4; encontra com líderes das Cidades Livres, 140-1; o fim do reinado de, 157-73; Fogonegro e, 161, 179; infância de, 66, 85-6, 92-3; Irmã Sombria, 179; linhagem de, 344; morte de, 172-3; nascimento, 50; obras de, 141-55; proclamação de, 93, 95; regência de, 98-122; retorno a Porto Real,

106-7; turnês reais de, 96, 99, 124-5, 128, 141, 149, 163

Jaehaerys Targaryen (filho de Aegon II), 196, 217, 220, 256, 345

Jason Lannister, 188, 229

Jasper Wylde (Barra de Ferro), 202, 230, 236

Jennis Templeton, 116, 131

Jeyne Arryn (Donzela do Vale), 190, 209, 212, 222, 240, 268, 278-9, 280, 292, 296, 298, 300, 307, 316, 326

Jeyne Poore Bexiguenta, 91

Jeyne Rowan, 291

Jeyne Westerling, 92, 344

Jocasta Lannister, 107, 118-20

Jocelyn Baratheon, 135, 148, 151, 153, 166, 345

Joffrey Arryn, 326, 330, 333, 338

Joffrey Dayne, 39

Joffrey Doggett (Cachorro Vermelho das Colinas), 77, 85, 91, 93, 101, 104, 112

Joffrey Lonmouth (Cavaleiro dos Beijos), 189, 192

Joffrey Velaryon, 192-3, 207-8, 214, 222, 238, 243, 254, 256, 345

Johanna Lannister (Senhora de Rochedo Casterly), 229, 291, 295, 297, 301-2, 315, 324-7, 338

Johanna Swann (Cisne Negro), 184

Jon Cafferen, 39

Jon Charlton, 235

Jon Hogg, 75, 85

Jon Piper, 81

Jon Rosby, 36

Jon Roxton, 248, 263, 266, 302, 309

Jonah Mooton, 158, 161

Jonos Arryn, 55-6

Jonquil Darke (Serpente Escarlate; Sombra Escarlate), 112, 128, 161

Jonquil, lagoa de, 128-9

Joseth Smallwood, 261

Julgamento do Lobo, O, 293

Julgamento dos Sete, 71-3

Julian Wormwood, 280

K

Kermit Tully, 279, 287-8, 316

L

Laena Velaryon (filha de Alyn Punho de Carvalho), 321, 329, 345

Laena Velaryon (filha de Corlys), 166, 170, 183, 190-3, 196, 215, 222, 246, 300, 345

Laenor Velaryon, 170, 187, 189, 192-4, 196, 209, 223-4, 345

Lann, o Esperto, 16

Lannisporto, 16, 44, 54-5, 81-2, 207, 229, 296, 302, 314-5

Lannister, Casa, 16, 29, 164, 296; *ver também* membros individuais

Larra (de Lys) Rogare, 321, 323, 326-8, 331, 334-6, 339, 341, 344

Larys Strong, o Pé-Torto, 181, 195, 202, 204,

230, 232, 236, 241, 259, 269-70, 273-4, 279, 283, 288, 292, 294

Leo Costayne (Leão-Marinho), 325

Leowyn Corbray, 287, 296, 300, 304

Lobos do Inverno, 234-5, 240, 243-4

Lodos, 34-5, 56

Lodos, o Duplamente Afogado, 56

Lorcas, o Estudado, 103

Loren I Lannister, 15-6, 29

Lorence Roxton, 112

Lorent Grandison, 338

Lorent Marbrand, 201, 207, 248, 254

Loreon Lannister, 302

Lotho Rogare, 328, 334, 339-41

Lothor Burley, 141

Lua dos Três Reis, 259-60, 273

Lucamore Strong, 138, 152-3

Lucas Harroway, 63, 65, 77, 85-6

Lucas Leygood, 308, 335-6

Lucerys Velaryon (Luke), 192, 194-6, 205, 207-9, 214-5, 217, 299, 345

Lucifer Massey, 72

Lucinda Penrose, 339

Lucinda Tully, 101, 104, 113, 116

Lula-Gigante Vermelha *ver* Dalton Greyjoy

Luthor Largent, 204, 230, 247, 252-3

Lyle Bracken, 72

Lyman Beesbury, 202-4, 218

Lyman Lannister, 73, 76, 81, 92, 107, 118-20

Lyonce, arquimeistre, 46

Lyonel Bentley, 268

Lyonel Deddings, 261

Lyonel Hightower, 291-2, 295, 314, 338, 340

Lyonel Strong, 180, 185, 188, 195-6

Lysandro Rogare, 321, 323, 328, 334-5

Lysaro Rogare, 334, 340

M

Maegelle Targaryen, 149, 152, 161, 163, 169, 344

Maegor I Targaryen, o Cruel: casamentos de, 50, 63, 74-6, 92; coroação de, 70-3; Fogonegro e, 50, 63, 179; Irmã Sombria e, 50, 179; linhagem de, 344; como Mão do Rei, 60; morte de, 93-5; nascimento de, 50; no Ninho da Águia, 56-7; partida de Porto Real, 62-3; personalidade de, 49-50; reinado de, 71-95; tensão entre Aenys e, 63-6; em Vilavelha, 77-9, 81

Maegor Towers, 139, 153

Maegor, Fortaleza de, 77, 86, 89, 128, 253, 283, 291, 316, 334-6

Maelor Targaryen, 196, 217, 231, 236, 238, 345

Maladon Moore, 89, 92, 100

Malentine Velaryon, 299

Mallister, Casa, 211

Manfred Hightower, 30, 38-9, 63

Manfryd Mooton, 229, 296, 307, 315, 321, 325

Manfryd Redwyne, 125, 142, 147, 163

Manhã, 279, 328, 331, 342

Mara Martell, 158

Marilda de Casco, 224, 277, 298
Maris, mãe, 127
Marla Sunderland, 27, 35
Marq Ambrose, 266
Marq Farman, 82, 118
Marq Merryweather, 338
Marston Waters, 270, 274, 280, 291, 295-6, 307, 334-7
Martyn Hightower, 78
Martyn Tyrell, 147
Matilha de Lobos, 295
Mattheus, septão, 113, 115, 125-6, 134
Medrick Manderly, 248, 295-6, 301
Meleys, 153, 163, 166, 208-9, 220-2, 270
Mellos, grande meistre, 187, 196-7
Melony Piper, 55, 81-2
Meraxes, 26-7, 29, 36, 39-40, 157
Mercúrio, 49, 51, 55, 64, 66, 80-2
Meredyth Darklyn, 268
Meria Martell, 18-9, 30, 36, 39-40
Mern IX Gardener, 14-6, 29-30
Merrell Bullock, 116
Merryweather, Casa, 238; ver também membros individuais
Mervyn Flowers, 307, 316, 334, 336, 339
Mesa Pintada, 23, 51, 136
Moinho Ardente, Batalha do, 217-9
Moon, septão, 91-3, 101-4, 109, 113
Mooton, Casa, 211; ver também membros individuais
Moredo Rogare, 328, 331, 333-4, 340
Morgan Hightower, 78, 81, 85
Morghul, 256
Morion Martell, 157-8
Munkun, grande meistre, 202, 207, 212, 243, 254, 290-1, 296, 298, 304, 307, 321, 328, 330, 336-8
Muralha, 141-4
Murmison, septão, 63, 65
Myles Hightower, 291
Myles Smallwood, 136, 139
Myrielle Peake, 316, 318
Myros, grande meistre, 76
Mysaria (Miséria, o Verme Branco), 180-1, 217, 238, 248, 259

N

Ned Bean (Bean Negro), 309
Ninho da Águia, 30, 56-7, 92, 129, 155, 157, 212, 214, 254, 298, 327
Noivas de Preto, as, 90-2, 100, 113, 127
Norte, O, 17-8, 144
Nymeria, 18
Nymor Martell, 40

O

Ollidar, arquimeistre, 46
Olyver Bracken, 93, 120
Ormund Hightower, 207, 222, 226-7, 235-6, 238, 240, 243-4, 246, 248-9, 267, 291, 303
Orryn Baratheon, 113, 122, 126
Orwyle, grande meistre, 197, 202, 204, 209,
211, 229, 243, 259, 270, 273, 290, 292, 296, 298, 304, 307, 309
Orys Baratheon, 25-7, 29, 36, 38, 40, 45, 58-9
Oscar Tully, 288, 295
Osmund Strong, 44-5
Oswyck, septão, 114, 126, 132
Otto Hightower, 173, 178, 180, 183, 185, 197, 202-4, 207, 209, 218, 220, 226, 230, 236
Ouriços, 261-3, 266, 308
Ousado Jon Roxton, 248, 263, 266, 302, 309
Owain Bourney, 248
Owen Bush, 86, 89, 92-3, 100
Owen Fossoway, 266

P

Pantera, 327
Pastor, 248, 252-4, 256, 259, 273-4, 276-7, 290, 309
Pate, o Galinhola, 112
Pate de Folhalonga (Folhalonga, o Matador de Leões), 229, 234, 240, 246
Pater, septão, 81
Patrice Hightower, 81
Patroa, 128
Patrulha da Noite, 46, 81, 100, 107, 120, 126, 141-2, 153, 293, 317, 325
Paz do Rei, 43, 330
Peake, Casa, 308; ver também membros individuais
Pedra do Dragão, 7, 20-1, 25, 36, 40, 43, 50-1, 55, 63-6, 71, 85-7, 114-7, 120-2, 125-8, 131-2, 134-6, 138-9, 142, 147, 149, 152, 155, 162, 164, 166, 169-70, 173, 178-9, 181, 185, 187, 193, 195-6, 201-2, 206-7, 209, 217, 220, 223, 226-7, 238, 248, 256, 260, 268-70, 288, 291, 329, 331
Pedrarruna, 129, 330-1
Perianne Moore, 158, 161
Perkin, a Pulga, 254, 259, 274, 283, 290, 292-3
Piper, Casa, 211; ver também membros individuais
Pira do Rei, 210-1
Pobres Irmãos, 65-6, 72, 75, 77-8, 85, 91, 101-2, 104, 120
Ponta Tempestade, 11, 27, 29, 55, 93, 122, 126, 134-5, 149, 151, 170, 205, 209, 215, 235, 273, 288, 291, 317
Porto Real, 31, 43-5, 62-3, 106-7, 120, 130-1, 222, 224, 229-30, 232, 247-9, 253-5, 259-60, 274-5, 278-80, 286-7, 290-1, 296-8, 304-5, 308-9, 311-2, 315-8, 320, 325, 327-8, 334-7, 339
Prentys Tully, 109, 125
Priscella Hogg, 339
Punho de Carvalho ver Alyn Velaryon

Q

Qarl Corbray, 109, 122, 125, 145
Qarl Correy, 189, 193
Qhored, o Cruel, 13
Qhorin Volmark, 35
Qoren Martell, 218

Queijo, 217
Quenton Corbray, 330
Quenton Qoherys, 36, 55

R

Racallio Ryndoon, 185, 297-8, 309, 312
Rapazes, 288, 290
Rayford Rosby, 72
Raymund Mallery, 93, 120
Raynard Ruskyn, 338
Regis Groves, 303-4
Rego Draz, 125-6, 131, 136, 139, 145-7
Reino das Ilhas e dos Rios, 113
Reino das Três Filhas ver Triarquia
Reis Abutres, 56, 58, 60, 120, 148-9, 157, 273
Reis da Tempestade, 11-3, 18, 25-7, 41
Rennifer Crabb, 290
Rhaella Targaryen, 77, 92-3, 104-5, 107, 122, 126, 153, 344
Rhaena Targaryen (filha de Aenys I), 50, 55, 63-6, 73, 76-7, 81-2, 91-3, 99, 104, 107-9, 111-3, 115-6, 118-20, 122, 127-8, 131-2, 134-6, 138-9, 152, 178-9, 193, 344
Rhaena Targaryen (filha de Daemon), 191, 215, 222, 278-9, 292, 300, 317, 320-1, 325, 328, 331, 342, 345
Rhaenyra Targaryen, 176-7, 180-1, 185-9, 192-7, 201-9, 211-2, 217-8, 220, 222, 227, 229-32, 234-8, 240, 243-9, 253-4, 259, 261, 267-70, 272-4, 277-9, 287-8, 290-1, 296, 299-300, 305, 321, 344
Rhaenys Targaryen (filha de Aemon), 153, 163-6, 170, 183, 187, 191, 204-5, 207-9, 220, 222, 345
Rhaenys Targaryen (irmã de Aegon I), 21, 26-7, 29-30, 36, 39, 43-4, 49-50, 133, 345
Rhea Royce (Senhora de Pedrarruna), 179, 190, 345
Richard Roote, 46
Rickard Redwyne, 152
Rickard Thorne, 201, 231, 236, 238
Rickon Stark, 212, 214
Robar II Royce, 16
Robert Darklyn, 307
Robert Quince, 246, 268
Robert Redwyne, 147
Robert Rowan, 330-1, 333
Robin Darklyn (Tordoscuro), 46
Robin Massey, 307, 309
Robin Shaw, 147
Roderick Dustin (Roddy Ruína), 234, 240, 244
Rodrik Arryn, 147, 155, 157, 177, 344
Rodrik Greyjoy, 325-6
Rogar Baratheon, 93, 99-100, 102, 107, 109, 111, 113, 115-7, 121-2, 126-9, 134-5, 148-9, 345
Rogare, Casa, 323, 328, 333-4, 336, 339; ver também membros individuais
Roggerio Rogare, 328, 334, 339-41
Roland Westerling, 291, 295-6, 304

Rollo, septão, 127
Ronnal Baratheon, 122, 148
Ronnel Arryn, 16, 30-1, 55-6
Roote, Casa, 211
Rosamund Ball, 116, 128
Roubovelha, 209, 224, 226, 243, 246, 249, 333
Royce Baratheon, 291
Royce Blackwood, 155
Royce Caron, 295-6, 298, 307
Ruivo Robb Rivers, 234
Ruivo Roy Connington, 158, 161
Runciter, grande meistre, 187
Rupert Falwell (Bobo Guerreiro), 75
Ryam Redwyne, 142, 147, 169

S

Saagael, 327
Sabitha Frey, 240, 243, 261
Saera Targaryen, 151, 158, 160-2, 173, 344
Sam Sal, 325
Sam Tarly, 58
Samantha Hightower (lady Sam), 291-2, 295, 303, 314, 338, 340
Samantha Stokeworth, 107, 118
Samgood de Monte Azedo (Sam Azedo), 112, 145
Samwell Blackwood, 211, 217
Sandoq, a Sombra, 334-5, 342
Sangue, 217
Sara Snow, 212
Sargoso Saan, 50
Século de Sangue, 21
Senhor do Mar de Braavos, 109, 133, 139, 190, 192, 309, 312, 315-6
Senhora Desespero (espada), 122, 300, 330
Septo Estrelado, 30, 64, 81, 103-4, 117, 134, 303
Serpente Escarlate ver Jonquil Darke
Serpente Marinha ver Corlys Velaryon
Serwyn do Escudo Espelhado, 243
Sete Estrelas, Batalha das, 16
Sete Reinos, 7, 11-8, 26, 29, 31, 41, 43, 50, 99-100, 118, 120, 122, 126, 128-9, 136, 138, 142, 149, 151, 157, 164, 166, 173, 184, 187-8, 204, 207, 209, 272, 295, 301, 317-8, 328-9, 333-4, 340
Sharako Lohar, 321
Sharis Footly, 248, 302
Sharra Arryn, 16, 27, 30
Shrykos, 256
Silas Maltrapilho, 100-1
Simon Strong, 211
Sombra Escarlate ver Jonquil Darke
Stanton Piper, 261, 264
Staunton, Casa, 220
Steffon Connington, 302, 317
Steffon Darklyn, 201, 205-6, 209, 223-5, 268
Steffon Sunderland, 35
Sunfyre, 193, 208, 218, 220-3, 229, 243, 269-72
Sylas, o Terrível, 317
Sylvenna Sand, 259, 274
Syrax, 176-8, 187, 193, 196, 208, 229, 243, 254, 256, 259

T

Targaryen, Casa: aparência física e, 26; costumes matrimoniais dos, 21, 223; doenças e, 147; linhagem dos, 344-5; origens de, 7; "semente de dragão" dos, 142, 223; ver também membros individuais
Tarth, 166, 309, 311
Tempestade, 208, 223, 226
Tempestuosos, 295
terras da tempestade, 11-2
terras ocidentais, 15-6
Tessario, o Tigre, 308-11, 323, 334, 336, 339
Tessarion, 193, 208, 223, 226, 244, 246, 264
Thaddeus Rowan, 222, 226, 235, 300, 307, 316, 321, 323, 325-7, 334-7
Theo Bolling, 92
Theo Tyrell, 39
Theomore Manderly, 141, 151, 161
Theon Stark, 17
Timotty Snow, 295
Tom, o Dedilhador, 112
Tom Barbapresa, 246, 270
Tom Linguapresa, 246, 270
Tom Tonto, 158
Toron Greyjoy, 325
Torrhen Manderly, 248, 254, 295-6, 301, 338-9, 341-2
Torrhen Stark, 17-8, 29-30, 35
Triarquia (Reino das Três Filhas), 183-5, 190, 220, 224, 226, 240, 295, 297, 321
Triston Massey, 45
Trombo Negro, 240, 263
Trono de Ferro, 31-3, 35, 43, 46, 92-3, 99, 104, 116, 131, 149, 158, 170, 173, 179, 181, 187, 196, 202-3, 207, 227, 231-2, 236, 238, 256, 259, 264, 266, 272, 274, 291-2, 298, 318, 323, 341
Trystane Truefyre, 254, 259, 273-4
Tully, Casa, 295; ver também membros individuais
Tumbleton, 244, 246-9, 260-1, 263-7, 291, 302, 308-9
Tyanna da Torre, 73, 76-7, 81, 85-6, 92-5, 344
Tyland Lannister, 188, 202-4, 230, 236, 259, 278-80, 291, 296-300, 304-5, 309, 316
Tymond Lannister, 155
Tyraxes, 192-3, 208, 222-3, 254, 256

U

Ulf Branco (Ulf, o Ébrio), 223, 243-4, 246-8, 261-2, 266-8
Última Tempestade, A, 27-9
Ummet, 283
Unwin Peake, 248, 260-1, 266-7, 300, 307-12, 315-8, 320, 322-3, 336, 338
Urron Greyiron, 13
Urtigas, 224, 243, 246-9, 254, 333

V

Vaegon Targaryen, 151, 154, 156-7, 167, 170, 344

Vaella Targaryen, 63, 345
Vaemond Velaryon, 196, 299
Valaena Targaryen, 344
Vale, 16
Valerion Targaryen, 344
Valíria, 6-7, 18, 21, 138, 164, 169, 187, 189, 320-1
Vance, Casa, 211
Velaryon, Casa, 26, 164, 218, 220; ver também membros individuais
Verdade (espada), 328
Vermax, 192, 208, 212, 226, 228-9
Vermithor, 86, 93, 100, 111, 125-6, 129, 131, 149, 158, 209, 223, 226, 244, 246, 249, 263-4, 302
Vhagar, 26-7, 30, 35, 39, 51, 64, 71, 76, 78, 152, 158, 166, 183, 190-1, 193, 205, 208, 215, 220-3, 229, 236, 240-1, 243, 246, 249, 251
Victor, o Valoroso, 112, 145
Victor Risley, 308-9, 336, 339
Vikon Greyjoy, 36
Vilavelha, 30-1, 35, 38-9, 44, 46, 55, 63, 76-9, 81, 92-3, 101-4, 115, 122, 133-4, 145, 147, 153-4, 163, 185, 196-7, 204, 207, 218, 223, 226, 240, 267, 280, 288, 291, 303, 314-5, 328, 339-40
Violante, septã, 127
Visenya Targaryen (filha de Rhaenyra), 206-7, 344
Visenya Targaryen (irmã de Aegon I), 21, 26-7, 29-31, 35, 38-40, 44-6, 49-50, 56, 58, 63-6, 71, 73, 76-9, 81-2, 85-6, 133, 152, 179, 344
Viserra Targaryen, 151, 161-3, 344
Viserys I Targaryen: Balerion e, 169-70; linhagem de, 345; morte de, 197, 201-2, 204-5; nascimento de, 153; pretensão, 170, 204-5; primeiro voo de, 153-4; reinado de, 177-97
Viserys II Targaryen, 222, 226, 321, 323, 327-30, 334-6, 338, 341, 344
Viserys Targaryen (filho de Aenys I), 50-1, 66, 85-6, 100, 345

W

Walter Brownhill, 339
Walter Wyl, 58
Walton Stark, 109, 120-1, 141
Walton Towers, 86
Walys Mooton, 229
Wat, o Curtidor, 254
Wat, o Lenhador, 72, 75-6
Westeros, mapa de, 10
Willam Royce, 256
Willam Stackspear, 338
William Stafford (Cavaleiro Bêbado), 112
Willam, a Vespa, 112, 138
William, o Errante, 72
Willis Fell, 201, 231, 236, 273, 291, 296, 304
Wyl de Wyl (Amante de Viúvas), 36, 38-9
Wyland Wyl, 317

Y

Yndros do Crepúsculo, 327
Ysabel, septã, 116, 127

Créditos das ilustrações

Allen Douglas: 20, 28, 87

Andrey Pervukhin: 74, 225, 239, 247

Bastien Lecouffe-Deharme: 32-3, 68-9, 198-9

Borja Pindado: 59, 341

Campbell White: 171, 182, 257

Chase Stone: 174-5, 214

Daniel Alekow: 57, 137

Diego Gisbert Llorens: 78, 159, 233, 301

Eddie Mendoza: 324

Ertaç Altinöz: capa, 2, 37, 60, 73, 195, 200, 206, 219, 230, 252, 263, 265, 269, 275, 281, 286, 289, 293, 331, 332, 335

Francesca Baerald: 10, 41, 64, 102, 117, 124, 144, 178, 179, 212, 266, 297, 327 e todas as filigranas ao redor das páginas

Francisco Vegas: verso das guardas, 56, 76, 77, 129, 205, 207, 249, 255, 299, 312

Gaga Turmanishvili: 148, 210

Grzegorz Przybyś: 310, 322

Hristo Chukov: 168, 231, 241

Ivelin Trifonov: 146, 150

Joe Slucher: 42, 305, 329

John McCambridge: 14-5, 152, 213, 262

Joshua Cairós: 65, 96-7, 119, 162-3, 278, 326, quarta capa

Kieran Yanner: 90, 94, 98

Liam Peters: 272-3

Lily Abdullina: 40, 105, 191, 203, 294

Lucas Graciano: 62, 79, 80

Magali Villeneuve: 186, 271

Marc Simonetti: 24, 258, segunda guarda

Mark Smylie: 88

Martina Fačková: 315

MV Renju: 47, 48, 67, 70, 108, 140, 156, 160, 216, 276

Nutchapol Thitinunthakorn: 132, 176, 188, 218, 337

Paolo Puggioni: 6, 52-3, 54, 343

René Aigner: primeira guarda, 8, 82, 83, 139, 143, 154, 208

Sam Keiser: 22-3

Shen Fei: 34, 38, 45, 51, 95, 103, 106, 110, 121, 123, 130, 167, 172, 194, 215

Sven Sauer e Igor Posavec: 84, 234-5, 303

Thomas Denmark: 12, 19, 101, 114, 260, 267

Tomasz Jedruszek: 31, 135, 165, 192, 221, 227, 228, 237, 242, 245, 250, 282, 290

Wei Guan: 311, 319

Wouter Florusse: 17, 61, 284-5, 306

Copyright © 2022 by George R. R. Martin

Todos os direitos reservados, incluindo o direito de reprodução total ou parcial, em qualquer formato.

Publicado mediante acordo com Ten Speed Press, um selo da Random House, uma divisão da Penguin Random House LLC.

Grafia atualizada segundo o Acordo Ortográfico da Língua Portuguesa de 1990, que entrou em vigor no Brasil em 2009.

Título original
The Rise of the Dragon: An Illustrated History of the Targaryen Dynasty: Volume One

Projeto gráfico e direção de arte
Betsy Stromberg

Preparação
Stella Carneiro

Índice remissivo
Gabriella Russano

Revisão
Bonie Santos
Nestor Turano Jr.

Dados Internacionais de Catalogação na Publicação (CIP)
(Câmara Brasileira do Livro, SP, Brasil)

Martin, George R. R.
  A ascensão do dragão : Uma história ilustrada da dinastia Targaryen : Volume um / George R. R. Martin, Elio M. García Jr., Linda Antonsson ; tradução Jana Bianchi e Diogo Ramos. — 1ª ed. — Rio de Janeiro : Suma, 2024.

  Título original : The Rise of the Dragon : An Illustrated History of the Targaryen Dynasty : Volume One.
  ISBN 978-85-5651-193-5

  1. Ficção de fantasia 2. Ficção norte-americana I. García, Elio M. II. Antonsson, Linda. III. Título.

24-203019   CDD-813

Índice para catálogo sistemático:
1. Ficção : Literatura norte-americana   813

Cibele Maria Dias – Bibliotecária – CRB-8/9427

1ª reimpressão

Todos os direitos desta edição reservados à
EDITORA SCHWARCZ S.A.
Praça Floriano, 19, sala 3001 — Cinelândia
20031-050 — Rio de Janeiro — RJ
Telefone: (21) 3993-7510
www.companhiadasletras.com.br
www.blogdacompanhia.com.br
facebook.com/editorasuma
instagram.com/editorasuma
twitter.com/editorasuma

Esta obra foi composta por Osmane Garcia Filho em Brioso, Trajan, Incognito, Civilite Nº 30 Modern, Morris Golden e Bauer Initials e impressa pela Geográfica em ofsete sobre papel Alta Alvura da Suzano S.A. para a Editora Schwarcz em agosto de 2024

A marca FSC® é a garantia de que a madeira utilizada na fabricação do papel deste livro provém de florestas que foram gerenciadas de maneira ambientalmente correta, socialmente justa e economicamente viável, além de outras fontes de origem controlada.